新選明文東洋古典大系

中國古典漢詩人選 6

## 新 譯

# 王 維

陳起煥 譯註

明文堂

▲ 왕유(王維, 701-761) 자는 마힐(摩詰)로 산서성 태원(太原)에서 태어났다. 이백(李白)·두보(杜甫)와 함께 성당(盛唐)의 3대 시인이다.

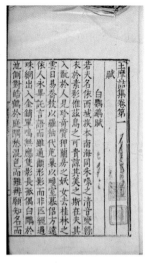

▲ 왕마힐집(王摩詰集)

▼ 망천도(輞川圖) 망천 별장은 왕유가 반관반은(半官半隱)의 전원생활을 하던 곳이다.

▲ 배적(裴迪, 716-?) 왕유의 시우(詩友)로 종남산(終南山)에 은거하면서 왕유와 자주 시를 주고받았다. 시풍은 왕유와 닮았고, 시 29수가 전한다.

▲ 종남산(終南山) 왕유의 시에 <종남산>, <종남별업(終南別業)>이 있으며, '종남첩경(終南捷徑)'이란 말로 유명하다.

▼ 장강적설도(長江積雪圖) 왕유의 그림

◀ 왕유상(王維像)

▶ 반첩여(班婕妤) 기원전 48-서기 2년, 성제
(成帝)의 총희였으나 조비연(趙飛燕) 자매가
성제의 총애를 받자 태후의 시중을 들겠다며
물러났다. 반첩여 소재의 여러 시 중 왕창령
(王昌齡)의 <장신원(長信怨)>이 특히 유명하
다. <반첩여> 3수(三首) 참고.

▼ 향적사(香積寺) 지금의 섬서성 서안시 장안구(長安區)에 있는데, 왕유의 시 <과향적
사(過香積寺, 향적사에 들르다)> 덕분에 유명해졌다.

荊<sup>형</sup>溪<sup>계</sup>白<sup>백</sup>石<sup>석</sup>出<sup>출</sup>, 天<sup>천</sup>寒<sup>한</sup>紅<sup>홍</sup>葉<sup>엽</sup>稀<sup>희</sup>.

山<sup>산</sup>路<sup>로</sup>元<sup>원</sup>無<sup>무</sup>雨<sup>우</sup>, 空<sup>공</sup>翠<sup>취</sup>濕<sup>습</sup>人<sup>인</sup>衣<sup>의</sup>.　　〈山中〉

荊溪 흰 돌이 드러나 보이고
추운 날 붉은 단풍도 드물다.
산길에 본디 비가 아니 내렸는데
떠도는 푸른 기운 옷에 스며든다.

蘇東坡(소동파)는 왕유의 이 시에 대해 '詩中畵'라고 했다. 시에는 흰색과 붉은색이 선명하다. 그리고 산속의 푸른 기운이 내 옷에 스며들 것 같다고 하였으니 실체가 없는 공중의 푸르름을 옷에 물들여 시각으로 느끼게 했고, 또 만져질 것 같은 촉각으로 전환시켰다.

이는 일종의 通感(통감)이라고 할 수 있다. 이 시는 초겨울 산속의 공기마냥 신선하고도 청량하여 왕유의 뛰어난 심미의식을 느낄 수 있다.

왕유는 조숙한 천재였다. 詩書畵는 물론, 음악에도 보통사람이 생각할 수도 없는 그런 경지에 이르렀다. 그런 천재성에 불교 신앙을 바탕으로 검소하게 생활하면서 자연을 관조했으며 자신을 성찰하였다. 왕유의 시는 그림이며, 그의 그림은 시라는 평을 들었다.

唐(618-907) 290년간은 중국 詩歌의 황금시기였으니 최고의 대가들이 출현하여 활약하였으며 수많은 名篇이 창작되고 愛誦되었다. 唐詩 황금시대는 李白과 杜甫, 그리고 왕유가 활동했던 玄宗 開元과 天寶 연간인 8세기 전반이다. 이 시기에 飄逸(표일)한 이백, 沈鬱(침울)한 두보, 淸雅(청아)한 孟浩然, 精緻(정치)한 王維, 眞率(진솔)한 儲光羲(저광희), 悲壯(비장)한 高適(고적)과 岑參(잠삼) 등이 활약했으니 가히 唐詩의 최전성기라 할 수 있다.

唐詩를 대표하는 詩仙이며 詩俠(시협)이라 부르는 李白(701 - 762), 詩聖으로 그의 시는 詩史라는 별호로 불리는 杜甫(712 - 770), 그리고 陶淵明과 謝靈運(사령운)의 산수 전원시 전통을 이어 최고의 경지로 끌어올렸으며 詩佛이라 불리는 王維(699? - 761 / 701?-761)가 함께 생존했다는 그 자체가 경이였다.

밤하늘을 빛내는 그 수많은 별들, 그 중에서 가장 큰 빛인 이백과 두보 詩의 우열을 논하는 자체가 난센스이다. 이백과 두보가 없다면 왕유가 최고라는 말에도 동의할 수 없다. 시인은 우열이 아니라 그 시의 개성으로 말해야 한다. 그냥 '唐詩를 三分天下하여, 李白(仙), 杜甫(聖), 王維(佛)가 하나씩 나눠 가졌다'고는 말할 수 있다.

왕유의 시는 ≪全唐詩≫에 386首가 전해온다. 필자는 그 중에서 주옥같은 153수를 정선하여 번역하고 주석을 달았다. 산수전원시 최고의 경지에 완전하게 同化할 수는 없더라도, 왕유의 意境에 마음으로 통하면서, 왕유를 이해하고 공감하며 존중할 수 있으리라 생각한다.

오늘 이후로 왕유를 읽고 느끼며 왕유처럼 노을 낀 산을 바라본다면 우리는 행복할 것이다. 왕유의 시에 공감할 수 있다면 우리는 시인처럼 잡념을 털어버리고 순수에 이를 수 있으리라!

2016년 1월

陶硯　**陳起煥**

## ● 일러두기

⊙ 본 譯註는 中華書局의 1992년 판 ≪全唐詩≫(제4책)와, 淸 趙殿成의 ≪王右丞集箋注≫를 저본으로 하였는데 왕유의 시는 ≪全唐詩≫ 125권부터 128권에 수록되었다. ≪全唐詩≫에 수록된 왕유의 시 315題 386首 중에서 113題 153首를 우리말로 옮기고 해설하였다.

⊙ ≪全唐詩≫는 四言古詩부터 시작하여 詩體별로 수록하였으나 본서에서는 왕유와 생애에 따라 그 작품을 수록하였다. 작품 연대가 확실치 않은 것은 작품의 내용이나 배경에 의거 배치하였다. 같은 시기에는 古詩를 먼저 수록하고 다음에 絶句(五言, 七言)와 律詩(五言, 七言)를 수록하였는데 성격이 같은 경우 섞어 수록하였다.

⊙ 시인 王維를 이해하기 위하여 1部(王維의 생애와 詩)에서는 왕유에 대한 대략적 소개와 함께 王維의 생애와 詩, 그리고 王維 詩의 예술적 성취에 대하여 필자 나름대로 소개하였다. 이는 새로운 사실의 발견이나 주장이 아니라 시인에 대한 여러 자료의 종합이라고 할 수 있다.

⊙ 2部(王維의 詩와 詩意)에서는 왕유의 시를 왕유의 생애에 따라 6단계로 나누어 소개하였는데, 詩題에 이어 원문은 우리말 音을 덧말로 입력하여 독자가 쉽게 읽을 수 있도록 도왔다.

⊙ 우리말 번역은 시인의 정서에 가장 가까이 접근하려고 노력하였다.

원작의 대의를 벗어나지 않으면서도 정선된 우리말로 시인 왕유의 정서와 意境(의경)을 표현하였다. 그러나 역자의 번역 못지않게 독자 나름대로의 느낌이나 감상이 더 중요하다고 생각한다.

⊙ 【註釋】에는 시를 이해하는 데 필요한 字句 해설과 詩作의 배경, 사용된 典故(전고) 등을 설명하였다. 그리고 【詩意】에서는 감상을 위해 필요한 내용을 보충하였다. 【詩意】 내용에는 역자의 愚見(우견)을 피력한 것도 있는데 이는 독자와 함께 시를 감상하는 한 방편이 되리라 생각한다.

⊙ 【參考詩】는 왕유와 관련 있는 시인, 또는 왕유의 시와 비교할 수 있는 다른 시인의 작품 12首를 수록하고 해설하였다.

⊙ 詩題는 <題友人雲母屛子>와 같이 < >로, 저서나 서책은 ≪ ≫로 표기하였다. 人名이나 저서의 한자가 어려운 경우 '綦毋潛(기무잠)'과 같이 한자와 우리말 독음을 병기하였다. 옛 지명은 지금 중국의 행정구역에 따른 지명을 병기하여 지리적 이해를 도왔다.

⊙ 부록으로는 唐代의 일반 연표를, 그리고 왕유의 생애와 작품을 생애 단계에 맞추어 수록하였다. 또 ≪舊唐書≫와 ≪新唐書≫의 <王維傳> 원문을, 이어 왕유의 문장으로 서신 <山中與裴秀才迪書>와 <與魏居士書> 2편의 원문을 수록, 번역하였다.

⊙ 시 제목 색인을 권말에 첨부하였다.

● 참고도서 목록


≪全唐詩≫ : 中華書局. 초판(1960). 1992년 5차 인쇄본의 제4책.

≪王右丞集箋注≫ : 淸 趙殿成 箋注. 上海古籍出版社. 1998.

≪王維集≫ : 董乃斌 編選. 南京 鳳凰出版社. 2006.

≪王維詩選譯≫ : 鄧安生, 劉暢, 楊永明 譯註. 巴蜀書社. 1990.

≪王維, 孟浩然 詩選評≫ : 劉寧 撰. 上海古籍出版社. 2002.

≪王維新論≫ : 陳哲民 著. 北京師範學院出版社. 1992.

≪全唐詩大辭典≫ : 張滌華 主編. 山西人民出版社. 1995.

≪全唐詩典故辭典≫(上, 下) : 范之麟, 吳庚舜 共同主編. 湖北辭書出版社. 2001.

≪全唐詩索引≫(王維 卷) : 陳抗, 林滄, 任紅, 王紅 編著. 中華書局. 1992.

≪唐詩鑑賞大辭典≫ : 楊旭輝 主編. 中華書局. 2011.

≪唐詩故事集≫ : 王一林 編著. 中國文聯出版社. 2000.

≪唐詩絕句精華≫ : 劉永濟 選釋. 中華書局. 2010.

≪王維詩選≫ : 李炳漢 譯. 서울 民音社. 1976.

≪왕유 詩 全集≫ : 박삼수 역주. 현암사. 2008.

≪왕유의 시 세계≫ : 박삼수 지음. 울산대학교 출판부. 2006.

≪王維詩選≫ : 류성준 편저. 서울 문이재. 2005.

# 차　례

## ······ 부 록 ··················

# 제1부

# 王維의 생애와 詩

# 제1장   詩佛 王維

盛唐의 玄宗(재위 712 - 756) 시대는 하늘의 별만큼이나 많은 시인들이 빛을 내며 文運이 크게 융성한 시기였다. 그 시기에 王維는 李白(701-762), 杜甫(712 - 770)와 함께 시단의 큰 별이었다. 호탕한 이백을 詩仙, 유가적 사상을 바탕으로 사실적이고 현세적이었던 두보를 詩聖이라며 그의 시를 詩史라고 한다. 그리고 불심을 바탕으로 천재적 언어감각과 내면적 성찰로 산수전원시의 전통을 계승 발전시킨 王維를 보통 詩佛이라 부른다.

많은 사람들은 '李杜가 없었다면 摩詰(마힐, 王維의 字)이 최고'라는 말을 하는데, 詩의 高下를 습관처럼 논하는 사람들에게도 이백과 두보의 우열을 판별해야 할 이유도 없거니와 판별도 불가능한 일이다. 그렇다면 왕유 역시 李杜와 개성의 차이를 말할 수 있지만 꼭 그 우열을 따질 수는 없을 것이다.

왕유는 李杜와는 다른, 詩歌의 새 경계를 개척하고 성취하였다.

山水詩의 조예와 시가의 神韻(신운)을 논한다면 왕유의 시는 李杜와 마찬가지로 가장 존중받을 만한 典範(전범)이며 意境(의경)의 새로운 개척이라고 말할 수 있다.

이백과 두보는 10여세 차이가 있지만 같이 여행을 했고 서로 시를 주고받았다. 왕유와 이백은 나이가 비슷했는데 두 사람의 왕래나 시의 증답은 없었다고 알려졌다. 그러나 왕유와 두보는 함께 肅宗(재위 756 - 762)을 섬기면서 시를 주고받았다. 두보는 '왕유는 명성이

난 지 오래다'며 왕유의 명성을 인정했으며 명성이 京畿에 널리 알려졌음을 칭송하였다.[1]

뒷날 唐 代宗(재위 762 - 779)은 왕유의 동생 王縉(왕진, 字 夏卿)이 올린 왕유 문집 ≪王右丞集≫을 받고 직접 조서를 내려 왕유를 '天下文宗(천하 문장의 우두머리)'이라고 칭찬하였다.[2] 帝王의 인정이 才藝와 능력을 측정하는 기준이 될 수는 없지만 살아서 世人의 인정과 그 시문이 알려지지 않았더라면 제왕의 이러한 평가도 없었을 것이다.

또 왕유와 친교가 있었던 苑咸(원함)은 자신의 <酬王維>의 序에서 왕유를 '當代詩匠'이라고 찬양하였다. 이를 본다면 시인 왕유의 명성은 살아 생전에 널리 알려졌다고 볼 수 있다.

왕유는 소년 시절에 長安에 이사하였고 유학하면서 詩書畵는 물론 뛰어난 음악적 재능으로 일찍부터 王公에 널리 알려졌었다. 한때 濟州에 폄직되었던 시기 외에는 주로 장안에서 생활하였기에 그의 文名은 날로 융성했다. 왕유는 律詩의 기초를 다졌다고 알려진 沈佺期(심전기)와 宋之問(656?-712) 이후의 대시인으로 알려졌으며 당시에 王昌齡(왕창령), 儲光羲(저광희), 崔顥(최호, 704?-754) 등과 함께 開元 시단을 대표했었다. 이렇듯 장안에서 관직과 은거를 계속하면서 文名을 누린 왕유의 행운은 이백이나 두보보다 훨씬 나았다.

이백이 한때 현종의 적극적인 장려를 받았지만 이백의 일생 전체로 볼 때는 짧은 기간이었고, 인생의 대부분을 장안 이외의 지역에서 떠돌았다. 또 두보는 일생동안 실패와 좌절 속에 각지를 유랑했고, 장안에 머물 적에도 그 생활은 여전히 어려웠으며 開元(713 - 741)과

---

1) 杜甫 <奉贈王中允維>(五律) - '中允聲名久 如今契闊深. 共傳收庾信, 不比得陳琳. ~'(中允은 太子中允. 왕유의 관직명.)
   杜甫 <解悶> 十二首 중 제8首 (七絶) - '不見高人王右丞 藍田丘壑自長吟. 最傳秀句寰區滿 未絶風流相國能.'
2) <代宗皇帝批答手勅>. "勅. 卿之伯氏, 天下文宗, 位歷先朝, 名高希代~"

天寶(742 - 755) 연간에 두보의 文名은 널리 알려지지는 않았다. 특히 안사의 난 이후 두보가 겪은 가난과 고생은 후세 독자들에게도 슬픔이었다.

이렇게 비교한다면 왕유의 일생은 비교적 순탄하였고 자신의 큰 뜻을 펴지 못했다지만 그 생활은 여유롭고 평온하였다.

왕유는 조숙한 천재였다.

≪新唐書 文藝傳≫의 <王維傳>에 '왕유는 9세에 글을 지을 줄 알아 아우 縉(진)과 함께 이름이 났었고 우애가 좋았으며 … 草書와 隸書(예서)에 뛰어났고 그림을 잘 그려 개원과 천보 연간에 명성이 높아 권세가 귀인들이 상객으로 대우하였는데 寧王(영왕), 薛王(설왕) 등 여러 왕이 師友로 대접하였다'라고3) 기록되었다.

왕유는 음악에도 조예가 깊었다. 왕유는 그림을(奏樂圖) 보고 무슨 곡을 연주중인가를 알아맞혔다고 한다.4) 왕유 자신도 악기 연주에 재능을 보였고 악곡을 지었다. 왕유의 시가 중 악부제인 <送元二使安西 / 一名 渭城曲>은 당시의 대중가요로 宋代까지 유행했다는 사실만으로도 그의 음악적 재능이 얼마나 뛰어났는가를 알 수 있다.

왕유는 그림에 남다른 재주가 있었다. 왕유는 자신이 '前世에 詞客이 아니었다면 틀림없이 畵員이었을 것'이라고 말했다.5) 왕유의 그림으로 지금 전하는 작품은 매우 적고 작품의 진위도 확실하지 않지만, 그간의 여러 기록을 볼 때 神韻(신운)이 넘치는 작품이었다고 짐

---

3) ≪新唐書 文藝傳≫列傳 第127. 王維, 字摩詰. 九歲知屬辭, 與弟縉齊名, 資孝友. … 維工草隸, 善畵, 名盛於開元,天寶間, 豪英貴人虛左以迎, 寧,薛諸王待若師友. 畵思入神, 至山水準遠, 雲勢石色, 繪工以爲天機所到, 學者不及也.

4) ≪舊唐書 文苑傳≫王維傳 ; …人有得<奏樂圖>, 不知其名, 維視之曰, "<霓裳>第三疊一拍也." 好事者集樂工按之, 一無差, 咸服其精思.

5) '… 宿世謬詞客 前身應畵師. 不能捨餘習 偶被世人知. …'王維 <題輞川圖> (본문 역주 참고)

작할 수 있다. 북송의 대시인이며 시, 서, 화에 두루 능했던 蘇軾(소식, 東坡居士, 1036 - 1101)은 왕유가 그렸다는 鳳翔(봉상) 開元寺의 벽화를 보고 크게 감탄하였으며, 왕유를 평하여 '摩詰(王維)의 시를 음미하면 시 속에 그림이 있고, 마힐의 그림을 보면 그림 속에 시가 있다(味摩詰之詩 詩中有畵 觀摩詰之畵 畵中有詩)'라고[6] 하였다. 일반적으로 왕유는 '南宗 山水畵의 開祖'라고 일컬어지고 있다.[7]

사실 아무리 唐의 盛世였다지만 왕유와 같은 全方位 예술가를 찾기는 쉽지 않다. 어쩌면 이렇듯 다양하고 걸출한 예술가적 기질이 있었기에 현실에서 출세나 경쟁에서는 부진할 수밖에 없었을 것이다. 진사과 합격 후(721) 첫 관직에서 폄직을 당하여, 지금의 山東省 濟南市에서 6년이나 장안에 복귀를 기다렸으나 희망을 포기하고 관직을 사임할 수밖에 없었다.(727) 그리고 嵩山(숭산)과 終南山에 은거하다가 張九齡의 천거로 右拾遺(우습유)에 임용되었다.(개원 22년, 734)

이후 왕유는 두보와 같은 그런 심한 역경은 없었지만 그렇다고 순풍을 탄 관직생활은 결코 아니었다. 중년 이후 李林甫가 정권을 장악하고 있을 때 여러 가지 압제를 받았지만 그렇다고 벼슬을 버리지 않고 半官半隱의 생활을 계속하였다. 왕유는 安祿山의 난에 僞職(위직)을 받아 고초를 겪기도 했지만 숙종의 인정을 받으며 나중에 가장 높이 오른 직책은 尙書右丞이었으니 곧 尙書(6部의 장관)의 보좌관이었다. 이 때문에 왕유는 후인들이 王右丞이라 호칭한다. 왕유는

---

**6)** <東坡題跋 · 書摩詰藍田烟雨圖>

**7)** 중국 산수화의 北派(北宗畵)는 唐代 화가 李思訓(이사훈, 651-716. 李林甫의 큰아버지)에서 시작하여 宋代의 畵家 李唐, 馬遠, 夏圭 등이 계승 발전시켰다. 南派(南宗畵)는 王維를 濫觴(남상, 시작)으로 하여 宋代 畵家 米芾(미불)에 이어져 水墨山水로 발전하였다. 왕유는 산수화뿐만 아니라 人物, 佛畵, 花竹의 그림에도 능했는데 특히 산수화의 새로운 경지를 개척하여 '南宗畵之祖'로 추앙받고 있다. 明代의 화가 董其昌(동기창)은 중국 문인화의 시조로 왕유를 꼽았다.

權貴에 고개를 숙일 수 없다는 이백과 같은 광적인 傲氣(오기)도[8] 없었으며 陶淵明처럼 하찮은 녹봉 때문에 허리를 굽힐 수 없다며 관직을 사임하지도 않았다.[9] 그만큼 왕유에게는 연약한 일면이 있었다. 그렇다고 하여 누구도 왕유가 그의 고결한 지조를 버렸다고 말할 사람은 이 세상에 없을 것이다.

왕유는 모친 崔氏의 영향으로 佛家에 귀의하였고 형제가 모두 부처를 받들며 항상 소찬을 들고 육식이 아닌 채식을 했으며 무늬 놓은 옷을 입지도 않았다. 왕유의 만년이 비교적 평온했지만 그렇다고 상심할 일이 없었겠는가? 그러나 왕유는 불문에 귀의하고 의지했기에 그런 상심을 삭일 수 있었다.[10]

왕유는 성당 시절의 대시인으로서 자신의 고결한 지조를 끝까지 지켰기에 그 사후에도 명성을 누렸다. 그런 지조를 지킬 수 있었던 것은 그의 예술적 재능과 함께 산수에 은거하면서, 또 佛門에 귀의하여 온유한 성품을 기르며 금욕에 가까운 節制로 자연을 즐길 수 있었기에 가능했을 것이다.

왕유는 약 1300년 전의 시인이다. 죽은 지 1250여 년이 지났지만 왕유의 생평을 돌아보고 그의 시를 읽는 것이 어찌 기쁘지 않겠는가?

---

8) '~. 安能摧眉折腰事權貴, 使我不得開心眼.' 李白 〈夢遊天姥吟留別〉
9) '我豈能爲五斗米折腰向鄕里小兒~'〈宋書 隱逸傳〉
10) '~. 一生幾許傷心事 不向空門何處銷.' 王維, 〈歎白髮〉 본문 주석 참고.

# 제2장　王維의　生涯와　作品

## 1. 出生과　家系[11]

王維(왕유, 699?-761/701?-761)의 字는 摩詰(마힐, 摩는 磨와 通, 詰은 경계하다)인데,[12] 陶淵明과 謝靈運의 시풍을 이어온 山水田園 詩人이며, 화가로서는 南宗畵의 開祖로 일컬어지는데 淸代 편찬된 ≪全唐詩≫에 그의 시 315題에 386首가 수록되어 전해진다.[13]

왕유의 祖籍은 河東道 太原府의 祁縣(기현)으로 부친 處廉(처렴)은 후에 蒲州(포주, 天寶 연간 이후에는 河東郡으로 개칭. 치소는 지금의 山西省 運城市 관할의 永濟市, 縣級)로 이주하였기에 왕유의 조적은 蒲州河東으로 표기하거나, 京師에 오래 거주하였기에 京兆人이라고도 한다. 부친 處廉의 관직은 汾州司馬(분주사마)로 끝났으니 중앙정부의 관리가 아니라 지방관아의 속관이었고, 구체적 행적은 알려지지 않았으며 왕유가 어렸을 적에 별세하였을 것으로 추정한다. 모친 최씨는 독실하게 불교를 신봉하여 왕유 형제들에게[14] 큰 영향을

---

11) 陳鐵民 著 ≪王維新論≫의 <王維年譜>가 가장 상세하고 체계적이다. 陳鐵民은 701년 출생설에 따랐다.

12) 摩詰은 석가모니 생존시의 大居士인 維摩詰(유마힐, 간칭 維摩居士 왕유의 이름인 維 + 字 摩詰)을 뜻한다. 유마힐은 梵語의 음역인데 그 뜻은 '淨名'이다. 淨은 淸淨無垢(청정무구)이며 名은 그 명성이 널리 알려진다는 뜻. 불경에 維摩詰經(유마힐경, 유마경)이 있다.

13) 淸 高宗 乾隆 연간에 간행된 ≪王右丞集箋注≫에는 古詩 150수, 近體詩 182수, 합계 332수에 外編 47수를 더하면 총 379수가 수록되었다.

14) 왕유에게는 縉(진), 繟(천), 紘(굉), 紞(담)의 동생이 있었다. 그 중 왕진은 代宗

주었다.

왕유의 生卒 연도에 관해서는 여러 가지 異說이 있다.

≪新唐書 文藝傳≫(202권, 列傳 第127)에는 '上元二年卒 年六十一'로 기록되었다. 上元은 至德, 建元에 이은 肅宗(재위 756-762)의 세 번째 연호로 상원 2년은 761년이다. 이를 근거로 출생년을 계산하면 701년이 된다.

그러나 왕유의 바로 아래 동생 王縉(왕진)의 ≪舊唐書 王縉傳≫(118권)에는 '建中二年(781)卒 年八十二'라는 기록이 있는데 이를 근거로 왕진의 출생년도를 계산하면 700년에 해당한다. 형이 동생보다 늦게 출생할 수는 없기에 ≪新唐書≫의 나이는 잘못되었다고 할 수 있다.

중국학자의 여러 주장을 요약하면 다음과 같다.

① 則天武后 聖曆 2년 己亥(699)에 출생하여 숙종 乾元 2년, 기해년 (759) 7월에 나이 61세로 별세

② 측천무후 長安 원년(701)에 출생하여 숙종 上元 2년(761)에 죽어 나이 61세(≪王右丞集箋注≫, 上海古籍出版社. ≪中華人物年譜考錄≫, 中華書局 1992)

③ 측천무후 如意 원년(692)에 출생하여 上元 2년(761)에 죽어 나이 70세(≪中國文學大辭典≫, 上海辭書出版社).

④ 측천무후 聖曆 2년(699)에 출생하여 숙종 上元 2년(761)에 죽어 향년 63세(≪王維詩集箋注≫, 四川人民出版社)

장남으로 출생한 왕유는 9세 무렵에 글을 지을 줄 알았으며(知屬辭), 소년시절부터 詩를 잘 지었고 그림에도 뛰어났다 하였으니 남다른 예술적 소양을 타고났다고 할 수 있다. 왕유는 15세에 장안으로

---

때 재상을 지내 ≪신당서≫, ≪구당서≫에 모두 立傳되었다.

이사하였다고 한다. 그의 시 <題友人雲母障子>는 15세에 지었다고 알려졌는데 현재 전해오는 왕유의 시 중에서 가장 빠른 작품이다.

왕유의 시 중에서 15세에서 21세 사이에 지은 시 14수가 전해온다. 왕유는 20세 전후에 <九月九日憶山東兄弟>, <洛陽女兒行>, <西施咏>, <桃源行> 등의 명편을 지었는데 청년 왕유는 적극적으로 출세하려는 의지를 갖고 있었다.

왕유는 장안에 거주하며 그 재능으로 王公들의 인정을 받았는데 岐王(기왕) 李范(이범)의 상객으로 王公家에 출입하였다.15) 왕유는 장안에 거주하면서 당시 제2의 수도인 洛陽을 여행하기도 했는데 이는 모두가 관직을 얻으려는 뜻이었다.16)

## 2. 任用과 좌절

왕유는 개원 7년(719)에 장안에서 京兆府試에 응시하여 합격하였으나, 개원 8년의 吏部에서 주관하는 進士科에는 급제하지 못하고, 開元 9년(721)에 진사과에 급제하였다.

왕유는 궁정음악을 담당하는 太樂署의 太樂丞에 임용되었다. 임용된 지 얼마 안 되어 소속의 伶人(영인, 俳優)에게 천자만이 감상할 수 있는 黃獅子舞를 추게 했다는 죄에 연좌되어 濟州17)의 司倉參軍

---

15) 岐王 李范은 睿宗(예종)의 아들이며 玄宗의 친동생이었다. 현종은 예종의 셋째아들이었다. 왕유는 寧王(현종의 형)과 薛王(설왕, 현종과 岐王의 아우)과도 친교가 있었다. 왕유가 濟州司倉參軍으로 폄직된 배경에는 왕유가 이렇듯 諸王의 사저에 출입하는 것을 현종이 경계하며 견제한 조치로 보는 견해가 있다.(이병한 ≪왕유시선≫, p 10)

16) 현종은 개원 5년(717) 2월부터 개원 6년(718) 10월까지 낙양에 머물렀는데 왕유가 이때 낙양에 머물렀던 것도 관직에 등용될 목적이었다.(陳鐵民 ≪王維新論≫ 중 <王維年譜> p 3)

17) 濟州(jizhōu)는 지금의 山東省 聊城市요성시와 泰安市 일부를 관할하였고 治所는 盧縣(지금의 山東省 서부 聊城市 관할의 荏平縣치평현)이었는데 天寶 13년(754)

으로 폄직되었다.[18]

이는 왕유의 관직생활 초기에 닥친 불행한 시련으로 왕유에게 적잖은 영향을 끼쳤다. 왕유가 제주로 가는 도중에, 또 제주에 재직하는 동안에 지은 시에서 이미 脫俗하여 은둔하려는 뜻이 내포되어 있다. 이 시기의 대표작으로는 <被出濟州>, <宿鄭州>, <早入滎陽界>, <渡河到淸河作>, <濟上四賢詠> 등이 있는데 앞날에 대한 불안감이 그늘처럼 시구에 녹아있다. 또 古體詩 <濟州送祖三>도 있는데 객지에서 지인과의 상봉과, 이별하면서 웃고 우는 감정이 그림처럼 그려졌는데 특히 '天寒遠山淨, 日暮長河急'은 널리 알려진 명구이다.

제주에 폄직되어 근무하던 개원 13년(725)에 裴耀卿(배요경)이 濟州 刺史로 부임하였는데 왕유와 배요경은 매우 가깝게 지냈다.[19] 그러나 개원 14년(726)에 배요경은 황하의 治水에 공을 세우고 타직으로 전근되었다.

그러자 왕유도 장안으로 복귀하겠다는 희망을 아예 포기하고 관직을 사임하고 장안으로 돌아온다. 돌아오는 도중에 왕유는 <寒食汜上作>을 남겼는데, 한식 명절을 객지에서 보내는 쓸쓸한 소회를 자연 속에 그려내었다.

개원 15년(727), 왕유는 淇上(기상)에서 새 관직을 받았는데 상세한 내용은 알 수가 없다.(淇水는 지금의 河南省 북부 林縣에서 발원) 그러나 곧 관직을 버리고, 현지에서 은거하였다.(개원 16년) 그때 <淇上田園卽事>를 지었다. 사실 濟州에서 관직을 버린 사유나 淇上에서

---

에 황하의 물길이 바뀌면서 함몰되어 지도에서 사라졌다. 齊州(齊南郡)와는 다른 지명이다.
18) 사창참군은 州의 재물, 곡식창고, 市廛(시전)을 주관하는 관리. 參軍은 본래 군무의 참모이지만 지방관의 보좌관도 참군이라 했다. 당시 왕유의 상관 太樂令인 劉貺(유황)의 부친 劉知幾(유지기, 《史通》의 저자)와 張說(장열, 뒷날 재상 역임)은 사이가 안 좋았다고 한다. 왕유와 유황은 동시에 각각 폄직되었다.
19) 뒷날 天寶 2년(743)에 배요경이 죽자 왕유는 <裴僕射濟州遺愛碑文>을 지어 그의 청렴무사와 애민의 고상한 품덕을 칭송하였다.

관직을 버리고 은거한 사실, 長安에 돌아와 閑居하던 개원 16년(728)
~21년(733) 간의 행적은 상세히 알 수 없다.[20]

이 기간에 왕유는 장안에서 10년 가까운 연상의 知己인 孟浩然
(689?-740)과 교제하면서 그 시풍에 영향을 받았을 것으로 생각된다.
開元 17년(729), 왕유는 南宗의 道光禪師를 스승으로 섬겼다.[21] 이
무렵 왕유는 30대였다. 왕유는 終南山에 머물거나 낙양 동북쪽의 中
嶽인 嵩山에 머물기도 했다. 왕유의 모친 최씨는 河東人인 北宗의
普寂禪師(보적선사)를 30여년 師事하였다.

왕유가 불교에 귀의하였고, 왕유의 시에 脫俗에 淸靜하며 空寂을
추구하는 뜻이 강하게 나타난 것, 또 그 형제들이 모두 독실한 불교
신앙을 가졌던 것이 모두 모친의 영향이었다고 생각된다. 왕유는 부
친을 일찍 여읜 뒤로, 모친에 대한 효성이 지극하였다. 뒷날 왕유는
모친이 별세(천보 9載, 750년으로 추정)하자 <請施莊爲寺表>를 올린
뒤에 망천별업을 사찰로 만들었다.


## 3. 右拾遺 이후

개원 19년(731)에 왕유는 아내와 사별한 것으로 추정된다. ≪舊唐書
文苑傳 下≫의 <왕유전>에는 '아내가 죽자 다시 아내를 얻지 않고
30년을 혼자 지냈다'고 하였다.[22]

왕유는 관직에 대한 염원을 완전히 버릴 수가 없었다. 그 시절 관
직은 지식인이 살아갈 수 있는 유일한 생활방편이었다. 당시 東都
洛陽은 당의 제2도시였고 長安에 이은 副都로 장안과 같은 행정부서

---

20) ≪王維新論≫, 陳鐵民, 北京師範出版社. 1992. p. 1 - 37.
21) 開元 27년(739)에 왕유는 <大薦福寺大德道光禪師塔銘>을 지었는데 자신이 도광
   선사를 10년간 사사하였다고 말했다.
22) '妻亡, 不再娶, 三十年孤居一室.'

가 설치되었으며 관원이 상주하였다.

왕유는 장안과 낙양을 수시로 왕래하였다. 이 무렵의 대표작은 <歸嵩山作>인데 '流水如有意, 暮禽相與還. 荒城臨古渡, 落日滿秋山'은 도연명의 시풍에 가깝고, 은자의 적막을 느끼게 하면서 시인의 우수가 겹쳐진다.

이 무렵에 왕유의 <終南山>과 <終南別業>은 웅대한 산세와 山色의 변화를 묘사하면서 그의 마음이 세상의 득실에 이끌리지 않으며 忘我의 경계에 이르렀음을 보여준다. 또 유명한 <山居秋暝>은 月影과 물소리와 함께 빨래하고 돌아오는 여인들, 그리고 조용히 흔들리는 연꽃을 그려 시인과 자연이 하나가 되었음을 보여준다. 그리고 <過香積寺>는 산에 천천히 걸어 유람하면서 어디든 자연과 융합할 수 있다는 은자의 여유를 그려내었다.

개원 22년(734), 張九齡(장구령, 678 - 740)은[23] 재상급인 中書令이 되었다.[24] 장구령은 유능한 인재를 등용할 것과, 私黨을 만들거나 개인의 이익을 도모해서도 안 되며, 관작을 신하에게 마음대로 하사해서도 안 된다는 주장을 하였는데, 이런 주장과 처신에 젊은 왕유는

---

23) 張九齡은 開元 時期의 賢相으로 지금의 廣東, 廣西省의 書生 출신으로는 유일한 재상이었다고 한다. 그는 강직하면서도 溫雅했고 풍채와 儀表가 매우 단정하여 당시 사람들이 '曲江風度(曲江은 그의 고향 이름)'라고 칭찬하였다. 장구령이 재상직을 그만둔 뒤에 현종은 인재 추천을 받으면 '그 사람의 풍도가 장구령에 비해 어떠한가?'라고 반문하였다고 하니 '紳士 중의 신사'였다고 생각된다.

24) 중국 역사에서 어느 왕조에서든 황제의 전제 권력이 절대적이었다는 점에는 거의 마찬가지였다. 다만 황제 아래 권력구조에 약간씩 차이가 있었다. 황제의 명령을 어떻게 立案하고 누가 그 내용을 검토하여 황제의 결심을 받아내고 그것을 어느 부서에서 실행하는가는 바로 권력의 가장 핵심적인 내용이다. 이러한 황제 중심 권력은 三省 六部로 집약된다. 三省에서 中書省(최고 책임자는 中書令)은 정책을 입안하고 詔書(조서)를 작성하는 황제의 비서실장 역할을 수행했다. 門下省(최고위직은 門下侍中)은 조서의 초안이나 정책의 입안 내용을 심의하고 수정하였으며 최종으로 황제의 결재를 받는다. 그리고 尙書省의 六部에서 정책을 실천한다.

감명을 받았을 것이다. 장구령은 안록산을 천거한 張守珪(장수규)나 李林甫 등의 등용을 극력 반대했었다.

왕유는 장구령에게 獻詩하며[25] 자신을 천거해 달라고 부탁하였다. 실력으로 과거에 급제하여 관직을 시작했으나, 임용 첫해에 폄직 당했고, 관직을 스스로 버린 뒤 은거로 이어진 왕유의 순탄치 않은 인생 노정에 새로운 轉機(전기)가 필요했을 것이다. 그러면서 자신의 뜻도 펴보고 생활도 안정되기를 희망했을 것이다.

개원 22년, 왕유는 장구령의 천거로 右拾遺(우습유)에 등용되었다.[26] 이때 현종은 낙양에 머물고 있었다. 장구령은 盧象(노상), 王昌齡(왕창령), 錢起(전기), 綦毋潛(기무잠), 包融(포융) 등을 발탁했다. 왕유는 그의 詩 <獻始興公>[27]에서 자신에 대한 장구령의 천거가 떳떳한 公議이지 私的인 천거가 아니었기에 기꺼이 받아들였다는 뜻을 표하였다.

개원 24년(736), 왕유는 현종을 수행하여 장안으로 돌아왔다. 장구령은 그가 천거했던 사람이 현종을 비난한 죄에 연루에서 재상직에서 물러나 荊州大都督府의 長史라는 지방의 한직으로 폄직되었다.[28] 장구령이 폄직되면서 李林甫(이임보)가[29] 장구령의 후임으로 중서

---

25) <上張令公>(五古). (본서에는 미 수록)
26) 右拾遺의 습유는 '버려진 것을 줍는다'라는 뜻으로 곧 유능한 인재를 찾아 천거하고 또 諫言(간언)을 담당하는 직분인데, 중서성 소속의 습유를 우습유, 문하성 소속의 습유는 좌습유라 했고, 左, 右補闕도 마찬가지였다. 뒷날 杜甫나 白居易는 左拾遺를 역임했다.
27) 개원 23년(735)에 장구령은 金紫光祿大夫로 始興伯(시흥백)에 봉해진다. 시흥은 장구령의 고향.
28) 唐代에는 親王府, 都護府, 都督府, 출정한 將帥(節度使 제외), 州府에 長史라는 부관을 두었다. 장사의 직급도 3품에서 7품까지 다양했다. 州刺史도 長史官을 두었는데 실무가 없고 別駕라고도 불렀다. 그러나 大都督府의 長史는 지위가 비교적 높았으나 副職이었다.
29) 李林甫(이임보, ?~752)는 唐朝의 宗室이기에 벼슬을 시작했지만 교활하였으며 口蜜腹劍(구밀복검) 고사의 주인공이다. 개원 22년(734)부터 천보 11년(752)까지

34

령이 되었다.30) 이임보는 무식한 사람이었는데 이런 사람을 재상급에 임명한 것을 보면 玄宗도 늙어 聰明이 사라졌다는 증거였다. 이임보는 자기편이 아닌 관료나 인재를 철저하게 배척하였다.31) 그러면서 蕃將(번장)들을 스카우트하거나 아첨하는 소인들을 중용하여 자기 사람으로 만들었다. 이런 정치 상황 하에서 왕유가 좌절을 겪는 것은 당연하였다. 때문에 왕유는 자신의 詩 <寄荊州張丞相>에서 '方將與農圃, 藝植老丘園'이라 하여 차라리 농부가 되어 농사를 짓고 싶다는 뜻을 피력하였다.

장구령의 폄직은 왕유의 관직생활에 큰 타격을 주었다.

開元 25년(737)에 왕유는 監察御使 직분으로 河西節度使인 崔希逸(최희일)의32) 막료로 발령받아 涼州에33) 부임하여 節度判官으로 3년

---

재상직을 수행했다. 장구령 같은 인재를 이간질하여 폄직케 하였고, 문란한 政事로 安祿山의 난이 일어날 배경을 만들어 놓은 사람이었다. 이임보는 무식한 사람으로 정평이 나 있었다. '弄璋之慶(농장지경, 璋은 홀 장)'은 得男 축하의 글귀인데, 이임보는 이를 '弄獐之慶(獐은 노루 장)'이라 썼기에 당시 사람들이 '弄獐宰相'이라고 불렸다는 이야기도 있다.

30) 이임보는 752년까지 중서령으로 국정을 농단했다. 뒷날 唐 憲宗(재위 805-820)은 신하들과 治亂을 논했는데 여러 사람이 안록산의 난이 치세와 난세의 분수령이 되었다고 말했다. 그러나 崔群(최군)이란 사람은 "장구령을 파면하고 이임보를 중서령에 임명한 것이 치란의 분기점이 되었다"고 말했다.

31) 이임보는 황제 측근에게도 아첨을 잘했고, 황제의 뜻에 잘 영합하여 총애를 독차지하면서 言路를 막아 황제의 귀와 눈을 가렸다. 현명하고 유능한 사람을 질투했고, 자신보다 나은 사람을 배척하거나 억제하였고, 성질이 음험하여 사람들은 '입의 말은 달콤하게 하지만 뱃속에는 칼이 있다(口蜜腹劍)'고 하였다. 매일 밤, 서재에 홀로 앉아 깊은 생각을 하면 그 다음날 틀림없이 사람들을 죽였고, 여러 번 큰 옥사를 일으켰기에 태자조차도 이임보를 두려워하였다. 재상 자리에 19년 있으면서 천하 대란의 싹을 키우고 있었으나 현종은 깨닫지 못했다. 안록산도 이임보의 술수가 두려워 이임보가 죽을 때까지 감히 대들지를 못했다고 한다.

32) 현종 開元 21년에는 전국을 15道로 나누고 각 道에 주둔한 武將을 都督이라 하였다. 이 도독 중에서 天子를 대행하여 軍權을 행사할 수 있는 持節(지절)을 받은 도독을 節度使(절도사)라고 불렀다. 말하자면 절도사는 변경지역의 군사 업무를 자주적으로 처리할 수 있는 무관으로 외적 방어를 위해 설치한 藩鎭(번진)이었다. 현종 開元 연간에 北庭(북정), 河西, 河東, 隴右(농우), 朔方(삭방), 范陽(범양), 平盧(평로), 劍南(검남), 嶺南, 磧西(적서)의 10곳에 절도사를 두었다. 이중에 범양절

가까이 변경의 최전선에서 재직하게 된다.

內地에서 태어났고 長安과 洛陽의 대도시에서 주로 생활한 왕유에게 邊塞(변새)의 자연환경과 현지 주민들의 생활, 그리고 軍營이라는 특별한 근무여건은 매우 새로운 자극이면서 충격이었다. 이 시기에 왕유는 자신의 넓고 큰 뜻과 雄渾(웅혼)한 기상을 그리고, 현지인의 생활을 소재로 한 佳作을 많이 남겼다.

왕유는 <使至塞上>에서 '單車欲問邊, 屬國過居延'으로 시작하여 변새에 도착했고 '征蓬出漢塞, 歸雁入胡天'으로 처음 본 낯선 풍광을, 이어 '大漠孤煙直, 長河落日圓'이라는 천하의 名句로 변새의 광활함을, '蕭關逢候騎, 都護在燕然'이라는 결련으로 盛唐의 굳건한 기상을 표현하였다. 그리고 <涼州賽神(양주새신)>, <涼州郊外遊望>으로 변새 지역 주민의 생활을 묘사하였다. <出塞作>, <觀獵> 등 많은 사람이 애송하는 명작을 통해 漠漠雄壯(막막웅장)하고 荒涼奇異(황량기이)한 사막을 묘사하였다.

개원 28년(740), 장안에 돌아온 중년의 왕유는 殿中侍御使兼知南選의 직책을 받았다. 知南選(지남선)은 五嶺(오령)산맥 이남의 각 州를 순회하며 인재등용을 위한 考試를 주관하는 직책이었다.[34] 왕유는 개원 29년(741) 봄에 맹호연의 고향 襄陽(양양)을 지나면서 그의 죽

---

도사(北京 지역, 幽州)가 가장 막강했다. 절도사를 처음 설치할 때는 외적 방어가 주목적이었으나 점차 권한이 확대되어 관할 구역의 군사, 행정, 재정의 모든 권한을 장악하게 되었다. 이민족을 상대하지 않는 삭방, 하동, 검남절도사는 문관이 임명되었다. 唐에서는 이 절도사의 세력을 통제하지 못했기에 安祿山의 난이 일어났고, 안록산의 난 이후에도 절도사의 세력은 여전히 막강했다. 결국 唐은 절도사 출신 朱全忠에게 멸망했고(907) 五代의 건국자와 北宋의 건국자인 趙匡胤(조광윤)도 모두 절도사 출신이었다. 당시 河西節度使 崔希逸은 吐蕃族(토번족)을 공격, 격파하는 큰 공을 세웠으나 나중에 자결하였다.

33) 涼州는 지금의 甘肅省 중부의 武威市로 예로부터 포도주 산지로 유명했다.

34) 高宗 때 嶺南과 黔中都督府 관할지역의 인재 선발을 위해 중앙에서 파견하는 관리를 知南選이라 했다. 여기서 知는 해당업무를 主宰한다는 뜻. 지남선은 상설 관직이 아니었다. 필요시 선발하여 파견.

음을 듣고 <哭孟浩然>을 지어 인생 선배이면서 절친인 맹호연의 죽음을 애도하였다. 왕유는 知南選의 직분을 수행하면서 각지를 여행하였고, 이 과정에서 호탕하고 기세 웅혼한 <漢江臨眺(한강임조)>를 지었는데 '郡邑浮前浦, 波瀾動遠空'의 명구는 맹호연의 '氣蒸雲夢澤, 波撼岳陽城'-<望洞庭湖贈張丞相>보다도 더 宏闊(굉활)한 기상을 보여주었다.

이어 長江의 巴峽(파협)을 지나면서 <曉行巴峽>의 절창을 남겼다. 이 시기에 왕유는 많은 산수시를 남겼다. 왕유의 산수시는 陶淵明 (365?-427) 이후 東晋과 宋에서 활약했던 謝靈運(385 - 433)과 남조 齊의 謝朓(사조, 464 - 499)의 전통을 이어 발전시켰다.

## 4. 輞川의 半官半隱

개원 29년(741), 왕유는 知南選의 임무를 마치고 장안으로 돌아왔다. 조정의 정치는 李林甫가 좌지우지하였다. 왕유는 諫官인 殿中侍御使로 재직중이었는데 그 시기에 이임보의 잘못된 정치를 규탄할 만한 여건도 되지 않았고, 왕유 자신도 규탄하다가 안 되면 관직을 버리겠다는 결심도 없었다.

바로 이 점이 도연명과 달랐다. 도연명은 五斗米 때문에 향리 소아에게 허리를 굽힐 수 없다며 관직을 버렸고, 안빈낙도하며 극도의 빈궁을 견뎌냈다. 그러나 왕유에게는 장남으로서 홀로 된 모친을 모시며, 또 어린 형제들을 보살펴 주어야만 했다. 곧 현실적인 타협과 생존의 방책이 필요했을 것이다.

天寶 원년(742),[35] 왕유는 左補闕에 임용되었고 이 해에 綦毋潛(기

---

35) 현종의 마지막 年號 天寶(원년 742-14년 755)는 당나라가 번영에서 쇠퇴로 넘어가는 분수령이었다. 天寶 元年에 安祿山을 平盧節度使로 임명했고, 천보 3년부터는 年을 載(재)라고 바꾸었으며, 안록산이 범양절도사를 겸직하였다. 천보 4년에

무잠)은 관직을 버리고 고향 江東으로 돌아갔다. 왕유의 우인이었던 韋陟(위척)은 이임보에 밀려 襄陽刺史로 전출되었다. 이때 왕유는 <奉寄韋太守陟>을 지어 전송했다. 왕유는 자신의 관직생활이 순탄하지 않으며 매우 위험하다는 것도 알고 있었다. 때문에 모든 것이 조심스러울 수밖에 없었다. 그것은 노모를 모시는 장남의 책임이었을 것이다. 왕유는 사촌동생에게 보낸 <贈從弟司庫員外絿>란 시에서 말했다.

**即事豈徒言, 累官非不試.**
**既寡遂性歡, 恐招負時累.**
세상사 직접 겪으니 모두가 헛말이고
몇년간 여러 관직에 임용도 되었었다.
그러나 이미 천성에 맞지도 않았기에
남에게 혹시 폐해를 끼칠까 걱정했다.


이임보의 조정에서 왕유는 문하성 소속의 左補闕(좌보궐)이 되었다가, 庫部員外郞으로[36] 전직했다. 그러나 그의 직급은 7품에서 6품을 오갔는데 요즈음 7급에서 6급 主事職에 해당하는 하위직이었다. 李林甫는 장구령의 천거를 받았거나 그때 임용된 사람들을 철저하게 배제하면서 苑咸(원함), 郭愼微(곽신미) 등 新進을 발탁하였는데 이들은 모두 왕유의 동료였거나 하위직에 있었지만, 이제는 모두 왕유의 상관이 되었다. 이런 시기에 왕유의 심경이 어떠했겠는가?

왕유는 <酬郭給事>에서 '强欲從君無那老, 將因臥病解朝衣'라고 하

---

楊太眞을 貴妃로 삼았고, 755년에 안록산의 난이 일어났으며, 756년에 현종은 제위를 아들(德宗)에게 선양한다.

**36)** 庫部는 兵部 소속 부서로 兵器庫와 그 무기를 관리, 儀仗, 포로 관리 등을 담당. 왕유 같은 文臣이 요즈음 말로 수도방위사 무기 담당관이었다.

면서 곧 사임하고 싶다는 뜻을 내보였고, <積雨輞川莊作>에서는 '野老與人爭席罷, 海鷗何事更相疑'라면서 소인들과 다투면서 관직에서 바동대기 싫다는 뜻을, 어찌 보면 매우 소극적인 의지를 피력하였다. 마흔 살 중년이 넘은 나이에 이런 생각이라면 20대 청년의 포부나 꿈은 이미 접은 것이라고 볼 수 있다.

왕유는 천보 원년(742)에서 3載(744) 사이에 옛 宋之問(송지문)이[37] 살던 輞川(망천)의 별장을 구매하여 半官半隱의 전원생활을 하게 된다. 半官半隱 생활이란 관직을 갖고 있으면서 틈틈이 또는 휴가 중에 별장에 거처하는 것으로 그 당시에 유행하였던 朝隱(조은)으로 이해하면 될 것이다.[38] 왕유의 경우 이임보의 질시를 피하면서 자기 나름의 지조를 지킬 수 있는 방편이었을 것이다.

輞川別業에 은거할 때 왕유는 관직에서의 경쟁을 버리고 산림과 자연 속에 완전히 하나가 되었음을 시로 그려내었는데 망천의 절경과 그의 의지를 한꺼번에 보여주는 詩를 연이어 지었다. 그러한 시 20首는 나중에 ≪輞川集≫이라는 제목으로 묶었다.

그 중 <鹿柴(녹채)>가 대표적인데 '空山不見人, 但聞人語響'은 산중에 머물며 인간세상과 거리를 둔 시인의 실제모습이라 할 수 있다. <欒家瀨(난가뢰)>의 '跳波自相濺, 白鷺驚復下'는 매우 자연스럽게 계곡을 그려내면서, 그것을 바라보는 시인의 모습도 함께 연상시켜준

---

37) 송지문(656?-712)은 高宗 때 급제 후 여러 관직을 전전했는데 측천무후의 총애를 받던 張易之(장역지)의 변기를 받들며 시중들었다 하여 '天下醜其行(天下가 그의 행동을 추하게 생각하다)'했다고 알려진 사람이다. 705년 측천무후가 퇴위하자 장역지 형제는 살해당했고, 장역지에 아부했던 송지문도 폄직된다. 中宗 2차 재위 중에(705-710) 知貢擧(지공거)에 올랐다가 뇌물 받은 것이 탄로나 지방관으로 폄직되었다. 睿宗(예종)이 다시 즉위하면서(710) 또다시 유배되었다가 현종이 즉위하는 先天 元年(712)에 사약을 받고 죽었다. 송지문이 五言律詩에 능했다고는 하지만 여하튼 좀 지저분한 인격의 소유자였다.

38) 朝隱(조은)은 조정에 벼슬을 갖고 있으나 名利를 초월한 淡泊(담박)한 처신으로 은자와 다름없는 사람을 지칭한다.

다.(본문 참고)

왕유는 裴迪(배적)과 함께 망천을 거닐며 시를 주고받으면서 산속의 逸興을 즐겼으니 <輞川閑居贈裴秀才迪>에서는 '復値接輿醉, 狂歌五柳前'이라 하여 배적을 ≪論語≫에 나오는 楚나라 狂人 接輿(접여)에, 그리고 자신을 도연명에 비유하였다.

또 전원에서 볼 수 있는 농부들의 일하는 모습을 자연과 함께 그려내었다. <春中田園作>에서는 '持斧伐遠揚, 荷鋤覘泉脈'이라 하여 뽕나무 가지를 손질하고 물도랑을 내는 농부의 모습을, 또 <田家>에서는 '旁舍草中歸'라 하여 일하다가 뽕나무 아래에서 점심을 먹고 농막에서 잠시 쉬는 농부의 모습을 그렸고, <渭川田家> 등 여러 시에서 아름다운 농촌과 땀 흘려 일하는 농부를 그려 하층민에 대한 진정한 애착을 표현하였다.

天寶 4載(745), 현종은 자신의 아들 壽王의 왕비로 이미 두 아들을 출산한 며느리 楊氏를 여도사 太眞이라 했다가 이 해에 貴妃로 책봉하였다. 이후 양귀비와 그 사촌 楊國忠, 그 자매들의 영광과 번영은 끝이 없었다. 때문에 白居易(백거이, 772~846. 字 樂天, 香山居士)의 <長恨歌>의 내용 그대로 '遂令天下父母心으로 不重生男하고 重生女'하게 만들었으며, 현종은 귀비를 얻은 뒤 女色과 歌舞에 빠져 정사를 돌보지 않았다. 이런 상황에서 왕유는 그의 풍자시 <早朝>에서 '方朔金門侍, 班姬玉輦迎. 仍聞遣方士, 東海訪蓬瀛'했다고 비판하였다.(본문 참고)

天寶 9載(750)에 왕유는 모친상을 당했고 천보 11載에 탈상하였을 것으로 추정한다.

天寶 10載(751), 범양절도사 안록산은 막대한 국력을 탕진하면서 奚族(해족)과 契丹(거란)인을 대량 학살했고, 그 공적으로 河北道采訪處置使가 되어 지금의 河北省과 北京市, 遼寧省 일대를 완전 장악하여 그 세력은 중앙에서 통제할 수가 없게 되었다. 이때 왕유는 상서성에서 안록산의 군영으로 전근 가는 동료를 전송하면서 <送陸員外>를 지어 '萬里不見虜, 蕭條胡地空. 無爲費中國, 更欲邀奇功'이라 하여 안록산의 무자비한 살육과 재정 낭비를 비판하였다.(본문 참고)

이어 천보 11載(752)에 양국충은 文部尙書(과거의 吏部) 겸 右相이 되었고, 왕유(54세)는 文部郎中이[39] 되었으며, 이 해에 李林甫가 죽었다.

天寶 13載(754), 왕유는 給事中으로[40] 승진한다.

天寶 14載(755), 안록산이 반란을 일으켜 東都(洛陽)를 점령하고 제위에 오른다.

다음해(756, 천보 15載, 肅宗 至德 元年) 반군이 장안에 육박하자, 현종은 楊國忠과 楊貴妃 등 측근을 데리고 蜀(촉)을 향해 피난했고, 가는 도중 楊貴妃는 馬嵬坡(마외파)에서 자살했다.

현종은 촉에 피난하면서 태자에게 서북에 가서 근왕병을 모집케 하였는데 백성들은 태자가 제위에 올라야 한다고 수차례 상서하였다. 결국 현종의 양위조서가 내려지고 태자가 靈武(영무, 지금의 寧夏回族自治區 북쪽 끝의 銀川市)에서 756년 7월에 즉위하니 肅宗(李亨, 玄宗의 三子)이다.[41]


## 5. 晩年의 王維

756년 6월에 장안이 함락되자 피난가지 못한 58세의 왕유는 반군에 잡혀 장안의 菩提寺(보리사)에 연금된다. 결국 안록산의 압력으로 원

---

**39)** 吏部爲文部. 文部郎中은 從五品.
**40)** 給事中은 門下省(門下侍中이 首相格)의 속관, 門下省은 신하들이 황제에게 올리는 상서나 中書省에서 초안을 잡아 올린 조칙의 옳고 그름을 따져 반박하였는데(封駁봉박), 초안을 기각하느냐 아니면 상주를 허용하는가의 결정권은 給事中의 권한이었다.
**41)** 숙종 재위 756- 762. 즉위하면서 至德(756-757)으로 改元.

하지 않는 관직(僞職)에 나아가야만 했는데, 왕유는 약을 먹고 벙어리 흉내를 내면서 위장했다가 나중에 낙양으로 끌려가 普施寺(보시사)에 갇히게 된다.

肅宗 至德 2년(757), 장안과 낙양이 수복되고 10월에 숙종은 장안으로 환도하고, 지난날 안록산에 협력했던 자들을 6등급으로 나누어 처벌한다. 왕유는 낙양이 수복되면서 석방되었으나 위직을 맡았다는 혐의로 長安에 압송된다. 이때 왕유의 동생 王縉(왕진)은 현종을 扈從(호종)하여 蜀에 들어갔고 장안에 들어와 숙종의 신임을 받고 있었다. 왕진은 자신의 관직(刑部侍郎, 차관급)을 삭감하더라도 형의 죄를 사면해달라는 간절한 상서 <請削官贖兄維罪表>를 올렸다.

왕유가 장안 보리사에 연금되어 있을 때, 왕유의 詩友 裴迪(배적)이 찾아와 면회하면서 장안에 들어온 안록산이 凝碧池(응벽지)에서 주연을 펼쳤고 梨園(이원)의 악공들을 강제로 동원하여 연주케 하였는데, 연주를 끝낸 악공들이 눈물을 흘렸다는 이야기를 들려주었다. 하찮은 악공들도 천자를 그리며 눈물을 흘렸다는 이야기에 감동 받은 왕유는 거기서 시(凝碧詩)를 지어 배적에게 보여주었다. 그 시의 내용이 알려지면서 숙종도 왕유의 충성심을 인정하여 죄에서 풀려났다.

建元 元年(758), 왕유는 태자의 시종과 의례를 담당하는 太子中允(태자중윤)이라는 직책에 降任되었다가 곧 太子中允 겸 集賢殿學士가 된다. 이어 태자궁에서 문서를 담당하는 太子中庶舍人으로 승진하였고, 이어 가을에는 안록산의 난 이전의 給事中에 복귀하였다. 왕유는 이 무렵 左省(門下省)의 左拾遺인 杜甫, 右省(中書省)의 右補闕인 岑參(잠삼), 또 詩友인 賈至(가지) 등과 시를 주고받으며 많은 가작을 남겼다.

안록산의 난의 곤경을 겪은 왕유는 의기소침하였고 심경은 매우 복잡하였다.

가끔 수십 명의 승려에게 식사를 공양하거나 玄談을 즐겼는데, 집
안에 재물도 거의 없어 겨우 차 솥과 약절구, 책상과 노끈을 얽어
만든 의자(繩床승상)뿐이었다. 조정에서 퇴근하면 향을 피우고 혼자
앉아 禪誦을 일로 삼았다. 왕유는 일찍 喪妻하였지만 후처를 맞이하
지 않고 홀로 30년을 지내며 속세의 티끌을 버리고 살았다.42)

관직에서의 좌절과 안록산의 난을 지나면서 겪은 고초와 난 평정
이후 부역 죄에서 벗어날 때까지 시인의 마음고생과 적막함이 어떠
했을런지 짐작할 수 있다. 이 시기에 왕유는 망천에 갈 여유가 없었
으므로 山水를 거의 읊지 못했다. 숙종 재임 중에 왕유의 관직은 조
금씩 높아졌는데 숙종 建元 2년(759)에 尙書右丞(尙書令의 보좌관)이
되었다가, 上元 2년(761) 7월에 별세하니 卒年은 61(63)세였다.


安史의 亂 이후 두보도 잠시 관직에 있었지만 이후 서남쪽에서 주
로 유랑하였고 이백도 각지를 유랑하였다. 그래도 왕유만이 만년에
비교적 안정된 생활을 할 수 있었다.

왕유는 상원 2년에 <送楊長史赴果州>를 지었는데 楊長史는 果州刺
史인 楊濟이며, <送梓州李使君>의 李使君은 東川節度使인 李叔明으
로 모두 상원 2년에 현직에 임명된 사람들이었다. 그리고 왕유의 마
지막 詩作은 上元 2년에 지은 <送邢桂州>인데 이는 荊州都督兼桂管
防禦都使인 邢濟(형제)를 전송한 시이다. 이런 시들은 송별시이면서
오언율시의 걸작으로 평가받고 있다.

이런 시를 통해서 왕유는 ≪舊唐書≫의 기록인 숙종 建元 2년(759)
에 죽지 않았고 上元 2년에 죽은 것으로 인정된다.43)

---

42) ≪舊唐書 文苑傳 下≫王維傳. '在京師日飯十數名僧, 以玄談爲樂. 齋中無所有, 有
茶鐺,藥臼,經案,繩床而已. 退朝之後,焚香獨坐, 以禪誦爲事. 妻亡不再娶, 三十年孤居
一室, 屛絶塵累'
43) 李白의 생졸년은 701-762년이고, 杜甫는 712-770년이니, 세 사람이 같은 시기
에 살았다는 것도 하나의 驚異라 할 수 있다.

# 제3장  王維 詩의 예술적 성취

　관료 가문에서 출생하고 성장한 왕유는 관직을 희망했으며 또 그렇게 살아야만 했다. 성당의 태평성대에 누구나 그러하듯 고위 관료로 명성을 누리고 싶었기에, 그 사상적 바탕을 묻는다면 儒家사상이 근저에 깔려 있다고 말할 수 있다.

　거기에 모친의 영향과 당시 불교의 광범위한 유포에 따라 禪僧(선승)과의 교류를 통해 禪學에 많은 관심을 갖고 있었다. 왕유의 시에 사찰을 찾아가거나, 禪師와의 회동을 소재로 한 시가 많고, 불교용어나 전고가 나타나는데 이는 불교사상이 왕유 시의 내용이라기보다는 불교에 대한 이해와 독실한 불심이 그의 은거와 산수자연시의 바탕이 되었다고 말할 수 있다. 왕유가 자연을 관조하는 태도나 자연 속에 가뿐히 안겨 희열을 느끼는 것 모두가 불교와 관련 지어 생각할 수 있다.

　이백이 道家사상과 함께 그 행적에 任俠(임협)의 기질이 나타나고, 두보가 儒家사상을 가지고 고통 받는 백성들을 이해하려고 했던 점, 그리고 왕유가 불교적 바탕에서 자연 속에 안주하려 했던 점은 좋은 대조를 이루고 있다.

## 1. 王維 詩의 畵意

王維는 詩書畵(시서화)에 모두 뛰어났었다.

북송시대 詩詞에 능했으며 蘇門四學士(蘇軾의 제자들)의 한 사람인 晁
補之(조보지, 1053 - 1110)는 왕유에 대하여 '王右丞(王維)은 시에 뛰어났
으며 畵意가 넘친다'고 評하였다.[44]

唐宋八大家의 한 사람인 北宋의 蘇軾(소식, 東坡居士, 1036 - 1101)이
왕유를 평하여 '시 가운데에 그림이 있고, 그림 속에 시가 있다(味摩詰之
詩 詩中有畵, 觀摩詰之畵 畵中有詩)'고 한 말은 왕유가 시와 그림에 두루
능했을 뿐만 아니라 그 시를 그림으로, 또 그 그림을 시로 느낄 수 있다는
뜻이라고 풀이할 수 있다.

시를 짓고 그 뜻에 알맞은 그림을 그린 것을 詩畵(시화)라고 한다.
시와 그림이 본래 밀접한 연관이 있지만 시는 抒情(서정)을 위주로
하고, 그림은 한순간의 모습을 표현한다. 그런데 시 가운데 그림이
있다면 시에 畵意가 가득하다는 뜻이며 그림 속에 詩意가 있다면 그
그림에 신운이 들어있다는 뜻이다.

　　落花寂寂啼山鳥, 楊柳青青渡水人.　　<寒食氾上作>
　　낙화는 쓸쓸히 지고 산새들 지저귀며
　　버들은 푸른데 氾水(사수)를 건너는 나그네.

위 시는 풍경 그림 속에 나그네를 그려 넣었는데, 나그네를 중심으
로 보면 떨어지는 낙화와 새가 우는 봄날의 푸른 버들은 훌륭한 배
경으로 그려졌다. 그리고,

---

44) 晁補之 <春溪捕魚圖序> '～ 右丞妙於詩 故畵意有餘. 世人欲以語言粉墨追之, 不似
也.'

分野中峰變, 陰晴衆壑殊. <終南山>
하늘의 성좌는 中峰에 따라 나뉘었고
흐리고 개이면 계곡도 모두 달라진다.

이 구절에는 終南山의 우뚝한 봉우리와 날씨에 따라 달라지는 계곡의 풍경이 동영상처럼 움직이고 있다. 이어

欲投人處宿, 隔水問樵夫. <終南山>
인가를 찾아가 묵고 싶어서
물 건너 나무꾼에게 묻는다.

이 結聯에서 시인의 움직임은 계곡에 묻혀 있고, 계곡에는 시인과 나무꾼의 움직임이 눈에 보인다.

遠樹帶行客, 孤城當落暉. <送綦毋潛落第還鄕>
길 따라 나무와 벗하며 가는 나그네
외딴 城에는 저녁 햇살이 비칠 뿐.

이 구절에서는 멀리 길 따라 늘어선 나무를 따라가는 나그네와, 해질녘 외로운 마을의 모습이 진한 감정 속에 자연스레 겹쳐진다. 이 구절의 '帶'와 '當'은 이러한 풍경을 연상시키는 詩眼으로 풍경을 詩속으로 끌어들이는 마법을 보여주고 있다. 그러면서 길 가는 나그네의 외로움과, 저물녘에 길어진 그림자가 쓸쓸히 나타나는 극적인 감정을 불러온다. 그러니 시 속에 그림이, 그림 속에 詩意가 있다고 말했으리라.

왕유의 시에는 해가 지는 저물녘(夕陽, 日暮)의 풍경을 자주 볼 수

있다.

해질녘에 길 가는 나그네, 해질녘에 사립문을 닫는 은자, 해질녘에
들판에 피어오르는 연기, 강을 배경으로 지는 커다란 해, 해가 지고
난 뒤에 어스름 속에 허옇게 보이는 강물!

하여튼 해질녘은 시인에게 다양한 정서를 유발시키고, 시인의 눈에
비친 석양은 환상적인 그림이었다. 왕유가 묘사한 다양한 모습의 夕
陽은 다음과 같으니 모두 시이며 그림이고, 풍경이면서 거기에는 詩
意가 가득하다. 이를 본다면 왕유의 사색은 석양을 배경으로, 그리고
달과 함께 깊은 사색에 沈潛(침잠)했음을 알 수 있다.

아래의 시구는 이러한 왕유의 특색을 느낄 수 있는 구절이다.(번역
은 본문 참고)


臨風聽暮蟬, 渡頭餘落日.　　<輞川閑居贈裴秀才迪>

大漠孤煙直, 長河落日圓.　　<使至賽上>

荒城臨古渡, 落日滿秋山.　　<歸嵩山作>

落日山水好, 漾舟信歸風.　　<藍田山石門精舍>

斜陽照墟落, 窮巷牛羊歸.　　<渭川田家>

殘雨斜日照, 夕嵐飛鳥還.　　<崔濮陽兄季重前山興>

秋山斂餘照, 飛鳥逐前侶.

彩翠時分明, 夕嵐無處所.　　<木蘭柴>

日暮沙漠陲, 戰聲煙塵裏.　　<李陵詠>

日暮沙漠陲, 戰聲煙塵裏.　　<從軍行>

天寒遠山淨, 日暮長河急.　　<齊州送祖三>

山中相送罷, 日暮掩柴扉.　　<送別>　(五絶)

薄暮空潭曲, 安禪制毒龍.　　<過香積寺>

還持鹿皮几, 日暮隱蓬蒿.　　<春園卽事>

暮持筇竹杖, 相待虎溪頭.  &lt;過感化寺曇興上人山院&gt;

迴看射雕處, 千里暮雲平.  &lt;觀獵&gt;

日日采蓮去, 洲長多暮歸.  &lt;蓮花塢&gt;

遙知漢使蕭關外, 愁見孤城落日邊.  &lt;送韋評事&gt;

洞門高閣靄餘輝, 桃李陰陰柳絮飛.  &lt;酬郭給事&gt;

平明閭巷埽花開, 薄暮漁樵乘水入.  &lt;桃源行&gt;

草間蛩響臨秋急, 山裏蟬聲薄暮悲.  &lt;早秋山中作&gt;

다음으로 왕유의 시에 자주 그려진 그림은 달(月)이다. 明月과 月夜 – 달빛을 받으며 걷고, 달빛 아래 거문고를 연주했다. 본서에서 번역한 왕유 시에 그려진 달의 모습은 아래와 같다. (번역은 본문 참고)

家住水東西, 浣紗明月下.  &lt;白石灘&gt;

深林人不知, 明月來相照.  &lt;竹里館&gt;

明月松間照, 淸泉石上流.  &lt;山居秋暝&gt;

澗芳襲人衣, 山月映石壁.  &lt;藍田山石門精舍&gt;

草白靄繁霜, 木衰澄淸月.  &lt;冬夜書懷&gt;

松風吹解帶, 山月照彈琴.  &lt;酬張少府&gt;

別後同明月, 君應聽子規.  &lt;送楊長史赴果州&gt;

月出驚山鳥, 時鳴春澗中.  &lt;皇甫嶽雲溪雜題&gt;

月明松下房櫳靜, 日出雲中雞犬喧.  &lt;桃源行&gt;

隴頭明月迥臨關, 隴上行人夜吹笛.  &lt;隴頭吟&gt;

왕유의 시에 그려진 그림은 결코 담백한 무채색 그림이나 동양화적 여백만을 그리지는 않았다. 때로는 컬러가 분명한, 다채롭고도 화려한 유채색으로 우리 마음을 환희의 도약으로 이끌었다.

彩翠時分明, 夕嵐無處所.  <木蘭柴>
울긋불긋 가을 색 분명하기에
어스름빛 어디든 머물데 없도다.


開畦分白水 間柳發紅桃.  <春園卽事>
논두렁 따라 나뉜 논물이 하얗고
버들 사이로 복숭아꽃이 붉었다.


雨中草色綠堪染, 水上桃花紅欲然.  <輞川別業>
봄비에 젖은 풀색 옷을 물들이고
물가의 복숭아 꽃 불타듯 붉도다.


嫩竹含新粉, 紅蓮落故衣.  <山居卽事>
자라는 죽순은 마디가 굵어지고
피었던 홍련은 꽃잎이 떨어진다.


桃花復含宿雨, 柳綠更帶朝煙.  <田園樂>
도화는 어젯밤 비에 흠뻑 젖었고
버들은 아침 안개에 더 푸르렀다.


 이상을 종합한다면 왕유가 繪畫(회화)에도 뛰어났을 뿐만 아니라
그의 미의식이 얼마나 우수했는가를 짐작할 수 있다. '시 속에 그림
이, 그림 속에 시가 있다'고 말한 蘇軾(소식) 역시 걸출한 화가였고
명필이었기에 왕유의 시와 그림을 제대로 감상하고 평가할 수 있었
다.

## 2. 王維 詩의 예술성

왕유의 五絶 중에 아래와 같은 표현은 왕유의 아름다움을 추구하는 예술적 상상력이 얼마나 우수한가를 증명하는 사례라 할 수 있다.

山路元無雨, 空翠濕人衣.   <山中>
산길에 본래 비가 아니 내렸는데
떠있는 푸른 기운 옷에 스며드네.

坐看蒼苔色, 欲上人衣來.   <書事>
한가히 푸른 이끼 보고 있으니
내 옷에 물들어 올라오려 한다.

湖上一回首, 青山卷白雲.   <欹湖(의호)>
물 위에서 고개 한번 돌려보니
흰 구름은 푸른 산에 감기었네.

왕유의 시는 山水의 靜寂과 景物의 동태를 함께 그려내면서 相反이라는 기이한 묘미를 만들어 내었다.

泉聲咽危石, 日色冷青松.   <過香積寺>
물은 돌 틈서 졸졸대며 흐르고
볕이 들어도 청송은 서늘하다.

聲喧亂石中, 色靜深松裏.   <青溪>
흩어진 돌 사이 물소리 요란하나
우거진 솔 숲엔 만물이 고요하다.

이 시에서는 크게 들리는 물소리와 만물의 고요함, 곧 動과 靜의 對偶(대우)가 눈앞에 그려진다. 또 亂石과 深松 역시 물에서의 움직임과 땅에서의 정적으로 절묘하게 짝을 이루고 있다.

왕유 시의 대우 기법은 정말 예술적이면서도 논리적으로 만물의 이치에 어긋나는 것이 없다. 이런 대우 기법은 그의 세심한 관찰력과 예술적 표현력이 결합한 결과물이라고 분석할 수 있다. 예를 들면 아래와 같은 명구가 있다.

多雨紅榴析, 新秋綠芋肥. ＜田家＞
많은 비에 붉은 석류가 갈라지고
가을 들자 푸른 토란도 통통하다.

草枯鷹眼疾, 雪盡馬蹄輕. ＜觀獵＞
풀이 말라 사냥매는 더 멀리 보고
눈이 녹자 말발굽은 더 빨리 뛴다.

시인 왕유가 생각하고 관찰하며 느낀 시간과 공간은 길고도 넓으며, 그에 따른 시인의 정감은 더욱더 깊기만 하다. 이러한 시간과 공간에 대한 인식이 바로 시인의 예술적 성취일 것이다. 인구에 널리 회자되는 아래와 같은 구절은 참으로 감탄할 만하다.

鳥道一千里, 猿聲十二時. ＜送楊長史赴果州＞
새들만 넘는 천리 먼 길에
원숭이 울음 종일 들린다.

三春時有雁, 萬里少行人. ＜送劉司直赴安西＞

석달 봄 내내 기러기가 날고
만리 먼 길에 행인조차 적다.

漢漢水田飛白鷺, 陰陰夏木囀黃鸝.  &lt;積雨輞川莊作&gt;
끝없이 넓디 넓은 무논에 백로가 날고
울창한 여름 숲엔 꾀꼬리가 지저귄다.


## 3. 王維 詩의 禪意

이백을 詩仙, 두보를 詩聖이라 하듯, 왕유의 별호 詩佛을 누구나 다 인정
하고 있다. 왕유는 앞에서 언급했듯이 그 형제들까지 모친의 영향을 받아
불교에 심취하였고 불심이 돈독하였으며, 사찰을 방문하고 많은 禪師와
교류하였으며, 退朝해서는 향을 피우며 홀로 앉아 禪頌(선송)을 했다니
그의 일상생활은 禪僧처럼 검소하였다.

왕유의 이름인 維와, 字인 摩詰을 합하면 在家 佛弟子인 維摩詰(유마힐)
이 된다. 유마힐은 淨名이란 뜻인데, 維摩詰經(維摩經)은 왕유가 가장
좋아하며 즐겨 읽었고 詩作 중에 자주 인용하였다.

왕유는 禪宗(선종)의 禪師들과 교류를 통해 불교 이론을 터득하고 실천
하였다. 大乘佛敎의 일파인 선종은 大乘佛性論, 곧 중생은 모두 佛性을
갖고 있기에 누구나 성불할 수 있다고 믿었다. 선종에서 불도를 가르치고
터득하는데 '不立文字'와 '自性自悟'를 강조하였다. 또 선종에서는 中諦
(중체, 中正의 要諦)의 이치를 직관하고 중도의 진리를 찾아 밝히는 中觀
을 강조하였다.

≪유마경≫에서는 在家修行을 강조하는데, 왕유는 世間의 苦痛을 피하
지 않으면서도 涅槃樂(열반락)만을 추구하지 않는 境界에 이르렀다. 왕
유가 중년 이후에 관직에 머물면서도 망천에 은거생활을 하는 半官半隱

생활을 할 수 있었던 것은 이러한 불교 수행, 즉 居士禪을 생활화했기에 가능했을 것이다.

왕유 시에 나타나는 空과 寂(적), 習靜(습정), 安閒, 觀照(관조)의 경지 또한 생활 모습의 자연스러운 발로라고 할 수 있다. 왕유가 묘사한 산수시에는 왕유의 澄心(징심, 澄 맑을 징)과 觀照의 심미의식이 잘 나타나 있으며 때로는 그가 忘我(망아)의 단계에 도달했다고 느낄 수 있다.

왕유의 ≪輞川集≫에 묘사된 모든 구절이 禪의 경지가 아닌 것이 없으며 불심과 연결되었다. <鹿柴(녹채)>의 '但聞人語響'이나, <辛夷塢(신이오)>의 '澗戶寂無人' 그리고 <鳥鳴澗>의 '夜靜春山空'의 구구절절이 모두 空과 寂인데 왕유는 이런 자연의 空寂과 閒靜에 자신을 몰입시켰다.

왕유의 入禪은 面壁修行하는 선승의 禪境이 아니라 일상생활에서 누구와도 어울리며 살아가는 생활 속의 禪이었다. 왕유가 산속에서 만난 나무꾼에게 말을 붙이는 심경은 거의 禪定의 경지이다.

**欲投人處宿, 隔水問樵夫.** <終南山>
인가를 찾아가 묵고 싶어서
물 건너 나무꾼에게 묻는다.

**行到水窮處, 坐看雲起時.**
**偶然值林叟, 談笑無還期.** <終南別業>
걷다가 물이 끝나는 곳에서
앉아서 구름 피는 걸 본다.
우연히 산속 노인을 만나면
담소하며 돌아갈 줄 모른다.

이 정도 되면 출가만 안했을 뿐 物我를 모두 잊고 관조의 경지에 든 선승의 일상과 거의 다름이 없다. 왕유가 그려낸 輞川 20경은 거의 坐禪에 몰입한 선승이 잠깐 거니는 곳이라는 생각이 들 정도이다.


**人閑桂花落, 夜静春山空.**

**月出驚山鳥, 時鳴春澗中.**　　〈皇甫嶽雲溪雜題, 鳥鳴澗〉

한가한 마음, 桂花는 지는데

고요한 봄밤, 인적도 끊긴 산.

떠오른 달에 산새가 놀라고

가끔은 봄철 냇가서 지저귄다.


春山에는 생명력이 넘친다. 그러나 閑靜(한정)한 시인에게는 이러한 것이 覺得되지만 一切皆空일 뿐이다. 1, 2구는 閑靜을 그렸고 3, 4구는 動靜을 그렸으나 시인의 마음은 흔들림이 없는 平靜뿐이다.

왕유에게 靜은 무엇인가? 바람에 소나무가 흔들린다면 靜이 아닌가? 숲에 사는 새가 울어도 산속은 여전히 靜일 것이다. 無動無音이어야만 靜은 아닐 것이다. 왕유의 시에는 閑靜한 시간과 공간이 많이 그려졌는데 그것이 곧 觀照의 세계이며 入禪의 경지일 것이다.


《全唐詩》 125 - 128권은 왕유의 시를 모았는데 수록된 386수의 시제 중 佛寺의 이름은 〈過香積寺〉 등 16首에 걸쳐 10개의 사찰 이름이 나온다.[45] 왕유의 시에는 空, 愁, 靜, 寂, 閑(閒), 獨, 虛 등 왕유의 심경을 표현한 글자를 자주 볼 수 있는데[46] 이를 통해 왕유의 禪意의 一端을 미루어

---

45) 《全唐詩索引》(王維卷) 227p. 사찰 이름은 資聖寺, 靑龍寺, 香積寺, 感化寺, 辨覺寺, 天長寺, 化感寺, 悟眞寺, 方丈寺, 菩提寺이다. 또 禪師 이름이 들어간 시제는 3수가 있다.

46) 《全唐詩索引》(王維卷)의 〈王維詩 基本數據表〉에 의하면 《全唐詩》 및 《왕유외전》에 수록된 시에서 가장 많이 사용된 글자는 288회 나온 '人'字로 이는 전체의 1.08152%라고 한다. 다음은 '山' 259회, 그 다음은 '不' 258회이다. 그 외에 우리가 王維詩에서 자주 볼 수 있는 자연 경물에 관한 詩語로 雲 140회, 春 115회, 水 95회, 風 92회, 花 86회, 秋 81회, 草 66회, 月 61회, 松 55회, 石 46회,

짐작할 수 있다고 생각한다.


## 4. 王維 詩의 특색

중국의 고전시가는 古體詩와 近體詩로 대별한다. 이는 시대에 따른 구분이 아니라 시의 격식에 따른 구분이다. 古體詩(古詩라 통칭)는 《詩經》의 시나 楚辭(초사), 樂府詩, 五言詩, 七言詩 등을 모두 포함하고 있다. 近體詩란 唐代에 확실하게 형성된 絶句와 律詩, 排律(배율, 10行 이상에 압운을 한 시)로 대별되는데 모두 五言과 七言 두 종류로 나뉜다.

古詩는 四言一句의 四言古詩와 五言古詩, 七言古詩가 있는데 오언과 칠언고시가 대종을 이루고 있다. 古詩는 4구 또는 6구, 8구의 고시가 있고 수십 句의 長篇古詩도 있다. 고시는 본래 平仄(평측)을 따지지 않고 興에 따라 작시하였지만 점차 평측을 고려하고 압운하였다.

五言古詩는 보통 五古라 부른다. 이 오언고시는 질박한 기풍을 숭상하면서도 시의 風格을 중시하여 고급 문인들의 知的 창작영역으로 자리를 잡았다. 오언고시는 陶淵明(372-427)이 등장하여 전원과 자연 속에서 생활하는 진실한 모습을 시로 묘사하여 후세에 큰 영향을 끼쳤다. 이어 謝靈運(385-433) 같은 시인들이 좋은 작품을 남겼다. 이 五言古詩는 唐代에도 여전히 성행하여 李白, 杜甫, 王維, 孟浩然, 白居易 같이 대가들의 명작이 연이어 나왔다.

특히 두보와 백거이의 社會 실정을 묘사한 시들은 거의 古詩이다. 古詩는 근체시가 확립된 唐 이후 宋에서 청대에 이르기까지 뛰어난

---

鳥 45회, 竹 31회, 夕 24회 등이다. 그리고 왕유의 情懷(정회)를 표현한 시어로는 空 98회, 愁 30회, 靜 29회, 獨 28회, 寂 24회, 孤 23회, 虛 21회가 사용되었다.

작품들이 계속 창작되었다.

　왕유의 시는 그 형식에서 四言과 五言, 七言古詩와 近體詩(絶句, 律詩)는 물론 六言絶句까지 모든 형식을 다 망라하고 있다. 그만큼 왕유는 시인으로서 이백이나 두보에 뒤지지 않았으며 李杜와 마찬가지로 詩題의 다양성과 개성 있는 표현으로 그의 다재다능한 詩才를 유감없이 발휘하였다. 왕유 시에 대하여 '五古와 七古는 왕유를 명가로 꼽는다. 五律과 七律과 五絶은 왕유를 正宗으로 삼는다. 또 七絶은 왕유를 羽翼으로 여긴다'는 평가가 있다.47)

　왕유의 오언절구도 매우 뛰어났으니 <鹿柴>의 '空山不見人', <竹里館>의 '獨坐幽篁裏', <辛夷塢>의 '木末芙蓉花', <鳥鳴澗>의 '人閑桂花落' 4句가 대단한 妙句라고 인정받고 있으며, '家住孟津河'로 시작되는 <雜詩> 三首는 東晋과 南朝 宋의 民歌風에 가깝다는 평가를 받고 있다.

　왕유의 七律로 많은 사람들이 특히 수작으로 평가하는 시는 <酬郭給事>의 '禁裏疎鐘官舍晩, 省中啼鳥吏人稀' 聯과 <輞川別業>의 '不到東山向一年, 歸來才及種春田' 聯은 淡白自然의 표현이 우수하고, <積雨輞川莊作>은 필세가 막힘이 없으며, <酌酒與裴迪>은 一氣可成의 慷慨가 嚴整하다는 평가를 받고 있다.

　왕유의 七絶은 편수가 많지 않지만 모든 작품이 세인의 讚賞을 받고 있다. <渭城曲>은 千古의 絶唱으로 당의 白居易나 북송의 蘇軾 등이 극찬하였다. 그리고 '惟有相思似春色, 江南江北送君歸'-<送沈子福歸江東>은 시인의 情誼(정의)와 山水景觀을 하나로 절묘하게 융합하였다. 왕유의 <少年行>(四首)의 '相逢意氣爲君飮, 繫馬高樓垂柳邊'은 성당의 기상을 가장 잘 표출하였으며, '柳條拂地不須折, 松樹披雲

---

47) 高棅(고병, 1350-1423)은 閩中十才子의 한 사람. 《唐詩品彙》 저술. '五古七古以王維爲名家, 五律七律五絶以王維爲正宗, 七絶以王維爲羽翼.'

從更長'-<戲題輞川別業>의 起承轉結 4구가 모두 완벽한 대구로 짜여졌다.

오언고시는 시인의 감정이나 정서를 확실하게 표현할 수 있다는 장점이 있어 오언율시만큼 아름다운 가작이 많다. 왕유의 <終南別業>, <渭川田家>, <春中田園作>은 많은 사람들이 五律 못지않은 명작이라고 인정하고 있다.

그리고 <送綦毋潛落第還鄉>의 '吾謀適不用, 勿謂知音稀'나 <送張五歸山>의 '當亦辭官去 豈令心事違' 같은 구절은 謝靈運의 시구보다 더 청신하다는 평가를 받고 있으며, <贈裴十迪> 같은 작품은 도연명의 시풍에 가깝다고 한다.

칠언고시는 高適, 岑參, 王維, 李頎(이기) 등이 함께 거명되지만 왕유의 七古는 李頎[48] 미치지 못한다는 평가가 있다.

왕유의 四言詩에 <酬諸公見過>가 있는데 이는 楚辭의 <九歌>를 본떴는데 우수한 詩才를 표출했지만 독창적 성과는 아니라는 평가가 있다.

후세 사람들은 왕유의 산수전원시를 높이 평가하는데 이는 왕유가 관직 초기에 겪은 오랜 폄직과 실의 속에 장기간 은거한 산물이라 할 수 있다. 물론 거기에는 타고난 문학적 소질 외에 그의 繪畫를 통해 사물을 보는 미적 감각과 음악적 재능, 그리고 禪心의 수행에 의해 높은 수준의 산수전원시 창작이 가능했다고 볼 수 있다.

왕유의 산수시의 일반적 특징은 靜寂(정적)이다. 시인은 자신과 자연산수를 정적 속에 완전히 하나로 융합하였다. 왕유의 시에는 盛唐의 시대 풍조를 느낄 수 있고, 적극적인 사명감이나 이상을 실현하고자 하는 기상, 웅장한 산천의 기세를 묘사한 <漢江臨泛> 같은 산

---

[48] 왕유는 李頎(이기), 綦毋潛(기무잠), 高適(고적), 錢起(전기), 丘爲(구위), 杜甫(두보) 등과 시인으로 교유하며 화답하였다.

수시도 있다. 그러나 전체적으로 왕유의 산수시는 정적 속에 소극적인 인생관을 표출하고 있다.

왕유의 은거생활이라면 輞川을 떠올린다. 망천의 경치 20경을 읊은 ≪輞川集≫의 첫 수는 <孟城坳>이다. 여기 <맹성요>는 ≪輞川集≫의 서문이며 왕유 인생관의 요약이다.

> 新家孟城口, 古木餘衰柳.
> 來者復爲誰, 空悲昔人有.　<孟城坳>
> 孟城 들목에 새 집을 마련했는데
> 古木이라곤 늙은 버들만 남았다.
> 내 뒤를 이어 살 사람은 누구일까?
> 내 앞에 살던 사람이 괜히 슬퍼진다.

왕유는 여기서 '萬物에 常主는 없다'는 자신의 인생관과 심경을 표출하였다. 이는 도연명의 '人生似幻化하니 終當歸空無라-<歸田園居>四首'와 같은 주제이다.

> 雨中山果落, 燈下草蟲鳴.　<秋夜獨坐>
> 雨中에 산속 열매가 떨어지고
> 등불에 풀섶 벌레가 슬피운다.

밤비에 산에서는 열매가 떨어지고 왕유의 방 창문 아래서는 풀벌레가 울고 있다. 참 조용하고 한가롭다. 시인은 밖의 세상이 어떻게 돌아가든 관심이 없다. 그냥 한 生이 늙어갈 것이다. 그리고는 언젠가는 죽을 것이다. 산수나 자연 속에 안주하다 보니 소극적인 삶이나 인생관으로 연결될 수밖에 없었을 것이다.

중국에 '皇帝身上還有三個御虱(황제의 몸에도 이 세 마리가 있다)'
이라는 속담이 있다. 이 세상에 이(虱)가 없는 사람은 없다. 곧 누구
나 결점은 있다는 뜻이다. 본래 모든 일에 '無巧不成拙(巧가 없다면
拙도 없다)'이라 했다. '荷花出水有高低(수면 위에 핀 연꽃도 고저가
다르다)'라 하였으며, '見事看長短, 人面識高低(일의 장단을 먼저 알
아야 하고, 사람 인품의 높낮이를 알아야 한다)'라고 하였다.

곧 누구에게든 高低長短은 있는 것이니 왕유의 詩를 논한다면 低나
短이 왜 안 보이겠는가? 그러나 필자가 연구의 깊이가 없어 '그의
短이 바로 이것이다'라는 말을 아직 못하고 있다.

# 제2부

# 王維의 詩와 詩意

# 제1장

# 天才의 開花

自有山泉入, 자 유 산 천 입

非因彩畫來. 비 인 채 화 래  &lt;題友人雲母障子&gt;

경치가 본디 거기에 있었으니
그려진 채색 그림이 아니었네.

## _ 1. 題友人雲母障子
<small>제 우 인 운 모 장 자</small>

<small>군 가 운 모 장　　　 지 향 야 정 개</small>
君家雲母障, 持向野庭開.

<small>자 유 산 천 입　　　 비 인 채 화 래</small>
自有山泉入, 非因彩畫來.

### <友人의 雲母 병풍에 짓다>

그대 집의 雲母 가리개

갖다 뜰을 향해 세웠네.

경치가 본디 거기에 있었으니

그려진 채색 그림이 아니었네.

【註釋】⊙ <題友人雲母障子> - '友人의 雲母 병풍에 짓다'
題는 글을 짓다. 이마. 첫머리. 雲母는 대리석의 일종으로 광물 이름.
중국인들은 이 운모에서 구름이 생겨난다고 믿었다. 또 운모를 長服
하면 몸이 가벼워져 神仙처럼 날 수 있다고 생각했다. 障子는 가림
막. 병풍. 子는 한 개씩 셀 수 있는 물건에 붙는 접미사.[예- 帽子(모
자), 椅子(의자)]

⊙ 君家雲母障 - 雲母障은 운모 병풍. 운모 가리개. 障 가로막을 장.

⊙ 持向野庭開 - 野庭은 뜰.

⊙ 自有山泉入 - 自有는 저절로 그렇다. 山泉은 山水의 경치.

⊙ 非因彩畫來 - 彩畫來는 채색으로 그린 것이 아니다.

【詩意】 왕유는 15세에 가향을 떠나 장안에 이주하였다. 이 시는 왕유 15

세 때 작품으로 현존하는 왕유의 시 중 가장 먼저 지은 것으로 알려졌다.

운모 병풍은 귀족의 실내 장식용품이다. 왕유가 재능이 있어 귀족가문에 출입하며 쉽게 친교를 맺었을 것으로 추정할 수 있다.

글자도 쉬운 자를 사용했고 또 어떤 典故도 없이 아주 자연스럽게 써 내렸다. 운모의 무늬 자체가 자연적이라서 인공적으로 그리거나 만들지 않았다 하면서 뜰의 자연에 일치시켰다. 짧은 5언절구이지만 깊은 뜻이 담겨 있다. 시가 좋으냐, 나쁘냐는 시의 길이에 있지 않고, 천재소년의 절묘한 표현은 나이의 다소와 상관이 없다. 왕유가 일찍부터 여러 王公의 인정을 받은 것은 결코 우연이나 외모 때문은 아니었을 것이다. 그리고 자연을 향유하려는 왕유의 미의식이 일찍부터 싹텄다는 사실도 알 수 있다.

## _ 2. 九月九日憶山東兄弟
구 월 구 일 억 산 동 형 제

獨在異鄉爲異客, 每逢佳節倍思親.
독 재 이 향 위 이 객　매 봉 가 절 배 사 친

遙知兄弟登高處, 徧挿茱萸少一人.
요 지 형 제 등 고 처　편 삽 수 유 소 일 인


＜9월 9일에 산동의 형제들을 그리다＞

홀로 타향에서 나그네로 지내면서
매번 명절에는 친척생각이 갑절이다.
멀리서도 알 터이니, 형제들 登高하여
수유가지 모두 꽂고 한 사람 없음을!


【註釋】⊙ ＜九月九日憶山東兄弟＞ - '9월 9일에 산동의 형제들을 그리
　　다'
　　9월 9일(上九日) 重陽節에 登高 풍습을 소재로 고향의 형제를 그리는
　　시이다. 이 시는 17세 때 장안에서 지은 시라고 알려졌다. 여기서 山東
　　은 태산 동쪽, 지금의 山東반도가 아니다. 殽山(효산)과 그곳의 函谷關
　　(함곡관) 以東을, 또는 西嶽인 華山(화산) 동쪽을 포괄하여 지칭하는
　　말이다. 왕유의 祖籍은 山西의 祁縣(기현)이고, 아버지가 蒲州(포주)로
　　이사하였기에 정확히는 河東人이나 일반적으로 山東이라 하였다.
⊙ 獨在異鄉爲異客 - 異客은 異邦의 客人.
⊙ 每逢佳節倍思親 - 佳節은 名節. 倍 곱 배.
⊙ 遙知兄弟登高處 - 遙 멀 요.
⊙ 徧挿茱萸少一人 - 徧 두루 편. 挿 꽂을 삽. 茱萸(수유)는 낙엽교목인
　　산수유. 少는 적다, 모자라다.

66

【詩意】 어떤 시인의 느낌이나 감정이 다른 사람의 마음속에 있는 생각과 일치하거나 공유한다면 읽는 사람의 마음은 시인에게 동화된다. 이 7언절구의 평이한 口語的 표현은 진심을 담았기에 다른 사람에게 감동으로 전해진다.

　왕유는 '遙知(멀리서도 알리라)'라는 말로 자신의 고향 그리는 마음과, 산동 형제들도 자신을 생각할 것이라 하여 형제들을 하나의 끈으로 연결 지었다. 起承轉結이 확실하고 詩題가 뚜렷하며, 진솔한 감정을 꾸밈없이 피력하였기에 널리 알려진 시이다.

　절구는 3, 4句가 전편의 關鍵(관건)이 된다. 시의 주제를 분명히 드러내주고 신선한 意境을 열어주거나, 새로운 구상에 의한 설득이나 전환이 이루어지는 것이 모두 3, 4구의 운용에 달렸다. 이 시에서 왕유는 '고향 생각이 간절하며 고향 생각에 마음이 아프다'고 말하지 않았다. 산동의 내 형제들도 '내가 이곳 장안에 있다는 것을 알고 있을 것이다'라고만 말했다. 이 구어적 표현으로 친족 형제들과 왕유의 마음을 하나로 분명하게 이어놓아 제목과 완전하게 일치시켰다. 동시에 산동 형제들이 즐기는 모습이 저절로 연상되게 만들어 詩意를 한층 풍부하게 하였기에 멋지고 좋은 시가 되었다.

　絶句의 간단명료하고 세련된 구어적 표현은 때로 시에 생명을 넣어주고 감동을 부여하여 名品詩로 탄생케 한다. 아래는 모두 절구의 3, 4구인데 구어적 표현으로 시제를 확실하게 드러낸 대표적 사례이다.

　夜來風雨聲, 花落知多少.　〈春曉〉 - 孟浩然
　밤들어 비바람 소리에
　꽃잎은 얼마나 졌을까?

　同是長干人, 自小不相識.　〈長干行〉 - 崔顥(최호)
　다 같이 장간리 사람였거늘
　어려선 서로 아지 못했네요.

　兩岸猿聲啼不住, 輕舟已過萬重山.　〈朝發白帝城〉 - 李白
　강가 양쪽에 원숭이 울음 그치지 않는데
　작은 쪽배는 가뿐히 만 겹 산을 지났다.

## _ 3. 洛陽女兒行
<small>낙 양 여 아 행</small>

<small>낙 양 여 아 대 문 거</small>　　<small>재 가 용 안 십 오 여</small>
洛陽女兒對門居,　　纔可容顏十五餘.

<small>양 인 옥 륵 승 총 마</small>　　<small>시 녀 금 반 회 리 어</small>
良人玉勒乘驄馬,　　侍女金盤膾鯉魚.

<small>화 각 주 루 진 상 망</small>　　<small>홍 도 녹 류 수 첨 향</small>
畫閣朱樓盡相望,　　紅桃綠柳垂簷向.

<small>나 위 송 상 칠 향 거</small>　　<small>보 선 영 귀 구 화 장</small>
羅幃送上七香車,　　寶扇迎歸九華帳.

<small>광 부 부 귀 재 청 춘</small>　　<small>의 기 교 사 극 계 륜</small>
狂夫富貴在靑春,　　意氣驕奢劇季倫.

<small>자 련 벽 옥 친 교 무</small>　　<small>불 석 산 호 지 여 인</small>
自憐碧玉親敎舞,　　不惜珊瑚持與人.

<small>춘 창 서 멸 구 미 화</small>　　<small>구 미 편 편 비 화 소</small>
春窻曙滅九微火,　　九微片片飛花璅.

<small>희 파 증 무 이 곡 시</small>　　<small>장 성 지 시 훈 향 좌</small>
戲罷曾無理曲時,　　妝成祇是薰香坐.

<small>성 중 상 식 진 번 화</small>　　<small>일 야 경 과 조 이 가</small>
城中相識盡繁華,　　日夜經過趙李家.

<small>수 련 월 녀 안 여 옥</small>　　<small>빈 천 강 두 자 완 사</small>
誰憐越女顏如玉,　　貧賤江頭自浣紗.


&lt;낙양 여인의 노래&gt;

낙양의 여인이 대문 건너 살고 있는데
알맞게 고운 용모에 열다섯 남짓이다.
남편이 玉 재갈 물린 총마로 외출하면

시녀는 金쟁반에 잉어회를 올린다.
단청에 붉은 누각이 서로 맞보고 있는데
붉은 桃花와 버들은 처마 밑에 우거졌다.
비단 휘장 두른 七香車를 타고 나갔다가
보석 일산 아래 九華帳을 치고 돌아온다.
철없는 지아비는 부귀에 나이도 어려
교만한 기분에 사치는 石崇보다 더하다.
소첩을 좋아하여 춤 가르친다 돈을 쓰고
산호도 아깝지 않다며 남에게 마구 준다.
봄날 새벽 창가에 九微燈을 끌 때면
구미등 불꽃은 꽃 같은 보석이 된다.
잡담을 다하면 이것저것 생각도 하지 않고
단장이 끝나면 할일 없이 좋은 향을 피운다.
성안에 아는 집은 모두 권문세가이니
낮이나 밤이건 황실 친척을 방문한다.
누가 사랑하리? 玉같은 越 땅의 미녀가
가난해 강에서 비단을 빨래해야 하는데!


【註釋】⊙ <洛陽女兒行> - '낙양 여인의 노래'
　　歌行體 악부시로 첫 구절을 그냥 제목으로 썼는데, 체계로는 新樂府
　　辭에 속한다. 16세 또는 18세의 작품이라는 原註가 있다.
　⊙ 洛陽女兒對門居 - 洛陽은 唐나라의 제2都로 보통 東都라 불렸다. 낙
　　양은 국방이라는 측면에서 보면 長安만 못하지만 다른 지리적 利點
　　이나 경제적, 문화적 측면에서 결코 장안에 뒤지지 않았으며 장안의

제2부 王維의 詩와 詩意　69

관청이 그대로 낙양에도 설치되어 황제가 낙양에 머물 때 정상적인 정사가 집행되었다. 젊은 바람둥이 남편이 있기에 女兒를 아가씨나 처녀라고 번역할 수 없다. 居는 '앉아 있다'로도 번역할 수 있다.

⊙ 纔可容顔十五餘 - 纔 겨우 재. 才(cái), 겨우, 그럭저럭, 수량이나 능력이 조금 부족하다는 의미. 纔可는 적당하다, 알맞다(恰好), 딱, 알맞게. 容顔은 얼굴.

⊙ 良人玉勒乘驄馬 - 良人은 郎君. 玉勒(옥륵)은 옥을 장식한 말 재갈. 驄 말 이름 총. 총마는 白毛와 黑毛가 뒤섞인 말. 이 구절을 부군이 洛陽 女兒를 親迎하는 장면으로 풀이할 수도 있다.

⊙ 侍女金盤鱠鯉魚 - 鱠 회 회. 회를 뜨다. 鯉 잉어 리(이). 이 구절을 결혼 절차의 納采(납채)할 때 모습으로 풀이할 수도 있다.

⊙ 畫閣朱樓盡相望 - 畫閣(화각)은 단청을 올린 집. 朱樓는 붉은 칠을 한 누각. 귀족이나 부잣집 건물. 盡相望은 모두 서로 보고 있다. 큰 건물이 연이어 있다는 뜻.

⊙ 紅桃綠柳垂簷向 - 垂는 드리다, 닿다. 簷 처마 첨.

⊙ 羅幃送上七香車 - 젊은 부인의 외출 모습을 묘사한 구절. 幃 휘장 위. 七香車는 香木으로 만든 수레.

⊙ 寶扇迎歸九華帳 - 寶扇은 자루에 보석이 박힌 日傘(일산). 九華帳은 수레의 화려한 비단 가리개. 여기까지를 화려한 혼례 모습을 묘사했다고 볼 수도 있다.

⊙ 狂夫富貴在靑春 - 狂夫(광부)는 분별력이 없는 지아비.

⊙ 意氣驕奢劇季倫 - 驕奢(교사)는 교만하고 사치하다. 劇 심할 극. 季倫(계륜)은 西晉 石崇(석숭, 249-300)의 字. 西晉의 官吏이면서 상인들의 금품을 갈취하는 도적질로 巨富가 되어 호화와 사치를 다하다가 권력자의 미움을 받아 처형되었다. 부자의 사치와 교만, 멸망을 말할 때에 반드시 등장하는 사람이다.

⊙ 自憐碧玉親教舞 - 自憐은 스스로 사랑하다. 碧玉은 남조 梁 汝南王의 첩 이름. 그러나 바로 위에 石崇(석숭)이 등장하기에 여기서는 석숭의 애첩인 綠珠로 해석해야 한다. 綠珠는 碧玉과 같은 뜻이다. 親

敎舞는 직접 춤을 가르치다. 애첩에게 춤을 배우라는 명목으로 거금을 던지는 바람둥이 지아비의 분별없는 행동.

⊙ 不惜珊瑚持與人 - 不惜은 아까워하지 않다. 석숭과 王愷(왕개)는 서로 그 財富를 다투었다. 석숭이 왕개의 산호를 고의로 부수고, 그보다 더 큰 산호로 배상한 고사를 말한다. 持與人은 갖다가 남(人)에게 주다.

⊙ 春窓曙滅九微火 - 曙 새벽 서. 九微火는 燈(등) 이름.

⊙ 九微片片飛花璅 - 璅 옥돌 소. 옥 부딪는 소리 쇄. 花璅(화소)는 꽃 같은 불꽃.

⊙ 戲罷曾無理曲時 - 戲 탄식할 희. 농탕치다, 잡담하다. 理曲은 도리에 맞는지(理) 그른지(曲)에 대한 생각도 없다.

⊙ 妝成祇是薰香坐 - 妝成(장성)은 단장이 끝나다. 祇 공경할 지. 어조사 지. 마침.

⊙ 城中相識盡繁華 - 繁 많을 번. 번성하다.

⊙ 日夜經過趙李家 - 趙李家는 漢 成帝의 황후 趙飛燕의 집안이나 婕妤(첩여) 李平의 집. 皇親이나 貴族의 大家.

⊙ 誰憐越女顔如玉 - 誰憐(수련)은 누가 좋아하리, 누가 사랑하겠는가. 越女顔如玉은 얼굴만 예쁜 越(월)의 미녀. 가난했던 시절의 西施(서시).

⊙ 貧賤江頭自浣紗 - 江頭는 강가. 浣紗(완사)는 비단을 빨래하다. 西施를 두고 하는 말. 아무리 얼굴이 예쁘더라도 타고난 신분이 낮거나 가난하면 별 볼일이 없다는 뜻.


【詩意】 이 시는 장안 귀족의 화려하고 浮華(부화)한 생활을 읊었다. 나이 열다섯 전후 결혼을 한 뒤 화려한 생활을 묘사하였고, 후반에는 옛날 부자와 미인의 생활을 묘사하여 때를 못 만나면 그냥 끝이라는 결론을 말하고 있다. 왕유는 조숙한 천재로 15세에 〈過始皇墓〉, 17세에 〈九月九日憶山東兄弟〉를 지었으며, 18세에 本 〈洛陽女兒行〉을, 19세에 〈桃源行〉을 지었다고 한다. 이 시는 ≪全唐詩≫ 125卷에 실려 있으며 ≪唐詩三百首≫에도 수록되어 비

교적 널리 알려졌다.

'意氣驕奢劇季倫' 구에서 季倫(계륜)은 고대 중국 부자의 대명사처럼 통하는 石崇(석숭, 249-300)의 字이다. 본래 석숭이란 사람은 어려서부터 총명하고 용기와 책모도 있었다. 부친 石苞(석포)는 여섯째 아들인 석숭이 자신보다 더 큰 부자가 될 것이라면서 재산을 석숭에게는 하나도 물려주지 않았다. 석숭은 여러 관직을 거쳐 侍中(시중) 자리에 올랐고 晉 武帝(司馬炎)의 인정을 받았으나, 다음 惠帝가 즉위한 뒤에 형주자사로 지방에 전출된다.

석숭은 형주에 있으면서 형주 상인들의 돈을 뜯어 거대한 부를 형성했다. 그 뒤 관직생활에 풍파가 있었으나 賈(가)황후의 모친과 그 집안사람들에게 철저하게 아부하며 세력을 넓혔다.

석숭은 사치와 방종과 향락의 극치가 어떤 것인가를 보여주었다. 석숭과 또 다른 부호 王愷(왕개)는 서로 사치 경쟁을 했다. 석숭이 잔치를 할 때 시중 드는 미녀들이 권하는 술을 손님이 다 마시지 않으면 시중 든 미녀를 그 자리에서 죽였다.

석숭에게는 綠珠(녹주)라는 애첩이 있었다. 애첩인 녹주는 요염하고도 피리를 잘 불었고 미인으로 알려졌다. 西晉 八王의 亂(291-306)은 16년 동안 계속된 서진 왕족(司馬氏)들의 난이었다. 이 팔왕의 난을 통해 권력을 잡은 司馬倫(사마륜)의 부하인 孫秀(손수)가 석숭에게 녹주를 요구했으나 석숭은 애첩을 내주지 않았다.

손수는 석숭이 모반하며 난을 일으키려 한다고 무고하였다. 석숭을 체포하려고 사람이 왔을 때, 석숭은 녹주와 함께 누각에서 술을 마시고 있었다. 사실을 알게 된 녹주는 "당신 눈앞에서 죽겠다"면서 높은 누각에서 뛰어내려 죽었다. 석숭을 체포한 관리가 "재물이 재앙인 줄 알았으면 왜 진작부터 베풀지 않았느냐?"면서 그 자리에서 석숭을 죽였다. 중국인들이 부호의 몰락을 말할 때 반드시 등장하는 사람이 바로 석숭이다.

## _ 4. 桃源行

漁舟逐水愛山春,　兩岸桃花夾去津.

坐看紅樹不知遠,　行盡靑溪不見人.

山口潛行始隈隩,　山開曠望旋平陸.

遙看一處攢雲樹,　近入千家散花竹.

樵客初傳漢姓名,　居人未改秦衣服.

居人共住武陵源,　還從物外起田園.

月明松下房櫳靜,　日出雲中鷄犬喧.

驚聞俗客爭來集,　競引還家問都邑.

平明閭巷掃花開,　薄暮漁樵乘水入.

初因避地去人間,　及至成仙遂不還.

峽裏誰知有人事,　世中遙望空雲山.

不疑靈境難聞見,　塵心未盡思鄕縣.

出洞無論隔山水,　辭家終擬長游衍.

自<sup>자</sup>謂<sup>위</sup>經<sup>경</sup>過<sup>과</sup>舊<sup>구</sup>不<sup>불</sup>迷<sup>미</sup>, 安<sup>안</sup>知<sup>지</sup>峰<sup>봉</sup>壑<sup>학</sup>今<sup>금</sup>來<sup>래</sup>變<sup>변</sup>.

當<sup>당</sup>時<sup>시</sup>只<sup>지</sup>記<sup>기</sup>入<sup>입</sup>山<sup>산</sup>深<sup>심</sup>, 靑<sup>청</sup>溪<sup>계</sup>幾<sup>기</sup>曲<sup>곡</sup>到<sup>도</sup>雲<sup>운</sup>林<sup>림</sup>.

春<sup>춘</sup>來<sup>래</sup>遍<sup>편</sup>是<sup>시</sup>桃<sup>도</sup>花<sup>화</sup>水<sup>수</sup>, 不<sup>불</sup>辨<sup>변</sup>仙<sup>선</sup>源<sup>원</sup>何<sup>하</sup>處<sup>처</sup>尋<sup>심</sup>.


### <桃源의 노래>

물따라 배타고 봄날의 山水를 즐기는데
양쪽의 桃花는 떠나온 나루까지 피어있다.
배타고 꽃구경에 얼마를 왔는지 몰랐는데
인적 없는 냇가엔 사람도 보이지 않았다.
산길 입구 구부리고 지나 굽은길 다시 도니
산이 열린 듯 훤히 트이며 평지가 나타났다.
멀리 뵈는 한 곳에 큰 나무가 줄지었는데
가까이 가니 많은 집에 꽃과 대나무 널렸다.
나무꾼이 먼저 중국식 이름을 말해 주었으며
사람들은 아직 秦나라 의복을 바꾸지 않았네.
사람들 함께 무릉원에 모여 살면서
속세를 떠나 이곳에 농토를 일구었네.
달 밝은 소나무 아래 집들은 정갈하고
해 뜨니 구름 속에서 닭과 개가 시끄럽네.
속인이 왔단 말에 놀라 서로 모여 들어
다투어 집에 가자며 어디서 왔느냐 묻네.
새벽에 마을 안에 꽃을 쓸어 길을 열고

해지자 어부와 나무꾼 물길 따라 돌아오네.

그전에 전란을 피해 속세를 떠나 와서는

신선이 되어선 끝내 되돌아가지 않았네.

골안에 인간 세상 있으랴 누가 알리오?

속세서 멀리 보면 텅비인 구름 산이었네.

선경을 의심 안 했으나 듣고 보질 못해

세속의 마음 그냥 있어 고향이 그리웠다.

골짝을 나와 응당 냇물 따라 돌아와서

가족을 떠나 길이 거기 노닐라 생각했다.

다녀온 길을 오래 헷갈리지 않겠다 했지만

계곡을 다시 보니 바뀔 줄 어찌 생각했나?

그땐 다만 산속 깊이 들어갔다 생각했는데

청계를 여러 번 돌아도 구름 쌓인 숲이었다.

봄이 됐으니 두루두루 계곡 물이 흐르고

선경을 구분 못하나니 어디서 찾겠는가?

【註釋】⊙ <桃源行> - '桃源의 노래'

　왕유가 도연명의 <桃花源詩>를 다시 고쳐 쓴 시로 19세에 지었다고
한다. 옛 명인의 詩意를 알고 나름대로 고쳐 써보는 것도 의미 있는
배움의 한 방법일 것이다.

⊙ 漁舟逐水愛山春 - 逐水는 물을 따라 가다.

⊙ 兩岸桃花夾去津 - 夾 낄 협. 去津은 배 떠나가는 나루. 古津으로 된
판본도 있다.

⊙ 坐看紅樹不知遠 - 紅樹는 桃花.

⊙ 行盡靑溪不見人 - 行盡(행진)은 사람들이 다니지 않는, 行人이 끊어

진 듯.

⊙ 山口潛行始隈隩 − 潛行(잠행)은 허리를 굽히고 걷다. 隈隩(외오)는 구불구불 가서 깊숙하다. 隈 굽이 외. 구부러진 길. 隩 굽이 오. 깊숙하니 멀다.

⊙ 山開曠望旋平陸 − 山開는 산길이 끝나고 앞이 트이다. 曠 밝을 광. 曠望(광망)은 확 트이다. 旋 돌 선. 되돌아오다, 갑자기. 平陸은 평평한 땅. 들판. 여기까지는 선경을 찾아온 과정을 묘사하였다.

⊙ 遙看一處攢雲樹 − 遙 멀 요. 攢 모일 찬. 雲樹(운수)는 구름에 닿을 듯 큰 나무.

⊙ 近入千家散花竹 − 近入은 가까이 가보다. 散花竹은 花樹와 竹林이 널려 있다.

⊙ 樵客初傳漢姓名 − 樵客(초객)은 그곳에 사는 나무꾼. 初傳은 처음으로 말하다. 漢姓名은 중국식 성명. 말하자면 그들이 이민족이 아니고 같은 중국인이라는 뜻.

⊙ 居人未改秦衣服 − 秦衣服은 秦 시대의 의복.

⊙ 居人共住武陵源 − 武陵은 郡名. 지금의 湖南省 常德市. 源은 근원, 시내의 상류.

⊙ 還從物外起田園 − 物外는 世外. 세상을 떠나. 起田園(기전원)은 농토를 일구었다.

⊙ 月明松下房櫳靜 − 房櫳은 집. 櫳 짐승을 가두는 우리 롱(농). 창살이 있는 창문.

⊙ 日出雲中雞犬喧 − 喧 시끄러울 훤. 닭이 울고 개가 짖다. 인간이 신선이 되어 승천할 때 그 집에 살던 닭이나 개도 같이 승천하니 선계에도 닭과 개가 산다고 했다.

⊙ 驚聞俗客爭來集 − 爭來集은 다투어 모여들다.

⊙ 競引還家問都邑 − 競引(경인)은 서로 먼저 오라고 하다. 問都邑은 사는 곳을 묻다. 또는 세속의 일을 묻다.

⊙ 平明閭巷埽花開 − 閭巷(여항)은 마을. 埽 쓸 소. 掃와 同.

⊙ 薄暮漁樵乘水入 − 薄暮(박모)는 초저녁, 저녁 어스름. 漁樵는 고기를

잡거나 나무하러 갔던 사람들.

⊙ 初因避地去人間 - 避地(피지)는 戰亂을 피할 수 있는 땅.

⊙ 及至成仙遂不還 - 遂不還은 그래서 속세로 돌아가지 않았다. 여기까지는 仙境의 모습을 묘사하였다.

⊙ 峽裏誰知有人事 - 峽 골짜기 협. 有人事는 인간 세계의 일이 있다. 인간들이 살고 있다.

⊙ 世中遙望空雲山 - 遙望은 멀리서 보면.

⊙ 不疑靈境難聞見 - 靈境은 신선의 세계. 신선의 세계를 의심하지는 않았지만 아무도 실제로 보거나 듣지 못했다는 뜻. 여기서부터는 선경을 나와 속세로 돌아온 뒤의 이야기이다.

⊙ 塵心未盡思鄕縣 - 塵心未盡(진심미진)은 속세의 마음이 다 없어지지 않다. 鄕縣(향현)은 살던 마을.

⊙ 出洞無論隔山水 - 出洞은 선경을 나오다. 隔山水는 산과 물을 지나오다.

⊙ 辭家終擬長游衍 - 辭家는 집을 떠나다. 擬 헤아릴 의. 본뜨다, 생각하다. 游衍(유연)은 마음껏 노닐다. 衍 넘칠 연.

⊙ 自謂經過舊不迷 - 經過는 지나온 길. 자신이 다녀온 길. 舊는 오래도록. 迷 헤맬 미.

⊙ 安知峰壑今來變 - 壑 골짜기 학. 今來는 요즈음에.

⊙ 當時只記入山深 - 只 다만 지.

⊙ 靑溪幾曲到雲林 - 靑溪幾曲은 청계를 몇 번 돌아서.

⊙ 春來遍是桃花水 - 遍是는 두루두루 ~이다. 桃花水는 복숭아 꽃잎이 떠다니는 물. 봄의 시냇물. 春水.

⊙ 不辨仙源何處尋 - 仙源은 仙境.


【詩意】陶淵明의 〈桃花源詩〉에는 詩 본문보다 더 멋진 서문이 있는데, 그 〈桃花源詩〉 서문에 등장하는 어부의 고향은 武陵이다. 그래서 '武陵桃源'이라 했는데 이 말은 경제적 가난과 정치적 탄압, 그리고 부패 관리의 횡포에 시달리는 중국 사람들에게 영원한 이상향으로 각인되었다.

왕유의 이 시를 보면 그가 젊은 시절부터 山水를 좋아했고 仙道의 영향을 받았음을 알 수 있다. 젊은 왕유가 도연명의 〈桃花源詩〉를 읽고 느낀 생각은 도연명과 달랐다. 도연명이 생각한 이상향은 피난한 뒤에 다시 본래 고향으로 돌아가지 않았기에 세상과 단절되었고, 옛날 그대로 살아온 속세이지만 세금이나 강제동원이 없기에 누구나 행복한 세상이었다. 그러나 왕유는 피난 간 그들이 신선이 되었다고 그렸다. 물론 俗塵(속진)을 떨어낸다면 누구나 신선이 되겠지만 갑자기 신선이 되어 속세와 절연할 수 있다니?

아마 보통사람이라면 그렇게 되기를 기대하기 어려울 것이다.

도연명의 도화원은, 곧 세금이 없는 인간세계에서 살 가능성은 얼마든지 있으니 외부와 단절만 하면 된다. 그러기에 왕유가 그린 이상세계보다 도연명의 이상세계가 더 리얼하게 사람들에게 다가왔고, 그래서 더 많은 사람이 도연명의 도화원을 기억해 왔다.

이 시의 시작부터 6句까지는 선경을 찾는 과정이다. 그리고 멀리 보이는 선경에 대한 묘사는 7구부터 22구까지 이어진다. 23句부터는 세 번째 단락으로 선경을 떠나왔다가 다시 돌아가지 못하는 아쉬움에 대한 묘사이다.

_ 5. 李陵詠
<sub>이 릉 영</sub>

漢家李將軍, 三代將門子.
<sub>한 가 이 장 군</sub>  <sub>삼 대 장 문 자</sub>

結髮有奇策, 少年成壯士.
<sub>결 발 유 기 책</sub>  <sub>소 년 성 장 사</sub>

長驅塞上兒, 深入單于壘.
<sub>장 구 새 상 아</sub>  <sub>심 입 선 우 루</sub>

旌旗列相向, 簫鼓悲何已.
<sub>정 기 열 상 향</sub>  <sub>소 고 비 하 이</sub>

日暮沙漠陲, 戰聲煙塵裏.
<sub>일 모 사 막 수</sub>  <sub>전 성 연 진 리</sub>

將令驕虜滅, 豈獨名王侍.
<sub>장 령 교 로 멸</sub>  <sub>기 독 명 왕 시</sub>

既失大軍援, 遂嬰穹廬恥.
<sub>기 실 대 군 원</sub>  <sub>수 영 궁 려 치</sub>

少小蒙漢恩, 何堪坐思此.
<sub>소 소 몽 한 은</sub>  <sub>하 감 좌 사 차</sub>

深衷欲有報, 投軀未能死.
<sub>심 충 욕 유 보</sub>  <sub>투 구 미 능 사</sub>

引領望子卿, 非君誰相理.
<sub>인 령 망 자 경</sub>  <sub>비 군 수 상 리</sub>


<이릉을 노래하다>

漢나라 장군 李陵(이릉)은
三代에 걸친 장군 가문이었다.
어려서부터 책략이 뛰어났으며

젊은 시절에 장사로 성장하였다.
변새의 건장한 병졸을 거느리고서
선우의 보루까지 깊숙이 진격했다.
여러 깃발이 마주보며 휘날리고
피리 불고 북소리 어찌 그치겠는가?
해가 지는 끝없이 넓은 사막에서
고함 치며 연기와 먼지가 뒤섞였다.
장군은 건방진 적을 섬멸하라 했지만
흉노 족장을 어찌 잡을 수 있겠나?
이미 대군의 지원도 기대할 수 없어
결국 천막에 갇히는 치욕을 당했다.
漢의 은혜를 어려서부터 입었으니
어찌 이러한 치욕을 견딜 수 있으랴!
깊은 속마음 뒷날 보국하려 했기에
몸을 던져서 그냥 죽을 수 없었다.
목을 늘여 蘇武를 전송하며 말했으니
"그대 아니면 누가 나를 변호하리오!"

【註釋】⊙ <李陵詠> - '이릉을 노래하다'
　　李陵(이릉, 字 少卿)은 前漢에서 飛將軍으로 잘 알려졌으며, 흉노와
　　대소 70여 전투를 치른 名將인 李廣(?-기원전 119)의 손자이다.
⊙ 漢家李將軍 - 漢家는 漢朝. 李將軍은 李陵.
⊙ 三代將門子 - 三代는 祖父 李廣 -先考 李當戶 -유복자 李陵.
⊙ 結髮有奇策 - 結髮은 머리를 묶다, 成童이 되다, 15세 소년. 奇策은

韜略(도략).

⊙ 少年成壯士 - 少年은 20세 이전.

⊙ 長驅塞上兒 - 長驅는 거느리고 출정하다. 塞上兒는 변방의 건아.

⊙ 深入單于壘 - 單于(선우)는 흉노의 왕. 흉노는 한 고조 때부터 漢을 괴롭혔다. 흉노의 인구는 漢 1, 2개 郡의 인구에 불과했지만, 한은 흉노에게 굴욕적 강화를 맺고 그들의 요구를 대부분 수용했어도 해마다 변경을 노략질 당했다. 前漢 宣帝 이전에 한의 황제와 흉노 선우는 대등한 관계였다. 壘 보루 루. 성채.

⊙ 旌旗列相向 - 旌旗(정기)는 깃발.

⊙ 簫鼓悲何已 - 簫鼓(소고)는 피리와 북.

⊙ 日暮沙漠陲 - 沙漠陲는 사막의 끝. 陲 변방 수. 境界, 근처, 끝.

⊙ 戰聲煙塵裏 - 煙塵(연진)은 불타는 연기와 흙먼지.

⊙ 將令驕虜滅 - 驕虜는 교만한 적. 흉노. 滅은 殲滅(섬멸)하다.

⊙ 豈獨名王侍 - 어찌 그들을 굴복시킬 수 있었겠는가? 불가능했다. 名王은 흉노 선우 아래의 왕. 左, 右 賢王. 侍는 漢에 入侍하다.

⊙ 旣失大軍援 - 援은 원군, 도움. 이릉의 소부대는 흉노 직할지 깊이 진격하여 후방과 연계나 후원을 기대할 수도 없었다. 엄격히 말하면 이릉의 패배는 지휘관의 공명심이 부른 상황파악의 부재였고 실책이었다. 지휘관의 용기만으로 전투의 승패가 결정되는 것은 아니다.

⊙ 遂嬰穹廬恥 - 포로가 되는 치욕을 당했다는 뜻. 嬰 어린아이 영. 둘러치다, 감싸안다. 穹廬(궁려)는 흉노의 천막. 둥근 천막. 텐트. 恥는 치욕.

⊙ 少小蒙漢恩 - 蒙은 입다. 받다.

⊙ 何堪坐思此 - 何堪은 어찌, 어찌 이를 감당하랴. 坐는 부사로 까닭 없이 저절로, '심히(深也)'라는 뜻으로도 쓰인다. 坐歎은 심히 탄식하다.

⊙ 深衷欲有報 - 深衷은 깊은 충성심. 衷 속마음 충.

⊙ 投軀未能死 - 投軀는 몸을 던져.

⊙ 引領望子卿 - 引領은 목을 빼다. 여기서는 간절히 소망하다. 子卿은

蘇武(소무)의 字. 이릉은 흉노 선우의 공주와 결혼하고 살면서 포로가 된 소무를 찾아가 만났으며 소무를 도와주기도 했다. 소무가 19년 만에 억류생활에서 풀려 漢에 귀국할 때 이릉은 울면서 소무를 전송했다.

⊙ 非君誰相理 - 理는 변호하다. 이 구는 이릉이 돌아가는 소무에게 한 말이라고 보면 詩意가 잘 통한다.

【詩意】이릉은 이광의 장남인 李當戶의 유복자로 태어나 武帝 天漢 2년(기원전 99)에 5천 보병을 거느리고 흉노 선우와 8일간 맞싸웠으나 원군도 없는 막다른 상황에서 衆寡不敵(중과부적)으로 결국 투항하였다. 그러나 이 때문에 일족은 멸문의 화를 당했다. 이릉의 투항은 흉노에 사신으로 갔다가 끝까지 굴복하지 않다가 돌아온 蘇武(소무)의 행적과 비교된다. 이릉의 투항을 변호한 司馬遷(사마천)은 이 때문에 宮刑의 치욕을 당했다.(≪漢書≫ 54권, 〈李廣蘇建傳〉 참고)

이 시는 왕유가 19세 때 지었다는 주석이 있다. 이 시에서 왕유는 이릉의 漢室에 대한 변함없는 충성을 서술하고, 이릉에 대한 동정을 표현하였다. 옛 영웅에 대한 詠史詩가 비록 현실감은 없다지만 젊은 날 왕유의 기백을 느낄 수 있다. 왕유가 이해한 李陵의 충성심은 뒷날 安史의 亂(安祿山과 史思明의 난, 755-763)에서 唐 왕조의 회복과 융성을 갈구한 사상으로 연결된다고 할 수 있다.

## 6. 息夫人
<small>식 부 인</small>

莫以今時寵, 能忘舊日恩.
<small>막 이 금 시 총   능 망 구 일 은</small>

看花滿眼淚, 不共楚王言.
<small>간 화 만 안 루   불 공 초 왕 언</small>


<식부인>

생각지 마오! 오늘 총애로
예전 恩情을 잊을 거라고.
꽃을 보아도 눈물만 가득
楚王과 말을 하지 않았다.


【註釋】⊙ <息夫人> – '식부인'

  <息夫人怨>, <息嬀怨(식규원)>인 제목도 있다. 20세에 지었다는 原
  註가 있다. 息(식)은 제후국 이름. 戰國시대의 강국인 楚 文王은 息侯
  의 부인이 미인이라는 말을 듣고 息侯를 잡아 죽이고 그 부인을 강
  제로 데려갔다. 息夫人은 문왕의 총애를 받으면서 아들을 둘이나 낳
  았지만 초왕과는 한마디도 말을 나누지 않았다. 어느 날 초왕이 그
  연유를 묻자 식부인이 울면서 말했다. "吾一婦人, 而事二夫, 縱不能死,
  其又奚言(나는 여인으로 二夫를 섬기며 죽지도 못했는데 또 무슨 말
  을 하겠습니까?)"《左傳》 莊公 14年 참고.
⊙ 莫以今時寵 – 莫은 금지사. ~하지 말라. 以는 以爲, 생각하다.
⊙ 能忘舊日恩 – 能忘은 잊을 수 있다.
⊙ 看花滿眼淚 – 滿眼淚는 눈물이 가득하다.

⊙ 不共楚王言 - 共은 함께하다. 楚王은 楚 文王.

**【詩意】** 당 말기 僖宗(희종) 때, 孟棨(맹계)가 지은 ≪本事詩≫란 책의 〈情感〉편에 의하면, 玄宗의 형인 寧王(영왕, 李憲, 예종의 장남, 玄宗 李隆基는 예종의 三男)은 무소불위의 권력과 향락을 즐기는 호색한이었다. 영왕은 이웃에 사는 떡장수의 아내가 미인이라는 말을 듣고 떡장수에게 상당한 재물을 주고 그 아내를 강제로 데려갔다.

1년이 지난 뒤 영왕은 떡장수 아내를 치장시킨 뒤 떡장수를 불러 서로 만나게 했다. 그 모습을 여러 사람이 지켜보게 하였으니 이는 악취미이고 일종의 가혹행위라 할 수 있다. 그 자리에 20세의 젊은 왕유도 있었다.

영왕은 떡장수 아내에게 "아직도 전 남편이 그리운가?"라고 물었다. 떡장수 아내는 아무 말 없이 서서 그냥 눈물만 흘렸다. 영왕은 이 장면을 본 문객들에게 시를 지어 달라고 부탁했다. 왕유는 곧 시를 지어 읊었다.

왕유는 초왕의 역사적 사실로 寧王을 깨우쳤으니, 젊은 날의 왕유는 권력자에게 바른 말을 할 수 있는 기개가 있었다. 영왕은 떡장수의 아내를 돌려보냈다.

寧王과 왕유, 그리고 떡장수 아내의 이야기는 ≪本事詩≫란 책에 실렸기에 널리 알려진 사실이다. 唐代에는 시문학의 발달과 함께 시인들의 활동 또한 매우 활발하였다. 따라서 詩를 이해하기 위한 방편으로 시인들의 逸話를 기록한 저술이 나왔으니 당 僖宗(희종) 光啓 2년(886)에 孟棨(맹계)는 이런 일화를 수록한 ≪本事詩≫를 저술하였다. 맹계의 자세한 생애는 알려지지 않았다.

中國語에서 '本事'란 '재능이나 능력'이라는 뜻과 함께 '詩나 詞, 희곡 등의 작품에 관계되는 사실'을 지칭한다. 곧 문학으로서 '本事'란 시인이 언제 어떤 사유로 그 작품을 지었는가에 관한 사실적인 기록이다. 이 本事의 대상은 詩나 詞 등 문학작품이며, 시나 시인을 이해하기 위한(以事明詩) 사실적 자료이다. 이는 어디까지나 시가 그 중심이고, 시를 이해하기 위한 雜記的(잡기적) 내용이 많지만 시와 시인의 정황을 이해하는 데 큰 도움을 준다. 이후 本事는 하나의 文體로 인정받아, 문학의 한 영역으로 자리 잡았으며 宋代에도 많은 저술들이 나왔다.

## _ 7. 西施詠
서 시 영

艶色天下重, 西施寧久微.
염색천하중　서시녕구미

朝爲越溪女, 暮作吳宮妃.
조위월계녀　모작오궁비

賤日豈殊衆, 貴來方悟稀.
천일기수중　귀래방오희

邀人傳脂粉, 不自著羅衣.
요인부지분　부자착나의

君寵益嬌態, 君憐無是非.
군총익교태　군연무시비

當時浣紗伴, 莫得同車歸.
당시완사반　막득동거귀

持謝隣家子, 效顰安可希?
지사인가자　효빈안가희


<서시를 노래하다>

요염한 미색은 모두가 중히 여기니
西施가 영원히 미천할 수 있으리오?
아침에 越나라 냇가서 빨래했지만
저녁엔 吳나라 궁전의 왕비 되었네.
천한 날에는 남과 다름 없었지만
귀한 뒤에야 드문 미색 알았다네.
시녀 불러 연지와 분을 화장하고
비단 옷도 스스로 입지 않았었네.

임금 총애에 교태가 더욱 늘고

임금 사랑에 是非도 없었다네.

그날 함께 빨래하던 여인들은

수레 타고 들어간 사람 없었네.

이를 두고 이웃에 이르노니

어찌 얼굴 찡그려 영화를 바라는가?

【註釋】⊙ <西施詠> - '서시를 노래하다'

　　詠 읊을 영. 노래하다. 앞의 <李陵詠>과 같은 詠史詩(영사시)이며 형식으로는 五言古詩이다. 西施는 春秋時代 越(월)나라의 미녀. 서시는 본래 苧羅山(저라산)에 사는 나무꾼의 딸로 일찍이 若耶溪(약야계, 지금의 浙江省 紹興市 근처)에서 비단(紗, 얇고 가벼운 비단)을 빨래하던 처녀였다. 越王(월왕) 句踐(구천)은 서시를 찾아내 정략적으로 원수의 吳나라를 망치게 하려고 吳王 夫差(부차)에게 그녀를 바쳤다. 당시 夫差는 여색을 탐했는데 伍子胥(오자서)는 '夏는 妹喜(말희), 殷은 妲己(달기), 周는 褒姒(포사) 때문에 망했으니 美女는 亡國之物'이라면서 받아들여서는 안 된다고 했으나 부차는 서시를 받아들였고, 결국 吳는 越에게 패망했다.

⊙ 艶色天下重 - 艶色은 아름다운 여인. 艶 고울 염. 天下重은 천하의 모두가 중히 여긴다.

⊙ 西施寧久微 - 寧 편안할 녕(영). 어찌 ～하랴? 설마 ～이겠는가? 久 오랠 구. 微 작을 미. 微賤(미천)하다.

⊙ 朝爲越溪女 - 越溪는 越나라의 시내, 강가.

⊙ 暮作吳宮妃 - 暮 날 저물 모. 저녁.

⊙ 賤日豈殊衆 - 賤日은 천한 시절. 殊 다를 수. 죽일 수. 다르다. 衆은 衆人.

⊙ 貴來方悟稀 - 方은 바야흐로, 이제 막, 방금, 비로소. 悟 깨달을 오. 稀 드물 희. 많지 않다. 稀貴(희귀)한.

⊙ 邀人傳脂粉 - 邀 맞을 요. 부르다. 邀人은 남을 부르다. 傳 스승 부. 시중들다, 보좌하다(扶), 바르다, 덧붙이다[皮之不存 毛將安傅 가죽이 없다면 털은 어디에 붙어 있겠나]. 脂 기름 지. 臙脂(연지). 粉 가루 분. 白粉. 시녀들을 시켜 지분을 바르게 하다.

⊙ 不自著羅衣 - 著 입을 착. 신을 착. 분명할 저. 글 지을 저. 羅衣(나의)는 비단옷.

⊙ 君寵益嬌態 - 寵 괼 총. 총애하다. 益 더할 익. 더욱. 嬌 아리따울 교.

⊙ 君憐無是非 - 憐 불쌍히 여길 련(연). 어여삐 여기다. 無是非는 善惡, 是非, 曲直을 말하지 못하다.

⊙ 當時浣紗伴 - 浣 빨래할 완. 紗 비단 사. 깁.

⊙ 莫得同車歸 - 莫은 아무도 ~하지 않다, ~하는 자가 없다. 同車歸는 같이 수레를 타고 궁에 들어가다.

⊙ 持謝隣家子 - 持 가질 지. 이런 일로서, 이것으로(以此). 謝 작별하고 떠날 사. 거절하다, 사례하다, 告하다, 말하다. 隣 이웃 린(인). 隣家子는 이웃집 여자.

⊙ 效顰安可希 - 效 본받을 효. 따라하다. 顰 찡그릴 빈. 效顰(효빈)은 찡그리는 모습을 흉내 내다. 安可希는 어찌 (영화 누리기를) 바랄 수 있겠나? 《莊子 天運》에 '서시가 심장병으로 이따금 찡그렸다. 같은 마을에 사는 추한 여자가 서시의 그 모습 때문에 아름답다고 여겨 집에 가면서 가슴을 잡고 찡그렸다(西施病心而顰, 其里之醜人, 見而美之, 歸亦捧心而顰)'고 하였다.

【詩意】 이 시는 중국 四大美人의 한 사람인 西施를 읊은 것이다. 그러나 동시에 임금의 환심을 사고 높은 자리에 올라서 간악한 짓을 하는 음흉하고 간악한 당시의 권신들을 풍자한 시라고 보는 해석이 있는데, 李林甫(이임보), 楊國忠 무리가 정치 일선에 등장한 것은 왕유 나이 40대 때이다. 이는 일반적으로 왕유가 출사하기 이전의 작품으로 알려졌다.

臥薪嘗膽(와신상담)의 고사 중 臥薪했던 吳王 夫差(부차)는 여색을 좋아했다. 그리고 嘗膽하며 복수의 기회를 노린 越王 句踐(구천)은 미인계를 써서 오나라를 망하게 하기 위해서 정략적으로 부차에게 '서시와 鄭旦(정단)' 두 미녀를 보냈다.

한편 이 시는 천생의 미녀는 결국에는 남의 눈에 들어 부귀를 누린다는 세속적인 이치와 아울러, 그렇다고 외형적으로 꾸미기만 해도 천생의 미녀는 될 수 없다는 뜻을 담고 있다. 끝 구절에서 醜女(추녀)들이 찡그리는 흉내를 내도 임금의 사랑을 받지 못한다고 했다. 이것은 재주 없는 사람이 수단을 부린다고 임금에게 발탁되지 못한다는 뜻을 풍자한 것이기도 하다.

서시는 본래 미인이었다. 그러므로 그녀가 찡그려도 아름답게 보인 것이다. 추녀가 찡그리면 더욱 추하게 보인다. 그와 마찬가지로 재주 있는 자가 간악한 수단을 써서 높이 올라갈 수는 있다. 그러나 재주 없는 자는 간악한 수단을 쓰면 망신만 당한다는 훈계를 주고 있다.

서시의 미모는 중국인들에게 널리 알려졌다. 西施와 관련된 成語로 沈魚落雁(침어낙안)이 있는데 서시가 빨래하던 浦陽江 물고기들이 서시의 미모를 보고 놀라 물속으로 가라앉았다는 말이 만들어졌다. 또 東施效顰(동시효빈)이 있는데 東施라는 추녀가 서시를 본떠 얼굴을 찡그리고 걷자 마을 사람들이 놀라 모두 도망쳐 대문을 닫았다는 성어가 있다.

또 西眉南臉(서미남검)은 '미인 西施의 눈썹과 미인 南威의 뺨'이라 하여 여인의 미모를 말할 때 즐겨 인용된다. 杭州(항주) 지역 속담에 '연인의 눈에는 서시만 있다(情人眼裡出西施)'는 말이 있는데 '사랑하는 사람은 예쁘게만 보인다'는 뜻이다.

미인을 말할 때 閉月羞花(폐월수화)라는 말을 즐겨 쓴다. 여기서 沈魚의 미인 西施, 落雁(낙안)의 미인 王昭君, 閉月(폐월)의 미인 貂蟬(초선), 그리고 羞花(수화)의 미인 楊貴妃를 중국인들은 四大美人으로 꼽고 있다.

그러나 ≪三國演義≫의 貂蟬(초선)은 픽션 속의 가공인물이다. 그리고 또 재미있는 이야기는 笑褒姒(웃는 포사), 病西施(병든 서시), 狠妲己(표독한 달기), 醉楊妃(취한 양귀비)를 들어 미인들의 또 다른 개성을 설명하기도 한다.

## 8. 早春行

자 매 발 초 편　　황 조 가 유 삽
紫梅發初遍, 黃鳥歌猶澀.

수 가 절 양 녀　　농 춘 여 불 급
誰家折楊女, 弄春如不及.

애 수 간 장 좌　　수 인 영 화 립
愛水看妝坐, 羞人映花立.

향 외 풍 취 산　　의 수 로 점 습
香畏風吹散, 衣愁露霑濕.

옥 규 청 문 리　　일 락 향 거 입
玉閨靑門裏, 日落香車入.

유 연 익 상 사　　함 제 향 채 유
游衍益相思, 含啼向綵帷.

억 군 장 입 몽　　귀 만 경 생 의
憶君長入夢, 歸晩更生疑.

불 급 홍 첨 연　　쌍 서 녹 초 시
不及紅簷燕, 雙棲綠草時.


<이른 봄날의 노래>

자주색 매화 온 나무에 막 피었으나
꾀꼬리 울음은 아직도 설기만 하다.
버들가지 꺾어든 어느 집 여인은
지나가는 봄날이 아쉰 듯 즐기네.
잔잔한 물에 고운 얼굴 비쳐보면서
꽃과 함께 비친 모습을 수줍어한다.

바람 따라 향내 흩어질까 걱정하고

옷은 이슬 젖어 축축할까 조심한다.

여인의 거처 파란 대문안으로

해질녘 작은 香車가 들어온다.

놀수록 더욱 그리운 임이라서

울음 머금고 방안에 머무른다.

낭군 그리워 언제나 꿈에 그려도

늦은 귀가에 걱정만 더욱 커진다.

붉은 처마에 깃든 제비 한쌍이나

푸른 풀밭에 짝진 새만 못하다네.


【註釋】⊙ <早春行> - '이른 봄날의 노래'

　　이는 閨怨(규원)을 소재로 한 시이다.

⊙ 紫梅發初遍 - 遍은 두루. 온 나무에 골고루.

⊙ 黃鳥歌猶澁 - 黃鳥는 꾀꼬리. 猶는 오히려, ~조차, ~마저, 더~. 澁
　　뜁을 삽. 말을 더듬다, 문장이 난해하다.

⊙ 誰家折楊女 - 誰家는 어느 집 규수.

⊙ 弄春如不及 - 弄春은 春光을 弄玩(농완)하다, 즐기다.

⊙ 愛水看妝坐 - 잔잔한 물가에서 화장을 한 자신을 자주 비춰 본다는
　　뜻. 미인이든 薄色(박색)이든 여자가 거울을 즐겨 보는 것은 본능에
　　가깝다고 한다.

⊙ 羞人映花立 - 꽃과 함께 비친 자신의 모습에 수줍어하다. 이 두 구
　　절은 여인의 자아도취를 묘사하였다.

⊙ 香畏風吹散 - 바람에 향기가 날아가는 것이 싫다.

⊙ 衣愁露霑濕 - 香畏~와 이 구절은 여인의 환희와 우수의 미묘한 감
　　정의 전환을 묘사하였다.

⊙ 玉閨靑門裏 - 靑門은 장안성의 東門. 동방은 靑色이기에 푸른 칠을 했다. 여기서는 동쪽으로 난 출입문.

⊙ 日落香車入 - 香車는 여인의 수레.

⊙ 游衍益相思 - 游衍은 마음껏 놀다. 衍 넘칠 연.

⊙ 含啼向綵帷 - 含啼는 울음을 머금다. 綵帷는 채색 휘장. 방안.

⊙ 憶君長入夢 - 憶君은 부군을 그리워하다.

⊙ 歸晩更生疑 - 歸晩은 늦은 귀가.

⊙ 不及紅簷燕 - 不及은 ~만 못하다. 紅簷은 붉은 처마. 簷 처마 첨.

⊙ 雙棲綠草時 - 雙棲는 짝을 지어 살다. 時는 때맞추다.


【詩意】 이는 閨怨詩인데 왕유의 시에는 이런 규원시가 많지 않다. 아마 젊은 시절의 작품으로 추정된다. 시중의 여인은 젊은 여인으로 이른 봄에 춘흥에 겨워 외출했을 것이다. 봄날의 정경과 함께 젊은 여인의 아름다운 자태, 그리고 젊은 여인이 거처에서 늦도록 낭군을 기다리는 감정이 수묵화처럼 그려졌다.

젊은 여인의 심리는 본인 아니면 누구도 모른다. 본래 '부부간 사랑보다 더한 사랑은 없다(至愛莫過於夫妻)'고 하지만, 또 '부부의 은혜와 사랑은 쓰고도 달다(夫妻恩愛苦也甛)'라는 말도 있다. 그러나 부부는 본디 한 숲에 사는 새이지만(夫妻本是同林鳥), 큰 환난이 닥치면 각자 날아가 버린다(大難來時各自飛). 그러나 여하튼 봄날 젊은 여인의 가슴에는 그리움이라는 파도가 일어나게 되어 있다.

## 노 장 행 9. 老將行

소 년 십 오 이 십 시 少年十五二十時, 보 행 탈 득 호 마 기 步行奪得胡馬騎.

사 살 산 중 백 액 호 射殺山中白額虎, 긍 수 업 하 황 수 아 肯數鄴下黃鬚兒.

일 신 전 전 삼 천 리 一身轉戰三千里, 일 검 증 당 백 만 사 一劍曾當百萬師.

한 병 분 신 여 벽 력 漢兵奮迅如霹靂, 노 기 붕 등 외 질 려 虜騎崩騰畏蒺藜.

위 청 불 패 유 천 행 衛青不敗由天幸, 이 광 무 공 연 수 기 李廣無功緣數奇.

자 종 기 치 편 쇠 후 自從棄置便衰朽, 세 사 차 타 성 백 수 世事蹉跎成白首.

석 시 비 전 무 전 목 昔時飛箭無全目, 금 일 수 양 생 좌 주 今日垂楊生左肘.

노 방 시 매 고 후 과 路傍時賣故侯瓜, 문 전 학 종 선 생 류 門前學種先生柳.

창 망 고 목 연 궁 항 蒼茫古木連窮巷, 요 락 한 산 대 허 유 寥落寒山對虛牖.

서 령 소 륵 출 비 천 誓令疏勒出飛泉, 불 사 영 천 공 사 주 不似潁川空使酒.

하 란 산 하 진 여 운 賀蘭山下陣如雲, 우 격 교 치 일 석 문 羽檄交馳日夕聞.

절 사 삼 하 모 연 소 節使三河募年少, 조 서 오 도 출 장 군 詔書五道出將軍.

시 불 철 의 여 설 색 試拂鐵衣如雪色, 요 지 보 검 동 성 문 聊持寶劍動星文.

願得燕弓射天將, 恥令越甲鳴吳軍.
<br>원 득 연 궁 사 천 장　치 령 월 갑 명 오 군

莫嫌舊日雲中守, 猶堪一戰取功勳.
<br>막 혐 구 일 운 중 수　유 감 일 전 취 공 훈

<늙은 장군의 노래>

장군이 젊었던 열다섯 스무 살 때는
걷다가 흉노족 말을 빼앗아 탔었다.
산속의 흰털 난 호랑이 이마를 쏘았으니
鄴郡의 누런 수염 曹彰(조창)과 비슷했다.
이 몸이 싸움터 옮겨 싸우기 삼천리
한 칼로 일찍이 백만 대군을 막았다.
우리 군사가 천둥치듯 떨쳐 달려가면
적의 기병도 무너지며 마름쇠에 겁먹었다.
衛靑의 不敗는 하늘이 도왔기 때문이고
李廣의 武功은 운수가 나빴기 때문이다.
버림을 받고 나서는 곧 쇠약해졌으며
세상사 조금 어긋나 늙은이가 되었네.
옛날에 활을 쏘면 참새 눈을 쏘았지만
지금은 왼쪽 팔꿈치에 혹이 생겼다네.
길에서 오이 팔며 생활했던 邵平(소평)과
문전에 버들 심은 陶淵明을 배우리라.
아득히 멀리 고목은 외진 마을에 닿았고
외로이 쓸쓸한 산속, 빈 창문만 바라보네.
맹세코 疏勒(소륵)에서 샘물을 솟게 하겠지만

潁川(영천)사람 마냥 괜히 술주정은 아니 하리.

賀蘭山 아래에 구름처럼 많이 진을 쳤고

급보가 엇 달려와 아침저녁 들려오네.

황제의 특사는 三河 땅에서 젊은이를 모으고

조서는 다섯 갈래로 장군들을 출전케 하네.

눈처럼 하얀 갑옷을 털어 입어보고

공연히 별이 새겨진 보검을 들고 선다.

燕땅의 명궁 얻어 적장을 쏘고 싶으며

적군이 우리 군사를 놀라게 하니 부끄럽도다.

옛날의 雲中 태수를 부끄럽다 여기지 말지니

그래도 一戰 견디며 큰 공훈 세우고 싶도다.


【註釋】⊙ <老將行> - '늙은 장군의 노래'

　新樂府辭에 속하는 樂府詩이다. 이 작품은 지은 시기를 짐작할 수 없
는 未編年詩로 분류된다. 그러나 앞의 <洛陽女兒行>과 <桃源行>이
時年 18, 19세 작품으로 알려졌기에 이 작품도 20세 전후에 지었을
것이라 짐작할 수 있다. 체력적으로 왕성하여 한창 史書를 통독하면
서 義氣가 충만한 젊은 날의 작품이라 볼 수 있다. 다음에 수록한
<吏門歌>도 未編年詩이나 같은 뜻에서 20세 전후의 작품일 것이라
추정한다.

⊙ 少年十五二十時 - 少年은 젊은 나이.

⊙ 步行奪得胡馬騎 - 漢 李廣의 고사와 연결하여 그만큼 용감했었다는 뜻.

⊙ 射殺山中白額虎 - 額 이마 액. 이마에 흰 털이 난 호랑이. 실제로는
늙은 호랑이인데 凶猛한 호랑이로 생각한다.

⊙ 肯數鄴下黃鬚兒 - 肯數(긍수)는 마치 ~와 같다(恰如). 鄴 땅이름 업.

지금의 河北省 邯鄲市(한단시) 臨漳縣(임장현). 曹操의 魏 근거지. 黃
鬚兒(황수아)는 曹操의 아들 曹彰(조창)으로, 힘센 武將. 조조가 매우
기특하게 생각했고 실제로 큰 공을 세웠다.

⊙ 一身轉戰三千里 - 轉戰은 전쟁터를 떠돌다.

⊙ 一劒曾當百萬師 - 劒은 劍. 百萬師는 100만의 군사.

⊙ 漢兵奮迅如霹靂 - 奮迅(분신)은 재빨리 행동하다. 奮 떨칠 분. 迅 빠
를 신. 霹靂은 벼락. 천둥.

⊙ 虜騎崩騰畏蒺藜 - 虜騎는 적의 기병. 崩騰(붕등)은 대열이 무너지며
겁을 먹고 도주하다. 畏 두려울 외. 蒺藜(질려)는 가시가 있는 풀이
름. 鐵蒺藜(철질려)는 가시 모양 마름모꼴의 쇠. 쇠로 만든 마름쇠.
공격해오거나 도주할 때 이 마름쇠를 밟으면 발을 크게 다친다.

⊙ 衛靑不敗由天幸 - 衛靑(위청)은 漢 武帝 때 장군. 그의 누이인 衛부
인이 무제의 사랑을 받았고 위청 또한 흉노와의 전투에서 매번 큰
공을 세웠다.

⊙ 李廣無功緣數奇 - 李廣(이광)은 漢의 將軍. 飛將軍으로 통했고 흉노
가 무서워하였다. 無功은 공을 인정받지 못했다. 緣은 연유하다, 말미
암다. 數奇(수기)는 運이 맞질 않다.

⊙ 自從棄置便衰朽 - 棄置(기치)는 버려두다. 便은 곧 바로. 朽 썩을 후.

⊙ 世事蹉跎成白首 - 蹉跎(차타)는 세상일이 뜻대로 되지 않다. 蹉 헛디
뎌 넘어질 차. 때를 놓칠 차. 跎 헛디딜 타.

⊙ 昔時飛箭無全目 - 飛箭은 활을 쏘다. 無全目은 온전한 (참새의) 눈이
없다. 활을 아주 잘 쏘았다. 夏나라의 后羿(후예)는 활을 잘 쏘았는데
吳賀(오하)란 사람과 같이 있을 때 오하가 참새의 왼쪽 눈을 맞춰 보
라고 하였는데, 후예는 참새의 오른쪽 눈을 맞췄다. 후예는 이를 매
우 부끄럽게 여기고 수련을 계속했다는 이야기가 있다.

⊙ 今日垂楊生左肘 - 今日은 왼쪽 팔꿈치에 수양버들이 자라고 있네.
'쓸모없는 몸이 되었네' 하면서 한탄한다는 뜻. 肘 팔꿈치 주. ≪莊子
至樂≫에 있는 寓言인데 支離叔(지리숙)이란 사람의 왼쪽 팔꿈치에
버드나무(柳)가 생겼다는 이야기가 있다. 버드나무(柳 liǔ, 楊)는 사람

몸에 생기는 혹(瘤 liú, 혹 류)이니 불편할 뿐 아무 쓸모가 없다.

⊙ 路傍時賣故侯瓜 - 路傍(노방)은 길가. 故侯瓜(고후과)는 옛 東陵侯(동 릉후) 邵平(소평)의 오이. 옛 秦의 동릉후였던 소평은 秦이 망하자 벼슬을 그만두고 장안에서 오이를 심어 팔면서 생활하였다. 이 구절 은 벼슬에 연연하지 않고 이제는 은퇴하고 싶다는 뜻이다.

⊙ 門前學種先生柳 - 學種은 심는 것을 배우다, 심겠다. 先生柳는 五柳 先生 陶淵明의 버드나무. 도연명은 <五柳先生傳>이라는 짧은 名文을 지어 자신의 뜻을 말했다. '~宅邊有五柳樹, 因以爲號焉.~'

⊙ 蒼茫古木連窮巷 - 蒼茫은 아득히 먼 모양. 蒼 푸를 창. 茫 아득할 망. 窮巷(궁항)은 외진 마을.

⊙ 寥落寒山對虛牖 - 寥落(요락)은 쓸쓸히 홀로. 寥 쓸쓸할 요. 虛牖(허 유)는 아무것도 보이지 않는 창. 홀로 외로이 산속에서 아무도 찾지 않는 창문을 마주보고 있다는 뜻. 牖 창문 유.

⊙ 誓令疏勒出飛泉 - 疏勒(소륵)은 新疆(신강) 위구르자치구의 타림분지 서쪽 끝 지역에 있던 나라 이름으로, 나중에는 현 이름. 漢은 이들과 연합하여 흉노를 협공하려고 한의 군사를 파견하기도 했었다. 後漢의 耿恭(경공)이라는 장수가 소륵에서 흉노와 싸우던 중, 흉노가 물길을 막아 군사들이 갈증에 시달렸다. 경공이 간절히 기도하자 샘물이 솟 았다는 故事. 이 구절은 몸은 늙었지만 아직은 나라를 위해 충성하고 싶다는 뜻.

⊙ 不似潁川空使酒 - 潁川(영천)은 河南省의 지명. 영천 출신 漢 장군 灌夫(관부)는 자신에게 아부하는 사람을 싫어했지만 술만 마시면 윗 사람에게도 使酒(술주정)를 했다.

⊙ 賀蘭山下陣如雲 - 賀蘭山(하란산)은 寧夏回族自治區와 內蒙古自治區 의 경계를 이루는 산맥. 남북 약 200km에 달하는데, 이 산맥의 동쪽 은 寧夏평원으로 과수농업이 발전한 지역이다. 陣如雲(진여운)은 많 은 장졸이 구름처럼 주둔하고 있다.

⊙ 羽檄交馳日夕聞 - 羽檄(우격)은 군사용 急報. 馳 달릴 치.

⊙ 節使三河募年少 - 節使는 持節(지절, 황제의 信標)을 가진 황제의 특

사. 三河는 河東, 河南, 河內 지역.

⊙ 詔書五道出將軍 – 五道는 다섯 갈래 길. 조서를 내려 5개 길로 장군을 출정케 하였다.

⊙ 試拂鐵衣如雪色 – 試拂(시불)은 털다, 털어보다. 鐵衣(철의)는 갑옷.

⊙ 聊持寶劍動星文 – 聊持(요지)는 그냥 별 뜻 없이 잡아보다, 움켜쥐다. 動星文(동성문)은 별 무늬가 있는.

⊙ 願得燕弓射天將 – 燕弓(연궁)은 燕에서 나오는 명궁. 天將은 勇將.

⊙ 恥令越甲鳴吳軍 – 越甲(월갑)은 월나라 갑옷을 입은 병사. 鳴 울 명. 놀라게 하다. 월나라 군사가 우리 군사들을 놀라게 한 것을 부끄러이 여기다. 적의 침입을 우리의 수치라 생각하며 나가 싸우고 싶다는 뜻.

⊙ 莫嫌舊日雲中守 – 嫌 싫어할 혐. 雲中守는 雲中(山西省의 지명, 大同 부근)의 太守. 西漢의 雲中 태수인 魏尙(위상)이란 사람은 흉노와의 싸움에서 戰果(전과)를 늘 부풀려 보고했다. 결국 면직되었지만 다른 사람의 추천이 있어 다시 복직시켜 흉노를 막게 했다. 자신도 누군가가 추천해주면 다시 전장에 나가고 싶다는 뜻.

⊙ 猶堪一戰取功勳 – 堪 견딜 감. 取功勳은 큰 공을 세우겠다.


【詩意】 老將이 다시 한 번 戰場에 나가 공을 세우고 싶다는 뜻을 피력한 詩이다.

이 시는 제10구까지는 노장군의 젊은 날에 대한 회상이다. 그리고 11~20구는 외롭고 쓸쓸한 노장군의 현재 모습을 묘사하였다. 그리고 21구에서 마지막까지는 '지금이라도 싸움이 벌어진다면' 하는 가정 속에 달려 나가고 싶은 노장의 의지를 피력하였다.


蒼茫古木連窮巷, 寥落寒山對虛牖.
아득히 멀리 고목은 외진 마을에 닿았고,
외로이 쓸쓸한 산속, 빈 창문만 바라보네.

이 구절은 쓸쓸함과 외로움, 그리고 아무도 알아주지 않는 늙은 장군의 주변과 그 심사를 표현한 구절이다. 말하자면 老將軍의 심정을 대표하고 있는, 곧 이 시의 主題이며 시인이 말하려는 뜻이다.

왕유는 아직은 出仕(출사)하지 못했지만, '누군가가 자신을 거명해주고 또 황제가 불러준다면 조정에 다시 나가고 싶다'는 뜻이다. 이처럼 시는 시인의 뜻을 말해 준다. 이를 두고 '詩言志'라고 한다.

그리고 이 악부 형식의 시는 매구에 운을 달았으며 對句를 자주 사용하였다. 대구의 내용도 그냥 아무나 글자를 맞출 수 있는 대구가 아니라 아주 박식한 사람만이 알고 있는 옛 故事를 들었다. 말하자면 시인만큼 학식이 없다면 이 시를 읽어도 무슨 뜻인지 모른다. 해박한 지식을 갖고 있는 시인은 그만큼 열심히 읽고 공부했다는 뜻이다. 이런 典故의 빈번한 사용은 시인이 자기의 박식을 자랑하는 방법일 수 있다. 결국 독자도 많이 읽고, 많이 공부하며, 많이 생각해야 한다.

## _ 10. 夷門歌<sup>이문가</sup>

七雄雄雌有未分, 攻城殺將何紛紛.
<small>칠 웅 웅 자 유 미 분　　공 성 살 장 하 분 분</small>

秦兵益圍邯鄲急, 魏王不救平原君.
<small>진 병 익 위 한 단 급　　위 왕 불 구 평 원 군</small>

公子爲嬴停駟馬, 執轡愈恭意愈下.
<small>공 자 위 영 정 사 마　　집 비 유 공 의 유 하</small>

亥爲屠肆鼓刀人, 嬴乃夷門抱關者.
<small>해 위 도 사 고 도 인　　영 내 이 문 포 관 자</small>

非但慷慨獻良謀, 意氣兼將身命酬.
<small>비 단 강 개 헌 양 모　　의 기 겸 장 신 명 수</small>

向風刎頸送公子, 七十老翁何所求.
<small>향 풍 문 경 송 공 자　　칠 십 노 옹 하 소 구</small>


&lt;이문의 노래&gt;

戰國 7雄의 승부를 알 수 없을 때
攻城과 殺將이 왜 그리 많았던가?
秦兵이 한단을 포위하고 맹렬히 공격하는데
魏王은 이웃 趙 平原君을 도와주지 않았다.
信陵君은 侯嬴(후영)을 모시려 수레를 멈추고
말고삐를 잡고 더욱 공손하게 기다렸다.
朱亥(주해)는 고깃집서 짐승을 잡는 사람이고
후영은 여전히 夷門의 문지기였는데
후영은 강개한 마음으로 奇策을 말하고

의기를 다해 목숨으로 보답하려 했었다.
북향하여 자살해 수급을 공자께 보냈으니
칠십 노인이 무엇을 얻으려 그리 했겠는가?


【註釋】⊙ <夷門歌> - '이문의 노래'

夷門은 전국시대 魏國의 도읍 大梁(지금의 河南省 開封市)의 동쪽 성
문 이름. 歌는 악부 시가체의 하나인 歌行. 曲에 맞춰 부르는 노래를
歌, 반주나 곡 없이 그냥 부르는 노래는 謠(노래 요)이다. 시문 중에
서 노래로 부를 수 있는 것이 歌이니 詩體의 한 가지이다.

⊙ 七雄雄雌有未分 - 七雄은 전국시대 제후국의 강자 齊, 楚, 燕, 趙, 韓,
魏, 秦의 7개국. 雄雌는 자웅을 겨루다.

⊙ 攻城殺將何紛紛 - 紛紛은 어수선하게 많은 모양.

⊙ 秦兵益圍邯鄲急 - 邯鄲(한단)은 趙의 도읍. 지금의 河北省 남부의 邯
鄲市. 急은 위급하다. 魏 安釐王(안리왕) 12년에 秦은 趙의 도성을 포
위 공격했다. 조의 平原君이 魏에 파병을 요청했지만 위 안리왕은 秦
을 겁내어 군사를 내지 않았다. 평원군을 도와야 하는 信陵君은 다급
했다. 후영은 신릉군에게 병부를 훔쳐 군사를 우선 동원하고 朱亥(주
해)와 함께 평원군을 도우라는 계책을 말해 주었다.

⊙ 魏王不救平原君 - 魏王은 安釐王(안리왕). 平原君은 趙 惠文王의 동
생. 戰國 4公子 중 한 사람.

⊙ 公子爲嬴停駟馬 - 公子는 魏 信陵君(이름은 无忌). 嬴은 侯嬴(후영),
夷門의 문지기.

⊙ 執轡愈恭意愈下 - 執轡는 고삐를 잡다. 轡 고삐 비. 후영이 신릉군
앞에 겸양하지 않는데도 신릉군은 더욱 공손하게 은자 후영을 모셨
다. 신릉군은 長者로 자신을 낮춰 인재를 모신다는 마음을 바꾸지 않
았다.

⊙ 亥爲屠肆鼓刀人 - 亥는 朱亥(주해, 人名). 도살업에 종사했다. ≪史記

魏公子列傳≫에 나온다. 屠肆(도사)는 정육점. 鼓刀人은 짐승을 잡는 사람, 白丁.

⊙ 嬴乃夷門抱關者 - 抱關者는 성문 관리인.

⊙ 非但慷慨獻良謀 - 非但은 ~할 뿐만 아니라. 不但과 同. 慷慨(강개)는 의기가 격앙되다, 아낌없이 주다. 良謀는 奇謀.

⊙ 意氣兼將身命酬 - 身命은 목숨. 酬는 보답하다.

⊙ 向風刎頸送公子 - 向風은 북쪽을 향하다. 刎頸(문경)은 자살하다. 刎 목 벨 문. 후영은 위 공자 신릉군에게 병부를 훔쳐내 군사를 동원하여 평원군을 도우라는 계책을 말했고, 그 계책이 성공하자 자살하였다.

⊙ 七十老翁何所求 - 七十老翁은 侯嬴(후영) 자신.

【詩意】唐나라에서도 漢代처럼 義俠의 풍조가 유행했다. 젊은이라면 대의를 위하여, 또 知己에 보답하기 위해서라면 기꺼이 身命을 바칠 수 있어야 한다. 식객 3천을 거느리는 公子가 성문 문지기나 도살업을 하는 사람을 위하여 자신을 낮춰가며 아래 士人을 예우하였고, 또 士人은 자신을 알아주는 長者에게 의기나 목숨으로 보답했다는 史書를 읽고 왕유는 감동했을 것이다. 칠십 노인 후영이 재물이나 명예를 얻으려 자결하는 것이 아니며, 知己에 대한 보답이 진정한 의리라고 왕유는 생각했을 것이다.

## 11. 少年行 (四首)

一.

新<sub>신</sub>豐<sub>풍</sub>美<sub>미</sub>酒<sub>주</sub>斗<sub>두</sub>十<sub>십</sub>千<sub>천</sub>, 咸<sub>함</sub>陽<sub>양</sub>遊<sub>유</sub>俠<sub>협</sub>多<sub>다</sub>少<sub>소</sub>年<sub>년</sub>.

相<sub>상</sub>逢<sub>봉</sub>意<sub>의</sub>氣<sub>기</sub>爲<sub>위</sub>君<sub>군</sub>飮<sub>음</sub>, 繫<sub>계</sub>馬<sub>마</sub>高<sub>고</sub>樓<sub>루</sub>垂<sub>수</sub>柳<sub>유</sub>邊<sub>변</sub>.

<젊은이의 노래>

一.

新豐의 좋은 술은 한 말에 일만냥인데
咸陽의 노니는 협객엔 소년이 많도다.
만나면 의기로 벗을 위해 술을 사며
화려한 술집 앞 버들에 말을 맨다.

【註釋】 ⊙ <少年行> - '젊은이의 노래'
　　왕유는 목숨보다 의리를 중히 여기며 慷慨한 心地로 공명을 이루며
위국충절하는 소년 유협의 모습을 그려내었다. 이는 왕유 초기의 작
품으로 알려졌다. 第一首는 소년 유협의 호협을 묘사하였다. 재물을
경시하고 의리를 중히 여기는 의기가 충만하다. 우연히 만나 고급 누
각에 올라 통음을 하며 즐기는 유협소년의 기개는 盛唐의 기질을 대
변하는 것 같다.
　　⊙ 新豐美酒斗十千 - 新豐은 漢 高祖 유방이 고향 豊邑을 본떠 새로 만

102

든 시가지. 술의 가격은 과장. 좋은 술이라는 뜻.

⊙ 咸陽遊俠多少年 - 咸陽은 秦나라의 수도 이름. 漢 高祖의 長陵, 惠帝의 安陵, 景帝의 昭陵, 武帝의 茂陵, 宣帝의 平陵 등 5陵이 함양에 있어 유협들이 자주 출행하였다.

⊙ 相逢意氣爲君飮 - 상봉하면 바로 의기투합하여 마음껏 마시다.

⊙ 繫馬高樓垂柳邊 - 高樓는 名樓.

【詩意】 이 시는 악부시의 雜曲歌辭이다. 신풍, 함양의 지명은 모두 唐 수도 長安의 근교였다. 遊俠(유협)은 의리를 중히 여기는 협객이지만 여기서는 위세를 부리며 개인적인 친교를 맺고 있는 귀족 자제들을 지칭한다. 이들의 의기란 나를 위해 한 자리를 마련해 준다면, 나도 그렇게 해야 한다는 의리일 것이다.

같은 제목인 李白의 시에서도 같은 분위기를 느낄 수 있다.

········· **參考詩 1** ·······································

### <少年行> - 李白

五陵少年金市東, 銀鞍白馬度春風.

落花踏盡遊何處, 笑入胡姬酒肆中.

장안의 젊은이들 金市의 동쪽에 모여
銀안장 백마를 타고 봄바람 쐬러 간다.
낙화를 밟으며 어디로 놀러 가는가?
웃으며 胡姬가 있는 술집에 들어간다.

【詩意】五陵은 前漢 황제 5명의 능인데 곧 장안을 지칭한다. 唐代의 장안은 국제도시로 서쪽 이민족 여인들이 술집에서 노래와 춤으로 서비스를 했다. 은 안장을 얹은 백마를 탄 젊은이들이 기세 좋게 고급 술집에 들어가는 모습이 눈에 선하다.

二.

<sup>출 신 사 한 우 림 랑</sup>
出身仕漢羽林郎,　<sup>초 수 표 기 전 어 양</sup>
初隨驃騎戰漁陽.

<sup>숙 지 불 향 변 정 고</sup>
孰知不向邊庭苦,　<sup>종 사 유 문 협 골 향</sup>
縱死猶聞俠骨香.

종군하여 漢의 우림군 낭관으로 입사하니
처음으로 표기장군 따라 漁陽에 출전했다.
변방 고생이 이리 힘들 줄 어찌 알았겠나?
설령 죽어도 유협의 기개를 후세에 전하리라.

【註釋】⊙ <少年行 二> - 유협의 出戰을 묘사하였다. 漢代의 관직명을 사용.
⊙ 出身仕漢羽林郎 - 出身은 관리가 되다. 羽林郎은 황제의 호위를 담당하는 우림군의 郎官. 勢家大族의 자제를 선발. 無定員.
⊙ 初隨驃騎戰漁陽 - 驃騎는 漢의 표기장군 霍去病(곽거병). 漁陽은 幽州, 지금의 北京市 일원으로 흉노와 접전지역이었다.
⊙ 孰知不向邊庭苦 - 孰知는 어찌 알았겠는가? 孰 누구 숙. 邊庭苦는 변방 군사의 고통.

⊙ 縱死猶聞俠骨香 - 縱死는 죽는다 하더라도. 聞은 알려지다, 평판.

【詩意】 출전하여 전사하여도 좋다는 기개를 묘사하였다. 羽林, 驃騎는 모두 漢代의 관직명. 漁陽은 漢代에 흉노와 접전지역이었고, 唐代에는 안록산의 군사 근거지였다.


# 三.

일 신 능 벽 량 조 호 　 노 기 천 중 지 사 무
**一身能擘兩雕弧, 虜騎千重只似無.**

편 좌 금 안 조 백 우 　 분 분 사 살 오 선 우
**偏坐金鞍調白羽, 紛紛射殺五單于.**


一身의 힘으로 능히 두 강궁을 당겼고

敵騎가 수없이 에워싸도 두렵지 않았다.

金鞍에 걸터 앉아 흰 깃 화살을 고르고

紛紛히 활을 쏘아 여러 적장을 사살했다.


【註釋】 ⊙ <少年行 三> - 一首와 달리 戰場에서 勇戰하여 큰 공을 세우는 내용을 묘사하였다.

⊙ 一身能擘兩雕弧 - 擘은 강궁을 당기다. 강궁을 팔힘으로, 또는 한 발로 밟고 활을 당기었다. 雕弧(조호)는 활 몸체에 그림을 그려 넣은 강궁.

⊙ 虜騎千重只似無 - 虜騎는 적의 기병. 虜는 적병, 이민족, 포로. 千重은 천 겹. 無는 無人之境.

⊙ 偏坐金鞍調白羽 - 金鞍은 좋은 안장. 調는 고르다, 조절하다. 白羽는

흰 깃털을 단 화살.

⊙ 紛紛射殺五單于 - 紛紛은 이리저리 連射하다. 五單于(오선우)는 전한 宣帝 때 흉노의 내부 분열로 5선우가 세력을 다투었다. 선제 때 처음으로 흉노 선우가 입조하여 稱臣하였다.

【詩意】漢代의 역사적 사실로 唐代의 돌궐, 토번과의 분쟁에서 승리하고 큰 공을 세운다는 희망과 기원을 묘사하였다.


## 四.

한 가 군 신 환 연 종　　고 의 운 대 논 전 공
漢家君臣歡宴終, 高議雲臺論戰功.

천 자 임 헌 사 후 인　　장 군 패 출 명 광 궁
天子臨軒賜侯印, 將軍佩出明光宮.


조정의 君臣이 환영하는 연회를 베풀었고
운대의 높다란 전각에서 戰功을 의논했다.
천자가 임하여 제후 인수를 하사하니
장군은 인수를 차고 明光宮을 나선다.


【註釋】⊙ <少年行 四> - 戰場에서 개선하여 논공행상하는 내용을 묘사하였다.
⊙ 漢家君臣歡宴終 - 歡宴終은 환영 연회를 마치다.
⊙ 高議雲臺論戰功 - 論戰功은 전공을 論功하다.
⊙ 天子臨軒賜侯印 - 臨軒은 전각의 난간까지 나와서. 侯印은 제후의 인수.

⊙ 將軍佩出明光宮 - 佩出은 패용하고 나오다. 明光宮은 漢 무제가 세운 궁궐 이름.

【詩意】 1首에서 4수까지 관리나 장군의 입신출세를 단계별로 묘사하였다. 첫 수는 유협의 호탕한 젊은 시절을, 2수는 전장에 처음 나가 고생을 겪었고, 3수는 격전을 치루며 大功을 세웠으며, 4수는 戰場에서 대공을 세우고 개선하여 논공행상 후 제후가 되어 揚名한다는 먼 장래의 이상과 포부를 묘사하였다.

이는 唐代 귀족들의 현세적 욕망과 이상을 차례대로 서술하였다. 이런 모든 과정을 겪고 人臣으로서 최고의 영광을 누렸으며, 長壽와 함께 후손의 번창까지 다 누렸던 사람은 郭子儀(곽자의, 697~781)였다.

郭子儀는 武科에 장원급제한 장수로 安史의 난을 평정하는 데 공을 세웠다. 현종, 숙종, 대종, 덕종을 섬기면서 두 차례 재상을 역임하였고, 85세까지 長壽했는데 그의 아들 8명과 7명의 사위가 모두 출세했기에 唐代에 가장 유복한 사람으로 알려졌다. 郭子儀는 천하의 안위를 책임지는 자리에 30년이나 있었다. 그의 공은 천하에 제일이었으나 황제도 의심하지 않았으며, 지위가 신하 중 최고였으나 백성들은 그를 질시하지 않았다.

# 제2장

## 不遇와 失意　

天<sup>천</sup>寒<sup>한</sup>遠<sup>원</sup>山<sup>산</sup>淨<sup>정</sup>,

日<sup>일</sup>暮<sup>모</sup>長<sup>장</sup>河<sup>하</sup>急<sup>급</sup>.　　&lt;齊州送祖三&gt;

차가운 날이라 먼 산은 정갈하고
해질녘 큰 강물은 빨리도 흐른다.

# 12. 宿鄭州

조 여 주 인 사　　모 투 정 인 숙
朝與周人辭,　暮投鄭人宿.

타 향 절 주 려　　고 객 친 동 복
他鄕絕儔侶,　孤客親僮僕.

완 락 망 불 견　　추 림 회 평 륙
宛洛望不見,　秋霖晦平陸.

전 부 초 제 귀　　촌 동 우 중 목
田父草際歸,　村童雨中牧.

주 인 동 고 상　　시 가 요 모 옥
主人東皐上,　時稼繞茅屋.

충 사 기 저 비　　작 훤 화 서 숙
蟲思機杼悲,　雀喧禾黍熟.

명 당 도 경 수　　작 만 유 금 곡
明當渡京水,　昨晚猶金谷.

차 거 욕 하 언　　궁 변 순 미 록
此去欲何言,　窮邊徇微祿.

<鄭州에서 숙박하다>

아침에 洛陽 사람과 이별하고
저녁에 鄭州 근처에 투숙했다.
타향에 동행할 사람 아무도 없으니
고단한 나그네 오직 하인과 친하다.
낙양은 되돌아 보아도 뵈지 않고
늦가을 장마에 땅거미가 내린다.

농부는 풀밭 길을 따라 돌아오고
어린 아이는 빗속에 소를 돌본다.
주인은 동쪽 산아래 좋은 땅이 있어
철따라 지은 작물이 집에 가득하다.
귀뚜라미는 베 짜라고 소리 내 울고
참새들도 지저귀니 가을걷이 철이다.
날이 새면 京水를 건너야 하는데
어제는 부잣집에서 하루를 묵었다.
여길 지나며 무슨 말을 남기리오.
먼먼 타향을 박봉 따라 가야한다.


【註釋】⊙ <宿鄭州> - '鄭州에서 숙박하다'
　　鄭州는 지금의 河南省 省都(省會)로 춘추시대 이후 大邑이었다.
⊙ 朝與周人辭 - 周人은 洛陽. 낙양은 東周의 도읍.
⊙ 暮投鄭人宿 - 鄭人은 鄭州. 鄭은 춘추시대부터 존속한 국명. 鄭州 성
　　내에 도착하지 못하고 주변 농촌에 투숙하였다.
⊙ 他鄕絶儔侶 - 儔侶는 벗(友伴), 동행하는 사람. 儔 짝 주. 侶 짝 려
　　(여). 벗하다.
⊙ 孤客親僮僕 - 여행 중에 전적으로 僮僕(동복, 하인)의 도움을 받아야
　　하기에 하인과 가깝다고 표현하였다. 이는 나그네의 회포가 어떤가를
　　아주 잘 그려낸 名句로 알려졌다.
⊙ 宛洛望不見 - 宛洛은 宛邑과 洛陽. 河南省 洛陽을 지칭. 이런 말을
　　同義復詞라고 한다.
⊙ 秋霖晦平陸 - 3일 이상 계속되는 비를 霖(장마 림)이라 한다.
⊙ 田父草際歸 - 田父는 農夫. 草際는 풀밭.
⊙ 村童雨中牧 - 牧 기를 목. 가축을 돌보다.

⊙ 主人東皐上 - 東皐는 동쪽에 있는 논. 皐는 약간 높은 곳에 있는 水田이라는 註가 있다.

⊙ 時稼繞茅屋 - 繞 두를 요. 둘러치다. 茅屋(모옥)은 초가.

⊙ 蟲思機杼悲 - 蟲은 귀뚜라미(蟋蟀 실솔, 促織). '促織鳴 懶婦驚(귀뚜라미가 울면 게으른 여인은 깜짝 놀란다)'이라는 속담이 있다. 機杼(기저)는 베틀. 杼는 베를 짜는 도구인 북. 鼓(북 고)가 아니다.

⊙ 雀喧禾黍熟 - 禾黍(화서)는 벼와 기장. 일반적으로 농작물을 지칭. 熟 익을 숙.

⊙ 明當渡京水 - 京水는 鄭州 외곽의 강. 明當~ 二句에서는 여행 중의 초조한 심사와 노정에 대한 불안을 느낄 수 있다.

⊙ 昨晚猶金谷 - 金谷은 洛陽 서북의 金谷園. 西晉의 부호 石崇(석숭)의 대저택.

⊙ 此去欲何言 - 여길 지나며 무슨 말을 하랴. 세상사 하도 일이 많으니 무슨 말을 하랴? 폄직되어 가는 시인의 울적한 심사를 드러내었다.

⊙ 窮邊徇微祿 - 窮邊은 궁벽한 城邑. 徇은 求하다, 營求, 경영하다. 微祿은 薄俸.


【詩意】 이 시는 玄宗 開元(713 - 741) 9년(721)에 왕유가 濟州司馬參軍으로 폄직되어 임지로 가던 중 鄭州 근교에서 지은 시로 알려졌다. 투숙한 농가에서 본 것과 여행의 감회 속에, 폄직되어 떠나가야 하는 마음고생이 잘 그려져 있다.

'他鄉~' 2구에는 여행길의 감회를 서술하였고, '田父~' 구절은 전원 풍경을, '蟲思~'는 농촌의 추수철을 묘사하였으며, '明當~'은 초행의 먼 길에 대한 나그네의 불안감이 잘 그려져 있다.

## 13. 早入滎陽界
<small>조 입 형 양 계</small>

<small>범 주 입 형 택　　　자 읍 내 웅 번</small>
汎舟入滎澤, 茲邑乃雄藩.

<small>하 곡 여 염 애　　　천 중 연 화 번</small>
河曲閭閻隘, 川中煙火繁.

<small>인 인 견 풍 속　　　입 경 문 방 언</small>
因人見風俗, 入境聞方言.

<small>추 야 전 주 성　　　조 광 시 정 훤</small>
秋野田疇盛, 朝光市井喧.

<small>어 상 파 상 객　　　계 견 안 방 촌</small>
漁商波上客, 雞犬岸旁村.

<small>전 로 백 운 외　　　고 범 안 가 론</small>
前路白雲外, 孤帆安可論.


&lt;새벽에 滎陽 땅에 들어가다&gt;

배를 몰아 형양 땅에 들어갔는데
제법 큰 성읍은 바로 군사요지다.
황하가 굽은 곳이라 골목이 좁고
강따라 생긴 마을이 번잡하도다.
사람을 따라 풍속이 달라지니
여기선 이곳 방언을 듣게된다.
늦가을 들판엔 풍년이 들었고
날밝은 마을에 말소리 시끄럽다.
생선 장수에겐 나그네가 손님이고

건너 마을에선 닭과 개가 울고 짖는다.

백운 따라 가야할 머나먼 길이니

돛배 한척 나그네 무엇을 알겠나?

【註釋】⊙ <早入滎陽界> - '새벽에 滎陽 땅에 들어가다'

⊙ 汎舟入滎澤 - 滎澤은 형양의 호수. 곧 형양 땅. 지금은 황하의 물길
이 달라졌지만 당시 황하를 따라 형양에 들어갔다.

⊙ 玆邑乃雄藩 - 玆邑은 이 성읍. 玆 무성할 자. 이, 이것, 여기. 雄藩은
군사요지. 藩 울타리 번. 제후의 영역.

⊙ 河曲閭閻隘 - 河曲은 황하의 굽이. 閭閻은 마을(里巷의 문). 隘 좁을
애.

⊙ 川中煙火繁 - 煙火繁(연화번)은 인가가 많다.

⊙ 因人見風俗 - 사람에 따라 그 풍속을 알 수 있다. 사람이 다르면 풍
속도 다르다.

⊙ 入境聞方言 - 入境은 그 지역에 들어가다.

⊙ 秋野田疇盛 - 田疇(전주)는 田地.

⊙ 朝光市井喧 - 朝光은 아침이 밝다. 喧 시끄러울 훤.

⊙ 漁商波上客 - 漁商에게는 배를 탄 나그네가 손님이다.

⊙ 雞犬岸旁村 - 岸旁村은 강가 마을.

⊙ 前路白雲外 - 白雲外는 백운의 저쪽, 머나먼 길.

⊙ 孤帆安可論 - 孤帆은 돛배 한 척. 安可論은 어찌 알겠는가? 論은 知
의 뜻. 白雲과 孤帆으로 가야만 하는 먼 길을 상징하였다.

【詩意】滎陽(형양)은 옛 漢의 高祖 劉邦과 西楚覇王 項羽의 격전지로 유명
하다. 지금의 河南省 省都인 鄭州市 서쪽 60리 지점으로, 당시 왕유가 濟州
로 폄직되어 임지로 가면서 꼭 거쳐야 할 교통의 요지였다. 장안에서도 멀리
떨어진 낙양을 지나 훨씬 동쪽이라서 풍경과 방언이 달랐기에 시인은 매우

착잡한 심경이었을 것이다.

 왕유가 벼슬길 초반에 겪은 첫 번째 좌절과 실의, 장안과 생활 근거지를 떠나 먼 변방에 부임하는 길이기에 그 心思가 매우 울적했을 것이다. 하여튼 征戍(정수), 左遷(좌천), 行旅(행려)와 이별에 따라 사람들은 여러 생각이 많아진다. 이후 왕유의 시풍은 달라진다는 주석도 있지만 하여튼 이런 경험과 감정에서 당연히 秀作이 많이 나올 것이다.

## 14. 渡河到淸河作

汎舟大河裏, 積水窮天涯.

天波忽開拆, 群邑千萬家.

行復見城市, 宛然有桑麻.

回瞻舊鄕國, 淼漫連雲霞.


&lt;황하를 건너 淸河縣에 도착하여 짓다&gt;

배를 띄워 大河를 따라 내려가니

큰물 모여 물끝이 하늘에 닿았다.

하늘 닿은 파도가 홀연히 갈라지니

천호 만호 도시가 눈앞에 나타났다.

다시 나아가니 도시가 다 보이는데

완연히 뽕밭과 삼밭이 이어진다.

고개 돌려 고향 쪽을 바라보니

넓은 강물은 구름속에 멀어진다.


【註釋】⊙ &lt;渡河到淸河作&gt; - '황하를 건너 淸河縣에 도착하여 짓다'
청하현은 지금의 河北省 邢台市 관할의 淸河縣으로, 山東省과 접경했
다.


116

⊙ 汎舟大河裏 – 河는 황하를 지칭하는 고유명사이다. 마찬가지로 江은 長江을 지칭하는 고유명사이다.

⊙ 積水窮天涯 – 積水는 가을에 강물이 모여 무한히 넓은 모양.

⊙ 天波忽開拆 – 큰 강물 너머 어느 순간에 보이는 큰 도회지의 웅장한 모습을 눈에 선하게 묘사하였다. 그 落筆이 자연스러우면서도 기이하다.

⊙ 郡邑千萬家 – 郡邑은 군 소재지.

⊙ 行復見城市 – 城市는 都市.

⊙ 宛然有桑麻 – 宛然(완연)은 뚜렷이 보이는 모양.

⊙ 回瞻舊鄕國 – 舊鄕國은 시인의 고향이 있는 곳, 장안과 낙양이 있는 서쪽.

⊙ 淼漫連雲霞 – 淼漫(묘만)은 강물 끝이 안 보인다는 뜻. 淼 물 아득할 묘.

【詩意】 이 시는 황하를 따라 가다가 지금의 河北省 淸河縣을 통과하는 정경을 서술했다. 시야에 강물만 가득하다가 어느 순간 큰 도시가 나타난 상황을 생생하게 묘사하였다. 나그네가 바라보는 도시와 논밭의 정경은 늘 고향과 연관이 된다.

## _ 15. 被出濟州

微官易得罪, 謫去濟川陰.

執政方持法, 明君無此心.

閭閻河潤上, 井邑海雲深.

縱有歸來日, 多愁年鬢侵.


<濟州로 전출당하다>

미천한 자리는 죄에 쉽게 걸리나니

濟水의 남쪽에 폄직 당해 떠나간다.

上官은 언제나 법에 의거 다스리나

明君은 下官을 내칠 뜻이 없으셨다.

마을은 큰 강가에 자리했지만

성안엔 바다안개가 자주 낀다.

만약에 이 몸 다시 돌아갈 날이면

한 많은 세월 귀밑머리 희었으리라.


【註釋】⊙ <被出濟州> - '濟州로 전출당하다'

　　≪全唐詩≫에는 <初出濟州別城中故人>으로 되어 있다. 왕유는 開元
9년(721)에 진사에 급제하고 궁정음악을 담당하는 太樂署의 부책임자

인 太樂丞(태악승)에 임명되었다. 얼마 뒤에 伶人(영인)에게 天子만이
즐길 수 있는 黃獅子 춤을 추게 했다는 죄에 걸려 濟州의 司倉參軍
(재물, 곡식 창고 관리 담당)으로 폄직되었다. 당시 濟州(제주, jìzhōu,
지금의 山東省 聊城市와 泰安市 일부를 관할)의 치소는 盧縣(지금의
山東省 서부 聊城市요성시 관할의 荏平縣치평현)이었는데 天寶 13년
(754)에 황하의 물길이 바뀌면서 함몰되어 사라졌다.

⊙ 微官易得罪 - 微官은 하급 관리.
⊙ 謫去濟川陰 - 濟川은 濟水. 河南省 王屋山에서 발원하여 山東省을
　 거쳐 황하와 나란히 바다로 흘러들었는데, 뒷날 그 하류가 황하에 합
　 류되어 濟水란 명칭은 없어졌다고 한다. 陰은 강물의 남쪽.
⊙ 執政方持法 - 당시 집정 재상은 張說(장열). 持法은 법대로 집행하다.
　 당시 왕유의 상관인 太樂令 劉貺(유황)의 부친 劉知幾(유지기, ≪史
　 通≫의 저자)와 張說은 사이가 안 좋았다고 한다. 왕유와 유황은 함
　 께 폄직되었다.
⊙ 明君無此心 - 明君은 玄宗(재위 712 - 756). 無此心은 방출시킬 뜻은
　 없었다.
⊙ 閭閻河潤上 - 閭閻(여염)은 마을. 고대에는 25家를 閭(마을 문 려)라
　 하고, 마을의 샛길을 閻(마을 길 염)이라 하였다. 河潤은 강물에 의해
　 비옥해진 땅.
⊙ 井邑海雲深 - 井邑은 城邑. 井田制에 의한 마을 9개가 1邑. 海雲深은
　 바다 안개가 짙다.
⊙ 縱有歸來日 - 縱은 설령 ~한다면.
⊙ 多愁年鬢侵 - 鬢侵은 구레나룻이 세다. 鬢 살쩍 빈. 귀밑머리. 侵은
　 희게 되다(染白).


【詩意】 하급관리는 조그만 잘못에도 법에 의거, 처리된다. 첫 구절 '微官易
得罪'에는 言外의 뜻이 깊다. '執政方持法' 句는 집정자에게 미움을 받으면 내
쫓기는 현실을 말한 것이니 여기에는 왕유의 원망과 울분이 짙게 깔려 있다.
이 구절은 가히 '怨而不怒'의 설법이다. 그리고 '明君無此心'이라 하여 玄宗은

자신의 폄직과 관련이 없다 하였지만 실제는 託諷(탁풍, 諷刺)이라 할 수 있다.

'閭閻河潤上 井邑海雲深'은 제주의 低濕(저습)한 지대를 설명하였고, '縱有歸來日 多愁年鬢侵'을 통해 돌아갈 기약도 없는 암울한 처지를 개탄하였다.

## 16. 濟<sup>제</sup>上<sup>상</sup>四<sup>사</sup>賢<sup>현</sup>咏<sup>영</sup>　(三首)

### 〈崔<sup>최</sup>錄<sup>녹</sup>事<sup>사</sup>〉

解<sup>해</sup>印<sup>인</sup>歸<sup>귀</sup>田<sup>전</sup>里<sup>리</sup>,　賢<sup>현</sup>哉<sup>재</sup>此<sup>차</sup>丈<sup>장</sup>夫<sup>부</sup>.

少<sup>소</sup>年<sup>년</sup>曾<sup>증</sup>任<sup>임</sup>俠<sup>협</sup>,　晚<sup>만</sup>節<sup>절</sup>更<sup>갱</sup>爲<sup>위</sup>儒<sup>유</sup>.

遯<sup>둔</sup>跡<sup>적</sup>東<sup>동</sup>山<sup>산</sup>下<sup>하</sup>,　因<sup>인</sup>家<sup>가</sup>滄<sup>창</sup>海<sup>해</sup>隅<sup>우</sup>.

已<sup>이</sup>聞<sup>문</sup>能<sup>능</sup>狎<sup>압</sup>鳥<sup>조</sup>,　余<sup>여</sup>欲<sup>욕</sup>共<sup>공</sup>乘<sup>승</sup>桴<sup>부</sup>.


<濟州의 현인 네 사람을 읊다>

　<최녹사>


관직을 내놓고 고향에 돌아왔으니
어질도다! 여기 이 대장부여!
젊은 날 약자 도와 강자를 눌렀고
만년에 유생이 되었다.
東山에 은거하면서
滄海의 바닷가에 살았다.
듣기에 물새와 같이 논다고 하니
나도 뗏목타고 함께 떠나고 싶다.

【註釋】⊙ <濟上四賢咏> - '濟州의 현인 네 사람을 읊다.'

　　왕유가 제주에 폄직되어 재직하면서 그곳에서 알게 된 4명에 대한

　　행적을 약술하고, 그들의 志行을 칭송하였다.

⊙ <崔錄事> - '최녹사'

　　錄事는 郡의 기록이나 筆寫를 담당하는 屬吏. 書記.

⊙ 解印歸田里 - 解印은 관직을 사임하다. 田里는 고향, 촌락.

⊙ 賢哉此丈夫 - 賢哉는 현명하도다! 哉는 詠嘆(영탄)의 뜻을 표현. 疑

　　問, 反語, 강조의 의미를 표현할 때도 쓰이는 語助辭.

⊙ 少年曾任俠 - 曾은 일찍이, 이전에(嘗). 任俠은 협객, 약자를 돕고 강

　　자를 꺾다.

⊙ 晩節更爲儒 - 晩節은 晩年, 老年.

⊙ 遯跡東山下 - 遯跡은 자취를 감추다, 은거하다. 遯 달아날 둔.

⊙ 因家滄海隅 - 滄海隅는 넓은 바닷가 구석. 隅 모퉁이 우.

⊙ 已聞能狎鳥 - 狎鳥는 海鳥와 같이 놀다. 狎은 친압, 함께 놀다, 다가

　　서다.

⊙ 余欲共乘桴 - 乘桴는 배를 타고 떠나다. 桴 뗏목 부. 작은 뗏목. 筏

　　(떼 벌)보다 작은 규모.


## <成文學>
성 문 학

보 검 천 금 장　　등 군 백 옥 당
寶劍千金裝, 登君白玉堂.

신 위 평 원 객　　가 유 한 단 창
身爲平原客, 家有邯鄲娼.

사 기 공 경 좌　　논 심 유 협 장
使氣公卿坐, 論心遊俠場.

중 년 부 득 의　　사 병 객 유 량
中年不得意, 謝病客遊梁.

## <성문학>

寶劍에 천금을 들여 치장하고
王公의 화려한 저택에 출입했다.
몸은 趙의 平原君 식객과 같았어도
집엔 邯鄲 출신의 歌妓를 거느렸다.
공경과 함께 기세를 한껏 뽐내고
협객과 놀며 마음껏 토론도 했다.
중년에 들어 뜻을 펼 수가 없기에
병을 핑계로 타향의 객인이 되었다.

【註釋】⊙ <成文學> - '성문학'
　　文學은 正六品 관직명. 太子府 또는 親王府에서 '문장을 짓거나 經史
　　의 교정' 등을 담당하는 관리. 德宗 때 각 州에 박사를 두었다. 덕종
　　이전에는 지방관아에 문학이라는 관직이 없었으니 親王府에서 문학
　　을 역임했을 것이다. 成은 성씨. 인물 미상.
⊙ 寶劍干金裝 - 寶劍은 보석을 박은 칼. 千金裝은 천금을 들여 치장한
　　의관이나 수레. 성문학은 경제적으로 궁핍한 사람은 아니었다.
⊙ 登君白玉堂 - 白玉堂은 상대방 가옥에 대한 미칭, 王公의 대저택. 黃
　　金門이란 말도 있는데 모두 같은 뜻이다.
⊙ 身爲平原客 - 전국시대 趙의 平原君은 食客 3천 명을 거느렸다. 성
　　문학이 王公家에 출입했다는 뜻.
⊙ 家有邯鄲娼 - 邯鄲娼(한단창)은 한단에서 데려온 歌妓. 趙의 수도 한
　　단에는 미인과 가기가 많았다. 전국시대 이후 趙 邯鄲 출신 미인과
　　가기를 왕공들이 다투어 데려갔다. 성문학은 부자라서 자기 집에 전
　　용 女樂을 두었다는 뜻.

⊙ 使氣公卿坐 - 使氣는 마음껏 뽐냄.

⊙ 論心遊俠場 - 論心은 마음껏 토론이나 논쟁을 하다.

⊙ 中年不得意 - 中年은 보통 3, 40대를 지칭.

⊙ 謝病客遊梁 - 謝病은 병을 핑계로 관직을 그만두다. 客遊梁은 前漢 司馬相如의 고사를 말한다. 사마상여는 文帝의 아들이며, 景帝의 동생인 梁 孝王을 따라 梁에 머물기도 했다. 여기서는 成文學이 濟州에 살고 있다는 뜻.


## 〈鄭霍二山人〉

翩翩繁華子, 多出金張門.

幸有先人業, 早蒙明主恩.

童年且未學, 肉食驚華軒.

豈乏中林士, 無人薦至尊.

鄭公老泉石, 霍子安丘樊.

賣藥不二價, 著書盈萬言.

息陰無惡木, 飲水必清源.

吾賤不及議, 斯人竟誰論.

## <은거하는 정씨와 곽씨>

저렇게 뽐내는 벼슬아치나 귀인은
대개가 王公과 세도가 자식들이다.
다행히 윗대가 이룩한 공적이 있어
일찍이 황제의 은택을 물려받았다.
어린 나이에 학문을 하지 않았어도
좋은 음식에 치장한 수레를 뽐낸다.
어찌 산림에 은자가 없으리오마는
다만 그들을 천거할 사람이 없도다.
鄭公은 끝내 山水를 즐기다 늙었고
霍公도 역시 山野서 편안히 살았다.
良藥을 지어 같은 값에 팔았으며
立言을 남겨 일만 자를 저술했다.
惡木의 그늘 아래 쉬지도 않았으며
飮水에 맑은 샘을 골라서 마시었다.
淺學인 나는 두 분을 평할 수 없고
高士인 이들을 누가 감히 논하리오.

【註釋】⊙ <鄭霍二山人> - '은거하는 정씨와 곽씨'
　　鄭霍은 인명 미상. 山人은 속세를 떠난 사람.
⊙ 翩翩繁華子 - 翩翩은 뜻을 얻어(自得, 得意) 즐거워하는 모양. 翩 훌
　　쩍 날 편. 繁華子는 顯貴, 高官.
⊙ 多出金張門 - 金張은 前漢 武帝 때 金日磾(김일제)와 張湯(장탕)의
　　아들 張安世. 여기서는 權門勢族을 뜻함.

⊙ 幸有先人業 - 先人業은 祖先의 功業.

⊙ 早蒙明主恩 - 蒙은 입다, 받다.

⊙ 童年且未學 - 童年은 어린 나이. 未學은 학문을 하지 않다, 학식이 없다.

⊙ 肉食驚華軒 - 肉食은 육식하는 官吏. 驚는 급히 서둘다. 驚 달릴 무.

⊙ 豈乏中林士 - 中林士는 隱者.

⊙ 無人薦至尊 - 薦은 천거하다. 至尊은 황제.

⊙ 鄭公老泉石 - 老는 동사로 쓰였다. 泉石은 자연, 山水.

⊙ 霍子安丘樊 - 安은 안거하다. 동사. 丘樊은 丘園, 은거지. 樊 울타리 번.

⊙ 賣藥不二價 - 후한의 韓康이란 은사는 명산에서 채약하여 이를 낙양에 팔면서 누구에게나 똑같은 가격을 받고 팔았다. 이를 통해서 鄭公과 霍子, 두 은자의 고결한 생활과 성품을 묘사하였다. 어리숙한 사람에게 물건값을 올려 받는다면 不二價가 아니다. 不二價는 누구에게나 똑같은 공정가격이며 또 할인이 없다는 의미로 쓰인다. 一言堂은 '에누리 없는 집,' 批發價(비발가)는 '도매가,' 同行價는 '동업자 가격,' 賒賣價(사매가)는 '외상 가격,' 折扣價(절구가)는 '할인 가격'이란 뜻이다.

⊙ 著書盈萬言 - 盈 가득 찰 영. 저서가 많다는 뜻.

⊙ 息陰無惡木 - 息陰은 그늘에서 휴식하다. 惡木은 惡樹. 가시나무와 같은 惡木의 그늘에서 쉬려 하지 않다.

⊙ 飮水必淸源 - 은거생활에서 선악과 淸濁을 분명히 선택한다는 뜻.

⊙ 吾賤不及議 - 나의 淺學으로 그들을 評議할 수는 없다는 謙辭.

⊙ 斯人竟誰論 - 이들을 누가 감히 평가할 수 있겠는가? 존경과 仰望의 뜻.


【詩意】 이 시는 왕유가 濟州에 펌직되어 근무할 때 지은 시로 알려졌다. 은사들의 행적을 서술 찬양하면서, 한편으로는 세습적 지위로 不學無術한데도 고위직을 차지한 權貴의 후손에 대한 날카로운 풍자를 통해 세상에 대한 젊은 왕유의 불평을 느낄 수 있다.

鄭氏나 霍氏(곽씨) 같은 재주와 절의를 지키는 사람들이 왕유 자신처럼 困

厄(곤액)을 겪고 있는데 그 누가 그런 사람의 지조를 알아주고 변호할 수 있 겠는가? 더군다나 지방에 폄직된 상황에서 가슴속에 간직한 정의감을 표출 하면서 자신과 은사의 불운을 묘사하여 진심을 하소연할 데가 없음을 아쉬워 하였다.

그리하여 마지막 구절에 그들과 자신이 하나의 공동 운명이라 끝을 맺었으 니 直筆로 현실로 설명하는 史家의 風格이 느껴진다.

# 17. 魚山神女祠歌 (二首)

<small>어산신녀사가</small>

## 〈迎神曲〉

<small>영신곡</small>

坎坎擊鼓, 魚山之下.

<small>감 감 격 고　어 산 지 하</small>

吹洞簫, 望極浦.

<small>취 통 소　망 극 포</small>

女巫進, 紛屢舞.

<small>여 무 진　분 루 무</small>

陳瑤席, 湛淸酤.

<small>진 요 석　담 청 고</small>

風凄凄兮夜雨.

<small>풍 처 처 혜 야 우</small>

神之來兮不來?

<small>신 지 래 혜 불 래</small>

使我心兮苦復苦.

<small>사 아 심 혜 고 부 고</small>


<魚山 神女祠의 노래>

<신녀를 맞이하는 노래>


북 소리 둥 둥! 魚山 아래서 들린다.

통소를 불고, 저 멀리 포구가 보인다.

무녀가 들어와 사뿐사뿐 춤을 춘다.

구슬로 만든 자리서 맑은 술을 올린다.

서늘한 바람 불고 밤비가 내린다.

신이 내리는가? 아니 내리는가?

내 마음을 다시 아프고 또 아프게 한다.


【註釋】⊙ <魚山神女祠歌> - '魚山 神女祠의 노래'

　魚山은 濟州 東阿縣에 있는 산으로 吾山이라고도 하는데, 魚山 神女

　는 成公智瓊(성공지경)이란 여인이었다고 한다.

⊙ <迎神曲> - '신녀를 맞이하는 노래'

⊙ 坎坎擊鼓, 魚山之下 - 坎坎은 북 치는 소리. 坎 구덩이 감.

⊙ 吹洞簫, 望極浦 - 極은 멀다.

⊙ 女巫進, 紛屢舞 - 紛屢舞는 분분히 춤을 계속 추는 모양.

⊙ 陳瑤席, 湛淸酤 - 瑤席(요석)은 아름다운 옥으로 만든 자리. 湛淸酤

　는 술을 따르다. 湛 즐길 담. 淸酤(청고)는 좋은 술. 酤 술 살 고. 술,

　하룻밤 사이에 익힌 술.

⊙ 風淒淒兮夜雨 - 淒淒(처처)는 선선한 바람, 소슬한 모양. 凄 쓸쓸할

　처. 淒와 同.

⊙ 神之來兮不來? - 神之來兮不來 앞에 '不知'가 있는 판본도 있다.

⊙ 使我心兮苦復苦 - 使我心苦로 된 판본도 있다.


## 〈送神曲〉
송신곡

紛進舞兮堂前, 目眷眷兮瓊筵.
분진무혜당전　　목권권혜경연

來不言兮意不傳, 作暮雨兮愁空山.
내불언혜의부전　　작모우혜수공산

悲急管兮思繁弦, 靈之駕兮儼欲旋.

候雲收兮雨歇, 山靑靑兮水潺湲.


&lt;신녀를 보내는 노래&gt;

여기저기 나아가 절을 올리고

정성어린 눈길로 神位를 바라본다.

신이 내려도 말이 없고 그 뜻을 모르는데

밤비 되어 내려도 空山에는 슬픔이 어린다.

피리 가락 애닯고 수심어린 비파 소리

신령의 수레는 곧 떠나려 한다.

갑자기 구름 걷히고 비는 멎는데

푸르른 산마다 졸졸대며 흐르는 물.


【註釋】 ⊙ &lt;送神曲&gt; - '신녀를 보내는 노래'

⊙ 紛進舞兮堂前 - 紛進舞는 여기저기 나아가 춤을 추다.

⊙ 目眷眷兮瓊筵 - 眷 돌아볼 권. 眷眷은 못 잊어 뒤돌아보는 모양, 사
  모하는 모양.

⊙ 來不言兮意不傳 - 意不傳은 信義를 전하지 못하다.

⊙ 作暮雨兮愁空山 - 暮雨는 해질 무렵 내리는 비. 巫山 神女는 아침에
  는 구름으로, 저녁에는 비가 되어 내린다고 하였다.

⊙ 悲急管兮思繁弦 - 急管은 피리의 높은 가락. 思는 憂愁. 繁弦(번현)
  은 현악기의 잦은 가락, 빠르고 자주 넘어가는 가락.

⊙ 靈之駕兮儼欲旋 - 儼 의젓할 엄.

⊙ 倏雲收兮雨歇 – 倏 갑자기 숙. 빨리 달릴 숙. 雨歇(우헐)은 비가 그 치다.

⊙ 山靑靑兮水潺湲 – 潺 물 흐르는 모양 잔. 湲 물 흐를 원.

【詩意】이 楚辭體의 시가는 왕유가 濟州司倉參軍으로 재직할 때의 작품이 다. 이는 ≪楚辭 九歌≫의 영향을 받았다고 한다. ≪太平寰宇記≫에 의하면, 魏 濟北郡의 從事인 弦超(현초)는 魏 廢帝 曹芳의 嘉平(249 - 253) 연간에 밤에 神女가 내려오는 꿈을 꾸었다. 신녀는 天上玉女라 자칭하며 姓은 成公 이고 字는 智瓊(지경)인데, 東郡 사람으로 早失父母하였는데 천지의 神明이 그녀가 어려서 고아가 된 것을 불쌍히 여겨 여기로 보내주었다고 말했다.

이에 두 사람은 부부가 되었는데 지경은 3, 4일 만에 한 번씩 수레를 타고 비단옷을 입고 내려왔는데, 그 모습은 감출 수 있었으나 목소리는 숨길 수 없었으며, 다녀간 뒤에는 향기가 집안에 꽉 차 있어 결국은 다른 사람들이 알게 되었다. 그 이후 신녀는 다시 하강하지 않았다고 한다. 그 5년 뒤에 현 초는 낙양에 가기 위해 魚山 아래를 지나가다가 現身한 지경을 만났고 두 사 람은 함께 낙양에 갔다고 한다.

왕유는 임지에서 그 여신을 제사하는 굿을 보고 시로 읊었다.

## _ 18. 喜조祖삼三지至유留숙宿

<br>

門前洛陽客, 下馬拂征衣.
<small>문 전 낙 양 객　하 마 불 정 의</small>

不枉故人駕, 平生多掩扉.
<small>불 왕 고 인 가　평 생 다 엄 비</small>

行人返深巷, 積雪帶餘輝.
<small>행 인 반 심 항　적 설 대 여 휘</small>

早歲同袍者, 高車何處歸.
<small>조 세 동 포 자　고 거 하 처 귀</small>

<br>

&lt;祖三이 와서 留宿하여 기쁘다&gt;

낙양서 오신 손님이 문 앞에 와서
말에서 내려 겉옷의 먼지를 털었다.
벗님의 수레 여기에 오지 않았다면
평생에 사립 열어놓을 일 없었으리.
길떠난 사람 마을 안으로 찾아들고
쌓인 눈은 저녁 노을을 받고 있다.
어릴 적부터 옷을 함께 입은 사이니
이제 귀하신 벗님 어디 가실 것인가?

【註釋】⊙ &lt;喜祖三至留宿&gt; - '祖三이 와서 留宿하여 기쁘다'
　　祖三은 조씨 형제 중 셋째인 祖詠(조영, 祖咏으로도 표기, 699 - 746?).
　　조영은 洛陽 출신으로 開元 12년(724) 진사과에 합격하고서 잠시 관
　　직에 있다가 汝墳(여분, 지금의 河南省 洛陽市 관할의 汝陽縣)에서 평

범하게 생을 마쳤다. 조영은 왕유, 儲光羲(저광희), 邱爲(구위) 등과 교유했는데 특히 왕유와 우정이 깊어 酬唱한 작품이 많은데, 주로 자연경물을 읊거나 은일생활을 묘사하였다. 五絶인 <終南望餘雪>과 七律인 <望薊門>이 대표작이고, 明代에 편찬된 ≪祖詠集≫이 있다.

⊙ 門前洛陽客 - 洛陽客은 낙양에서 오신 손님. 祖詠은 낙양 사람이다.

⊙ 下馬拂征衣 - 拂은 먼지를 털다. 征衣(정의)는 여행 중에 입는 간편복.

⊙ 不枉故人駕 - 不枉은 오시지 않는다면. 枉은 존귀함을 굽혀 낮추다. 일종의 겸사이다. 枉駕는 枉臨, 枉屈과 同. 屈尊見訪의 뜻.

⊙ 平生多掩扉 - 多는 다만. 부사로 쓰였다. 掩扉는 사립문을 닫다. 사립문을 열 일도 없을 것이다. 약간 과장의 뜻. 掩 가릴 엄. 닫다. 扉 문짝 비. 사립문.

⊙ 行人返深巷 - 返深巷은 마을 깊숙이 돌아오다. 안마을로 찾아들다.

⊙ 積雪帶餘輝 - 積雪이 餘輝(夕陽)를 받고 있다.

⊙ 早歲同袍者 - 同袍는 옷을 같이 나눠 입을 수 있는 벗. 전우, 형제와 같은 벗.

⊙ 高車何處歸 - 高車는 덮개가 높은 수레. 여기에는 벗의 전도양양한 관운을 기원하면서 자신의 폄직에 대한 답답하고 울적한 심경이 담겨 있다.


【詩意】 이 시는 개원 13년 겨울, 왕유의 임지인 제주에서 지은 시이다. 왕유의 오랜 벗인 祖詠은 급제하여 江東 임지로 부임하면서 濟州에 들러 하룻밤을 같이 지냈다.

제주에서 울적한 생활을 하던 차에 낙양에서 사귄 옛 벗의 방문은 큰 기쁨이었다. 왕유에게 조영은 옷을 나눠 같이 입을 수 있는 형제 같은 사이였기에 조영의 방문과 유숙은 큰 기쁨이었으나 다음날 헤어져야만 했다. 왕유의 이 시를 받고 조영도 <答王維留宿>의 시로 화답했다. 조영은 거기서 왕유를 '4년이나 만나지 못했다고 술회하면서, 만나 손을 잡고 이야기도 다 하지 못했는데 다시 헤어져야 한다(四年不相見, 相見復何爲. 幄手言未畢, 却令相別離)'고 아쉬움을 토론했다.

# 19. 齊州送祖三

相逢方一笑, 相送還成泣.

祖帳已傷離, 荒城復愁入.

天寒遠山淨, 日暮長河急.

解纜君已遙, 望君猶佇立.


<齊州에서 祖詠을 전송하다>

서로 만나면서 한 번 웃었는데
서로 헤어지며 눈물 흘려야 한다.
전송하며 이별에 마음 아팠는데
돌아갈 성내는 다시 슬픔뿐이다.
차가운 날이라 먼 산은 정갈하고
해질녘 큰 강물은 빨리도 흐른다.
닻줄을 풀고 벗은 벌써 멀어졌는데
벗님을 보며 여태 우두커니 서있다.


【註釋】⊙ <齊州送祖三> ─ '齊州에서 祖詠을 전송하다'
　　齊州(제주, qízhōu, 지금의 山東省 濟南市 歷城區)는 唐代의 州名. 濟
　　州(jìzhōu, 지금의 山東省 聊城市와 泰安市 일부)에서 멀지 않았다.

祖三은 祖詠(조영).

⊙ 相逢方一笑 - 왕유와 조영은 齊州에서 하룻밤을 같이 지냈다. 會短離長하니 시인은 온갖 감회로 가슴이 벅찼을 것이다.

⊙ 相送還成泣 - 왕유는 조영이 임지로 가는 것을 餞送(전송)하러 齊州까지 갔다. 만나자 마자 또 이별해야 하기에 一笑一泣했다.

⊙ 祖帳已傷離 - 먼 길을 떠나는 사람을 위해, 또는 출정하는 군사를 위해 무사 여행을 기원하며 길에서 지내는 路祭를 祖祭(조제)라 한다. 제사를 마친 후 으레 송별연이 이어진다. 조제를 지내기 위한 휘장이 祖帳이다. 傷離는 別離에 따른 感傷(감상).

⊙ 荒城復愁入 - 荒城은 齊州. 荒城으로 돌아가는 시인의 심사는 愁로 가득 찼다.

⊙ 天寒遠山淨 - 날씨가 추우니 먼 산이 정갈해 보인다. 계절을 묘사한 구절로 차가운 하늘에 가득찬 시인의 감회(愁)가 遠山의 정갈함(淨)으로 그려졌다.

⊙ 日暮長河急 - 해질녘이라 그런지 강물도 급하게 흐르는 것 같다. 이 구절은 시간을 묘사하였는데 상하 구가 완전한 짝을 이루면서 文辭가 高雅하며 情誼가 깊고 표현이 참신하여 一字一句에 감탄이 절로 나온다. '急' 한 자에 시인의 격정이 느껴진다. 長河는 濟水. 齊州는 濟水 남쪽에 있다는 주석이 있다.

⊙ 解纜君已遙 - 解纜은 배를 묶었던 밧줄을 풀다. 友人이 멀어질 때까지 그냥 서있는 시인의 情이 눈에 보이는 것 같다. 纜 닻줄 람.

⊙ 望君猶佇立 - 그러면서 떠나는 사람도 서러운 別離로 망연자실 우두커니 서 있다. 몸은 멀어졌지만 그 정은 그대로 이어졌다. 佇 우두커니 저.

【詩意】 이 시는 제목이 〈河上送趙仙舟〉로 된 판본도 있다. 왕유가 조영에게 贈答한 〈贈祖三詠〉도 있다.

두 사람 다 객지에서 만나 또 객지로 헤어져야 한다. 그래서 1연에서는 만나면서 반가워 크게 웃고, 다시 오랫동안 헤어져야 하기에 슬퍼한다. 一笑一

泣을 어쩔 수 없다. 그리고 이어 6구는 모두 조영이 떠난 뒤의 경치와 감상을 묘사하였다. 荒城~, 天寒~, 日暮~의 3句로 쓸쓸한 정경을 묘사하고 淨과 急字로 왕유의 처량한 심정을 대변하였다. 그러면서 結聯 '解纜~, ~佇立'으로 홀로 남은 왕유의 그리움을 대변하였다.

왕유의 시를 읽을 때마다 그림을 보면서 시를 지은 것 같다는 생각이 든다. 또 왕유의 시는 시 내용 그대로 그림을 그릴 수 있다는 생각이 들기도 한다. 頸聯의 '天寒遠山淨, 日暮長河急'은 바로 그런 본보기가 될 것이다.

祖詠의 시 중에서 가장 널리 膾炙(회자)되는 〈終南望餘雪〉을 읽지 않고서는 祖詠을 말할 수 없어 아래에 참고로 옮겼다.

········ **參考詩 2** ·······························································

### 〈終南望餘雪〉 - 祖詠
(종 남 망 여 설)

終南陰嶺秀, 積雪浮雲端.
(종 남 음 령 수)　(적 설 부 운 단)

林表明霽色, 城中增暮寒.
(임 표 명 제 색)　(성 중 증 모 한)

### 〈종남산의 적설을 바라보다〉

종남산 북쪽 경치 뛰어난데
쌓인 눈이 구름 위로 솟았다.
수풀 너머 또렷이 개었지만
城에 저녁 추위를 더하도다!

【詩意】 1구는 종남산의 경치만 빼어난 것이 아니라 起句로써 아주 빼어났으며 제목을 설명하고 있다. 承의 積雪도 곧 제목의 '餘雪'이며 종남산의 우

뚝 솟은 기운이 느껴진다. 3, 4구는 제목의 '望'이니 霽色(제색)이 또렷한데
도 城中에 춥기만 하다니 확실하게 言外의 뜻이 있다. 이 시는 시인이 작성
한 과거시험 詩題〈終南望餘雪詩〉의 답안지라고 한다. 본래 5언 12구의 排
律로 지어야 하는데 시인은 이 4구만 제출했다. 시험관이 까닭을 묻자 조영
은 '뜻은 다 말했습니다(意盡)'라고 대답했다고 한다. 1句에서 3句가 종남산
의 雪景이라면 結句는 그 눈을 長安城까지 당겨온 것 같은 느낌이 든다. 雪
景을 묘사한 시로서, 人口에 膾炙(회자)하는 名品이다.

## _ 20. 送別 (七絕)
송 별

送君南浦淚如絲, 君向東周使我悲.
송 군 남 포 누 여 사　군 향 동 주 사 아 비

爲報故人憔悴盡, 如今不似洛陽時.
위 보 고 인 초 췌 진　여 금 불 사 낙 양 시


<송별>

그대를 남포서 보내니 눈물만 줄줄 흐르고
그대는 낙양에 가지만 나는 슬프기만 하다.
벗들께 알려주오, 이미 늙어 버린 나도
지금은 낙양에 있을 때와 같지 않다고.


【註釋】⊙ <送別> - '송별'
　　왕유는 濟州에서 齊州까지 와서 떠나는 祖詠을 전송했다. 그러면서도
　아쉬운 이별의 정이 남아 다시 7언절구를 지어 아쉬움을 토로하였다.
⊙ 送君南浦淚如絲 - 南浦는 남쪽 나루터. 앞서 조영을 만났을 때 헤어
　지면서도 눈물이 줄줄 흐른다는 말은 안했다. 그러나 보내고 나니 눈
　물이 줄줄 흐를 수밖에 없다.
⊙ 君向東周使我悲 - 東周는 洛陽. 옛 東周(춘추전국시대)의 국도. 東周
　를 東州로도 쓴다.
⊙ 爲報故人憔悴盡 - 故人은 友人 祖詠. 憔悴盡(초췌진)은 시인이 많이
　초췌해졌다는 뜻.
⊙ 如今不似洛陽時 - 왕유는 洛陽이 고향은 아니었지만 자주 왕래했었
　다.

【詩意】나이를 먹을수록, 또 고향을 떠나온 지가 오랠수록, 아니면 신변의 일이 뜻과 같지 않을 때 고향이 그립고, 또 신세가 처량하다는 생각을 한다. 그런데 반갑게 만났다 다시 헤어져야 하니 어찌 눈물을 흘리지 않겠는가? 보내는 사람의 슬픔을 아무런 가감도 없이 자연스레 썼기에 그 이별을 내가 겪는 것 같다.

## _ 21. 寓言 (二首)

一.

朱紱誰家子, 無乃金張孫.

驪駒從白馬, 出入銅龍門.

問爾何功德, 多承明主恩.

鬪雞平樂館, 射雉上林園.

曲陌車騎盛, 高堂珠翠繁.

奈何軒冕貴, 不與布衣言.


<내 생각>

一.

붉은 인수를 찬 사람 누구인가?
응당 權門의 자제가 아니겠는가?
앞선 白馬를 검은 말이 수행하며
궁궐 銅龍門도 마음대로 출입한다.
그대에 묻나니 무슨 공적을 쌓아
明君의 은덕을 그리 많이 받는가?
平樂館에서는 닭싸움을 구경하고

140

上林園에서는 꿩사냥을 즐긴다.

수레와 말이 거리마다 넘쳐나고

구슬과 비취장식은 궁궐에 가득하다.

수레에 관을 쓴 귀한 분이 어떻게

평민이 하는 말 어찌 알 수 있겠나?


【註釋】 ⊙ <寓言> 一 - '내 생각'

　寓言은 어떤 사물에 빗대어 자신의 뜻을 표현하는 것.

⊙ 朱紱誰家子 - 朱紱(주불)은 붉은 비단실로 만든 綬帶(수대), 장식. 紱
　인끈 불.

⊙ 無乃金張孫 - 金은 前漢의 金日磾(김일제)로 무제의 총신이다. 霍光
　(곽광)과 함께 무제의 어린 後嗣 昭帝를 보필하라는 誥命을 받았다.
　≪漢書 霍光金日磾傳≫에 立傳. 張은 무제 때 張湯의 아들 張安世로,
　유능한 寵臣. ≪漢書 張湯傳≫에 입전. 여기서는 權門勢族을 뜻한다.
　시문에서 唐代의 정치에 관한 상황은 대개 漢의 사실로 묘사하였다.
　예를 들어 白居易의 유명한 <長恨歌>는 '漢皇重色思傾國'으로 시작
　되는데 漢皇은 唐皇, 곧 玄宗이다.

⊙ 驪駒從白馬 - 驪駒는 검은 말.

⊙ 出入銅龍門 - 銅龍門은 漢代 궁궐의 龍樓門. 구리로 만든 말이 있어
　銅龍門으로도 불렸다.

⊙ 問爾何功德 - 爾 너 이. 그대.

⊙ 多承明主恩 - 多承은 혜택을 많이 받다.

⊙ 鬪雞平樂館 - 平樂館은 漢代 上林苑의 궁궐 이름. 주로 연회와 놀이
　장소로 이용.

⊙ 射雉上林園 - 上林園은 上林苑. 漢代 장안 서북의 황실 사냥터. 주위
　가 3백 리에 달했다. 본래 秦의 궁궐로, 무제 때 황실의 사냥터, 별궁
　겸 遊樂의 장소로 활용되었다.

⊙ 曲陌車騎盛 - 曲陌은 구부러진 거리(巷陌). 陌은 논밭의 두렁길, 경

계, 거리(街).

⊙ 高堂珠翠繁 - 珠翠는 보배와 翡翠. 귀족 부인의 장식. 繁 많을 번. 많다.
⊙ 奈何軒冕貴 - 軒冕은 경대부의 휘장을 친 수레와 冠冕. 貴는 고귀함.
⊙ 不與布衣言 - 布衣는 麻布粗衣의 平民. 非官員. 布衣의 進言을 어찌
알겠는가?


二.

<ruby>君<rt>군</rt></ruby><ruby>家<rt>가</rt></ruby><ruby>御<rt>어</rt></ruby><ruby>溝<rt>구</rt></ruby><ruby>上<rt>상</rt></ruby>, <ruby>垂<rt>수</rt></ruby><ruby>柳<rt>류</rt></ruby><ruby>夾<rt>협</rt></ruby><ruby>朱<rt>주</rt></ruby><ruby>門<rt>문</rt></ruby>.

君家御溝上, 垂柳夾朱門.

列鼎會中貴, 鳴珂朝至尊.

生死在八議, 窮達由一言.

須識苦寒士, 莫矜狐白溫.


君의 저택은 御溝를 끼고 있어
朱門 양쪽에 수양버들 늘어섰다.
진수성찬 차려 귀족과 어울리고
호화장식 말을 타고 황제를 뵙는다.
생사가 걸렸어도 여러 혜택을 누리고
한마디 말에 곤궁과 영화가 달라진다.
정말로 가난한 선비 고생을 안다면
호백구 따뜻하다고 자랑하지 마시오.

【註釋】⊙ <寓言> 二 - 당대 귀족의 호화생활과 여러 혜택을 비판하
였다. 특권층의 생활은 寒士의 상상을 넘어선다. 이는 고금이 마찬가
지이다.

⊙ 君家御溝上 - 御溝는 御苑(어원)을 관통하여 흐르는 하천. 장안의 어
구를 특히 楊溝라 했는데 버들을 많이 심었다.

⊙ 垂柳夾朱門 - 夾 낄 협. 朱門은 대문에 붉은 칠을 한 大家.

⊙ 列鼎會中貴 - 列鼎(열정)은 珍羞盛饌(진수성찬). 부유한 생활. 中貴는
총애를 받는 귀족.

⊙ 鳴珂朝至尊 - 鳴珂는 귀인이 타는 말 장식 방울을 울리다. 鳴珂里는
귀인이 사는 마을, 다른 사람이 사는 마을을 지칭할 때 鳴珂里라고
한다. 珂 흰 옥돌 가. 굴레를 장식하는 자개. 至尊은 황제.

⊙ 生死在八議 - 八議는 죄를 감면 받을 수 있는 여덟 가지 혜택. 議親,
議故, 議賢, 議能, 議功, 議貴, 議勤, 議賓. 이를 八辟이라고도 한다.
귀족이 누리는 특권의 하나.

⊙ 窮達由一言 - 窮達은 빈궁과 영달, 좌절과 득의.

⊙ 須識苦寒士 - 寒士는 가난한 선비.

⊙ 莫矜狐白溫 - 莫矜은 자랑하지 말라. 狐白은 여우 겨드랑이 털. 狐白
裘(호백구).


【詩意】寓意(우의)가 있는 詩는 사물을 擬人化(의인화) 한 것은 아니다.
≪莊子 寓言≫에 나오는 '寓言十九, 藉外論之(寓言의 十에 九는 外物에 의거
뜻을 論하다)'의 뜻이라 할 수 있다. 莊子는 '寓言'은 無心히 나온 말이지만
自然에 合一하는 말이라고 하였다.
 왕유는 경사에 오래 살았고 황제의 일족, 곧 여러 왕들과 두루 교제하면서
그들의 생활을 익히 알고 있었다. 곧 귀족사회의 병폐를 직접 목격하였기에
이런 시를 쓸 수 있었다. 이 시는 나라에 아무런 공적도 없이 고위직을 차지
한 귀족 자제의 교만 사치한 생활을 폭로하고 있어, 젊은 날 왕유의 기백을
뚜렷하게 표출한 시라고 할 수 있다.

## 22. 送綦毋潛落第還鄉

송 기 무 잠 낙 제 환 향

聖代無隱者, 英靈盡來歸.

遂令東山客, 不得顧採薇.

既至金門遠, 孰云吾道非.

江淮度寒食, 京洛縫春衣.

置酒長安道, 同心與我違.

行當浮桂棹, 未幾拂荊扉.

遠樹帶行客, 孤城當落暉.

吾謀適不用, 勿謂知音稀.


<낙제하고 환향하는 기무잠을 보내며>

聖代에 숨어 은거한 사람 없고
英材는 모두 조정에 모여들었소.
東山客 같이 賢人인 그대가
고사리 뜯어 먹게 할 수는 없다오.
이번의 실패로 벼슬서 멀어졌지만
누군들 우리의 道가 틀렸다 하리오?

長江과 淮水를 寒食 무렵에 건넜고
長安의 洛水서 다시 봄옷을 지었네.
머나먼 길가는 큰 거리 술자리서
마음이 같았던 옛 벗과 이별하네.
먼길에 응당 배를 저어 가리니
머잖아 사립 밀고 들어 가겠네.
길따라 나무와 벗하며 가는 나그네
고적한 여기엔 저녁 햇살이 비칠 뿐.
大志를 비록 이루지 못했지만
知己도 없다 말하지 않겠지요.

【註釋】⊙ <送綦毋潛落第還鄉> - '낙제하고 환향하는 기무잠을 보내며'
進士科에 낙제하고 고향으로 돌아가는 친구 기무잠을 송별하며 쓴
시다. 기무잠(692 - 749?, 字 孝通)은 형남(荊南, 지금의 湖北省 荊州
市 江陵縣) 사람으로, 기무는 복성, 잠이 이름. 開元 14년(726)에 진사
에 올랐다. 나중에 右拾遺와 著作郎을 역임하였다. 그러다가 천보 원
년(742)에 관직을 버리고 강동으로 돌아갔다. 그때 왕유는 <送綦毋校
書棄官還江東>이라는 시를 지어 전송했다. 기무잠은 王維, 李頎(이
기), 儲光義(저광희), 韋應物(위응물) 등과 교유하였는데 불교를 좋아
했고 산수전원시를 즐겨 지었다. ≪唐詩三百首≫에 그의 <春泛若耶
溪(춘범약야계)>가 수록되었다. 이 시는 기무잠이 급제하기 전, 왕유
가 濟州에서 돌아와 장안에 있을 무렵의 시이다. 왕유가 濟州로 폄직
되기 전에 지은 시라는 주장도 있다.
⊙ 聖代無隱者 - 聖代는 聖王의 治世. 聖明한 帝王이 학문과 덕행이 높
은 인재를 잘 등용하기에 세상을 등진 隱者가 없다는 뜻. ≪論語 泰
伯≫에 '子曰, 篤信好學, 守死善道. ~天下有道則見, 無道則隱.~'이라

하여 孔子도 治世에 隱居는 바람직하지 않다는 견해를 표명했다. 당현종 전반기의 선정을 '開元의 治'라 하지만 그래도 수많은 인재가 등용되지 못했기에 金門遠이라 하였다.

⊙ 英靈盡來歸 - 英靈은 英才. 靈은 영특한 사람. ≪書經 泰誓 上≫에 '천지는 만물의 부모이고, 사람은 만물 중에 가장 신령하다(惟天地萬物父母 惟人萬物之靈)'라는 구절이 있다. 來歸는 제자리에 돌아오다. 聖天子에게 귀의하고 국가를 위해 헌신하다.

⊙ 遂令東山客 - 遂 이를 수. 결국, 끝내. 東山客은 隱者. 東晋의 謝安 (320 - 385. 字 安石)은 東山(浙江省 會稽회계)에 은거하다가 穆帝(목제) 升平 4년(360)에 桓溫(환온)의 司馬로 출사하였는데(東山再起), 나중에는 동진의 국정을 책임졌다. 여기서는 謝安같이 영특한 그대의 뜻.

⊙ 不得顧採薇 - 不得은 ~하게 해서는 안 된다. 顧 돌아볼 고. 薇 고비 미. 고사리. 採薇(채미)는 고사리를 꺾어 먹는 은자의 생활. 伯夷(백이)와 叔齊(숙제)의 故事가 있다.

⊙ 既至金門遠 - 漢代의 궁궐 金馬門. 궁문 곁에 銅馬가 있었기에 대궐이나 궁전을 金門이라고 불렀다. 벼슬을 받을 사람들은 金門 앞에 모여 함께 입궐하여 황제를 알현했다. 遠은 멀리 있다. 곧 과거에 실패했다. '君門遠(황제가 있는 곳에서 멀다)'으로 된 판본도 있다.

⊙ 孰云吾道非 - 孰 누구 숙. 의문대명사. 吾道非는 우리의 도가 잘못되었다. 孰云吾道非를 '그대의 뜻한 바가 어긋나고 과거에 낙방하리라고 누가 생각했을까?'로 풀이할 수도 있다. 그러나 여기서는 '그대가 멀리 대궐에 와서 과거를 본 일을 잘못이라고 말할 사람이 누가 있겠느냐?'를 택한다.

⊙ 江淮度寒食 - 淮 강 이름 회. 江淮는 長江(揚子江)과 淮水. 度寒食(도한식)은 과거를 보기 위하여 두 강을 건너올 때가 寒食 무렵이었다. 度는 渡(건널 도). 寒食은 冬至 다음 105일째, 대개 淸明節 2, 3일 전이다.

⊙ 京洛縫春衣 - 京은 長安, 洛은 洛水 일대. 京洛을 東京인 洛陽으로

풀기도 하지만 채택하지 않는다. 황하의 가장 큰 지류가 渭水(위수, 渭河)이고 長安(지금의 西安市)은 바로 위수 남쪽에 자리하고 있다. 장안에서 위수를 따라 동으로 내려가면 渭南이 있고 거기서 약간 동쪽으로 더 가면 洛水(洛河)가 합류한다. 말하자면 洛水는 渭水의 지류이다. 낙수를 합류한 위수는 더 흘러 潼關에서 황하 본류에 합쳐진다. 이 시에서 京洛은 長安 지역을 의미한다. 洛陽 근처에서 黃河에 합류하는 洛河는 渭水의 지류인 洛水와 다른 별개의 강이다. 縫은 꿰맬 봉. 지금 京洛에서 봄옷을 짓는다는 것은 1년이 지났다는 의미이다.

⊙ 置酒長安道 - 長安道는 장안의 거리.
⊙ 同心與我違 - ≪易經 繫辭(계사) 上≫에 '二人同心 其利斷金(二人이 同心이면 그 날이 쇠도 끊는다)'이라는 말이 있다.
⊙ 行當浮桂棹 - 浮 뜰 부. 桂棹(계도)는 배의 美稱(미칭). 棹 노 도. 배의 상앗대. 櫂(도)와 同.
⊙ 未幾拂荊扉 - 未幾는 얼마 안 되어, 곧. 荊扉는 柴扉(시비, 사립문)와 同. 拂은 먼지를 털고 밀고 들어간다는 뜻.
⊙ 遠樹帶行客 - 遠樹는 가는 곳의 나무들. 가는 길에 나무들이 있을 것이고 그런 나무들과 동행할 것이라는 詩的 표현. 帶 띠 대. 帶同하다, 같이 가다.
⊙ 孤城當落暉 - 暉 빛날 휘. 落暉(낙휘)는 落日의 餘暉(여휘), 석양의 햇살.
⊙ 吾謀適不用 - 吾謀는 우리들의 뜻. 급제를 바라는 기무잠과 왕유의 소원.
⊙ 勿謂知音稀 - 勿謂는 말하지 말라. 勿은 금지사. 知音은 知己와 同.

【詩意】 이 詩題는 ≪全唐詩≫ 125卷에 실려 있고, ≪唐詩三百首≫에도 실려 있어 매우 널리 알려진 시인데 ≪王右丞集≫에는 제목을 〈送別〉이라고 했다.
 실제로 기무잠은 개원 14년(726)에 과거에 합격했다. 그러므로 이 시는 그 전에 쓴 것이다. 낙방해도 실망하거나 원망하지 말라고 달래며, 동시에 이별을 아쉬워한 시다.

1, 2聯에서는 기무잠이 과거에 응시한 것을 긍정적으로 찬동했다.

3聯은 해석상 이견이 있을 수 있다. 즉 '멀리 대궐에 와서 응시한 것을 누가 잘못이라고 말하랴?'라고 풀이할 수도 있고, 한편 '이미 금문 즉 높은 벼슬에 이르는 길이 멀어졌으며, 그렇게 어긋나리라고 누가 생각했으랴?'로도 풀이할 수도 있다.

4聯은 '결국 떠나야 할 그를 위해' 5聯에서는 '송별연을 베풀었다'고 읊었다. 그리고 6연에서는 '배를 타고 돌아갈 기무잠의 모습'을 상상했다. 7, 8聯은 헤어질 때의 섭섭함과 서로의 우정을 굳게 믿자는 당부의 말이다. 특히 7聯의 '遠樹帶行客'과 '孤城當落暉'는 對句로 이별의 쓸쓸한 정취를 돕고 있다.

## 23. 寒食汜上作
<sub>한 식 사 상 작</sub>

廣武城邊逢暮春, 汶陽歸客淚沾巾.
<sub>광 무 성 변 봉 모 춘</sub> <sub>문 양 귀 객 누 첨 건</sub>

落花寂寂啼山鳥, 楊柳靑靑渡水人.
<sub>낙 화 적 적 제 산 조</sub> <sub>양 류 청 청 도 수 인</sub>


＜한식날 汜水(사수)에서 짓다＞

廣武城 근처 도착하니 때는 늦봄인데
汶陽을 떠난 나그네 눈물로 수건 적신다.
낙화는 쓸쓸히 지고 산새들 지저귀며
버들은 푸른데 汜水를 건너는 나그네!


【註釋】⊙ ＜寒食汜上作＞ - '한식날 汜水(사수)에서 짓다'
　제목이 ＜途中口號＞, ＜寒食汜水山中＞으로 된 책도 있다. 汜水(사수)
　는 지금의 河南省 鄭州市 관할의 滎陽市에 있는 廣武山 서쪽을 흐르
　는 강.
⊙ 廣武城邊逢暮春 - 廣武城은 楚(項羽)와 漢(高祖)의 격전지. 지금의
　河南省 滎陽市 소재. 동서 양쪽에 성이 있다. 暮春은 늦봄. 보통 음력
　3월.
⊙ 汶陽歸客淚沾巾 - 汶陽(문양)은 지금의 山東省 泰安市 서남쪽. 왕유
　가 폄직되어 근무하던 濟州를 지칭. 淚沾巾(누첨건)은 눈물이 수건을
　적시다.
⊙ 落花寂寂啼山鳥 - 寂寂은 쓸쓸한 모양, 적막한 모양. 적적은 나그네
　의 心事이나 산새 울음은 봄의 소리이다. 소리 없는 落花와 새 울음

소리는 서로 對가 된다.

⊙ 楊柳靑靑渡水人 - 버들은 움직임이 없고 나그네는 강을 건너간다. 靜과 動을 한 구에 다 그려내었다. 楊柳가 靑靑한 것은 봄이 한창이 라는 뜻. 곧 제목의 한식의 절기를 보충 설명하고 있다. 슬프다는 뜻 이 없어도 그런 상황을 나그네가 겪는다면 슬플 것이다. 渡水人은 汜 水를 건너는 王維 자신.

【詩意】 왕유는 개원 9년(721), 제주에 폄직되어 5년을 근무하였으나 장 안에 돌아올 희망이 없었다. 개원 14년(726), 관직을 사임하고 장안으로 돌아가던 중 사수에서 한식을 만나 이 시를 지었다. 1구와 3구가 짝이 되어 봄날의 정경을 서술하고, 2구와 4구는 나그네의 心思와 모습을 묘사하였다.

## 24. 寒食城東卽事
<sub>한식성동즉사</sub>

淸溪一道穿桃李, 演漾綠蒲涵白芷.
<sub>청계일도천도리</sub> <sub>연양록포함백지</sub>

溪上人家凡幾家, 落花半落東流水.
<sub>계상인가범기가</sub> <sub>낙화반락동류수</sub>

蹴鞠屢過飛鳥上, 鞦韆競出垂楊裏.
<sub>축국누과비조상</sub> <sub>추천경출수양리</sub>

少年分日作遨遊, 不用淸明兼上巳.
<sub>소년분일작오유</sub> <sub>불용청명겸상사</sub>


<寒食날 城東에서 읊다>

한가닥 푸른 냇물은 도화 숲을 지나
파아란 부들 띄우고 백지도 적신다.
냇가에 겨우 몇채의 인가가 모였고
동으로 가는 물에는 낙화가 떠있다.
차올린 공은 나는 새보다 높이 숫고
그네는 버들 그늘서 하늘로 떠오른다.
좋다는 날 잡아 떼지어 노는 젊은이
청명이나 삼짇날을 기다리지 않는다.


【註釋】 ⊙ <寒食城東卽事> - '寒食날 城東에서 읊다'
　한식은 동지에서 105일 되는 날로 대개 4월 5, 6일이다. 城東은 장안
이나 낙양성 동쪽이다. 卽事는 눈앞에 일어난 일이나 경치를 즉석에

서 시로 짓는다는 詩題이다.

- ⊙ 清溪一道穿桃李 - 一道는 강, 냇물, 다리, 길 등의 하나. 穿은 가운데를 지나다.
- ⊙ 演漾綠蒲涵白芷 - 演漾은 물 위에 떠돌다. 漾 물 출렁거릴 양. 綠蒲는 푸른 부들. 涵 적실 함. 白芷(백지)는 약초 이름.
- ⊙ 溪上人家凡幾家 - 凡은 모두. 幾家는 몇 채.
- ⊙ 落花半落東流水 - 半落은 절반쯤 지다.
- ⊙ 蹴鞠屢過飛鳥上 - 蹴鞠(축국)은 공을 차다. 가죽으로 만들고 안에는 가벼운 솜이나 털을 넣은 것이 鞠(공 국)이다. 屢는 여러 번, 자주.
- ⊙ 鞦韆競出垂楊裏 - 鞦韆(추천)은 그네. 垂楊은 수양버들.
- ⊙ 少年分日作遨遊 - 少年은 젊은이들. 分日은 좋은 날을 골라. 作遨遊는 재미있게 놀다. 遨 놀 오. 遨遊는 敖遊(오유).
- ⊙ 不用清明兼上巳 - 不用은 상관하지 않다.

【詩意】이 시는 왕유 초기의 작품이라 알려졌다. 번영을 구가하던 唐代의 장안이나 낙양성의 王公이나 士女들의 봄놀이 풍속을 묘사하였다. 음력 三月 上巳日(상사일, 첫 번째 巳日, 뒤에 삼월 삼짇날로 고정)에 桃花가 떠내려오는 물가에 모여 놀며 액운을 씻어낸다는 습속이 내려왔다. 굳이 상사일이 아니더라도 한식에는 사람들이 모여 鬪鷄나 蹴鞠(축국), 아니면 鞦韆(추천, 그네타기)을 하며 놀았다. 이런 습속이 왕유의 神筆을 거치면서 멋진 풍경으로 그려졌다.

## 제3장

## 超脫과 佛心　728-733

月出驚山鳥,
<sub>월출경산조</sub>

時鳴春澗中.　<鳥鳴澗>
<sub>시명춘간중</sub>

떠오른 달에 산새가 놀라고
가끔은 봄철 냇가서 지저귄다.

## 25. 田家<sub>전 가</sub>

舊穀行將盡<sub>구 곡 행 장 진</sub>, 良苗未可希<sub>양 묘 미 가 희</sub>.

老年方愛粥<sub>노 년 방 애 죽</sub>, 卒歲且無衣<sub>졸 세 차 무 의</sub>.

雀乳靑苔井<sub>작 유 청 태 정</sub>, 雞鳴白板扉<sub>계 명 백 판 비</sub>.

柴車駕羸牸<sub>시 거 가 리 자</sub>, 草屩牧豪豨<sub>초 교 목 호 희</sub>.

多雨紅榴拆<sub>다 우 홍 류 탁</sub>, 新秋綠芋肥<sub>신 추 녹 우 비</sub>.

餉田桑下憩<sub>향 전 상 하 게</sub>, 旁舍草中歸<sub>방 사 초 중 귀</sub>.

住處名愚谷<sub>주 처 명 우 곡</sub>, 何煩問是非<sub>하 번 문 시 비</sub>.


<農家>

묵은 곡식은 곧 떨어지려는데
새해 풍년을 바리기도 어렵다.
이젠 늙어서 죽을 좋아하고
살아 생전에 입을 옷도 없다.
이끼 낀 샘터에 참새 새끼가 크고
닭은 흰 널판의 사립문에서 운다.
나뭇짐 수레 끄는 삐쩍 마른 암소
짚신을 신고 돼지 새끼 치는 목동.

154

많은 비에 붉은 석류가 갈라지고
가을 들자 푸른 토란도 통통하다.
새참은 뽕나무 아래서 먹고
들판의 농막서 잠깐만 쉰다.
사는 마을 이름조차 愚谷이니
세상사 시비를 어이 걱정하리오.


【註釋】⊙ <田家> - '農家'
⊙ 舊穀行將盡 - 舊穀은 작년에 농사지은 곡식.
⊙ 良苗未可希 - 良苗는 올해의 좋은 수확.
⊙ 老年方愛粥 - 粥 죽 죽. 미음.
⊙ 卒歲且無衣 - 卒歲는 죽는 그날까지.
⊙ 雀乳靑苔井 - 乳는 먹여 키우다. 동사로 쓰였다. 靑苔는 푸른 이끼.
⊙ 雞鳴白板扉 - 白板扉는 낡은 판자로 만든 사립문.
⊙ 柴車駕羸牸 - 柴車는 땔나무를 나르는 수레. 羸 여윌 리(이). 牸 암컷 자.
⊙ 草屩牧豪豨 - 草屩은 짚신. 豪豨는 큰 돼지란 뜻이나 새끼 돼지.
⊙ 多雨紅榴拆 - 紅榴는 붉게 익은 석류. 拆 터질 탁.
⊙ 新秋綠芋肥 - 芋 토란 우. 뿌리를 식용한다.
⊙ 餉田桑下憩 - 餉田은 논밭으로 가져간 점심. 憩 쉴 게.
⊙ 旁舍草中歸 - 旁舍는 농막.
⊙ 住處名愚谷 - 愚谷은 어리석은 노인이 사는 골짜기. ≪說苑≫에 나오는 우화.
⊙ 何煩問是非 - 煩은 번민하다, 속을 태우다.


【詩意】 앞의 4구는 먹을 것, 입을 것도 부족한 농가의 가난을 말했다. 이

는 陶淵明의 〈有會而作〉에 나오는 '舊穀旣沒 新穀未登. … 登歲之功 旣不可 希. …'의 서문과 같은 내용이다.

이어 '老年方愛粥'은 노년에도 죽만 먹고 살아야 할 가난을 완곡하게 표현하였다. 뿐만 아니라 가난하면 입을 옷도 없는 것이 정한 이치이니 '卒歲且無 衣'가 저절로 이어진다. 그리고 참새가 우물가에서 새끼를 부화하여 먹여 살리고, 닭이 울고, 비쩍 마른 소, 새끼 돼지와 짚신 신은 목동, 일하다가 먹는 점심, 그리고 농막에 잠시 쉬고, 이런 구절은 농부의 힘든 생활을 묘사하였다. 그래도 자연과 계절은 순환하기에 붉은 석류가 익어 터지고, 냇물 가 토란이 통통하게 자란다는 구절은 농촌에서 볼 수 있는 아주 작은 즐거움이 아니겠는가?

결론은 愚谷에 사는 우매한 백성이라 세상사 是非에 관심이 없다는 뜻이니, 이는 隱者 왕유의 농민에 대한 애정표현이 아니겠는가? 물론 時政에 대한 불만의 표출이라는 의미도 찾을 수 있지만, 그냥 관심과 애정이 결론이라고 말하고 싶다.

## _ 26. 淇上田園卽事
기 상 전 원 즉 사

屏居淇水上, 東野曠無山.
병 거 기 수 상　　동 야 광 무 산

日隱桑柘外, 河明閭井間.
일 은 상 자 외　　하 명 여 정 간

牧童望村去, 獵犬隨人還.
목 동 망 촌 거　　엽 견 수 인 환

靜者亦何事, 荊扉乘晝關.
정 자 역 하 사　　형 비 승 주 관


&lt;淇上의 전원에서 짓다&gt;

淇水 강가에 은거하는데
동쪽 벌판은 트여 산도 없다.
해는 뽕나무 너머 떨어지고
강은 마을을 끼고 반짝인다.
목동은 마을 향해 걸어가고
獵犬도 주인 따라 돌아온다.
한가한 사람 할 일이 있는가?
석양이 지면 사립문을 닫는다.


【註釋】⊙ &lt;淇上田園卽事&gt; - '淇上의 전원에서 짓다'
　　이 시는 개원 16년(728) 전후의 작품으로 알려졌다. 왕유가 숭산에
　　은거할 무렵에 淇上은 또 다른 은거지였다고 생각된다. 이 작품은 저

녁 무렵의 광활한 전원풍경을 묘사하였다.

⊙ 屛居淇水上 - 屛居는 은거. 淇水(기수)는 河南省 북부 鶴壁市 관할의
淇縣을 지나 衛河에 합류하는 강.

⊙ 東野曠無山 - 曠 밝을 광. 넓다, 텅 비다.

⊙ 日隱桑柘外 - 桑柘는 뽕나무. 柘 산뽕나무 자.

⊙ 河明閭井間 - 閭井은 마을.

⊙ 牧童望村去 - 본거지나 고향을 찾아가다. 나그네의 思鄕을 비유.

⊙ 獵犬隨人還 - 獵犬은 사냥개. 隨 따를 수.

⊙ 靜者亦何事 - 靜者는 守靜無爲한 자. 은거자.

⊙ 荊扉乘晝關 - 荊扉는 사립문. 乘晝關은 해가 지면 닫는다는 뜻.

【詩意】 평화로운 曠野(광야)의 해질녘 풍경이다. 산이 없는 벌판에 있는
마을이니 해는 뽕나무 사이로 넘어간다. 그 석양을 받아 강물은 하얗게 반짝
인다. 목동들은 소를 몰고 마을을 향해 걸어가고, 사냥꾼을 따라갔던 개도
주인과 함께 돌아온다. 여기까지는 은거자가 방관자로 존재한다.

그러다가 尾聯에서 '靜者亦何事, 荊扉乘晝關'이라 하여 아무 할 일이 없음을
자조적으로 말했다. 왕유는 〈歸嵩山作〉에서도 '歸來且閉關'이라 했고, 〈歸來
輞川作〉에서는 '惆悵掩柴扉'라 하였다. 모두 사립문을 닫는 것으로 하루가 끝
난다. 왕유가 사립문을 닫지만 거기에는 등용된다면 할 일이 많다는 뜻이 담
겨져 있다. 하여튼 시인의 뜻은 尾聯에 나타난다.

## _ 27. 華嶽

西嶽出浮雲, 積翠在太淸.

連天凝黛色, 百里遙靑冥.

白日爲之寒, 森沈華陰城.

昔聞乾坤閉, 造化生巨靈.

右足踏方止, 左手推削成.

天地忽開拆, 大河往東溟.

遂爲西峙嶽, 雄雄鎭秦京.

大君包覆載, 至德被群生.

上帝佇昭告, 金天思奉迎.

人祇望幸久, 何獨禪云亭.

<華山>

구름 위로 우뚝 솟아난 西嶽은
푸른 기운 모여 하늘에 떠있다.
검푸른 빛이 맺혀 하늘에 닿았고

백리에 걸친 산이 靑天에 아득하다.
하늘의 白日도 華山 때문에 차가웠고
어둑한 華陰 그림자 성안에 드리웠다.
옛날 이야기로 天地가 갈라지기 전에
조화를 부려 河神이 태어났다고 한다.
하신은 오른 발로 땅을 딛고 서서
왼손으로 화산을 갈라 깎아놓았다.
하늘과 땅이 갑자기 열리면서
거대한 황하는 바다로 흘렀다.
마침내 서쪽에 우뚝 솟은 산으로
기세도 당당히 關中 땅을 진압했다.
황제는 하늘과 땅을 모두 안고서
크나큰 덕을 온 천하에 베푸셨다.
上帝도 황제의 포고를 기다렸고
華山의 신령도 받들길 기대했다.
백성과 신령 모두 바란 지 오래거늘
어찌 겨우 云亭山 地神만 모시는가?


【註釋】 ⊙ <華嶽> - '華山'
　　嶽은 큰 산. 이 시는 개원 18년(730)경에 지은 시로 알려졌다.
⊙ 西嶽出浮雲 - 西嶽은 5嶽의 하나. 華山(太華山). 지금의 陝西省 華陰
　　市 소재. 최고봉은 2,194m. 西安市에서 동쪽으로 130km.
⊙ 積翠在太淸 - 積翠는 푸른색이 겹치고 겹치다. 太淸은 하늘. 天空.
⊙ 連天凝黛色 - 黛色은 검푸른빛. 黛 눈썹먹 대.

⊙ 百里遙靑冥 - 靑冥(청명)은 靑天.
⊙ 白日爲之寒 - 爲之寒은 華山(之) 때문에(爲) 차가워진다(寒). 爲는 ~
   이 되다, 당하다. 피동의 뜻.
⊙ 森沈華陰城 - 森沈(삼침)은 짙은 그늘 때문에 어둑어둑한 모양. 華陰
   은 縣 이름.
⊙ 昔聞乾坤閉 - 昔聞은 예부터 내려오는 말. 전설로는. 乾坤은 天地. 閉
   는 닫히다, 닫혀 있다. 천지가 분리되기 이전.
⊙ 造化生巨靈 - 造化는 자연. 自然界. 巨靈은 황하의 신, 河神. 하신이
   화산을 둘로 분리시키고 황하를 흐르게 했다는 전설이 있다.
⊙ 右足踏方止 - 右足으로 밟은 자국, 흔적, 터(踏方止).
⊙ 左手推削成 - 削成은 깎아서 만들었다. 화산의 거대한 수직 암벽이
   그렇게 해서 만들어졌다는 뜻.
⊙ 天地忽開拆 - 開拆(개탁)은 쪼개지다.
⊙ 大河往東溟 - 東溟(동명)은 東海.
⊙ 遂爲西峙嶽 - 峙嶽(치악)은 우뚝 솟은 큰 산. 峙 우뚝 솟을 치.
⊙ 雄雄鎭秦京 - 雄雄은 위세 등등한 모양. 秦京은 咸陽, 장안. 關中의
   땅.
⊙ 大君包覆載 - 大君은 天子. 包는 끌어안다. 覆載는 천지. 하늘은 세상
   을 덮고, 땅은 만물을 생장케 한다.
⊙ 至德被群生 - 至德은 至高의 덕행. 被群生은 억조창생을 감싸주다.
⊙ 上帝佇昭告 - 上帝는 天帝. 佇 우두커니 저. 기다리다. 昭告는 황제가
   상제에게 아뢰다. 華山을 오악으로 봉하겠다는 조서. 개원 13년에 현
   종은 태산을 동악에 봉했다. 개원 18년에 華州(華陰縣)의 백성과 父
   老들이 화산을 서악으로 봉해야 한다고 건의하였으나 현종은 윤허하
   지 않았다. 화산이 서악에 봉해진 것은 天寶 연간이다.
⊙ 金天思奉迎 - 金天은 화산의 산신. 현종은 즉위 뒤에 화산 산신을
   金天王에 봉했다. 하늘에 五帝가 있는데 서방을 다스리는 천제는 白
   帝(서방은 백색)로, 金天氏라고도 칭했다. 奉迎은 황제가 화산을 서악
   에 봉하고 산신을 받들어 모시다.

⊙ 人祇望幸久 - 人祇는 백성과 地神. 望幸久는 西嶽에 봉해지기를 오
   랫동안 기다렸다.
⊙ 何獨禪云亭 - 禪은 地神에 대한 제사. 태산에 단을 쌓고 天神을 제
   사하는 것이 封이고, 태산 아래 梁父山에서 地神에 대한 제를 禪(선)
   이라 하였다. 云亭은 堯舜이 禪禮를 행했던 云云山과 黃帝가 禪禮를
   행한 亭亭山. 이 句의 요지는 왜 西嶽에서 봉선하지 않느냐는 뜻.

【詩意】 이 시는 화산의 장엄한 형상과 산세를 묘사하였다. 화산의 푸르른
산그늘 때문에 白日도 차가워졌을 것이라는 상상이나, 화산 그림자에 화음현
의 성안도 어둑어둑하다는 묘사는 과장이지만 華山의 형상을 분명하게 각인
시켜 주었다. '昔聞~' 이하 '雄雄鎭秦京'까지는 전설이지만 황하와 화산의 웅
장함을 그리면서, 웅혼한 필력의 기세가 느껴진다. 전체적으로 명산인 화산
만큼 명작이라 할 수 있다.

## 28. 藍田山石門精舍
<sub>남전산석문정사</sub>

落日山水好, 漾舟信歸風.
<sub>낙일산수호</sub> <sub>양주신귀풍</sub>

探奇不覺遠, 因以緣源窮.
<sub>탐기불각원</sub> <sub>인이연원궁</sub>

遙愛雲木秀, 初疑路不同.
<sub>요애운목수</sub> <sub>초의노부동</sub>

安知清流轉, 偶與前山通.
<sub>안지청류전</sub> <sub>우여전산통</sub>

舍舟理輕策, 果然愜所適.
<sub>사주리경책</sub> <sub>과연협소적</sub>

老僧四五人, 逍遙蔭松柏.
<sub>노승사오인</sub> <sub>소요음송백</sub>

朝梵林未曙, 夜禪山更寂.
<sub>조범임미서</sub> <sub>야선산갱적</sub>

道心及牧童, 世事問樵客.
<sub>도심급목동</sub> <sub>세사문초객</sub>

暝宿長林下, 焚香臥瑤席.
<sub>명숙장림하</sub> <sub>분향와요석</sub>

澗芳襲人衣, 山月映石壁.
<sub>간방습인의</sub> <sub>산월영석벽</sub>

再尋畏迷誤, 明發更登歷.
<sub>재심외미오</sub> <sub>명발갱등력</sub>

笑謝桃源人, 花紅復來覿.
<sub>소사도원인</sub> <sub>화홍부래적</sub>

## <남전산의 석문정사>

해질녘 산수가 더 없이 좋아
순풍에 배 띄워 그냥 맡겼다.
경치 보느라 멀리 온 줄도 몰랐는데
이에 물 따라 桃源 仙境을 찾아간다.
구름낀 수풀 풍경이 더 없이 좋고
처음엔 길이 갈렸나 걱정도 했다.
어찌 맑은 물이 굽어 도는 곳에서
길이 있을 줄이야 누가 알겠는가?
배를 내려 작다란 지팡이를 짚고
걷는 곳곳 마음속 깊이 흡족하다.
늙은 스님 네댓 분이
솔밭 그늘을 천천히 걷고 있었다.
아침 불경에 숲은 아직 어둑했고
저녁 참선에 절은 더욱 적막하다.
佛道 닦는 마음은 목동도 알고
俗世 일은 나무꾼에게 묻는다.
밤들어 적막한 숲속에 묵으며
香煙속 정갈한 자리에 누웠다.
계곡의 꽃향기 옷에 스며들고
동산에 달떠서 석벽을 비춘다.
다시 오는 길 헤맬까 걱정하며
날이 밝자 온 길을 되돌아간다.
웃으며 선경의 스님과 헤어지며

붉은 꽃 피면 다시 와서 뵈리라.


【註釋】⊙ <藍田山石門精舍> - '남전산의 석문정사'

藍田山은 일명 玉山이라고도 하는데 지금의 陝西省 西安市 藍田縣에 있다. 남전현은 玉 산지로도 유명하다. 石門에 온천이 용출하자 당 현종의 명으로 절을 짓고 大興湯院이라고 했다. 精舍는 佛寺, 道士가 사는 곳이란 뜻도 있다. 이 시는 전체적으로 석문정사를 찾아가고, 그곳에서 묵으면서 본 것을 순차적으로 묘사하였다.

⊙ 落日山水好 - 落日은 夕陽.

⊙ 漾舟信歸風 - 漾舟는 배를 띄우다. 漾 출렁거릴 양. 배를 띄우다. 信 은 맡기다. 歸風은 歸山之風, 順風.

⊙ 探奇不覺遠 - 不覺遠은 멀리 왔다는 사실을 알지 못하다.

⊙ 因以緣源窮 - 緣源窮은 綠溪의 발원지.

⊙ 遙愛雲木秀 - 遙는 멀리 바라보다.

⊙ 初疑路不同 - 路不同은 길이 다르다. 물길이 엇갈리다.

⊙ 安知清流轉 - 安知는 어찌 알았겠는가?

⊙ 偶與前山通 - 偶는 우연히, 뜻밖에.

⊙ 舍舟理輕策 - 輕策은 가벼운 지팡이.

⊙ 果然愜所適 - 愜 상쾌할 협. 마음에 흡족하다. 適은 가다(去).

⊙ 老僧四五人 - 연로한 화상 4 - 5명.

⊙ 逍遙蔭松柏 - 逍遙(소요)는 이리저리 거닐며 돌아다니다. 逍 거닐 소. 蔭 그늘 음.

⊙ 朝梵林未曙 - 朝梵은 아침에 읽는 불경. 梵 불경 범. 梵語, 다라니.

⊙ 夜禪山更寂 - 夜禪은 밤에 하는 참선.

⊙ 道心及牧童 - 道心은 佛家의 뜻. 及은 미치다, 영향을 주다.

⊙ 世事問樵客 - 樵客은 나무꾼. 樵 나무할 초. 땔나무.

⊙ 暝宿長林下 - 暝宿은 날이 어둡자 잠자리에 들다.

⊙ 焚香臥瑤席 - 瑤席은 仙草인 瑤草로 만든 자리. 곱고도 깨끗한 자리.

⊙ 澗芳襲人衣 - 澗 계곡의 시내 간.

⊙ 山月映石壁 - 映은 비추다.

⊙ 再尋畏迷誤 - 再尋은 다시 찾아오다. 尋 찾을 심. 보통.

⊙ 明發更登歷 - 날이 밝으면 올라온 길을 되돌아가야 한다.

⊙ 笑謝桃源人 - 謝는 辭. 인사하고 떠나가다. 桃源人은 桃源境에 사는 사람. 陶淵明의 <桃花源詩>의 典故를 인용. 산중에 거처하며 세속에 초연한 사람.

⊙ 花紅復來覿 - 覿 볼 적. 만나다, 찾아오다.


【詩意】 이 시는 淸新한 자연의 아름다운 경치를 꾸밈없이 묘사하였는데, 謝靈運(사령운)의 〈石壁精舍還湖中作〉의 영향을 받았다는 주석도 있다. 佛寺를 묘사하였지만 敎理나 禪門에 대한 말도 없이 탈속한 경지를 잘 묘사하였다.

이 시에 대하여 '落日山水好, 漾舟信歸風'의 절창으로 시작하여 '道心及牧童, 世事問樵客'까지가 다른 한 首의 詩라는 주장도 있다. 곧 시 2수를 하나로 합쳤다는 뜻이다.

## 29. 贈裴十迪
<small>증 배 십 적</small>

風景日夕佳, 與君賦新詩.
<small>풍 경 일 석 가　여 군 부 신 시</small>

澹然望遠空, 如意方支頤.
<small>담 연 망 원 공　여 의 방 지 이</small>

春風動百草, 蘭蕙生我籬.
<small>춘 풍 동 백 초　난 혜 생 아 리</small>

曖曖日暖閨, 田家來致詞.
<small>애 애 일 난 규　전 가 래 치 사</small>

欣欣春還皋, 淡淡水生陂.
<small>흔 흔 춘 환 고　담 담 수 생 피</small>

桃李雖未開, 蕣萼滿芳枝.
<small>도 리 수 미 개　제 악 만 방 지</small>

請君理還策, 敢告將農時.
<small>청 군 이 환 책　감 고 장 농 시</small>


<裴氏 열째인 迪(적)에게 주다>

아침 저녁으로 날씨가 좋으니
새로 지은 시를 君에게 보내오.
멀리 하늘을 조용히 바라보다가
지금 如意로 턱을 고이고 있다오.
봄바람이 불자 풀밭이 흔들리고
집 울 아래 향풀도 싹이 텄다오.
봄 볕 받아 집안도 훈훈해졌는데
농부가 찾아와 이런 말을 했다오.

"쑥쑥 초목이 자라니 들엔 봄이 왔고
햇빛 내린 연못엔 물이 넘실댑니다.
복숭아꽃은 아직 피지 않았지만
꽃피울 망울은 가지마다 맺혔지요.
어르신 지팡이 짚고 둘러보시라고
이제는 농사철이라 감히 아룁니다."


【註釋】⊙ <贈裴十迪> - '裴氏 열째인 迪(적)에게 주다'
　迪 나아갈 적. 왕유의 가까운 詩友였던 裴迪(배적)은 형제의 輩
行이 열째라서 裴十迪이라 하였다. 왕유가 藍田縣의 輞川別墅(망천별
서)에 은거할 때 배로 왕래하며 彈琴賦詩하며 종일 같이 즐겼다고
한다. 왕유와 배적은 나이 차이가 20여세였다 하니 그냥 벗이라기보
다는 詩友, 아니면 道友라고 해야 한다.
⊙ 風景日夕佳 - 이는 陶淵明의 <飮酒 其五>의 '山氣日夕佳'와 매우 비
슷하다.
⊙ 與君賦新詩 - 이 또한 도연명의 <移居 其二>의 '春秋多佳日, 登高賦
新詩'의 再活用이다.
⊙ 澹然望遠空 - 澹然은 조용한 모양. 澹 싱거울 담. 조용하다.
⊙ 如意方支頤 - 如意는 옥이나 청동으로 만든 器物 이름. 자루 끝이
雲紋 또는 心字 모양 아니면 靈芝(영지) 형태로 만든 중국의 공예품.
중국인의 爪仗(조장, 俗稱 '不求人')으로 우리나라 효자손의 일종이라
생각할 수 있다. 불교의 전래와 함께 중국에 들어왔다는데 吉祥의 상
징으로 도사나 승려가 경문을 읽을 때 손에 쥐는 공예품이었다. 頤
턱 이(面頰 뺨, 볼). 方支는 받치다.
⊙ 春風動百草 - 봄바람에 모든 꽃과 풀이 흔들린다.
⊙ 蘭蕙生我籬 - 蘭蕙는 향초. 蕙 혜초 혜. 향풀.

⊙ 曖曖日暖閨 - 曖曖(애애)는 날씨가 따사롭다. 閨 규방(內室) 규. 여기
　서는 집, 가옥.
⊙ 田家來致詞 - 田家는 농부. 來致詞는 와서 말하다. 농부의 말은 陶淵
　明의 <歸去來兮辭> '農人告余以春及, 將有事於西疇'와 같은 내용이
　다.
⊙ 欣欣春還皐 - 皐 언덕 고. 밭, 농지.
⊙ 淡淡水生陂 - 淡淡은 잔물결이 이는 모양.
⊙ 桃李雖未開 - 아직 복숭아꽃은 피지 않았다.
⊙ 荑萼滿芳枝 - 荑萼은 꽃망울. 荑 싹 제. 벨 이. 萼 꽃받침 악.
⊙ 請君理還策 - 지팡이 짚고 나와 둘러보시라는 뜻.
⊙ 敢告將農時 - 농사철[農時]이 되었다고 말씀드리고자 합니다.


【詩意】이 시는 왕유가 종남산에 은거하며 지은 시로 알려졌는데 도연명의
영향을 받아 平淡自然의 풍격을 여실히 드러내며, 이른 봄 전원의 풍광의 아
름다움과 시인의 한적한 정취를 잘 표현하였다. 전체적으로 느낌은 도연명
풍이지만 도연명의 시가 古風에 질박하고 淡泊(담박)하다면, 왕유의 시는 간
략하면서도 溫和淨潔(온화정결)하다는 특징이 있다.
　본서에는 왕유가 배적에게 준 詩로 〈輞川閑居贈裴秀才迪〉, 〈酌酒與裴迪〉,
〈春日與裴迪過新昌里訪呂逸人不遇〉 등 3편이 더 실렸다.
　왕유가 배적에게 보낸 편지 〈山中與裴秀才迪書〉가 있는데, 이는 두 사람의
교제를 알 수 있는 자료라서 부록으로 싣고 번역하였다.

## 30. 答張五弟
답 장 오 제

<ruby>終<rt>종</rt></ruby><ruby>南<rt>남</rt></ruby><ruby>有<rt>유</rt></ruby><ruby>茅<rt>모</rt></ruby><ruby>屋<rt>옥</rt></ruby>, <ruby>前<rt>전</rt></ruby><ruby>對<rt>대</rt></ruby><ruby>終<rt>종</rt></ruby><ruby>南<rt>남</rt></ruby><ruby>山<rt>산</rt></ruby>.

終南有茅屋, 前對終南山.

終年無客常閉關, 終日無心長自閑.

不妨飮酒復垂釣, 君但能來相往還.

<장씨 다섯째인 아우에게 答하다>

종남산에 초가 한 채 있으니
대문은 종남산을 마주 보았다.
일 년 내내 찾는 이 없어 닫힌 사립문
하루 종일 무심하니 언제나 한가롭다.
술을 마시든 낚시를 하든 상관치 않고
그대 찾아오면 나도 거기 다녀오리다.

【註釋】⊙ <答張五弟> - '장씨 다섯째인 아우에게 答하다'
張五는 張諲(장인)이다. 왕유와 장인은 의기와 취향이 서로 잘 맞았
고, 종남산 은거지도 가까웠다.
⊙ 終南有茅屋 - 茅屋은 초가. 茅 띠풀 모.
⊙ 前對終南山 - 終南山을 마주 보고 있다.
⊙ 終年無客常閉關 - 終年은 한 해가 다 가다.
⊙ 終日無心長自閑 - 長自閑은 늘 절로 한가롭다.

⊙ 不妨飮酒復垂釣 - 垂釣(수조)는 낚시를 드리우다.
⊙ 君但能來相往還 - 但은 ~한다면.

【詩意】 은자의 취향은 대개 비슷하겠지만 아무하고나 친할 수는 없을 것이다. 잘 어울린다면 취향 못지않게 心地가 비슷해야 할 것이다. 은자라 칭하면서 속세에 나서려는 뜻이 있다면, 곧 은거를 명분으로 명리를 노리는 사람이 많아 終南捷徑(종남첩경)이란 말도 생기지 않았는가? 이 시가 매우 경쾌 상쾌하니 시인도 시를 짓는다고 머리를 싸매지 않고 흥얼거리듯 지었을 것 같다.

## _ 31. 不遇詠
불 우 영

북 궐 헌 서 침 불 보　　남 산 종 전 시 부 등
北闕獻書寢不報, 南山種田時不登.

백 인 회 중 신 불 예　　오 후 문 전 심 불 능
百人會中身不預, 五侯門前心不能.

신 투 하 삭 음 군 주　　가 재 무 릉 평 안 부
身投河朔飲君酒, 家在茂陵平安否.

차 차 등 산 부 림 수　　막 문 춘 풍 동 양 류
且此登山復臨水, 莫問春風動楊柳.

금 인 작 인 다 자 사　　아 심 불 열 군 응 지
今人作人多自私, 我心不說君應知.

제 인 연 후 불 의 거　　긍 작 도 이 일 남 아
濟人然後拂衣去, 肯作徒爾一男兒.


&lt;불우를 읊다&gt;

북궐에 올린 상서는 회답이 끝내 없고
남산에 지은 농사는 거둘게 거의 없다.
궁중의 연회에 이몸은 끼지 못하고
권세가 찾아갈 의도는 마음에 없다.
황하의 북쪽서 벗님의 좋은 술 마시나
장안에 남겨진 가족의 안부 궁금하다.
여럿이 함께 산에 올라 강물을 내려보며
춘풍에 날린 버들 어이 바람을 탓하리오?
세상 사람들 남을 도와도 제몫을 챙기니

나의 쓰디쓴 마음 벗님은 당연히 알리라.

세상 구제하고 뿌리치고 숨어 살려는데

정말 그럴 수 있어야 대장부가 아니리오!


【註釋】⊙ <不遇詠> - '불우를 읊다'

　　앞길이 막혀 풀리지 않는 불우한 문사의 곤궁과 분개를 묘사한 왕유 초기의 작품으로 알려졌다.

⊙ 北闕獻書寢不報 - 北闕은 漢代 未央宮의 북문. 武帝 때 청동 말을 제작하여 세워 놓았기에 金馬門이라고 불렀다. 황제의 부름을 받거나, 황제에게 상서할 사람이 대기하였고, 이곳을 통해 출입하였다. 여기서는 황제가 정사를 보는 곳. 寢不報는 상서가 묵살되거나 처리되지 않아 회답이 없다는 뜻.

⊙ 南山種田時不登 - 南山은 종남산. 種田은 농사짓다. 時不登은 추수철이지만 흉작이다.

⊙ 百人會中身不預 - 百人會는 東晋 孝武帝가 大臣을 초청한 연회. 궁중의 대연회. 不預는 참여하지 못하다.

⊙ 五侯門前心不能 - 五侯는 前漢 成帝의 王太后의 친정 형제 王鳳, 王音 등 5명이 모두 제후가 되어 국정을 專斷했다. 전한을 멸망시킨 王莽(왕망)은 王鳳의 조카였다.

⊙ 身投河朔飮君酒 - 河朔(하삭)은 황하 이북 지역. 飮君酒의 君은 왕유를 접대하는 사람. 왕유의 소회를 듣고 있는 사람.

⊙ 家在茂陵平安否 - 茂陵(무릉)은 前漢 武帝의 陵. 지금의 陝西省 咸陽市 관할의 興平市 서쪽에 있다. 陵 밑변의 사방 길이 각 240m, 높이 46m. 정상부분은 길이 동서 30m, 남북 35m로 漢代의 능 중에서 가장 크다. 능을 지으면 근처에 부호를 이주시키면서 縣을 설치하였다. 漢代의 이런 현을 陵縣이라 한다. 唐詩에 자주 등장하는 漢代의 능으로는 武帝의 茂陵과 文帝의 覇陵(패릉)이다.

⊙ 且此登山復臨水 – 且 또 차. 왕유는 登山하여 강을 바라보고 있다(臨水).

⊙ 莫問春風動楊柳 – 이는 고향집의 妻子에 대한 그리움이다.

⊙ 今人作人多自私 – 作人은 인재를 양성한다는 뜻. 昨人으로 된 판본도 있는데 昨人은 옛 사람으로 풀이. 自私는 자신의 이득을 챙기다.

⊙ 我心不說君應知 – 不說(불열)은 기쁘지 않다.

⊙ 濟人然後拂衣去 – 濟人은 濟民.

⊙ 肯作徒爾一男兒 – 徒爾는 이와 같아야, 이래야만.

【詩意】이 시는 왕유의 젊은 시절 작품으로 알려졌다. 시 전체에 젊은 패기가 넘친다. 뜻은 크나 아직 자신을 후원할 인물이나 포부를 실천할 때를 만나지 못했다는 울분이 가득하다.

처음 4句는 같은 韻으로 출사를 원하나 길이 없고 은거할 수도 없는 進退維谷(진퇴유곡)의 처지를 묘사하였다. 다음 4구는 韻을 바꿔 河北에서 말직에 종사하나 장안 무릉현에 살고 있는 가족의 안부를 걱정하고 있다. 그리고 다시 운을 바꾼 4句는 제세구민하고 공성신퇴하고자 한다는 평소의 뜻을 피력하였다.

전체적으로 문장이 자연스러우면서도 웅건하고, 힘 있는 강한 風格이 느껴진다.

## _ 32. 書<sup>서</sup>事<sup>사</sup>

輕<sup>경</sup>陰<sup>음</sup>閣<sup>각</sup>小<sup>소</sup>雨<sup>우</sup>, 深<sup>심</sup>院<sup>원</sup>晝<sup>주</sup>慵<sup>용</sup>開<sup>개</sup>.

坐<sup>좌</sup>看<sup>간</sup>蒼<sup>창</sup>苔<sup>태</sup>色<sup>색</sup>, 欲<sup>욕</sup>上<sup>상</sup>人<sup>인</sup>衣<sup>의</sup>來<sup>래</sup>.


＜보이는 대로 쓰다＞

가랑비 그치고 엷은 구름 낀 날
외진 집 사립문 아직도 닫혀있다.
한가히 푸른 이끼 보고 있으니
내 옷에 물들어 올라오려 한다.


【註釋】⊙ ＜書事＞ - '보이는 대로 쓰다'
　　눈앞의 사실을 書寫하다. 書事는 卽事. 어떤 일이나 사물에 대한 느
　　낌을 묘사한 시에 卽事라는 제목을 붙인다. 뒤에 수록한 ＜山中＞과
　　비슷한 느낌을 준다.
⊙ 輕陰閣小雨 - 輕陰은 약간 흐린 날. 閣은 멈추다, 그치다. 擱(놓을
　　각, 멎다)과 通. 小雨는 가랑비.
⊙ 深院晝慵開 - 深院은 매우 외진 집. 晝는 白晝. 慵 게으를 용.
⊙ 坐看蒼苔色 - 蒼苔는 푸른 이끼.
⊙ 欲上人衣來 - 사람 옷을 물들이려 한다. 來는 동작이나 상태가 話者
　　에게 접근함을 뜻한다.


【詩意】참으로 멋진 詩다!

아마 젊은 날에 지었을 것이다. 40세가 넘어가면 일에 얽매이고 서두르는 것이 몸에 배서 이런 생각을 하지 못한다. 몸이 한가롭다면 더없이 좋다. 그러나 그보다는 몸이 매인 곳이 없어야 한다. 무엇이 진정한 자유인가? 마음의 자유이다. 俗人은 우선 몸이 매인다. 그러다 보면 마음의 자유가 구속당한다. 그러니 마음에 여유가 없다. 마음의 여유가 없는 삶이 얼마나 각박한가!

1句의 閣(擱)으로 시인의 상상은 시작된다. 가랑비가 그쳤으나(閣) 흐린 날이다. 두 번째 구절은 당연한 진행이다. 평소 맑은 날에도 찾아오는 이 없었으니 이런 날에 굳이 일찍부터 사립문을 열어놓으랴?

이 詩의 反轉은 3句에서 일어난다. 한가히 앉아 응달에 새파랗게 자라는 이끼를 바라본다. 이러한 시인의 여유가 상상력을 발동시킨다.

그래서 결론은 4句! 이끼의 푸른 물감이 靈感처럼 시인의 옷을 물들여온다. 파란 빛이 물감이 되어 내 옷을 적셔 올라올 것이라고 상상하는 시인은 얼마나 행복한가!

이렇듯 미세한 관찰과 마음의 쏠림과 느낌은 이런 생활에 익숙한 사람만이 느낄 수 있는 경지이며 風格이다. 이는 〈山中〉의 '山路元無雨, 空翠濕人衣'와 같은 構想과 構成인데, 이는 靜寂을 표현하는 참신한 풍격일 것이다.

# _ 33. 山中寄諸弟妹

산 중 다 법 려　　선 송 자 위 군
## 山中多法侶, 禪誦自爲群.

성 곽 요 상 망　　유 응 견 백 운
## 城郭遙相望, 唯應見白雲.


## <산중에서 여러 아우들에게 보내다>

산중에 불법을 닦는 이가 많아
참선과 독경에 절로 함께 한다.
성곽은 멀리로 바로 보이지만
오로지 백운만 눈에 들어온다.


【註釋】⊙ <山中寄諸弟妹> - '산중에서 여러 아우들에게 보내다'
　　이 시는 지은 시기를 알 수 없지만 시 내용으로 보아 어린 아우나
　　누이가 집에 있을 때, 아마 30대 초반이었을 것으로 추정할 수 있다.
　　왕유는 <山中示弟>(五古), <別弟妹二首>(五律) 등의 시를 남겨 형제
　　에 대한 남다른 정을 묘사하였다.
⊙ 山中多法侶 - 山中은 잠시 집을 떠나 절에 기거했을 것이다. 法侶는
　　道伴(도반).
⊙ 禪誦自爲群 - 禪誦은 入禪과 誦經.
⊙ 城郭遙相望 - 城郭은 장안성. 遙 멀 요.
⊙ 唯應見白雲 - 아우들이 있는 성곽을 보노라면 저절로 흰 구름이 눈
　　에 들어온다는 뜻.

【詩意】 요즈음 말로 단기출가나 템플스테이를 했을 것이다. 왕유의 독실한 불심에 어린 아우를 챙겨야 하는 장남의 책임감이 느껴진다. 속세를 완전히 잊을 수 없으면서도 白雲으로 상징되는 隱逸의 한가함이 느껴진다.

## 34. 皇甫嶽雲溪雜題 （五首）

〈鳥鳴澗〉

人閑桂花落, 夜靜春山空.

月出驚山鳥, 時鳴春澗中.

<皇甫嶽이 사는 雲溪서 지은 여러 제목의 시>

<새가 우는 시내>

한가한 마음 桂花는 지는데
고요한 봄밤 인적도 끊긴 산.
떠오른 달에 산새가 놀라고
가끔은 봄철 냇가서 지저귄다.

【註釋】⊙ <皇甫嶽雲溪雜題> - '皇甫嶽이 사는 雲溪서 지은 여러 제
목의 시'
왕유는 開元 16년(728) 전후에 처음으로 강남 지역을 여행한 것으로
알려졌다. 皇甫嶽은 재상 皇甫恂(황보순)의 아들이라 생각된다. 皇甫
는 복성. 雲溪는 위치 미상이나 지금의 浙江省(절강성) 紹興市의 若
耶山(약야산) 기슭의 若耶溪, 一名 浣沙溪(완사계, 西施가 비단을 빨
래하던 냇물)로 추정한다. 雜題는 여러 제목의 詩를 하나로 모은 것.

雜은 集聚(집취), 多의 뜻.

⊙ <鳥鳴澗> - '새가 우는 시내' 澗 산 계곡을 흐르는 시내 간.

⊙ 人閑桂花落 - 桂花는 상록교목인 계수나무 꽃.

⊙ 夜靜春山空 - 空은 인적이 없다.

⊙ 月出驚山鳥 - 驚 놀랄 경. 깨어나 지저귀다.

⊙ 時鳴春澗中 - 鳴 울 명.


【詩意】 ≪輞川集≫의 〈鹿柴(녹채)〉나 〈辛夷塢(신이오)〉의 자매편이라 할 정도로 느낌이 비슷하다. 봄밤은 싱그럽다. 봄밤에 인적도 없는 산속이다. 마음이 淸淨無事하니 그 주변의 자연 경물도 또한 그러할 것이다. 桂花는 절로 피었다 홀로 지고, 인적이 끊긴 산에 달이 뜨고, 무심한 새들이 놀라 날다가 산속 냇가에서 지저귄다. 桂花落도 소리가 없고, 달이 뜨며 산새가 놀란다 하여도 산속은 여전히 조용하다.

春山에는 생명력이 넘친다. 閒靜(한정)한 시인에게는 이러한 것이 느껴지지만 一切皆空일 뿐이다. 1, 2구는 閒靜을, 3, 4구는 動靜을 그렸지만 시인의 마음은 平靜뿐이다.

계화가 떨어지고 산새가 울고… 조용한 산속의 움직이는 풍경이다. 둥근 달이 떠오르면서 산새를 깨우니 산새가 놀란 양 지저귄다. 그리고 조용해졌다가 가끔 시냇가에서 지저귄다. 산새들이 울어대기에 더 고요하다는 느낌이 온다. 그렇다면 시끄럽다는 소음은 인간이 만든다. 밤이 깊으면서 꽉 채운 고요와 안정! 왕유의 이런 산수시는 그림과 같아 읽는 사람은 저절로 마음이 끌린다.

<연화오>
〈蓮花塢〉

<일일채련거> <주장다모귀>
日日采蓮去, 洲長多暮歸.

<농고막천수> <외습홍련의>
弄篙莫濺水, 畏濕紅蓮衣.


<연꽃 핀 방죽>

날마다 연밥을 따러 나갔다가
기다란 섬이라 늘 저녁에 돌아온다.
상앗대 저어도 물이 튀지 않게
불그런 꽃잎이 젖을까 걱정한다.


【註釋】⊙ 〈蓮花塢〉 - '연꽃 핀 방죽'
　塢는 물을 막기 위해 쌓은 둑. 防築(방축)이 원음인데 우리말로는 방
　죽이라 한다.
⊙ 日日采蓮去 - 日日은 날마다. 蓮은 蓮實(蓮子), 연밥.
⊙ 洲長多暮歸 - 洲는 연밥을 따는 물가.
⊙ 弄篙莫濺水 - 弄篙는 상앗대를 젓다. 濺 물 뿌릴 천.
⊙ 畏濕紅蓮衣 - 濕은 적시다. 紅蓮衣는 연꽃의 붉은 花瓣(화판, 꽃잎).


【詩意】이는 왕유의 ≪輞川集≫〈白石灘(백석탄)〉과 느낌이 비슷하다. 해
질녘의 방죽(저수지) 둑에는 아지랑이 같은 보이지 않는 기운이 깔리면서 고
요하다. 연밥을 딴 여인들은 많은 이야기를 하며 노 저어 돌아온다. 연꽃만
큼 아름답고 잔물결처럼 생동감이 넘친다. 어렸을 적, 봄날 해질녘, 멀리 큰
산에 산나물을 뜯으러 갔던 마을의 아낙네 10여 명이 나물 보따리나 자루를

머리에 이고, 좁은 논두렁길을 따라 한 줄로 걸어오던 풍경이 연상된다.


### 〈鸕鶿堰〉
노 자 언

乍向紅蓮沒, 復出淸蒲颺.
사 향 홍 련 몰　부 출 청 포 양

獨立何襹褷, 銜魚古査上.
독 립 하 리 시　함 어 고 사 상


### 〈가마우지가 있는 방죽〉

어느 새 붉은 연꽃 사이로 사라지더니
다시 또 푸른 부들 틈새서 날아오른다.
홀로 서서 젖은 깃털 흔들더니
고기 물고 강가 말뚝에 앉았다.


【註釋】⊙ 〈鸕鶿堰〉 - '가마우지가 있는 방죽'
　鸕鶿는 가마우지라는 물새이다. 잠수해서 물고기를 잡아먹는다. 堰은
　방죽. 곧 저수지나 연못. 鸕 가마우지 로(노). 鶿 가마우지 자.
⊙ 乍向紅蓮沒 - 乍向(사향)은 어느새, 잠깐 사이. 沒은 사라지다. 떨어
　지다.
⊙ 復出淸蒲颺 - 淸蒲는 푸른 부들. 颺 날릴 양. 날아오르다.
⊙ 獨立何襹褷 - 獨立은 우뚝 서다. 襹褷는 털이 물에 젖어 달라붙은
　모양. 襹 향주머니 리. 褷 털이 처음 날 시.
⊙ 銜魚古査上 - 銜魚는 고기를 입에 물다. 銜 재갈 함. 입에 물다. 古査
　는 古楂(고사). 물가에 박힌 말뚝. 査는 뗏목, 말뚝.

【詩意】 왕유는 산수를 그려내는데도 탁월했지만, 움직임과 정지를 묘사하는데도 역시 뛰어났다. 1, 2구에서는 가마우지의 출몰을 그렸다. 사라진 자리는 空으로 남는다. 그러다가 금방 푸른 부들 사이의 空이 動으로 채워진다. 그리고 가마우지의 검은색에 紅蓮과 靑蒲의 컬러가 돋보이며 물과 하늘까지 살아 움직인다.

왕유의 시에는 動靜이 함께 대비된다. 물에 젖은 털을 흔들어 털다가, 어느새 잠수했다가 다시 물고기를 물고 강가의 나무 말뚝 위에 앉아 있는 모습. 그림과 시가 함께 어우러진 장면이다.


<상 평 전>
〈上平田〉


<조 경 상 평 전>朝耕上平田, <모 경 상 평 전>暮耕上平田.

<차 문 문 진 자>借問問津者, <영 지 저 닉 현>寧知沮溺賢.


<언덕배기 밭에서>

아침부터 언덕배기 밭에서 일하고,
저녁때도 언덕배기 밭에서 일한다.
묻나니, 나루터를 물어보는 그대가
장저,걸익이 현명한 줄 어찌 알겠는가?


【註釋】 ⊙ <上平田> - '언덕배기 밭에서'
마을이나 또는 길에서 약간 높은 곳에 있는 밭일 것이다. 일하는 농부를 보고 잠시 한 수를 지었을 것이다. 그것도 쉬운 말로, 그러면서 시인의 지식으로 독자에게 묻는다. 議論을 하라는 뜻일 것이다.

⊙ 朝耕上平田 - 朝耕, 暮耕은 아침에도, 저녁때도 밭일을 한다. 종일 일하다. 朝와 暮 한글자만 바꿔 종일 힘들게 일하는 모습을 그렸다.

⊙ 借問問津者 - 問津은 '나루터가 어디인지 묻다'. 학문의 방향을 묻다. 여기서는 부귀공명에 이르는 길을 찾다.

⊙ 寧知沮溺賢 - 寧知는 어찌 알겠는가? 沮溺은 長沮(장저)와 桀溺(걸익). 「長沮桀溺耦而耕, 孔子過之, 使子路問津焉. 長沮曰, "夫執輿者爲誰?" 子路曰, "爲孔丘." 曰, "是魯孔丘與?" 曰, "是也." 曰, "是知津矣."」 ≪論語 微子≫


【詩意】 시인의 마음 씀씀이는 넓고도 깊다. 아침부터 저녁까지 일하는 농부의 고생에 마음으로나마 위로를 보낸다. 그리고 공자가 子路를 보내 나루터 가는 길을 묻게 했던 장저와 걸익을 생각했다. 장저와 걸익은 세상을 피해 사는 隱者였다. 그 은자의 생각에 공자는 우매한 사람이다. 그 장저와 걸익이 공자보다 현명했는가? 이런 물음에 백 명이면 백 개의 답이 나올 것이다. 왕유도 자문자답하고 있다. 저 농부가 자신보다 현명할까? 자신이 저들보다 현명하다 할 수 있는가?


### 〈萍池〉
평지

춘 지 심 차 광　　회 대 경 주 회
**春池深且廣, 會待輕舟廻.**

미 미 녹 평 합　　수 양 소 복 개
**靡靡綠萍合, 垂楊掃復開.**


### 〈부평초 연못〉

봄날 연못은 깊고도 넓은데
가끔 작은배 오기를 기다린다.

푸른 부평초 빽빽이 떠 있다가
버들가지에 쓸렸다 합쳐진다.


【註釋】⊙ <萍池> - '부평초 연못'

萍 부평초 평. 개구리밥.

⊙ 春池深且廣 - 春池에 물이 가득하니 깊고도 넓다.

⊙ 會待輕舟廻 - 會는 때로는. 輕舟는 작은 배.

⊙ 靡靡綠萍合 - 靡靡는 빽빽한 모양. 綠萍은 푸른 개구리밥. 부평초.

⊙ 垂楊埽復開 - 垂楊은 늘어진 버들가지. 埽 쓸 소.


【詩意】 시인의 시선은 세밀하며 안목은 넓다. 봄날에는 비가 많아 마을의 연못에도 물이 많다. 그러니 깊고도 넓다고 하였다. 조그만 배를 타고 저어 가면 푸른 부평초는 갈라진다. 배가 지나간 뒤에 다시 합쳐진다. 그러나 이 시에서는 그냥 배를 기다린다고 했다. 놀라운 것은 수면에 늘어진 버들가지 가 바람에 쓸리면 부평초가 쓸렸다가 다시 합쳐지는 것을 시인이 응시하고 있었다. 시인의 마음이 머문 것은 바로 이것이다.

나룻배에 의해 갈라졌다가 합쳐지는 것이야 당연하다. 그러나 가는 버들가 지 한 줄에 갈라졌다가 다시 원위치! 이는 늘 있는 현상이지만 보통사람은 챙겨보지 않았다. 시인의 예민한 시선과 수준 높은 미의식, 그리고 자연을 관조하는 따뜻한 마음이 있기에 이런 시를 쓸 수 있으리라!

_ 35. 相思<sup>상 사</sup>

紅豆生南國, 春來發幾枝.
<sub>홍 두 생 남 국   춘 래 발 기 지</sub>

願君多采撷, 此物最相思.
<sub>원 군 다 채 힐   차 물 최 상 사</sub>


<그리움>

紅豆는 남국에서 나는데
봄이면 몇 가지서 열리겠지요.
바라나니 그대 많이 따소서,
이것은 모두 그리움이랍니다.


【註釋】⊙ <相思> - '그리움'
　　紅豆라는 사물에 연상된 서정시이다. '相思子(상사의 열매)'라고 제목
　　을 단 책도 있다.
⊙ 紅豆生南國 - 紅豆는 중국의 廣東, 廣西, 대만 등지에서 자라는 나무
　　의 열매. 둥글납작한 모양에 콩알만 한 크기인데 붉은색으로 겨울이
　　나 초봄에 열리며 장식품으로 쓰인다. '相思子(상사의 열매)'라고도
　　불리며 예부터 '愛情의 상징'으로 여겨졌다. 南國은 중국의 五嶺 以南
　　(嶺南)이니 주로 廣東, 廣西省 지역을 지칭.
⊙ 春來發幾枝 - 春來는 '秋來'로 된 책도 있다. 幾枝는 몇 개의 가지.
⊙ 願君多采撷 - 采 캘 채. 撷 딸 힐. 열매를 따다. 采撷은 採摘(채적)과
　　同. '勸君休采撷'로 쓴 곳도 있다.
⊙ 此物最相思 - 此物은 紅豆. 最相思는 가장 큰 그리움이다.

【詩意】 시인은 로맨티스트이다. 시인의 상상은 언제나 인간적이다. 꽃 한 포기를 가지고, 아니면 열매 하나를 보고 이렇듯 참된 생각을 하는 사람은 분명 시인이며 그 마음이 너그러운 사람이다.

起와 承은 紅豆에 대한 묘사이다. 轉句와 結句는 시인의 '相思'를 전하고 있다. 단숨에 쉬지도 않고 써내려간 기승전결이 아주 자연스럽게 결합되어 있다.

우인에게 '홍두를 많이 채취하라' 권하는 것은 상대방을 통해 내 友誼(우의)의 진실을 나타내는 방법이다. 語義가 교묘하며 완곡하게 감동을 전하는 뜻이라 할 수 있다. 시인이 비록 많고 긴 이야기를 하지는 않지만 그 간절한 성의는 이 시에 넘쳐난다.

이 시에서 가장 중요한 한 글자는 시인이 선택한 '最'이다. 최고의 그리움이고 가장 큰 그리움이며, '내 相思의 전부'를 나타내는 말이 '最'라는 고급 副詞語이다.

홍두가 어찌하여 '상사'를 상징하고 그것을 어떻게 엮어 장식하는가에 대해서는 잘 모르지만 '願君多采撷'은 멀리 있는 우인에게 그리움을 전하는 뜻이며, '우의를 중히 여기고 있다'라는 표시이다(托物寄意).

'相思'라면 곧 '상사병 ─ 병이 된 짝사랑'이 연상되지만 '상사'는 젊은 남녀만의 감정은 아니다. 친우끼리도 상사의 감정은 고귀한 감정이다. 지금은 교감의 도구나 방법이 너무 빠르고 많아 그리움의 정도가 엷어진 것은 분명한 사실이다.

## _ 36. 雜詩 <sup>잡시</sup> (三首)

一.

家住孟津河, 門對孟津口.
<sub>가 주 맹 진 하</sub> <sub>문 대 맹 진 구</sub>

常有江南船, 寄書家中否.
<sub>상 유 강 남 선</sub> <sub>기 서 가 중 부</sub>

<잡시>

一.

내 집은 황하 맹진에 있고
문 앞이 맹진 나루터라오.
강남에 가는 배가 늘 있는데
고향에 소식 아니 전하겠소?

【註釋】⊙ <雜詩> -'잡시'

   <雜詠>이라고 제목을 단 책도 있다. 이 三首는 강남에서 올라온 나
그네와, 나그네를 기다리는 여인(妻子)의 시이나 각 首가 하나의 시
로 독립되었다.

⊙ 家住孟津河 - 孟津河는 黃河의 孟津(지금의 河南省 洛陽市 孟津縣
동북).

⊙ 門對孟津口 - 門對는 대문과 마주하다. 孟津口는 나루터.

⊙ 常有江南船 - 江南船은 강남으로 가는 배.

⊙ 寄書家中否 - 寄書는 서신을 보내다.

【詩意】 제1수는 낙양에 벼슬을 하러 올라온 나그네와 낙양에 사는 친우와의 대화이다. 마치 문자 메시지로 대화하듯 전개되고, 서로 얼굴을 대면하지는 않았지만 너무 생생하다. 나그네는 대범한 척 먼저 부탁하지는 않았다. 그러나 우인은 그 마음을 알기에 소식을 전하라고 권하고 있다.


## 二.

<sup>군 자 고 향 래</sup>　<sup>응 지 고 향 사</sup>
**君自故鄉來, 應知故鄉事.**

<sup>내 일 기 창 전</sup>　<sup>한 매 착 화 미</sup>
**來日綺窓前, 寒梅着花未.**


그대 고향에서 왔으니
고향 소식 모두 알겠지!
오던 그날 우리 창 앞에
寒梅가 아니 피었던가?


【註釋】 ⊙ <雜詩> 二 - 매우 유명한 시이다. 어린아이들한테 漢字 연습의 교본으로 써 주고 싶은 글귀이다. 장안에 있는 나그네에게 고향 사람이 찾아왔다.
⊙ 君自故鄉來 - 君은 고향에서 온 友人.
⊙ 應知故鄉事 - 故鄉事는 고향 소식.
⊙ 來日綺窓前 - 來日은 고향을 출발하던 날. 시인이 고향 사람과 마주보며 이야기하는 느낌이 온다. 綺窓(기창)은 비단 휘장을 단 창문. 고

향집. 綺 비단 기.

⊙ 寒梅着花未 – 寒梅는 추위가 물러나기 전에 일찍 피는 매화. 매화는 松, 竹과 더불어 '歲寒三友'로 일컬어진다. 추위를 이기고 제일 먼저 꽃을 피우기에 불굴의 의지를 상징한다. 着花未는 꽃이 피었던가? 아니 피었던가? 未는 未着花(아니 피었던가?)의 줄임이다. 이런 예는 '不, 否, 無' 등이 있다.

【詩意】 고향에서 온 사람을 만나 자기 집 앞에 매화가 피었던가를 물었다. 시인에게 寒梅는 고향의 모습이다. 구구절절한 사연이 왜 궁금하지 않겠는가? 고향에 대한 그 그리움을 쏟아 쌓아둔다면 그 양이 얼마나 되겠는가? 그것을 어찌 말로 다하겠는가?

이 시인의 경우 寒梅가 고향의 상징이고 고향에 대한 정이다. 시인은 고향 소식에 목말라 했다. 다른 것을 묻지 않았다 하여 詩人을 '무정한 사람'이라고 할 사람이 있겠는가?

참고로, 우리나라 사람들은 고향을 이야기할 때 자신이 자라난 읍이나 市郡을 말하면 대개 어디쯤이라고 알아듣는다. 그러나 지금 중국인들은 고향이나 祖籍을 말할 때 省의 이름을 말한다. 그래서 같은 省 출신이면 모두 同鄕이라 생각한다고 한다. 이는 그들의 땅덩어리가 하도 커서 웬만한 市 이름은 대부분 모르기 때문이다. 2010년 山東省은 우리 한반도 2/3 면적에 인구가 9,600만 명 정도이며, 우리나라 郡 단위에 해당하는 縣이 138개나 있다고 한다. 이런 山東省 사람들이 모두 한고향이라 생각하며 유대를 맺으니 타향에서 그네들의 결속력을 짐작할 수 있을 것이다.


三.

이 견 한 매 발　　부 문 제 조 성
已見寒梅發, 復聞啼鳥聲.

수 심 시 춘 초　　외 향 옥 계 생
愁心視春草, 畏向玉階生.

피어난 寒梅도 보았고
꾀꼬리 소리도 들었소.
봄풀을 愁心으로 보나니
계단에 난 풀 보기도 두렵소.


【註釋】⊙ <雜詩> 三 - 이는 나그네를 기다리는 고향 妻子(아내)의
　　　뜻이다. 기약 없는 부군을 기다리는 여인의 심정을 묘사하였다. 봄이
　　　한 번 가고 또 가고… 좋은 세월이 다 지나간다는 아쉬움이 진하게
　　　묻어난다.
⊙ 已見寒梅發 - 한매가 핀 것을 벌써 보았다는 뜻.
⊙ 復聞啼鳥聲 - 그리고 다시 꾀꼬리 우는 소리도 들었다. 속절없이 좋
　　　은 날이 지나가는데 기다리는 여인의 수심은 그 끝을 알 수 없다.
⊙ 愁心視春草 - 수심 속에 한창 자라는 봄풀을 본다.
⊙ 畏向玉階生 - 뜰과 방을 연결하는 玉階 옆에 막 자라는 풀을 보기가
　　　두렵다는 뜻이다. 봄인가 했더니 여름이 지나고 가을이 될 것이니,
　　　이 풀이나 아낙의 청춘도 시들 것이다.


【詩意】詩는 情이다. 그리고 情은 상징이다. 내가 그리는 佳人(가인)이 있
다면 그의 용모, 행동거지, 기쁨과 슬픔, 버릇, … 모든 것을 어찌 다 말하
고, 그리고 거기서 무엇을 빼도 되는가? 가인에 대한 이미지 하나로 가인의
모든 것은 다 설명된다. 나를 기다리는 가인은 언제나 최고의 미인이다.
　독수공방의 여인에게 한매도, 꾀꼬리도, 그리고 자라는 풀과 나무도 다 부
질없다. 사람보다 더한 그리움이 무엇이겠는가? 여인의 가슴은 미어진다.
　위 <雜詩> 二는 도연명의 詩와 그 분위기가 매우 비슷하다는 생각이 들어
여기에 적어본다.

### <問來使> ᵐᵘⁿ ˡᵃᵉ ˢᵃ – 陶淵明

이 종 산 중 래     조 만 발 천 목
**爾從山中來, 早晚發天目.**

아 옥 남 창 하     금 생 기 총 국
**我屋南窓下, 今生幾叢菊.**

장 미 엽 이 추     추 란 기 당 복
**薔薇葉已抽, 秋蘭氣當馥.**

귀 거 래 산 중     산 중 주 응 숙
**歸去來山中, 山中酒應熟.**


### <손님에게 묻다>

그대 산에서 왔다니
얼마 전에 天目을 떠났겠지.
우리 집 남창 아래에
지금 국화 몇 송이 피었으리.
장미 잎은 이미 졌을 것이고
秋蘭 향기 응당 향기로우리.
산중에 다시 돌아간다면
산중에 술도 벌써 익었으리!


【詩意】天目은 도연명이 살던 동네 이름일 것이라는 주석이 있다. 이 시에서 도연명이 그리는 것은 고향의 국화와 秋蘭이다. 그리고 그대 돌아가면 고향집의 술도 익었을 것이라고 하였다. 가을 추수가 끝나면 떡을 하고 술을 담가 조상께 올리고 이웃과 함께 나누었다. 도연명이 마시던 술, 그리고 그 곁에 있던 국화가 절로 떠오른다.

## 37. 班婕妤 (三首)
반 첩 여

一.

玉窗螢影度, 金殿人聲絶.
옥 창 형 영 도   금 전 인 성 절

秋夜守羅帷, 孤燈耿明滅.
추 야 수 라 유   고 등 경 명 멸

<반첩여>

一.

玉窗에 반딧불이 스쳐가고
金殿엔 말소리도 끊기었다.
가을밤 비단 휘장 아래에는
외롭고 환한 등불 명멸한다.

【註釋】⊙ <班婕妤> - '반첩여'
　　一名 <婕妤怨(첩여원)>. 이는 악부곡조이다. 班婕妤(반첩여, 기원전
　　48-서기 2)의 名은 不詳, 班況(반황)의 딸, 班彪(반표)의 고모, 班固·
　　班超·班昭 형제자매의 祖姑(대고모, 왕고모). 詩文에 능했다. 前漢 成
　　帝의 후궁으로 총애를 받았으나 성제가 趙飛燕 자매를 총애하자 반
　　첩여는 조비연의 질투를 피해 東宮에 가서 王太后를 모셨다.
　　⊙ 玉窗螢影度 - 玉窗은 아름다운 창. 다음 金殿의 對語. 螢은 반딧불이
　　형. 影은 그림자, 불빛. 度는 지나가다, 넘다. 법 도. 헤아릴 탁.

⊙ 金殿人聲絶 - 金殿은 궁궐.

⊙ 秋夜守羅帷 - 羅帷는 비단 휘장.

⊙ 孤燈耿明滅 - 耿 빛날 경. 환하다. 明滅은 不滅로 된 판본도 있다.


二.

宮殿生秋草, 君王恩幸疎.
<small>궁 전 생 추 초   군 왕 은 행 소</small>

那堪聞鳳吹, 門外度金輿.
<small>나 감 문 봉 취   문 외 도 금 여</small>


궁전에 가을 풀도 무성하나

군왕의 은택 총애 소원하다.

거동할 주악을 어찌 듣겠나?

문밖에 금빛 수레가 지나간다.


【註釋】 ⊙ 此 一首를 ≪河嶽英靈集≫에서는 <婕妤怨>이라 제목을 달
았다.

⊙ 宮殿生秋草 - 거처하는 집에 사람 왕래가 없다는 뜻.

⊙ 君王恩幸疎 - 恩幸은 은정과 총행. 幸은 침소에서 시중을 들게 하다.
황제의 행차. 은혜를 베풀다.

⊙ 那堪聞鳳吹 - 那堪은 어찌 견디랴? 鳳은 天子, 鳳車, 鳳輿 등. 吹는
행차 吹奏樂.

⊙ 門外度金輿 - 度는 지나가다. 金輿는 鳳輿.

# 三.

<ruby>怪<rt>괴</rt></ruby><ruby>來<rt>래</rt></ruby><ruby>妝<rt>장</rt></ruby><ruby>閣<rt>각</rt></ruby><ruby>閉<rt>폐</rt></ruby>, <ruby>朝<rt>조</rt></ruby><ruby>下<rt>하</rt></ruby><ruby>不<rt>불</rt></ruby><ruby>相<rt>상</rt></ruby><ruby>迎<rt>영</rt></ruby>.

<ruby>總<rt>총</rt></ruby><ruby>向<rt>향</rt></ruby><ruby>春<rt>춘</rt></ruby><ruby>園<rt>원</rt></ruby><ruby>裏<rt>리</rt></ruby>, <ruby>花<rt>화</rt></ruby><ruby>間<rt>간</rt></ruby><ruby>笑<rt>소</rt></ruby><ruby>語<rt>어</rt></ruby><ruby>聲<rt>성</rt></ruby>.


화장하는 방은 늘 닫혀있고
조회가 끝났어도 찾지 않는다.
늘 그렇듯이 봄날 정원에서는
꽃 사이로 웃음소리 들려온다.


【註釋】⊙ <扶南曲>이라는 제목도 있다.
⊙ 怪來妝閣閉 - 怪來는 괴이하다(可怪)는 뜻이지만 여기서는 이상하지
   도 않다, 당연하다(難怪)의 뜻. 來는 어떤 동작의 결과를 나타냄. 妝
   閣閉(장각폐)는 화장하는 방이 닫혀 있다, 화장을 하지도 않는다.
⊙ 朝下不相迎 - 朝下는 황제의 조회가 파하다. 退朝. 또는 반첩여가 東
   宮으로 물러난 뒤로.
⊙ 總向春園裏 - 總向은 늘, 언제나.
⊙ 花間笑語聲 - 笑語는 다른 여인들의 웃음소리.


【詩意】≪漢書 外戚傳≫ 기록에 의하면, 반첩여가 총애를 받을 때, 成帝가
後庭에서 놀다가 반첩여와 수레를 함께 타려고 했는데 반첩여가 사양하며 말
했다.
"옛 그림이나 서적을 보면 현명한 주군 곁에는 名臣이 있었지만 三代 마지
막 주군 옆에는 사랑하는 여인이 있었습니다. 지금 같이 연을 탄다면 그와
비슷하다고 아니하겠습니까?"성제는 그 말을 옳다고 여겨 그만두었다. 성제

의 태후가 이를 듣고서는 기뻐하며 말했다. "옛날에 樊姬(번희)가 있었다는
데 오늘에는 반첩여가 있다." ≪漢書 外戚傳 下≫에 입전.

반첩여는 학식이 많고 바른 품행과 지조를 지켰지만 漢 成帝가 趙飛燕(조비
연)에게 빠지자 성제의 모친 王태후를 모시면서 지냈다. 그렇기 때문에 시인
들의 동정과 함께 많은 시제로 그 외로움을 묘사했다.

(一)에서는 반첩여의 대강을 묘사하였는데, 원망에 관련한 글자가 하나도
쓰이지 않았지만 총애를 잃고 잠 못 드는 궁인의 외로움이 가득하다. 황제의
총애란 본래 그렇게 쉽게 변하는 것이기에 원망도 없다. 하여튼 언외의 뜻이
심원하다.

(二)와 (三)에서 대비 수법으로 총애를 잃은 반첩여의 외로움과 슬픔을 묘
사하였다. 그야말로 哀而不傷이며, 怨而不怒라고 표현할 수 있다.

궁에서 물러난 반첩여는 〈怨歌行〉이라는 노래를 지었다. 성제의 총애를 잃
고 長信宮에서 太后를 모셨고, 태후가 죽자 守陵하다가 홀로 죽었다. 반첩여
의 작품으로는 〈自悼賦〉, 〈搗素賦〉, 〈怨歌行, 또는 團扇歌〉가 있다.

반첩여를 소재로 한 여러 시 중에 王昌齡(왕창령)의 〈長信怨〉이 특히 유명
하다. 아래에 수록한다.


········ **參考詩 4** ·················································

### 〈長信怨〉 - 王昌齡
(장신원)

奉帚平明金殿開, 且將團扇共徘徊.
(봉추평명금전개)    (차장단선공배회)

玉顔不及寒鴉色, 猶帶昭陽日影來.
(옥안불급한아색)    (유대소양일영래)

## &lt;長信宮의 시름&gt;

새벽, 궁문 열리면 빗자루로 쓸며 시중들고
가끔, 부채 들고서 이리저리 함께 걸어본다.
예전 고운 얼굴 지금은 까마귀처럼 검은데
그래도 까마귀는 昭陽殿 햇살이라도 받는다.


【註釋】⊙ &lt;長信怨&gt; – '長信宮의 시름'
⊙ 奉帚平明金殿開 – 帚 빗자루 추. 平明은 이른 새벽. 金殿은 궁궐.
⊙ 且將團扇共徘徊 – 將은 ~을 가지고. 團扇(단선)은 둥근 부채.
⊙ 玉顔不及寒鴉色 – 玉顔(옥안)은 반첩여 자신의 고운 얼굴. 寒鴉色은
　까마귀의 검은색. 까마귀는 조비연을 의미할 수도 있다. 玉顔과 寒鴉
　도 여러 가지로 생각할 수 있다.
⊙ 猶帶昭陽日影來 – 帶 띠 대. 받다. 끝의 來를 동반한다. 昭陽은 昭陽
　殿, 조비연 자매의 거처. 日影은 햇살, 황제의 사랑. '昭陽日影'은 '長
　信奉帚'와 극렬한 대비를 이루고 있다.


【詩意】이는 樂府題이다. 長信宮은 漢代의 太后의 거처. 성제의 황후까지
올라간 趙飛燕과 그 여동생은 교만하고 투기가 심했기에 成帝의 총애를 잃은
반첩여는 화를 입을까 겁이 나서 장신궁에 들어가 太后를 받들겠다고 자청하
여 허락을 받고 무사할 수 있었다.

## _ 38. 秋夜曲 <sub>추야곡</sub>

桂魄初生秋露微, 輕羅已薄未更衣.
계백초생추로미　경라이박미갱의

銀箏夜久殷勤弄, 心怯空房不忍歸.
은쟁야구은근롱　심겁공방불인귀


### \<가을밤의 노래\>

새로운 달이 뜨고 가을이슬 조금 내렸는데

가벼운 비단 옷이 얇은데도 아니 갈아입네.

銀장식 쟁을 밤깊도록 열심히 타면서

空房이 겁나 침소에는 아니 돌아간다.


【註釋】⊙ \<秋夜曲\> - '가을밤의 노래'

　　樂府題로 본래 2首. 가을밤에 獨守空房이 두려워 밤늦게까지 거문고를 타고 있는 외로운 여인을 노래했다. 作者가 王涯(왕애) 혹은 張仲素(장중소)라고 하는 주장도 있다.

⊙ 桂魄初生秋露微 - 桂魄(계백)은 달(月). 魄은 달의 검은 부분. 달의 그늘진 부분을 계수나무의 넋으로 본다. 秋露微(추로미)는 初秋라 이슬이 많지 않다. 이슬은 초저녁부터 내린다. 아침에 일어나 이슬을 보고 '맺혔다' 또는 '내렸다'고 하지만 초저녁에 이슬이 맺히기 시작할 때는 '이슬이 내린다'라고 말한다. 그렇다고 비 오는 것처럼 내리는 것이 아니다. 기후나 날씨에 관한 우리말 표현은 참으로 많고도 아름답다.

⊙ 輕羅已薄未更衣 - 輕羅(경라)는 가벼운 비단옷. 已薄은 너무 얇다.

⊙ 銀箏夜久殷勤弄 - 銀箏(은쟁)은 은으로 장식한 箏(쟁). 箏은 琴(거문고)의 일종으로, 唐代에는 13絃이었다. 殷勤(은근)은 정성스레. 따스하고 빈틈이 없다. 弄은 가지고 놀다, ~을 하다, 농간을 부리다, ~을 하게 하다.
⊙ 心怯空房不忍歸 - 怯 겁낼 겁. 不忍歸(불인귀)는 침실로 가려 하지 않는다.

【詩意】일종의 宮怨을 다룬 樂府題이다. 처음부터 끝까지 初秋의 밤 정경이 쓸쓸하게 이어진다. 달이 뜬 지 얼마 안 되었으니 초저녁이고, 아직 이슬이 많이 내리지 않았다.

 2구는 얇은 옷이 밤들어 춥겠지만 갈아입지 않았다는 것은 깊은 시름이 있어 모든 것이 귀찮다는 뜻을 포함하고 있다. 3구에 밤이 깊도록 정성을 다해 쟁을 타는 것도 시름을 잊으려 애쓰는 것이다. 이어 結句에서는 모든 것을 다 말해 버린다. 요점은 여인의 空房 - 獨守空房이 겁난다는 뜻은 肉身으로, 또 정신적으로 혼자 있기가 두렵다는 뜻이리라! 여인이 아닌 시인이 이런 시를 쓰는 것은 외로움에 대한 공감이 아니겠는가?

## 39. 送沈子福歸江東

楊柳渡頭行客稀, 罟師蕩槳向臨圻.

惟有相思似春色, 江南江北送君歸.

＜江東으로 돌아가는 沈子福을 전송하다＞

버들이 늘어진 나루터 행인도 드문데
사공은 상앗대 밀면서 臨圻로 향한다.
그리는 마음은 오로지 봄날과 같아서
강따라 어디든 떠나는 사람 전송한다.

【註釋】 ⊙ ＜送沈子福歸江東＞ - '江東으로 돌아가는 沈子福을 전송하다'
沈子福은 행적 미상. 江東은 長江 하류의 동남 지역. 지금의 江蘇省
장강 이남과 上海市, 浙江省 지역.
⊙ 楊柳渡頭行客稀 - 楊柳는 버들. 渡頭는 나루터.
⊙ 罟師蕩槳向臨圻 - 罟師(고사)는 어부. 여기서는 뱃사공. 罟 그물 고.
蕩槳(탕장)은 상앗대로 밀다. 臨은 가까운, 근처의. 圻(기)는 굽이진
물가 언덕. 碕와 通. 臨圻를 지금의 江蘇省에 있던 옛 현 이름으로
보는 주석도 있다.
⊙ 惟有相思似春色 - 이 구절은 전송하는 사람의 심경을 묘사했다. 어
디든 춘색인 것처럼 相思의 마음은 끝이 없다고 하였다.
⊙ 江南江北送君歸 - 강물의 남과 북 어디에든 당신을 보내는 마음이
있다는 뜻.

【詩意】'이별'하면 객사나 나루터를 떠올린다. 객사나 나루터 어디든 버들을 심었다. 따라서 버들은 이별의 아이콘이다. 長江이든 黃河든 어디서나 보는 버들에 시인의 정을 기탁했다. 어디서든 봄빛은 마찬가지이다.

1, 2구에는 이별의 슬픔이 있다. 그러나 사공은 그런 슬픈 생각은 모른다. 3, 4구에서는 강남북 어디서나 똑같은 春色이다. 이처럼 떠나는 사람을 그리는 마음은 똑같다고 보내는 심경을 묘사하였다. 진솔한 우정이 느껴진다.

## 40. 歸嵩山作
<sup>귀 숭 산 작</sup>

清川帶長薄, 車馬去閑閑.
<sup>청 천 대 장 박</sup>　<sup>거 마 거 한 한</sup>

流水如有意, 暮禽相與還.
<sup>유 수 여 유 의</sup>　<sup>모 금 상 여 환</sup>

荒城臨古渡, 落日滿秋山.
<sup>황 성 임 고 도</sup>　<sup>낙 일 만 추 산</sup>

迢遞嵩高下, 歸來且閉關.
<sup>초 체 숭 고 하</sup>　<sup>귀 래 차 폐 관</sup>

<嵩山으로 돌아와 짓다>

맑은 냇가 수풀 따라 길게
수레는 느릿느릿 굴러간다.
흐르는 냇물은 내 마음 같겠고
저물녘 새들도 짝지어 돌아간다.
옛 나루 앞으로 삭막한 성곽
지는 해 가을 산에 가득하다.
저 멀리 높은 嵩山 그 아래로
돌아와 바로 사립문을 닫는다.

【註釋】⊙ <歸嵩山作> - '嵩山으로 돌아와 짓다'
　　嵩山은 五嶽 중 中嶽으로 河南省 西部의 登封市에 있는데 최고봉의
　　높이는 1,491m이다. 이 산 아래에 무술로 유명한 少林寺가 있어 우리

나라 관광객이 많이 찾는 산이다.

⊙ 淸川帶長薄 - 淸川은 伊水의 지류라는 주석이 있다. 풀과 나무가 섞여 무성한 곳. 나무만 모여 자라면 林이지만, 풀과 나무가 섞여 자라면 薄(박, 엷을 박)이라 한다. 長薄(장박)은 길게 형성된 叢林(총림).

⊙ 車馬去閑閑 - 閑閑(한한)은 천천히 여유 있게 가는 모양.

⊙ 流水如有意 - 有意(유의)는 나의 마음, 내 마음과 같다.

⊙ 暮禽相與還 - 暮禽(모금)은 저녁에 숲으로 돌아오는 새. 禽 새 금. 鳥類.

⊙ 荒城臨古渡 - 荒城(황성)은 황량해진 성. 古渡(고도)는 옛 나루터.

⊙ 落日滿秋山 - 滿秋山(만추산)은 秋山에 가득하다, 추산을 비추다.

⊙ 迢遞嵩高下 - 迢 멀 초. 遞 길마들 체. 바꾸다, 보내다. 迢遞(초체)는 멀고 먼 모양. 까마득한. 嵩高(숭고)는 嵩山의 별칭.

⊙ 歸來且閉關 - 歸來는 은거지로 돌아와. 且는 바로. 閉關(폐관)은 사립문을 걸어 닫다. 다른 사람과 왕래하지 않다.


【詩意】 開元 연간에 현종은 동도인 낙양에 자주 행차하였다. 왕유는 濟州의 폄직에서 풀려 돌아와 낙양에서 비교적 가까운 嵩山에 돌아와 은거했다. 이 시의 주제는 풍경에 대한 묘사이지만 그림에 맞춰 시인의 마음을 함께 넣어 그렸다. 首聯에서는 냇가를 따라 길게 형성된 수풀, 그리고 천천히 굴러가는 수레로써 은자의 한가한 생활을 설명하였다. 함련에서는 소리 내지 않고 흐르는 시냇물과 저녁에 숲으로 돌아오는 새를 그렸는데, 이는 도연명의 '飛鳥相與還'과 같은 詩情으로 왕유와 자연의 완전 合一을 그렸다.

그리고 頸聯(경련)에서는 荒城, 古渡, 落日, 秋山으로 은자의 쓸쓸함, 어찌보면 적막과 失意를 그려내었다. 다르게 생각한다면 황량한 옛 성터와 석양의 볕이 가득 찬 가을산을 바라보는 여유는 곧 은자의 여유이며 너그러움이다. 왕유의 여유와 너그러움은 곧 자연에 대한 무한한 사랑이며, 세속적 욕망에 대한 거부가 아니겠는가?

마지막 尾聯(미련)에서는 은거로 들어와 대문을 걸어 닫는데, 이는 뜻을 얻지 못한 문인이지만 때를 기다린다는 뜻으로 새길 수도 있다. 이 미련에서 파악할 수 있는 보이지 않는 뜻이 시의 주제이며 핵심이 아니겠는가?

譯者가 볼 때 왕유는 때를 기다리고 있었다. 하여튼 전체적으로 어떤 기교를 부리지 않고 평범하게 서술하였지만 기교가 보이지 않는 구절이 없으니, 그래서 이 시를 두 번이고 세 번이고 자꾸 읽게 된다.

## 41. 終南山

<sub>종 남 산</sub>

<sub>태을근천도    연산접해우</sub>
太乙近天都, 連山接海隅.

<sub>백운회망합    청애입간무</sub>
白雲迴望合, 靑靄入看無.

<sub>분야중봉변    음청중학수</sub>
分野中峰變, 陰晴衆壑殊.

<sub>욕투인처숙    격수문초부</sub>
欲投人處宿, 隔水問樵夫.


<종남산>

太乙峰은 하늘의 天都에 가깝고
뻗어나간 산들은 땅끝에 닿았다.
멀리서 보면 흰구름과 정상이 합쳤고
먹구름 짙으면 하나도 보이지 않는다.
하늘의 성좌는 中峰에 따라 나뉘었고
흐리고 개이면 계곡도 모두 달라진다.
인가를 찾아가 묵고 싶어서
물 건너 나무꾼에게 묻는다.


【註釋】⊙ <終南山> - '종남산'

　　종남산은 南山, 太乙山이라고도 부르는데 일반적으로 秦嶺山脉(진령
　　산맥)에서 陝西省(섬서성) 부분을 지칭한다. 道敎의 聖地인 樓觀臺(누

관대)가 있다. 金庸(김용)의 소설 ≪神雕俠侶(신조협려)≫와 ≪射雕英
雄傳(사조영웅전)≫의 한 배경이기도 하다.

⊙ 太乙近天都 － 前漢 武帝 元封 2년(기원전 109)에 종남산에 太乙宮을
지었기에 종남산을 太乙山이라고 한다. 太乙은 太一과 同. 太一은 天
神 중에서 가장 존귀한 神. 天都는 天神들의 도읍. 천도에 가깝다는
말은 태을산(종남산)이 높다는 뜻이다. 天都를 '天子의 도읍' 곧 長安
으로 해석하면 다음 구절에서 막히게 된다.

⊙ 連山接海隅 － 連山은 연이은 산. 隅 모퉁이 우. 海隅(해우)는 땅끝.
여기서 海는 물이 넘실대는 바다가 아니다. 옛 中原 사람들은 평생
동안 바다를 구경할 기회가 없었다. 그런데도 海라는 글자를 만들었
고 사용했다. 海에는 '荒遠之地'라는 뜻이 있다. 중국을 감싼 먼먼 땅
끝이 전부 海라고 생각하였으니 四海는 四方과 같은 의미로도 쓰인
다. 接海隅는 종남산이 있는 秦嶺山脈(진령산맥) 멀리까지 이어진 곧
원대함을 뜻한다. 종남산을 포함한 진령산맥은 河南省 嵩山(숭산)에
서 시작하여 陝西省 長安 부근을 지나 甘肅省 臨洮縣(임조현)에 이르
는 장장 1,600km의 산맥이고 이는 티베트 지방으로 연결된다. 그렇
다면 종남산에 연이어진 산들이 海隅(해우)에 닿는다는 뜻을 이해할
수 있을 것이다.

⊙ 白雲迴望合 － 迴 돌 회. 돌아서다. 迴望合(회망합)은 돌아서서 보면
(산과 구름이) 합해졌다.

⊙ 靑靄入看無 － 靄 아지랑이 애. 짙은 안개, 검은 구름. 靑靄(청애)는
有色 雲氣. 검은색 구름. 위의 白의 상대. 靑은 '검다'의 뜻도 있다.
老子가 타고 간 靑牛는 '검은 소(黑毛之牛)'이다. 물론 그림에서는 흰
소로 그리는 경우가 있는데 노자와 함께 오래 살았기에 털이 하얗게
된 것이다. 靑衣는 빈천한 자의 검은 옷이다. 靑을 꼭 푸른색으로만
해석할 수 없다.

⊙ 分野中峰變 － 分野는 하늘을 28宿로 나눈 것. 별자리. 中峰變은 종남
산의 봉우리를 기준으로 나눌 수 있다는 뜻.

⊙ 陰晴衆壑殊 － 陰晴(음청)은 흐리거나 개임(晴)에 따라. 衆壑殊(중학

수)는 여러 골짜기가 다르게 보인다. 壑 골짜기 학.

⊙ 欲投人處宿 - 해가 지려 하니 인가를 찾아 자려고.

⊙ 隔水問樵夫 - 樵夫(초부)는 나무꾼.


【詩意】이 시는 왕유가 벼슬을 그만두고 종남산에 은거하던 초기 작품으로 〈終南別業〉과 같은 시기라고 알려졌다. 제목이 〈終南山行〉 또는 〈終山行〉으로 된 것도 있다.

수련에서는 종남산의 높이와 크기를 언급하였다. 함련과 경련은 변화무쌍한 종남산을 그렸다. 그리고 마지막으로 종남산의 품에 안기는 인간 - 곧 산속에 노닐고 싶다는 희망보다는 산의 기상을 받아들이려는 뜻으로 자연과 인간의 합일을 추구하였다.

왕유가 지은 시를 제대로 이해하려면 왕유가 갖고 있는 그만한 수준의 지식이 있어야 한다고 생각한다. '太乙'이나 '分野'를 사전에서 확인하지 않고 우리가 알고 있는 한자 상식으로 풀이할 수 있겠는가? 그래서 勉學해야 하고, 꾸준한 노력이 필요한 것이다.


皇帝가 山林에 은거하는 賢人을 찾아 등용하는 것은 의무이면서 善政의 상징인데, 이를 求賢이라 한다. 終南山은 長安에서 가까운 산이다. 唐나라 고종 때 盧藏用(노장용)이란 사람은 진사과에 급제하였지만 발령을 받지 못하자 종남산에 들어가 은거하면서 소문을 내었다. 얼마 뒤, 황제의 특별한 부름을 받아 左拾遺에 임용되었다.

司馬承禎(사마승정)이란 사람이 은거하려 하자 노장용은 종남산을 가리키며 "저 산에 은거하기 좋은 곳이 있다"고 말했다. 그러자 사마승정은 "내가 보기에는 벼슬길로 들어서는 捷徑(첩경)이 있는 것 같습니다"라고 말했다. 이에 노장용은 부끄러워했다. 고상한 隱逸인 척 종남산에서 황제의 부름을 기다리는 사람에게 종남산은 벼슬길로 가는 가장 빠른 길이었다. 이를 '終南捷徑(종남첩경)'이라 한다.

## <ruby>酬<rt>수</rt></ruby><ruby>虞<rt>우</rt></ruby><ruby>部<rt>부</rt></ruby><ruby>蘇<rt>소</rt></ruby><ruby>員<rt>원</rt></ruby><ruby>外<rt>외</rt></ruby><ruby>過<rt>과</rt></ruby><ruby>藍<rt>남</rt></ruby><ruby>田<rt>전</rt></ruby><ruby>別<rt>별</rt></ruby><ruby>業<rt>업</rt></ruby> ~

_ 42.

<ruby>貧<rt>빈</rt></ruby><ruby>居<rt>거</rt></ruby><ruby>依<rt>의</rt></ruby><ruby>谷<rt>곡</rt></ruby><ruby>口<rt>구</rt></ruby>, <ruby>喬<rt>교</rt></ruby><ruby>木<rt>목</rt></ruby><ruby>帶<rt>대</rt></ruby><ruby>荒<rt>황</rt></ruby><ruby>村<rt>촌</rt></ruby>.

<ruby>石<rt>석</rt></ruby><ruby>路<rt>로</rt></ruby><ruby>枉<rt>왕</rt></ruby><ruby>廻<rt>회</rt></ruby><ruby>駕<rt>가</rt></ruby>, <ruby>山<rt>산</rt></ruby><ruby>家<rt>가</rt></ruby><ruby>誰<rt>수</rt></ruby><ruby>候<rt>후</rt></ruby><ruby>門<rt>문</rt></ruby>.

<ruby>漁<rt>어</rt></ruby><ruby>舟<rt>주</rt></ruby><ruby>膠<rt>교</rt></ruby><ruby>凍<rt>동</rt></ruby><ruby>浦<rt>포</rt></ruby>, <ruby>獵<rt>엽</rt></ruby><ruby>火<rt>화</rt></ruby><ruby>燒<rt>소</rt></ruby><ruby>寒<rt>한</rt></ruby><ruby>原<rt>원</rt></ruby>.

<ruby>唯<rt>유</rt></ruby><ruby>有<rt>유</rt></ruby><ruby>白<rt>백</rt></ruby><ruby>雲<rt>운</rt></ruby><ruby>外<rt>외</rt></ruby>, <ruby>疎<rt>소</rt></ruby><ruby>鐘<rt>종</rt></ruby><ruby>聞<rt>문</rt></ruby><ruby>夜<rt>야</rt></ruby><ruby>猿<rt>원</rt></ruby>.


&lt;虞部의 蘇員外가 藍田別業에 들렀으나 ~&gt;

골짜기 초입에 기댄 초라한 거처이나
궁벽한 마을을 키큰 나무가 감쌌습니다.
자갈길 오셔서 서운히 수레를 돌리시니
시골집이라서 시중들 아이도 없습니다.
고깃배는 얼어붙은 포구에 묶여 있고
사냥하는 횃불은 찬 벌판을 비춥니다.
그래도 흰구름 너머 저 먼 곳에서는
가끔 종소리에 원숭이가 밤에 웁니다.


【註釋】 ⊙ &lt;酬虞部蘇員外過藍田別業不見留之作&gt; - '虞部의 蘇員外가
藍田別業에 들렀으나 留宿하지 않고 돌아간 데 대한 화답으로 짓다'
虞部(우부)는 황궁을 위한 魚類 공급과 사냥을 담당하는 관청으로 山

澤과 苑囿(원유)에 관한 업무를 주관하는 관청으로 6部 중 工部 소속이었다. 蘇員外는 人名 未詳. 藍田別業은 왕유의 藍田別墅(남전별서). 不見留는 손님이 유숙하지 않다.

⊙ 貧居依谷口 – 谷口는 골짜기 아래. 왕유의 別業이 있는 곳. 본래 漢의 은사 鄭子眞의 은거지.

⊙ 喬木帶荒村 – 喬木은 큰키나무. 荒村은 일종의 謙辭이다.

⊙ 石路枉廻駕 – 石路는 자갈길. 枉은 섭섭하게도(委屈), 일부러. 廻駕는 돌아가다.

⊙ 山家誰候門 – 山家는 藍田山居. 誰는 누구, 누가. 候門은 시중들다. 시중들 사람도 적당치 않다는 뜻.

⊙ 漁舟膠凍浦 – 膠는 붙다, 아교. 凍浦는 얼어버린 포구.

⊙ 獵火燒寒原 – 獵火는 밤에 사냥하는 횃불.

⊙ 唯有白雲外 – 白雲外는 저 먼 곳.

⊙ 疎鐘聞夜猿 – 疎鐘은 가끔 들리는 절의 종소리. 聞은 間의 訛字라는 주석이 있다. 間으로 풀이하면 句義가 매끈하다. 夜猿은 밤에 우는 원숭이 울음.

【詩意】앞의 4구는 왕유의 겸손하고 미안해하는 뜻을 피력하였다. 궁벽한 산촌이라서 먼 길을 왔다가도 부득불 돌아가게 해서 미안하다는 뜻이다. 陶淵明의 〈讀山海經〉'窮巷隔深轍, 頗回故人車(궁벽한 마을을 찾아오는 손님 뜸하고, 友人의 수레도 자주 돌아가네)'와 같은 뜻이다. 또 '山家誰候門'은 도연명의 〈歸去來兮辭〉'稚子候門'의 詩意와 통한다.

다음 4구는 산촌의 겨울 풍경에 대한 상세한 묘사인데, 蘇원외가 이런 궁벽한 곳이지만 그래도 하룻밤을 유숙했으면 좋았을 것이라는 아쉬움이 담겨있다. 참으로 言外의 묘가 가득하다.

## 43. 送劉司直赴安西
<sub>송 유 사 직 부 안 서</sub>

絶域陽關道, 胡沙與塞塵.
<sub>절 역 양 관 도</sub>　<sub>호 사 여 새 진</sub>

三春時有雁, 萬里少行人.
<sub>삼 춘 시 유 안</sub>　<sub>만 리 소 행 인</sub>

苜蓿隨天馬, 葡萄逐漢臣.
<sub>목 숙 수 천 마</sub>　<sub>포 도 축 한 신</sub>

當令外國懼, 不敢覓和親.
<sub>당 령 외 국 구</sub>　<sub>불 감 멱 화 친</sub>


<安西에 부임하는 劉司直을 전송하다>

머나먼 서역 陽關에 가는 길에
胡人의 연기에 변방 흙먼지가 핀다.
석달 봄 내내 기러기가 날고
만리 먼 길에 행인조차 적다.
苜蓿(목숙)은 汗血馬와 함께
葡萄도 漢의 사신 따라 들어왔다.
마땅히 異族을 두려워 떨게 하여
다시는 和親한다는 말 못하게 하오.


【註釋】⊙ <送劉司直赴安西> - '安西에 부임하는 劉司直을 전송하다'
劉司直은 인명 미상. 唐代에 大理寺(대리시, 寺 관청 시) 관원으로 6
명의 司直이 있어 황제의 명을 받아 출장을 나가 필요한 조사나 확인을 했다. 安西는 安西都護府. 治所는 龜茲(구자, Qiūcí)에 있었다.
구자국은 기원전 3-14세기까지 존속한 서역의 綠洲(녹주, Oasis) 국
가. 丘慈, 邱慈, 歸茲로도 표기. 지금의 新疆省 서부의 阿克蘇市와 巴
音郭楞蒙古自治州 일대에 해당. 唐은 안서도호부에 安西節度使를 두
고 西域 여러 지역을 관리하였다. 일반적으로 서역이라 하면 옥문관
과 양관부터 서쪽으로 蔥嶺(총령, 帕米爾Pamir파미르고원)과 喀喇昆
侖(카라쿤룬) 서부 산악지대를 지칭하며, 이는 前漢 武帝 이후 끊임
없이 개척되었다.

⊙ 絶域陽關道 – 絶域은 중국에서 아주 멀고 길도 안 통하는 지역. 西
域을 지칭. 陽關은 漢에서 서역으로 나갈 수 있는 관문. 玉門關과 그
남쪽의 陽關이 있었다. 지금의 甘肅省 敦煌市 서북쪽에 玉門關이 있
어 天山北路로 이어지고, 敦煌市 서남쪽에 있는 陽關은 천산남로로
이어졌다.

⊙ 胡沙與塞塵 – 胡는 漢代에서 주로 흉노족을 지칭하였으나 唐代에는
吐蕃(토번)과 突闕族이 2대 적국이었다. 현재 중국에서는 胡(오랑캐
호)란 민족 차별적 용어를 쓰지 않고, 모두 소수민족이라 통칭한다.

⊙ 三春時有雁 – 三春은 孟春, 仲春, 季春. 3개월의 봄.

⊙ 萬里少行人 – 少는 드물다, 거의 없다.

⊙ 苜蓿隨天馬 – 苜蓿(목숙)은 거여목. 개자리. 말이 잘 먹는 가축사료
용 풀이름. 天馬는 汗血馬. 漢 무제는 한혈마를 얻고자 장군 李廣利
를 보내 大宛國(대원국, 宛 나라이름 원. 굽을 완. 영어로는
Ferghana, 지금의 중앙아시아 키르키즈스탄에 해당)을 원정케 했다.

⊙ 葡萄逐漢臣 – 葡萄(포도, 蒲桃). 포도주는 오래 보관하여도 변하지
않는 고급술로 통했다. 대원국은 포도주 산지. 포도와 목숙은 漢에서
도 재배되었다.

⊙ 當令外國懼 – 外國은 돌궐이나 토번족.

⊙ 不敢覓和親 – 覓 찾을 멱. 얻으려 하다. 和親은 당나라 황족의 여인
을 요구하여 출가시키면 화친하였다. 漢에서는 흉노 선우에게 황족의
왕녀를 시집보내고, 금은과 비단을 바치면서 굴욕적인 화친관계를 유

지했던 적도 있었다.

【詩意】唐代에도 서역에 파견되거나 임용되는 일은 참으로 어려운 일이었다. 도호부의 막료로 나가는 우인을 전송하면서 서역의 황량한 풍경, 그리고 산물을 묘사하였고, 외국에 당나라의 위엄을 떨쳐 그들이 함부로 화친을 요구하지 않도록 하라는 당부로 끝을 맺었다.

## _ 44. 千塔主人

<sub>역 려 봉 가 절</sub> <sub>정 범 미 가 전</sub>
逆旅逢佳節, 征帆未可前.

<sub>창 림 변 하 수</sub> <sub>문 도 초 인 선</sub>
窗臨汴河水, 門渡楚人船.

<sub>계 견 산 허 락</sub> <sub>상 유 음 원 전</sub>
雞犬散墟落, 桑楡蔭遠田.

<sub>소 거 인 불 견</sub> <sub>침 석 생 운 연</sub>
所居人不見, 枕席生雲煙.


&lt;千塔 주인&gt;

떠돌며 객사에서 명절을 만났으니

객선도 돛을 내려 나가지 않는다.

창밖이 바로 汴河의 물길이니

문에서 그냥 楚人의 배를 탄다.

마을의 닭과 개들은 제멋대로 다니고

뽕나무 느릅나무 그림자 먼 밭에 닿았다.

집안에 주인은 보이지 않으나

앉았던 자리엔 香煙 한 줄 피어난다.


【註釋】⊙ ＜千塔主人＞ - '천탑 주인'

　　실명은 미상. 당연히 승려일 것이다. 塔은 塔婆(탑파). 사리나 유골을
　　모시는 건축물. 梵語 stupa의 음역. 이 시는 왕유가 개원 17년(729)에

지은 시로 알려졌는데 왕유는 汴河(변하)를 여행하였다.

⊙ 逆旅逢佳節 – 逆旅는 여관, 나그네의 숙소. 逆은 여기서는 맞이하다. '夫天地者는 萬物之逆旅이고, 光陰者는 逆旅之過客이라'는 李白의 <春夜宴桃李園序>에서 逆旅過客(세상은 여관집이고, 인생은 지나가는 나그네이다)이란 말이 나왔다. 逢은 만나다. 佳節은 명절.

⊙ 征帆未可前 – 征帆은 운항하는 배. 이상 首聯에서는 왕유가 여행중임을 묘사하였다.

⊙ 窗臨汴河水 – 창문 밖이 바로 汴河의 물이다. 汴河는 黃河와 淮水를 연결하는 운하인 通濟渠(통제거)의 일부.

⊙ 門渡楚人船 – 楚人船은 楚人의 배. 변하는 淮水와 연결되었고 회수 유역은 춘추시대 이후 내내 楚의 영역에 속했다.

⊙ 雞犬散墟落 – 墟落(허락)은 마을, 촌락.

⊙ 桑楡蔭遠田 – 桑楡는 뽕나무와 느릅나무.

⊙ 所居人不見 – 주인, 禪師가 외출중이다.

⊙ 枕席生雲煙 – 雲煙은 형체가 없다, 虛無의 형상이다. 천탑 주인에 관한 것은 겨우 이 5字이지만 천탑 주인의 모든 것을 다 보여주었다.


【詩意】이 시의 頷聯(함련, 3句와 4句)에서는 '人家盡枕可'의 水鄕을 묘사하였다.

頸聯(경련)에서는 광활한 농촌 마을의 여유와 淸靜을 묘사하였는데 '雞犬散墟落'의 散이 참으로 妙한 一字이다. 제멋대로 돌아다니는 雞犬을 이렇게 표현하다니! 참으로 놀랍다! 尾聯에서는 千塔 禪院의 주인공은 외출중이라 상면하지는 못했지만 시인은 枕席에서 피어오르는 형체도 없으며 縹緲(표묘, 가물가물하다)한 雲煙(운연)으로 만물에 초연한 천탑 주인의 인품을 크게 칭송하였다. 미련의 마지막 句 5字 – 딱 5자로 제목은 물론, 시의 주제를 모두 표현하였다.

## _ 45. 過香積寺
과 향 적 사

不知香積寺, 數里入雲峰.
부 지 향 적 사   수 리 입 운 봉

古木無人徑, 深山何處鐘.
고 목 무 인 경   심 산 하 처 종

泉聲咽危石, 日色冷靑松.
천 성 열 위 석   일 색 냉 청 송

薄暮空潭曲, 安禪制毒龍.
박 모 공 담 곡   안 선 제 독 룡


<香積寺에 들르다>

향적사로 가는 길도 모르고
구름속에 몇 리를 걸어갔다.
고목 사이 인적도 없는 좁은 길
심산 어디서 들리는 종소리인가?
물은 돌틈서 졸졸대며 흐르고
볕이 들어도 청송은 서늘하다.
어스름에 호젓한 물가를 돌아가
마음 편한 참선으로 욕망을 끊는다.


【註釋】 ⊙ <過香積寺> - '香積寺에 들르다'

過는 지나다가 찾다, 방문하다, 들르다는 뜻. 이 시는 지은 연대가 미
상인데 왕유의 불심이 돈독한 30대의 작품이라 생각할 수 있다.

⊙ 不知香積寺 - 여기서는 향적사까지의 里程을 잘 몰랐다는 뜻이다. 절이 '있나 없나를 몰랐다'는 뜻은 아니다.

⊙ 數里入雲峰 - 雲峰은 구름 속. 절이 있는 줄 모르고 몇 리를 걷다가 深山 어디선가 들리는 종소리를 듣고 절이라는 것을 알았다고 해석 하면 무리다. 객지 사람이라면 모를까, 왕유는 장안 사람이고 禪僧과 왕래도 많았다. 다만 처음 가는 길이라서 노정을 잘 몰랐다고 해석해 야 한다.

⊙ 古木無人徑 - 徑 지름길 경. 좁은 길. 고목이 늘어선 좁은 길에 행인 이 없다는 뜻. 사람 다니는 길이 없다는 뜻이 아니다.

⊙ 深山何處鐘 - 何處鐘은 어디서 들려오는 종소리인가? 절에 가까웠음 을 묘사한 구절이다.

⊙ 泉聲咽危石 - 泉聲(천성)은 냇물소리. 咽 목구멍 인. 목멜 열. 危石 (위석)은 높고 큰 돌. 어지러이 흩어진 돌. 咽危石(열위석)은 어지러 이 흩어진 돌 사이를 물이 흐르는 소리. 咽鳴(열명)은 목메듯 울리다.

⊙ 日色冷靑松 - 빛이 들지만 靑松 사이는 서늘하다.

⊙ 薄暮空潭曲 - 薄暮(박모)는 해가 지려 할 때. 空은 호젓하다. 潭曲은 구부러진 연못. 潭 못 담. 물가.

⊙ 安禪制毒龍 - 安禪(안선)은 心神이 편안하게 참선에 들다. 制毒龍(제 독룡)은 잡념이나 욕망을 극복하다, 망상을 버리다. 선승들의 입선을 설명한 구절.


【詩意】香積寺는 淨土宗의 본사로 지금도 陝西省 西安市 長安區에 있다. 唐 고종 때 창건되어 中宗 때부터(706) 향적사로 불렸다고 한다. 唐 武宗의 會昌의 法難(唐 武宗 李炎의 재위기간 840 - 846년에 계속된 滅佛정책) 때 겨우 폐사를 면했고, 宋代 이후 다시 향적사라 불렸는데 왕유의 시 덕분에 더욱 유명해졌다.

이 시에 그려진 여러 景物, 예를 들어 雲峰, 無人徑, 鐘, 危石, 靑松이나 절 에 도착하기 전 호젓한 물가(空潭曲)가 모두 靜物이면서 제자리에 잘 배치된 것 같다. 향적사를 찾아가는 여정을 잘 그릴 수 있고, 이어 참선에 든 경지가 눈에 보이는 듯하다. 은자가 深山에서 느끼는 幽趣(유취)가 잘 나타나 있다. 향적사가 실제로 적막했는가는 별개의 문제다.

여하튼 왕유는 시로 향적사의 적막을 사실대로 그렸든, 아니면 좀 과장되었든 뛰어난 성취를 이룩했다. 이로써 왕유의 詩才가 얼마나 뛰어났는가를 짐작할 수 있다.

이 시에서 첫 구에 '不知'라 하여 향적사를 처음 찾아가는 호기심을 시인과 독자가 같이 소유했다. 이어 향적사에 이르는 길에 인적이 드문데 종소리가 들려 향적사에 거의 이르렀음을 알렸다. 다음 頸聯의 물소리가 낮게 졸졸거리는 咽과, 햇볕도 소나무의 푸르름을 더한다는 뜻의 冷은 향적사 주변을 완벽하게 그려내었으니 이 두 글자가 바로 詩眼이다. 결구는 입선의 경지를 말해 왕유가 향적사를 찾아온 뜻을 확실하게 말했다.

이 시는 마치 꿈길인 듯 환상인 듯 향적사를 찾아가는 여정에서 참선으로 잡념을 제거하는 현실로 분위기를 바꿔 마무리 지었다. 시인의 內功과 佛心이 없다면 결코 이런 시를 짓지 못할 것이다. 왕유가 그려낸 시간의 遷移와 입체적 공간의 전환이 정말 대단하다고 감탄하지 않을 수 없다.

왕유의 시에 묘사된 仙境은 入禪의 경지 곧 參禪의 境界이다. 그렇다고 왕유의 시에 高僧의 偈頌(게송)과 같은 맛은 전혀 없다. 여하튼 詩에 禪의 경지를 불어넣었다는 점은 왕유 시의 또 다른 성취라 할 수 있다.

다른 기록에 의하면 장안의 향적사는 산속이 아닌 평지의 절이라고 했다. 그렇다면 왕유가 찾은 향적사는 종남산, 아니면 어디인가 깊은 산중에 있는 다른 절일 수도 있다. 그러나 처음 가는 1, 2km의 호젓한 길에서도 본 시와 같은 분위기를 느낄 수 있을 것이다. 1970년대 말에, 서울 강남구의 奉恩寺는 도심 속의 절이지만 절 안은 정말 호젓했다.

이 시를 王昌齡(왕창령)의 시라고 한 책도 있다고 한다.

盛唐의 유명한 山水田園詩派의 詩人인 常建(상건, 708 - 765)의 유명한 시와 비교하면 왕유의 조예가 얼마나 우수한가를 느낄 수 있다.

### <sup>제 파 산 사 후 선 원</sup><題破山寺後禪院> - 常建

<sup>청 신 입 고 사</sup> 　 <sup>초 일 조 고 림</sup>
清晨入古寺,　初日照高林.

<sup>곡 경 통 유 처</sup> 　 <sup>선 방 화 목 심</sup>
曲徑通幽處,　禪房花木深.

<sup>산 광 열 조 성</sup> 　 <sup>담 영 공 인 심</sup>
山光悅鳥聲,　潭影空人心.

<sup>만 뢰 차 구 적</sup> 　 <sup>유 문 종 경 음</sup>
萬籟此俱寂,　惟聞鐘磬音.


### <파산사 뒤 선원에서 짓다>

이른 새벽에 옛 절을 찾아가니
금방 뜬 해가 깊은 숲을 비춘다.
굽은 길은 한적한 곳에 이어졌고
선방 곁엔 꽃과 나무가 우거졌다.
숲의 풍광에 작은 새가 지저귀고
물속 그림자엔 욕망이 없으리라.
온갖 소리 모두 잠잠한데
오직 종과 석경 소리만 들린다.


【詩意】破山寺는 江蘇省 동남부 長江 南岸 常熟市의 虞山鎭에 있는 興福寺
이다. 南朝 齊(479-502)의 고관이 자신의 집을 절로 만들었다고 한다.
　마음에 품은 바가 있기에, 아니면 평소 구하는 바가 있기에 이른 새벽에 절을 찾았을 것이다. 시인이 품은 뜻이 심원하고 흥취가 남다르기에 아름다운 시를 지을 수 있다.

1구에서 4구까지는 그냥 절의 풍경을 묘사했다. 5-8구는 '潭影空人心'이 바로 핵심이다. 詩 전체에 모두 佛道가 드러나 보이지만 핵심은 역시 '空'이다. 空이니 善하고, 善하니 自樂할 수 있으며, 自樂하면 超然하고, 超然하니 空이 아니겠는가?

## 46. 過感化寺曇興上人山院
<small>과 감 화 사 담 흥 상 인 산 원</small>

<small>모 지 공 죽 장　　상 대 호 계 두</small>
暮持邛竹杖, 相待虎溪頭.

<small>최 객 문 산 향　　귀 방 축 수 류</small>
催客聞山響, 歸房逐水流.

<small>야 화 총 발 호　　곡 조 일 성 유</small>
野花叢發好, 谷鳥一聲幽.

<small>야 좌 공 림 적　　송 풍 직 사 추</small>
夜坐空林寂, 松風直似秋.


&lt;感化寺의 曇興上人의 山院에 들르다&gt;

해질녘에 공죽 지팡이를 짚고서

냇가에서 나를 손님으로 맞이한다.

어서 오라는 메아리가 울려왔고

냇물 따라가 승방으로 들어갔다.

들꽃 무더기 절로 곱게 피었고

숲속 새소리 더욱 그윽하였다.

밤에 텅 빈 수풀 적막에 싸였고

솔바람 부는 숲은 가을이더라.


【註釋】⊙ &lt;過感化寺曇興上人山院&gt; - '感化寺의 曇興上人의 山院에
들르다'

感化寺를 化感寺로 표기한 책도 있다. 감화사는 지금의 陝西省 藍田

縣에 있던 사찰. 曇興(담흥)上人의 실명은 미상. 上人은 화상에 대한
존칭. 스님.

⊙ 暮持筇竹杖 - 筇竹杖(공죽장)은 지금의 四川省(蜀) 邛崍山(공래산)에
서 자라는 대나무로 만든 지팡이인데, 마디가 길고 속은 찼으나 가볍
다고 한다. 前漢 武帝 때 張騫(장건)이 흉노에 사신으로 나가서 억류
되었다가 탈출하여 서역 여러 나라를 돌아왔다. 장건은 서역에 이 공
죽장이 팔리는데 인도 상인들이 거래한다는 말을 듣고 왔다. 그래서
장건은 蜀에서 인도가 가까울 것이라 생각했고, 무제에게 교통로의
개통을 건의했었다.

⊙ 相待虎溪頭 - 虎溪는 盧山(여산) 東林寺 옆을 흐르는 하천. 東晋의
慧遠(혜원)法師는 東林寺에 수도하며 시냇물 밖에 나가지 않겠다고
다짐했다. 이후 간혹 손님을 전송하며 시냇물을 건너려 하면 호랑이
가 울어 그 시냇물을 虎溪라 불렀다. 이후 다리를 건너지 않았는데
어느 날, 도연명과 도사 陸修靜(육수정)이 혜원법사를 찾았고, 혜원법
사가 이들을 배웅하며 담소하며 무심코 시냇물을 건넜는데 호랑이들
이 모여 울었다고 한다. 이에 세 사람은 혜원법사가 계율을 어겼다며
크게 웃었다고 한다(虎溪三笑). 왕유는 여기서 호계의 전설을 인용하
여 담흥상인을 혜원에, 그리고 자신을 도연명에 견주었다.

⊙ 催客聞山響 - 催客은 어서 오라고 손님을 재촉하다. 山響은 산 메아
리. 山谷回音.

⊙ 歸房逐水流 - 歸房은 僧房에 들어가다. 逐水流는 냇물 따라 들어오다.

⊙ 野花叢發好 - 叢은 무더기로.

⊙ 谷鳥一聲幽 - 谷鳥는 계곡의 새.

⊙ 夜坐空林寂 - 空林寂은 인적 끊긴 산속이라 모두가 적막하다.

⊙ 松風直似秋 - 直은 곧, 바로, 다만.


【詩意】 왕유가 감화사를 찾았고, 曇興上人의 손님맞이와 사찰 주변의 경
치, 그리고 밤에 참선에 든 모습을 시로 읊었다. 감화사의 참선은 마치 達磨
禪師의 面壁參禪을 연상케 한다.

## 47. 送張五諲歸宣城

<br>

오 호 천 만 리　　황 부 오 호 서
五湖千萬里, 況復五湖西.

어 포 남 릉 곽　　인 가 춘 곡 계
漁浦南陵郭, 人家春谷谿.

욕 귀 강 묘 묘　　미 도 초 처 처
欲歸江淼淼, 未到草萋萋.

억 상 난 릉 진　　가 의 원 갱 제
憶想蘭陵鎭, 可宜猿更啼.

<br>

<宣城에 돌아가는 張氏 다섯째 諲(인)을 전송하다>

五湖는 여기서 천만리나 되는데
또다시 五湖의 서쪽으로 가야한다.
어선은 南陵의 성밖에 대었고
인가는 春谷의 골짝에 들었다.
강물이 아득한 먼 곳을 가야하는데
도착할 때에는 풀들이 무성하리라.
蘭陵에 살던 시절 회상해 본다면
아마도 밤에 원숭이 슬피 울리라.

<br>

【註釋】⊙ <送張五諲歸宣城> - '宣城에 돌아가는 張氏 다섯째 諲(인)
　을 전송하다'
　　왕유의 지인 張諲(장인)이 벼슬을 내놓고 고향 宣城(선성, 지금의 安

徽省 남동부의 宣城市)으로 돌아가는데 이를 전송한 시이다.

⊙ 五湖千萬里 – 五湖는 浙江省 西湖(蘇州市 서쪽). 장안에서 황하를 따라 내려간 다음 운하를 통해 장강을 거쳐 서호까지 간다. 千萬里의 머나먼 길이다.

⊙ 況復五湖西 – 장인의 고향인 宣城은 오호에서 육로를 따라 서쪽으로 가야 한다.

⊙ 漁浦南陵郭 – 南陵은 지명.

⊙ 人家春谷谿 – 春谷은 하천명.

⊙ 欲歸江淼淼 – 淼淼는 물이 아득한 모양. 淼 물 아득할 묘.

⊙ 未到草萋萋 – 萋萋는 풀이 무성한 모양. 萋 풀이 무성할 처.

⊙ 憶想蘭陵鎭 – 蘭陵鎭은 지금의 江蘇省 常州市 西北. 張諲(장인)의 원고향으로 추정. 縣 아래 鎭은 도시 형태를 갖춘 소읍.

⊙ 可宜猿更啼 – 長江 이남인 宣城 일대에 원숭이가 산다는 것을 알 수 있다.


【詩意】故友와의 이별은 가슴 아프다. 왕유의 哀喪한 마음을 느낄 수 있다. 수련에서는 張五의 고향 宣城까지의 거리를 말했다. 그 먼 길을 가야 하는 고생이 이만저만이 아닐 것이다. 2연에서는 왕유가 알고 있는 장오의 고향 풍경을 읊어 친밀감을 더해 주었다. 큰물의 끝이 안 보이는 곳을 묘사하여 나그네의 회포를 느끼게 하였다. 길 가는 나그네는 우는 새 소리에도, 무성한 풀밭을 보고서도 고향을 그리거나 객지를 떠도는 감회에 젖는다. 이는 먼 길을 다녀본 사람, 혼자 객지를 떠돈 사람은 다 느끼는 감정이다. 여기서 왕유는 그런 감정을 묘사해 떠나는 우인과 끝까지 한마음이었다. 마지막 미련에서 본가에 도착한 고향을 그려 무사귀환을 기원하였다.

## _ 48. 早秋山中作 <sup>조 추 산 중 작</sup>

<br>

無才不敢累明時, 思向東谿守故籬.
<small>무 재 불 감 루 명 시　사 향 동 계 수 고 리</small>

不厭尙平婚嫁早, 卻嫌陶令去官遲.
<small>불 염 상 평 혼 가 조　각 혐 도 령 거 관 지</small>

草間蛩響臨秋急, 山裏蟬聲薄暮悲.
<small>초 간 공 향 임 추 급　산 리 선 성 박 모 비</small>

寂寞柴門人不到, 空林獨與白雲期.
<small>적 막 시 문 인 부 도　공 림 독 여 백 운 기</small>

<br>

### <초가을 산중에서 짓다>

재능이 모자라 聖代에 짐이 될 수 없으니
東溪의 옛날 집이나 지키고 싶은 생각 뿐.
자녀들 다 보내고 집나간 尙平은 괜찮으나
去官이 늦은 도연명이 오히려 싫을 뿐이다.
草堂의 귀뚜라미 가을이라고 더 크게 울고
산속의 매미소리 해질녘이라 더 서글프다.
적막한 사립문에 아무도 찾는 이 없으니
인적도 끊긴 산속에 백운과 짝을 하리라.

<br>

【註釋】⊙ <早秋山中作> - '초가을 산중에서 짓다'
　　<早秋山中居>로 된 제목도 있다. 이 시는 天寶 초년의 작품이라 알
　려졌다. '卻嫌陶令去官遲'의 구절을 해석하면 도연명은 41세에 팽택령

224

을 사직했는데 천보 초에 왕유는 40여세였다. 당시 조정의 정치는 날로 나빠지는 사이에 왕유는 울적하여 실의 속에서 세상사에 대한 관심을 잃고 은거의 뜻을 굳혀 가고 있었다.

⊙ 無才不敢累明時 – 累明時는 聖明성대에 누를 끼치다.

⊙ 思向東谿守故籬 – 故籬는 옛집, 故居.

⊙ 不厭尙平婚嫁早 – 尙平은 尙長(人名). 字는 子平. 向平(상평, 向은 성씨 상)으로도 표기. 後漢 사람. 모든 자녀가 일찍 결혼하자 不問家事하고 명산대천을 유람하였는데 끝내 그 행방을 알 수 없었다.

⊙ 却嫌陶令去官遲 – 嫌은 싫어하다. 陶令은 陶潛(陶淵明, 365-427) 彭澤令(팽택현은 지금의 江西省 九江市 관할의 彭澤縣. 江西省 최북단). 遲 늦을 지.

⊙ 草間蛩響臨秋急 – 蛩響(공향)은 귀뚜라미 울음소리. 蛩 귀뚜라미 공. 메뚜기.

⊙ 山裏蟬聲薄暮悲 – 蟬聲(선성)은 매미 울음. 蟬 매미 선. 薄暮는 초저녁의 어스름.

⊙ 寂寞柴門人不到 – 柴門(시문)은 사립문. 柴 땔나무 시.

⊙ 空林獨與白雲期 – 空林(공림)은 인적 끊긴 산속.


【詩意】 수련의 '無才不敢累明時'는 겸사에 반어적 표현으로 완곡한 표현이나 志趣는 명백하다. 함련은 尙平(상평)과 陶潛(도잠)의 고사를 인용하여 은거의 절박함을 표출하였다. 蛩響(귀뚜라미 울음)과 蟬聲(매미 울음)에 대한 구절은 景語이면서 情語로 자신의 은거가 늦었다는 통절한 아픔을 표현하였다. 그리고 결련은 이미 세상사와 많은 부분이 단절된, 거의 半 은거생활을 기록하여 앞으로도 자신은 白雲과 짝할 것이라는 뜻을 밝혔다.

# 제4장

## 官職과 樂道  735-741

大漠孤煙直,

長河落日圓.　　<使至塞上>

넓은 사막에 곧게 피는 연기 한 줄
긴긴 황하에 지는 해가 둥그렇다.

# _ 49. 獻始興公
<small>헌 시 흥 공</small>

寧棲野樹林, 寧飲澗水流.
<small>영 서 야 수 림　　영 음 간 수 류</small>

不用食粱肉, 崎嶇見王侯.
<small>불 용 식 량 육　　기 구 견 왕 후</small>

鄙哉匹夫節, 布褐將白頭.
<small>비 재 필 부 절　　포 갈 장 백 두</small>

任智誠則短, 守仁固其優.
<small>임 지 성 즉 단　　수 인 고 기 우</small>

側聞大君子, 安問黨與讐.
<small>측 문 대 군 자　　안 문 당 여 수</small>

所不賣公器, 動爲蒼生謀.
<small>소 불 매 공 기　　동 위 창 생 모</small>

賤子跪自陳, 可爲帳下不.
<small>천 자 궤 자 진　　가 위 장 하 불</small>

感激有公議, 曲私非所求.
<small>감 격 유 공 의　　곡 사 비 소 구</small>


## <始興公에게 바치다>

차라리 거친 들판에 숨어서라도
산속의 냇물 마시며 살겠습니다.
부귀를 누리려고 뜻을 굽혀가며
王侯를 만나지는 않을 것입니다.
필부의 지조가 비루할지 몰라도
늙도록 삼베옷 입고서 살렵니다.

228

문재나 지식이 비록 짧더라도

인의를 굳건히 지키며 살렵니다.

듣건대 공께선 훌륭한 현인이시니

인재를 쓰면서 친소를 따지렵니까?

관작을 절대로 매매치 않으시면서

백성만 위하는 정치를 해주십시오.

미천한 몸이나 무릎 꿇고 아뢰오니

賢公을 따라 모실 수 있을는지요?

공정한 세상 여론에 따를 뿐이지

사적인 은정 저도 바라지 않습니다.


【註釋】 ⊙ <獻始興公> - '始興公에게 바치다'

　　始興公은 張九齡(장구령). 장구령은 開元 22년(734)에 中書令에 올랐
　　는데 왕유를 右拾遺(우습유)에 발탁하였다. 다음해(735)에 장구령은
　　始興伯에 봉해졌다. 이 시는 그 무렵에 지어졌을 것이다.

⊙ 寧棲野樹林 - 寧은 ～할지언정, 어찌. 棲 깃들 서. 은거하다.

⊙ 寧飮澗水流 - 澗 계곡의 시내 간.

⊙ 不用食粱肉 - 粱肉은 黃粱(기장)과 魚肉. 食粱肉은 부귀한 생활을 하다.

⊙ 崎嶇見王侯 - 崎嶇는 산길이 매우 험함. 세상살이가 몹시 힘들다, 불
　　안한 모양, 뜻을 굽히다, 기울다.

⊙ 鄙哉匹夫節 - 鄙哉는 비루할지라도. 학문이나 식견이 천박하다. 哉
　　어조사 재. 감탄사. 反語나 강조의 뜻을 표현. 匹夫는 布衣의 백성.

⊙ 布褐將白頭 - 布褐은 布衣, 평민의 옷. 白頭는 無冠의 평민.

⊙ 任智誠則短 - 任智는 권모나 智略으로 살아가다. 誠은 진실로, 참으
　　로. 副詞로 쓰였다. 短은 단점.

⊙ 守仁固其優 - 守仁은 인의를 고수하다. 固는 처음부터, 본디, 참으로,

진실로. 優는 뛰어나다, 잘하다.

⊙ 側聞大君子 - 側聞은 들은 바 있다. 알고 있다는 의미의 謙辭. 大君子는 인의를 실천하는 大義君子. 여기서는 장구령을 지칭.

⊙ 安問黨與讐 - 安問은 어찌 구별하겠는가? 黨與讐는 내 편과 반대편. 친한 사람과 원수.

⊙ 所不賣公器 - 公器는 公有物, 官爵. '官爵者 天下之公器.'

⊙ 動爲蒼生謀 - 蒼生은 백성. 謀는 着想.

⊙ 賤子跪自陳 - 賤子는 자신. 謙辭.

⊙ 可爲帳下不 - 帳下는 部下, 屬官. 不은 否. 부하(下屬)가 될 수 있겠습니까?

⊙ 感激有公議 - 公議는 공정한 논의. 正論.

⊙ 曲私非所求 - 曲私는 옳지 않으며(正의 반대) 私的인 일(公的의 반대).


【詩意】 이런 시를 干謁詩(간알시)라고 한다. 간알은 알현을 원한다는 뜻이다(干은 求). 당대 관직에서 상관을 만나보거나 고위직의 추천은 관직생활의 성패와 직접 관련되었다. 왕유는 이 시에서 자신의 포부와 함께 權貴나 王侯에게 굽히지 않을 것이라는 자신의 지조와 기개를 읊었다. 또 장구령의 왕유 천거는 결코 私的 恩澤이 아니었으며, 왕유도 자신의 出仕는 지극히 공적인 것으로 생각하였다. 이 시를 통하여 왕유 흉중의 비분강개한 기질을 느낄 수 있다.

始興公인 張九齡(장구령, 678?-740)의 字는 子壽. 韶州 曲江人(지금의 廣東省 韶關市). 唐代의 著名한 詩人이며 재상이었다. 玄宗 開元 21년(733)에 재상급인 中書侍郞同中書門下平章事가 되었다. 張九齡은 재상으로서 정직하고 현명하였으며 風采와 儀表가 매우 단정하여 당시 사람들이 '曲江風度(曲江은 그의 고향)'라고 칭찬하였다. 장구령이 재상 직책을 그만둔 뒤에, 현종은 인재 추천을 받으면 '그 사람의 풍도가 장구령에 비해 어떠한가?'라고 반문하였다고 하니 '紳士 중의 신사'였다고 생각된다.

장구령은 이 무렵에 王維를 右拾遺에 천거했으며, 나중에 간신 李林甫 등의 미움을 받아 개원 25년(737)에 荊州(형주)長史로 좌천되었는데 그때 孟浩

然을 막료로 데리고 갔다. 장구령은 개원 28년(740)에 고향에서 노환으로 죽었다.

장구령은 시인으로서도 명성을 날렸는데 장구령의 〈感遇〉 12首 중 2수가 ≪唐詩三百首≫의 첫머리에 실리는 영광을 누렸다. 이는 그가 인품으로 존경을 받았기 때문이라고 짐작할 수 있다.

# 50. 與盧員外象過崔處士興宗林亭

<small>여 노 원 외 상 과 최 처 사 흥 종 임 정</small>

綠樹重陰蓋四鄰, 青苔日厚自無塵.
<small>녹 수 중 음 개 사 린　청 태 일 후 자 무 진</small>

科頭箕踞長松下, 白眼看他世上人.
<small>과 두 기 거 장 송 하　백 안 간 타 세 상 인</small>


&lt;員外인 盧象과 처사 崔興宗의 林亭에 들르다&gt;

푸른 나무 겹친 그늘은 사방을 다 덮었고
파란 이끼 매일 자라나 먼지 하나도 없다.
노송 아래 맨머리에 다리 벌리고 앉아
다른 세속 사람을 白眼으로 쳐다본다.


【註釋】⊙ &lt;與盧員外象過崔處士興宗林亭&gt; - '員外인 盧象과 처사 崔興宗의 林亭에 들르다'

員外郎인 盧象(노상)은 왕유와 배적의 친우로 시를 주고받았는데 장구령이 재상으로 있을 때 司勳員外郎에 발탁되었다. 處士 崔興宗은 왕유의 처남으로 벼슬을 하지 않았다. 이 시는 개원 24년(736) 11월, 장구령이 參知政事에서 폄직되기 전에 지었고 장구령이 폄직된 직후 盧象도 폄직되었다.

⊙ 綠樹重陰蓋四鄰 - 重陰은 그늘이 겹치다. 蓋四鄰은 사방을 덮다.

⊙ 青苔日厚自無塵 - 自無塵은 이끼에 먼지도 없다.

⊙ 科頭箕踞長松下 - 科頭는 모자나 관을 쓰지 않다. 箕踞(기거)는 두 다리를 뻗어 벌리고 앉다. 箕는 곡식에 섞인 먼지나 검불을 날려 보내는 농기구 겸 가사 용구. 우리말로 '키'라 한다. 키, 멍석, 삼태기,

구럭, 메꾸리(떡둥구미의 방언) 등 농기구의 우리말 이름이 이제 거의 다 사라져 매우 안타깝다.

⊙ 白眼看他世上人 - 白眼은 예법에 구속된 속세인을 멸시하다. ≪晋書 阮籍傳≫에 '… 見禮法之士 便以白眼對之'라 하였다.


【詩意】 시에 나오는 崔興宗은 세속과 어울리기를 거부하는 탈속한 인물이다. 科頭와 白眼 두 구절은 그의 형체와 정신을 모두 설명하고 있다. 사실 孤高한 것이야 탓할 수 없지만 사람이 세상을 너무 우습게 알거나 남을 무시한다면 좋은 평판이 있을 수 없다. 물론 그런 품평을 무시하려고 세인을 업신여긴다면 할 말이 없다. 그러나 한 세상 살면서 세상과 타협하지 않는다 하여 모두를 적으로 만들 필요는 없을 것이다.

## 51. 送丘爲落第歸江東
<sub>송 구 위 낙 제 귀 강 동</sub>

憐君不得意, 況復柳條春.
<sub>연 군 부 득 의</sub> <sub>황 부 류 조 춘</sub>

爲客黃金盡, 還家白髮新.
<sub>위 객 황 금 진</sub> <sub>환 가 백 발 신</sub>

五湖三畝宅, 萬里一歸人.
<sub>오 호 삼 무 택</sub> <sub>만 리 일 귀 인</sub>

知禰不能薦, 羞稱獻納臣.
<sub>지 예 불 능 천</sub> <sub>수 칭 헌 납 신</sub>


&lt;落第하여 江東으로 돌아가는 丘爲를 전송하다&gt;

뜻을 얻지 못한 그대가 안타깝나니

하물며 버들 다시 피는 이 봄날에!

나그네 신세에 여비가 바닥났기에

고향에 돌아갈 희끗한 中年이어라.

五湖 근처 많지 않은 전택으로

만 리 먼 길 돌아온 人才여라!

그대의 재주 알고도 천거하지 못했으니

인재 천거 담당자라 말하기가 부끄럽소!


【註釋】⊙ &lt;送丘爲落第歸江東&gt; - '落第하여 江東으로 돌아가는 丘爲
　　를 전송하다'

　　丘爲(구위, 邱爲)는 嘉興(지금의 浙江省 북동부 嘉興市, 上海市 서남
　　쪽) 사람으로 여러 번 낙방했다가 天寶 2년(743)에 급제하였다. 구위

는 시인이며 관직은 太子右庶子였다. 이 시는 왕유가 右拾遺로 재직
하던 開元 23년(735) 경에 지은 시로 알려졌다. 江東은 吳越(長江 하
류의 남부)에 대한 범칭으로 지금의 江蘇省 남부, 上海市, 浙江省 지
역을 지칭한다.

⊙ 憐君不得意 - 憐은 불쌍히 여기다, 안타깝게 생각하다.

⊙ 況復柳條春 - 버들가지가 다시 푸르른 봄철이다. 만물이 소생하는
　봄에 낙제 소식은 정말 침울했을 것이다.

⊙ 爲客黃金盡 - 爲客은 타향을 떠도는 나그네. 黃金盡은 여비를 다 소
　비하다. 전국시대 蘇秦(소진)은 秦王에게 10여 차례 상서하는 동안
　가지고 간 황금을 다 없앴다는 故事가 있다.

⊙ 還家白髮新 - 還家는 家鄕으로 歸還하다.

⊙ 五湖三畝宅 - 五湖는 太湖. 蘇州市 西湖. 丘爲의 고향. 三畝宅은 많지
　않은 田宅.

⊙ 萬里一歸人 - 萬里는 먼 길.

⊙ 知禰不能薦 - 禰는 禰衡(예형), 후한 사람. ≪삼국지연의≫에 나온다.
　孔融(공융)과 친했고 공융의 천거로 벼슬길에 올랐다. 나중에 曹操(조
　조)의 배척을 받아 죽는다. 구위를 예형에, 자신을 공융에 견주었다.

⊙ 羞稱獻納臣 - 羞 부끄러울 수. 獻納臣은 황제가 필요한 인재를 등용
　할 수 있도록 준비나 천거를 담당하는 신하. 補闕, 拾遺, 御使中丞,
　侍御使 등의 직책을 지칭. 당시 왕유는 우습유였다.


【詩意】 首聯은 봄날 丘爲가 낙제한 소식을 들었다. 함련에서는 객지에 와
서 응시하면서 갖고 온 여비를 다 쓰고 실의 속에 귀향할 수밖에 없으며, 頸
聯(경련)에서는 찾아갈 고향의 처량한 처지를 묘사하였다. 여기까지는 제목
에 상응하는 묘사이다.

　이어 마지막 尾聯에서는 구위가 현명한 인재라는 사실을 알면서도 천거하지
못하는 무능한 자신과 울적한 심사로 구위에 대한 위로를 대신하였다. 왕유의
직책인 右拾遺의 拾遺란 본래 '버려진 것을 줍는다'라는 뜻이다. 중서성에는
우습유, 문하성에는 좌습유가 있었는데 유능한 인재 천거와 諫言을 담당했다.

## 52. 寄荊州張丞相
<sub>기 형 주 장 승 상</sub>

所思竟何在, 悵望深荊門.
<sub>소 사 경 하 재　창 망 심 형 문</sub>

舉世無相識, 終身思舊恩.
<sub>거 세 무 상 식　종 신 사 구 은</sub>

方將與農圃, 藝植老邱園.
<sub>방 장 여 농 포　예 식 노 구 원</sub>

目盡南飛雁, 何由寄一言.
<sub>목 진 남 비 안　하 유 기 일 언</sub>


＜荊州의 張丞相에게 보내다＞

그리운 분 지금 어디 계신가요?

형주 그 먼 곳을 망연히 바라봅니다.

온세상 그 어디에 날 알아줄 분 없어

한평생 옛 은정이 늘 그리울 것입니다.

저 역시 늙은 농사꾼이 되어

옛 땅에 채소 농사나 지으렵니다.

南으로 나는 기러기 끝까지 바라보며

어떻게 한 줄 소식 전할 수 있겠나요?


【註釋】⊙ ＜寄荊州張丞相＞ - '荊州의 張丞相에게 보내다'

　　荊州의 治所는 지금의 湖北省 荊州市 江陵縣. 張丞相은 張九齡.

⊙ 所思竟何在 - 所思는 생각하는 사람, 그리운 사람. 이백의 시에 '長相

思 在長安(늘 그리운 사람! 長安에 있네)'이라는 시구가 있다. 竟 다할 경. 究竟, 결국, 끝내. 何在는 어디에 있는가?

⊙ 悵望深荊門 - 悵 슬플 창. 深은 멀고 먼, 遙深, 遙遠. 荊門은 장강의 남북에 서로 맞보고 있는 山名. 이 때문에 형주를 荊門이라 불렀다.

⊙ 擧世無相識 - 擧世는 온 세상.

⊙ 終身思舊恩 - 終身은 죽을 때까지. 舊恩은 知遇之恩.

⊙ 方將與農圃 - 方將은 막 ~하려 하다. 農圃(농포)는 種糧과 種菜하는 사람, 농부. '吾不與老圃(≪論語 子路≫)'에서 老圃는 늙은 농부.

⊙ 藝植老邱園 - 藝는 種植, 農藝, 심고 가꾸다. 老는 묵은, 오래된. 邱園은 田園.

⊙ 目盡南飛雁 - 目盡은 안 보일 때까지 바라보다.

⊙ 何由寄一言 - 寄는 보내다. 위로의 안부나 소식을 전할 수 없는 안타까움을 표출하였다.


【詩意】 開元 25년(737)에 장구령이 천거했던 감찰어사 周子諒이란 사람이 상서했는데, 황제의 뜻을 거슬렸다 하여 처형되었다. 4월에 장구령은 이와 연관되어 재상에서 荊州大都督府의 長史로 폄직되었다. 왕유는 장구령의 知遇之恩으로 좌습유에 발탁되었다. 왕유에게 장구령의 폄직은 開元의 治라는 賢政의 종식처럼 생각되었다.

왕유의 이 시는 장구령에 대한 간절한 회포이며 知己知音의 상실이었다. 그러기에 왕유는 자신도 농부처럼 농사나 지으면서 은거하고 싶다는 간절한 욕구의 표출이었다. 남쪽으로 날아가는 기러기, 그 기러기 편에 일자소식이라도 전하고 싶지만 어찌할 수 없었다. 말로 표현할 수도 없는 아픔! 언외의 뜻만 尾聯에 강하게 남았다.

## 　53. 使至塞上

單車欲問邊, 屬國過居延.

征蓬出漢塞, 歸雁入胡天.

大漠孤煙直, 長河落日圓.

蕭關逢候騎, 都護在燕然.


<출장으로 변새에 가다>

수레 하나로 변새 관문을 찾아가며
여러 속국을 거쳐 거연에 들렀다.
마른 쑥대가 성문 밖에 나뒹굴고
돌아가는 기러기 胡地하늘을 가른다.
넓은 사막에 곧게 피는 연기 한줄
긴긴 황하에 지는 해가 둥그렇다.
소관에서 만난 정찰 기병의 말에
도호 장군은 지금 燕然山에 있단다.


【註釋】⊙ <使至塞上> - '출장으로 변새에 가다'
　使는 奉命하여 出使하다. 塞上은 변방의 요새, 보통 邊塞라고 말한다.
　개원 25년(737) 봄에, 河西節度使 崔希逸(최희일)은 吐蕃族(토번족)을

공격, 격파하였다. 왕유는 감찰어사 신분으로 변방에 파견되어 節度
判官으로 3년 정도 근무했다.

⊙ 單車欲問邊 – 問邊은 邊塞 관문을 묻다.

⊙ 屬國過居延 – 居延(거연)의 屬國(속국)을 지나갔다. 屬國은 漢의 변
  방 군현에 설치한 투항한 이민족의 집단거주지. 이민족은 군현 내에
  서 자신들의 습속을 유지하며 거주할 수 있었다. 居延은 漢代의 張掖
  郡의 縣名. 지금의 內蒙古 阿拉善盟 관할하의 額濟納旗(盟과 旗는 내
  몽고 지역의 행정단위). 寧夏回族自治區의 서쪽 내몽고지역이다. 그곳
  에 호수가 있어 漢代에는 '居延澤' 후세에는 '西海,' 唐代 이후로는
  '居延海'로 불렸으나 후세에 사라졌다.

⊙ 征蓬出漢塞 – 征蓬은 마른 쑥이 뭉쳐 바람에 굴러다니는 것. 왕유
  자신도 바람에 날려 다니는 쑥대와 같다고 생각했을 것이다. 漢塞는
  중국(唐)의 변새.

⊙ 歸雁入胡天 – 征蓬出漢塞와 완전한 對句를 이룬다.

⊙ 大漠孤煙直 – 大漠은 끝없는 사막. 孤煙直은 연기 한 줄기가 수직으
  로 피어오르다.

⊙ 長河落日圓 – 大漠孤煙直과 완전한 對句이다. 이 聯은 千古의 絶唱
  이라 불린다.

⊙ 蕭關逢候騎 – 蕭關은 隴山關. 漢에서 서역으로 나가는 관문. 지금의
  寧夏回族自治區 固原市. 候騎는 정찰하는 기병.

⊙ 都護在燕然 – 都護는 唐 도호부의 지휘관. 당에서는 單于(선우)都護
  部 외 北庭, 安西, 安北, 安東, 安南 등 6대 도호부가 있었다. 燕然(연
  연)은 몽고의 杭愛山. 後漢의 車騎將軍 竇憲이 흉노를 대파한 곳.


【詩意】 內地에서 나고 자랐으며, 장안과 낙양에서 주로 생활했던 왕유에게
변새의 풍경과 그곳 사람들의 생활은 전혀 새로운 경험이었다. 이 시기에 왕
유는 변새를 소재로 한 여러 작품을 남겼다.
  首聯은 單車로 변새에 부임하는 묘사이다. 함련의 征蓬과 歸雁은 변새의 삭
막한 풍경에 대한 묘사이고, 大漠의 孤煙과 長河의 落日의 변새는 자연경관

의 스케일을 전해주면서 大漠의 '直'과 長河의 '圓'은 정말 잘 그린 그림 구도와 같다. 시인이 자연경관을 바라보는 안목은 정말 예리하여 감탄할 수밖에 없다.

결구는 戰勝과 凱旋(개선)의 묘사로 전체적으로 雄渾한 느낌으로 無力을 전혀 생각할 수도 없다.

唐代의 여러 시인은 漢의 역사적 사실로 당의 상황을 설명하거나 비유하였다. 〈觀獵〉에 나오는 渭城, 新豐, 細柳營 같은 용어가 그 전형적인 예이다. 이 시에 나오는 居延, 蕭關, 燕然 등의 지명은 漢代의 사적으로 唐代와 일치하는 것이 아니며, 그곳을 왕유가 직접 다녔다는 뜻도 아니다. 지리적 실제와 일치하지 않더라도 詩情에는 무관할 것이다.

## _ 54. 隴西行
농서행

十里一走馬, 五里一揚鞭.
십 리 일 주 마   오 리 일 양 편

都護軍書至, 匈奴圍酒泉.
도 호 군 서 지   흉 노 위 주 천

關山正飛雪, 烽戌斷無煙.
관 산 정 비 설   봉 수 단 무 연


<농서의 노래>

십리마다 말을 갈아타고 달리며
오리마다 한번 채찍을 휘두른다.
위급을 알리는 都護 문서가 오면
흉노는 벌써 酒泉郡을 공격한다.
隴山의 蕭關에 백설이 막 날리나
봉수대 쉬면서 연기도 안 보인다.


【註釋】⊙ <隴西行> - '농서의 노래'
　　隴西는 隴山 서쪽이라는 뜻으로 漢代의 郡名. 郡의 治所는 狄道縣(지
　　금의 甘肅省 定西市 臨洮縣). 唐代에도 변경에 속했다. 樂府古題로
　　<步出夏門行>이라고도 한다.
⊙ 十里一走馬 - 10리마다 말을 갈아타고 빨리 달리다.
⊙ 五里一揚鞭 - 5리마다 채찍을 휘두르다. 급보를 알리는 군졸의 모습.
⊙ 都護軍書至 - 漢代에 서역을 개척하고 서역 여러 국가를 통제하기

위해 西域都護府를 설치했다. 唐代에 서역에 6개의 도호부가 설치되었다.

⊙ 匈奴圍酒泉 - 酒泉은 漢代에 설치한 郡名(지금의 甘肅省 서북부 酒泉市 肅州區). 원래 흉노 休屠王(휴저왕)과 渾邪王(혼야왕)의 통치지역에 속했으나 武帝 元狩 2년에 霍去病(곽거병)의 漢軍이 이곳을 차지하고 郡을 설치하였다. 河西 四郡 중 가장 일찍 설치한 郡. '城 안에 金泉이 있는데 그 물맛이 술처럼 좋았다'고 한다.

⊙ 關山正飛雪 - 關山은 蕭關의 隴山. 正飛雪은 막 눈이 날리다.

⊙ 烽戌斷無煙 - 烽戌는 烽燧臺(봉수대). 戌 지킬 수. 위급상황이 해결되어 봉수대에 연기가 오르지 않는다는 뜻.

【詩意】 이 시는 현종 開元 25년(737) 왕유가 감찰어사 신분으로 河西節度使 崔希逸의 막부에 근무하며 지은 것이라 알려졌다. 흉노가 침범하면 酒泉郡에서 위급을 알리는 문서가 들어오고 봉화가 피어오른다. 왕유는 그런 한 단면을 잘라 변방의 상황을 간략하면서도 심도 있게 그려내었다.

## 55. 涼州郊外遊望
양주교외유망

野老才三戸, 邊村少四鄰.
야 노 재 삼 호　변 촌 소 사 린

婆娑依里社, 簫鼓賽田神.
파 사 의 리 사　소 고 새 전 신

灑酒澆芻狗, 焚香拜木人.
쇄 주 요 추 구　분 향 배 목 인

女巫紛屢舞, 羅襪自生塵.
여 무 분 루 무　나 말 자 생 진


＜涼州의 郊外를 둘러보다＞

들판엔 늘 민가 겨우 서너 채
변방의 마을은 이웃도 드물다.
마을 사당에 너울너울 춤추며
피리에 북치며 토지 굿을 한다.
술을 올리고 芻狗(추구)에 물 뿌리며
향을 피우며 木人에 절을 한다.
어지러이 춤을 추는 무녀의
비단버선에 먼지가 뽀얗게 인다.


【註釋】⊙ ＜涼州郊外遊望＞ - '涼州의 郊外를 둘러보다'
　　개원 25년(737), 왕유는 河西節度使 막부의 節度判官으로 涼州(양주,
　　涼州)에 근무하고 있었다. 涼州는 지금의 甘肅省 중부의 武威市로 예

로부터 포도주 산지로 유명했다.

⊙ 野老才三戶 - 들에는 대개 겨우 서너 농가. 野老를 시골 노인으로 옮기면 매끄럽지가 않다. 老가 부사로 쓰이면 '늘', '언제나'의 뜻이 있다. 才는 겨우. 三戶는 많지 않은 가구. 다음의 四鄰의 四와 같이 적은 수를 의미하지 꼭 3이고 꼭 4는 아니다.

⊙ 邊村少四鄰 - 변방의 촌락은 그 주변 마을이 적다. 멀리 떨어져 있다는 뜻.

⊙ 婆娑依里社 - 婆娑(파사)는 너울너울 춤추다. 빙빙 도는 모양. 里社는 마을의 토지신을 모신 곳. 社 옆에는 소나무나 밤나무 등 큰 나무를 심어 神木으로 삼았다.

⊙ 簫鼓賽田神 - 賽 굿할 새. 굿판을 벌이다.

⊙ 灑酒澆芻狗 - 灑酒는 술을 뿌리다. 澆芻狗는 풀로 만든 개에게 물을 붓다. 澆 물댈 요. 芻 꼴 추. 베어서 묶어 놓은 풀.

⊙ 焚香拜木人 - 木人은 木偶(목우). 田神. 토지신.

⊙ 女巫紛屢舞 - 紛은 紛然히, 춤추는 모양. 屢舞는 여러 번 춤추다.

⊙ 羅襪自生塵 - 羅襪은 비단 버선, 고운 버선.


【詩意】 사실 낯선 곳의 풍토나 민속은 누구에게나 구경거리이다. 따지고 보면 관광이란 것도 가본 적이 없는 지역의 풍경이나 생활, 신앙 활동과 생산 활동을 구경하는 것이고 이는 호기심의 발로이다. 호기심을 통해 자신의 부족을 채우고 새로운 자극을 통해 활력을 얻을 수 있다.

왕유에게도 인구밀도가 매우 희박한 변새의 마을 풍경이나 祭神求福의 민속에 호기심이 많았을 것이다.

## _ 56. 從<sup>군</sup>軍<sup>행</sup>行

吹<sup>취</sup>角<sup>각</sup>動<sup>동</sup>行<sup>행</sup>人<sup>인</sup>, 喧<sup>훤</sup>喧<sup>훤</sup>行<sup>행</sup>人<sup>인</sup>起<sup>기</sup>.

笳<sup>가</sup>悲<sup>비</sup>馬<sup>마</sup>嘶<sup>시</sup>亂<sup>란</sup>, 爭<sup>쟁</sup>渡<sup>도</sup>金<sup>금</sup>河<sup>하</sup>水<sup>수</sup>.

日<sup>일</sup>暮<sup>모</sup>沙<sup>사</sup>漠<sup>막</sup>陲<sup>수</sup>, 戰<sup>전</sup>聲<sup>성</sup>煙<sup>연</sup>塵<sup>진</sup>裏<sup>리</sup>.

盡<sup>진</sup>繫<sup>계</sup>名<sup>명</sup>王<sup>왕</sup>頸<sup>경</sup>, 歸<sup>귀</sup>來<sup>래</sup>獻<sup>헌</sup>天<sup>천</sup>子<sup>자</sup>.


<從軍하는 노래>

호각불어 사졸을 재촉하니
시끌벅적 군사가 출정한다.
피리소리 서글퍼 말도 마구 우는데
앞다투어 金河를 건너 적과 싸운다.
땅거미 내리는 사막 가장자리에
뿌연 먼지 속에 고함소리 드높다.
흉노족 名王의 목을 줄로 묶어서
이기고 돌아와 천자께 보고하리라.


【註釋】⊙ <從軍行> – '從軍하는 노래'
　　從軍行은 漢 악부의 곡명. 예를 들면 短歌行, 長歌行, 琵琶行 등. 長
　　言으로 放情하는 노래를 歌라 하고, 뛰거나 걸으면서 맞춰 부를 수 있는 노래를 行, 이 두 가지를 겸한 것을 歌行이라 한다.

⊙ 吹角動行人 - 吹角은 號角(호각)을 불다. 行人은 출전하는 병사.

⊙ 喧喧行人起 - 喧喧은 시끄러운 모양. 喧 떠들썩할 훤. 울어대다. 威儀 있는 모습.

⊙ 笳悲馬嘶亂 - 笳 피리 가. 胡笳. 관악기의 일종. 嘶 울 시. 동물이 울어대다.

⊙ 爭渡金河水 - 金河水는 漢代 雲中郡(지금의 山西省 大同市 서쪽, 內蒙古 托克托市 동북 일대)의 하천 이름. 一名 金川.

⊙ 日暮沙漠陲 - 沙漠(사막)은 砂漠. 陲 부근 수. 근처. 위태로울 수.

⊙ 戰聲煙塵裏 - 煙塵은 연기처럼 자욱한 흙먼지.

⊙ 盡繫名王頸 - 名王은 漢代 흉노족 單于(선우)의 家臣이나 족장의 칭호. 左賢王, 右賢王 등의 칭호가 사용되었다. 頸 목 경.

⊙ 歸來獻天子 - 歸來는 凱旋(개선)하다.


【詩意】唐代의 많은 시인들이 이런 제목으로 시를 지어 변방의 상황과 장졸의 苦樂을 묘사하여 심금을 울렸다. 왕유의 이 짧은 시는 出征, 변방의 모습, 격전과 개선의 단계를 요약 묘사하여 적군을 격퇴하여 공을 세우겠다는 영웅의 기개와 감정을 표현하였다. 언제 지었는지는 미상인데, 年少한 시기의 작품이거나 아니면 개원 25년(737)에 감찰어사 신분으로 河西節度使 崔希逸의 막부에 재직할 때의 작품이라는 설명이 있다. 漢代의 지명이나 사적이 등장하지만 唐代의 일이다.

## _ 57. 觀<sup>관</sup>獵<sup>렵</sup>

風<sup>풍</sup>勁<sup>경</sup>角<sup>각</sup>弓<sup>궁</sup>鳴<sup>명</sup>, 將<sup>장</sup>軍<sup>군</sup>獵<sup>렵</sup>渭<sup>위</sup>城<sup>성</sup>.

草<sup>초</sup>枯<sup>고</sup>鷹<sup>응</sup>眼<sup>안</sup>疾<sup>질</sup>, 雪<sup>설</sup>盡<sup>진</sup>馬<sup>마</sup>蹄<sup>제</sup>輕<sup>경</sup>.

忽<sup>홀</sup>過<sup>과</sup>新<sup>신</sup>豐<sup>풍</sup>市<sup>시</sup>, 還<sup>환</sup>歸<sup>귀</sup>細<sup>세</sup>柳<sup>류</sup>營<sup>영</sup>.

迴<sup>회</sup>看<sup>간</sup>射<sup>사</sup>雕<sup>조</sup>處<sup>처</sup>, 千<sup>천</sup>里<sup>리</sup>暮<sup>모</sup>雲<sup>운</sup>平<sup>평</sup>.


&lt;사냥 구경&gt;

각궁의 시위가 질풍에 우니
장군은 渭城서 사냥을 한다.
풀이 말라 사냥매는 더 멀리 보고
눈이 녹자 말발굽은 더 빨리 뛴다.
新豐 저잣거리 순식간에 지나
細柳 군영에 장군은 돌아왔다.
수리를 쏘았던 그곳을 돌아보니
천리에 낮게 깔린 저녁 구름뿐!


【註釋】⊙ &lt;觀獵&gt; - '사냥 구경'
　이 시는 장군의 사냥 모습을 묘사하였는데 왕유가 개원 25년(737)에
서역 변새지역에 전근되었던 초기에 지은 것으로 알려졌다.

⊙ 風勁角弓鳴 - 勁 굳셀 경. 빠르다. 角弓은 짐승 뿔로 장식한 활. 鳴은
  시위 소리.
⊙ 將軍獵渭城 - 渭城은 지금의 陝西省 咸陽市. 본래 秦의 도읍. 함양
  남쪽으로 渭水가 흐르기에 渭城이라 개칭했다.
⊙ 草枯鷹眼疾 - 鷹眼疾은 매의 눈이 날카롭다.
⊙ 雪盡馬蹄輕 - 馬蹄輕은 말이 빨리 달리다. 馬蹄는 말발굽. 蹄 발굽 제.
⊙ 忽過新豐市 - 新豐市는 지금의 陝西省 西安市 臨潼區. 한 고조가 장
  안에 도읍한 뒤에 부친 태상황을 위해 고향 豐邑의 거리를 재현한
  뒤 주민을 이주시키고 이름을 新豐이라 했다. 漢代에도 신풍은 美酒
  로 소문이 났었다. 이로써 사냥이 끝난 뒤의 음주를 연상할 수 있다.
⊙ 還歸細柳營 - 細柳營은 漢 文帝 때, 흉노의 침입에 대비하기 위해 장
  안 서쪽으로 3개 군영을 설치하고 예비군을 주둔케 했다. 당시 細柳
  營에는 周勃(주발)의 아들 周亞夫가 장군이었는데 군기가 엄정했고,
  황제일지라도 장군의 군령을 따라야만 했다. 이후 細柳營은 엄정한
  軍紀의 상징으로 언급되었다.
⊙ 迴看射雕處 - 雕 독수리 조.
⊙ 千里暮雲平 - 暮雲은 저녁 구름. 平은 낮게 깔리다.

【詩意】〈觀獵〉은 唐代에도 보편적인 詩題였다. 귀인들의 오락이면서 스포
츠가 사냥이었다. 그러니 사냥에 관한 시는 사냥의 규모나 병력 배치, 장수
의 용맹, 짐승들의 포효나 도주, 사냥 노획물의 성과 등을 주로 묘사하고 읊
었다. 그러나 왕유의 이 시는 전혀 느낌이 다르다. 병졸도 보이지 않고 장군
의 호령이나 천지를 진동하는 함성도 없다. 그런데도 사냥의 긴장감은 최고
로 느껴진다.
  首聯을 보면 겨울과 봄 사이에 사냥이 한창이다. 처음부터 순차적인 설명이
아니라 산에서 큰 바위가 굴러 내리듯 바로 펼쳐지는 맹렬한 기세가 읽는 사
람을 압도한다. 함련을 보면 마른 풀이라서 사냥매가 더 멀리 보고, 눈도 녹
은 곳이라서 말이 빨리 달리니 많은 짐승을 사냥했을 것이다. 新豐 시가를
달려 군영에 돌아온 장군 - 이제 사냥은 끝났다. 구경꾼인 시인이 돌아보니
해질녘인데 구름만 멀리까지 낮게 드리웠다.

음향효과까지 곁들인 격렬한 사냥 화면이 지나고 평화로운 겨울 초원이 끝
없이 펼쳐졌다. 멋진 비디오 한편을 보았다.
(1, 2련의 4구만 五言絶句로, 제목도 〈獵騎〉로 된 판본도 있다)

##### 양 주 새 신
### _ 58. 涼州賽神

##### 양 주 성 외 소 행 인　　백 척 봉 두 망 로 진
### 涼州城外少行人, 百尺峰頭望虜塵.

##### 건 아 격 고 취 강 적　　공 새 성 동 월 기 신
### 健兒擊鼓吹羌笛, 共賽城東越騎神.


### <양주에서 神을 제사하다>

涼州 성밖에 지나는 행인도 드문데
백척 산정서 적 기병 동태를 감시한다.
건장한 사내가 북을 치고 羌笛을 불며
군영의 동쪽서 함께 越騎神을 제사한다.


【註釋】⊙ <涼州賽神> – '양주에서 神을 제사하다'
　　왕유는 개원 25년(737), 감찰어사 신분으로 河西節度使 崔希逸의 막
　부에서 절도판관으로 근무하였다. 그 임지인 涼州에서 현지 장졸들의
　제사(굿)를 보고 지은 작품으로 <涼州郊外遊望>과 같은 시기이다.
⊙ 涼州城外少行人 – 涼州는 당시 변경의 군영이었다.
⊙ 百尺峰頭望虜塵 – 望虜塵은 적의 馬塵(마진, 말 먼지)을 감시하다.
⊙ 健兒擊鼓吹羌笛 – 羌笛은 강족의 대나무 피리.
⊙ 共賽城東越騎神 – 賽 굿할 새. 신의 가호에 감사하는 공동제사. 唐
　태종은 騎射에 능한 장졸을 골라 越騎를 조직하였다. 월기신은 그들
　의 수호신. 전에 後漢의 趙代란 장수가 월기교위로 그곳 涼州에서 강
　족을 격파했다고 한다.

【詩意】 賽神(새신)이란 농민들이 부락의 수호신이나 토지신을 위하여 추수 후에 행하는 공동제사이다. 軍營에서도 그들 군영 나름대로의 神을 모셨을 것이다. 여기서는 越騎神이다. 1, 2구는 삭막한 양주의 변방 풍경이다. 3, 4구는 제사에 대한 묘사인데 건장한 사나이가 큰 북을 치고 강적을 불고, … 제사의식이면서 그들 오락의 일부로 긴장감과 함께 활기찬 군영의 모습을 보는 것 같다.

## 59. 出塞<sup>출새</sup>

居延城外獵天驕, 白草連天野火燒.
<small>거연성외렵천교　백초연천야화소</small>

暮雲空磧時驅馬, 秋日平原好射鵰.
<small>모운공적시구마　추일평원호사조</small>

護羌校尉朝乘障, 破虜將軍夜渡遼.
<small>호강교위조승장　파로장군야도료</small>

玉靶角弓珠勒馬, 漢家將賜霍嫖姚.
<small>옥파각궁주륵마　한가장사곽표요</small>


&lt;변방에 나가다&gt;


거연성 밖에는 흉노가 사냥을 하는데
끝없는 초원의 白草는 들불에 타버렸다.
해질녘 구름낀 사막에 가끔 말이 달리고
가을날 드넓은 초원은 새 사냥에 알맞다.
호강교위는 이른 새벽 보루에 올라 살피고
파로장군은 어둔 밤에 강을 건너 진격한다.
玉 손잡이 角弓과 구슬 장식 말 재갈은
漢 天子가 곽거병 장군에게 하사하였다.


【註釋】⊙ &lt;出塞&gt; - '변방에 나가다'
　　塞는 변경, 요새. 막을 색. 막히다. 제목이 &lt;出塞作&gt;으로 된 것도 있
　　다.

⊙ 居延城外獵天驕 - 居延(거연)은 漢代의 張掖郡의 縣名. 지금의 內蒙古 서남부에 해당. 그곳 호수를 漢代에는 '居延澤,' 후세에는 '西海,' 唐代 이후로는 '居延海'로 불렸으나 호수 자체가 사라져서 지금 지도에는 나타나지 않는다. 天驕는 匈奴의 별칭. 漢代의 胡는 흉노족을 지칭했는데 胡란 '하늘의 교만한 아들(天之驕子也)'이라 했다. 唐代의 胡는 주로 吐蕃族(토번족)을 지칭.

⊙ 白草連天野火燒 - 白草는 말이 잘 먹는 풀이름. 가을이 되면 하얗게 변색한다.

⊙ 暮雲空磧時驅馬 - 空磧은 인적 없는 사막. 磧 사막 적. 모래톱, 돌(자갈)이 쌓인 서덜.

⊙ 秋日平原好射鵰 - 好射鵰는 새 사냥을 하기 좋다. 鵰 수리 조. 鷹(매응)보다 크고 사납다. 여기까지는 흉노의 기세를 묘사하였다.

⊙ 護羌校尉朝乘障 - 護羌校尉는 漢代 무관 직명. 서쪽의 羌族(강족, 羌族, 티베트족)의 침입에 대비한 직책. 朝乘障은 아침에 보루를 넘어오다. 障은 험한 요새지에 설치한 망루.

⊙ 破虜將軍夜渡遼 - 破虜將軍(파로장군)은 漢代 장군의 호칭. 漢代 장군은 장군 개개인에 따라 호칭이 달랐다. 車騎將軍, 驃騎將軍, 前將軍은 부대지휘관의 직책명이지만, 장군 개개인을 호칭할 때는 처음에 부여한 임무에 따라 호칭이 정해졌다. 예를 들어 貳師將軍은 李廣利(이광리, ?-기원전 88)인데 貳師는 서역 大宛國의 城 이름이었다. 李廣利의 관명으로 사용. 여기서 破虜將軍은 외적을 격파한다는 뜻으로 일반적 명칭이지 직명으로 어떤 사람을 지칭한 것은 아니다. 夜渡遼도 실제 遼寧省의 遼河가 아니라 강 이름 대용으로 쓰였다.

⊙ 玉靶角弓珠勒馬 - 玉靶는 옥으로 장식한 활의 손잡이. 角弓은 뿔로 장식한 활. 珠勒馬는 재갈을 옥으로 장식한 준마.

⊙ 漢家將賜霍嫖姚 - 漢家는 漢 조정이나 唐의 조정을 뜻한다. 霍嫖姚는 霍去病(곽거병, 기원전 140-117). 흉노족을 격파한 漢의 名將. 嫖姚(표요)는 곽거병이 제후가 되기 전의 관직 嫖姚校尉. ≪漢書 衛青 霍去病傳≫에 입전.

【詩意】 왕유는 河西節度使 최희일의 막료로 나가 있는 동안 변새지방의 풍경이나 풍습, 이민족의 강성과 병영생활 등을 묘사하였다.

이 시는 변새시이며 가행체로 지어진 칠언율시의 수작이라고 알려졌다. 출새는 樂府 제목이며 橫吹曲辭(횡취곡사)에 속한다. 전반 4구는 흉노를 묘사하였고, 후반 4구는 漢 將軍의 혁혁한 무공을 서술하였다. 이 시에는 漢代의 인물과 典故가 많이 사용되었는데 왕유가 사용한 전고는 정확하고 기세가 당당하며 시의 품격을 크게 높였다고 말할 수 있다.

塞는 중국인이 이민족과 직접 접경하거나 가까워서 군사 활동이 많은 지역이다. 秦 이후 만리장성 밖을 지칭하였고 그 범위는 계속 넓어졌다. 그런 점에서는 邊境이라 할 수 있다. 우리에게는 역사상 개척해야 할 邊境이 크게 각인되지 않아서 변경이라면 개척활동이 진행 중인 지역, 미국 서부의 프런티어(Frontier)가 먼저 떠오른다. 塞를 좁게 인식하면 要塞(요새)라 할 수 있는데 요새나 보루는 병졸이 근무하거나 생활하는 곳이라서 왕유 같은 시인이며 관리가 출장 나갈 곳은 아니다.

또 변방이라면 도성에서 먼 곳이라는 의미가 강하다. 중국인에게 塞는 '塞翁之馬(새옹지마)'란 말도 있어 쉽게 이해되는 개념이지만, 하여튼 우리가 경험하지 못한 것은 용어가 적당치 않기에 그만큼 번역도 어렵다.

## _ 60. 哭孟浩然
곡 맹 호 연

故人不可見, 漢水日東流.
고 인 불 가 견　　한 수 일 동 류

借問襄陽老, 江山空蔡州.
차 문 양 양 노　　강 산 공 채 주

&lt;맹호연을 애도하다&gt;

옛 벗을 이제는 볼 수 없는데
漢水는 날마다 東으로 흐르네.
묻노니 襄陽 노인은 어디 있소?
蔡州의 江山이 모두 비었다오.

【註釋】⊙ &lt;哭孟浩然&gt; - '맹호연을 애도하다'
　　맹호연은 開元 28년(740)에 죽었고, 왕유는 다음해에 殿中侍御史知南
　　選의 직책으로 맹호연이 살던 襄陽(양양)에 와서 그의 죽음을 듣고
　　시를 지어 애도했다.
⊙ 故人不可見 - 故人은 옛 벗(老朋友).
⊙ 漢水日東流 - 漢水는 長江의 최대 지류. 襄陽은 한수 중류에 위치했
　　다. 지금의 湖北省 襄樊市(양번시) 襄陽區.
⊙ 借問襄陽老 - 借問은 請問. 襄陽老는 孟浩然.
⊙ 江山空蔡州 - 襄陽의 峴山(현산) 동남쪽 漢水에 後漢의 長水校尉였
　　던 蔡瑁(채모)가 살아 그곳을 蔡州라 불렀는데, 맹호연이 즐겨 찾던
　　곳이었다. 맹호연의 시 &lt;與諸子登峴山&gt; 참고.

【詩意】 孟浩然(맹호연, 689?-740)은 浩라는 이름보다는 그의 字 '浩然'으로 통칭된다. 號는 鹿門處士(녹문처사)이고, 襄州 襄陽(양양, 지금의 湖北 襄陽市) 사람이기에 '孟襄陽'으로 불리기도 한다. 孟浩然과 王維(왕유)를 나란히 '王孟'이라 부른다.

맹호연은 젊은 시절 각지를 유랑했다. 당 현종 개원 16년, 장안에 와서 진사과에 응시하였으나 낙방하였다. 왕유와 맹호연은 개원 17년(729) 경에 장안에서 만나 친교를 맺은 것으로 알려졌다. 王維가 玄宗에게 孟浩然을 추천하였으나 현종은 孟浩然의 詩〈歲暮歸南山〉중에서 '不才明主棄(재주가 없다고 明主가 버렸다)'라는 구절을 보고서 "나는 卿을 버린 적이 없거늘 어찌 이리 심한 말을 하는가?"라면서 싫어하여 임용되지 않았다. 결국 이런저런 일로 벼슬길에 오르지 못했고, 은거를 원하지 않았지만 은거할 수밖에 없었다.

개원 25년(737), 장구령이 형주자사로 근무하면서 한때 막료로 데리고 있었지만 곧 옛집으로 돌아왔다. 개원 28년(740), 王昌齡(왕창령)이 襄陽을 유람하면서 孟浩然을 찾아와 생선회에 호탕하게 술을 마셨고, 왕창령이 떠나면서 맹호연은 곧 병사했다고 한다.

浮生의 存亡이야 피할 수 없다지만 뜻밖에 빨리 가버렸고 또 각별한 知己였기에 그 슬픔을 짐작할 수 있다. 고인을 그리는 정을 맹호연이 살던 양양을 지나 동으로 흐르는 漢水에 가탁하였고, '강산이 비었다'라면서 우인의 죽음을 애도하였다.


맹호연의 시가는 대부분이 5언 단편이며 題材는 거의 산수전원이나 은일생활을 묘사하였다. 맹호연은 왕유, 이백, 장구령과 교유하면서 陶淵明(도연명, 365?-427), 謝靈運(사령운, 385-433), 謝朓(사조, 464-499)의 시풍을 이어갔기에 盛唐의 山水詩人이라는 명성을 누렸다.

맹호연의 시는 속에 氣骨(기골)이 있으면서도 나타난 모습은 맑고 부드럽다. 또 그의 기풍이나 정신이 밝게 느껴진다. 특히 그의 오언시에 秀作이 많아, 맹호연의 기세와 삶을 느낄 수 있는 시를 참고로 부기한다.

<sup>망 동 정 호 증 장 승 상</sup>
# ＜望洞庭湖贈張丞相＞ － 孟浩然

<sup>팔 월 호 수 평</sup>　　<sup>함 허 혼 태 청</sup>
八月湖水平,　涵虛混太淸.

<sup>기 증 운 몽 택</sup>　　<sup>파 감 악 양 성</sup>
氣蒸雲夢澤,　波撼岳陽城.

<sup>욕 제 무 주 즙</sup>　　<sup>단 거 치 성 명</sup>
欲濟無舟楫,　端居恥聖明.

<sup>좌 관 수 조 자</sup>　　<sup>도 유 선 어 정</sup>
坐觀垂釣者,　徒有羨魚情.


## ＜동정호를 바라보며 張승상에게 드리다＞

八月 동정호의 넘실대는 수면은
허공을 머금어 하늘과 섞였습니다.
대기는 운몽택을 삶는 듯하고
파도는 岳陽城을 흔들 것 같습니다.
물을 건너려 해도 배가 없으며
평소 생활이 天子께 부끄럽습니다.
낚시 하는 사람을 보고 있노라면
괜히 잡은 고기가 탐날 뿐입니다.


【詩意】張丞相은 張九齡이다. '氣蒸雲夢澤, 波撼岳陽城'은 운몽택의 장관을 읊은 호탕하고 웅혼한 구절이라는 평판을 받고 있다. 雲夢澤은 岳陽 동북쪽에 동정호보다 약간 하류에 있었다. 한때는 동정호만큼이나 깊고 넓었으나

지금은 토사로 메워져 거의 육지가 되었고, 겨우 洪湖라는 흔적만 남아 있다고 한다.

'臨淵羨魚(임연선어)'는 누구에게나 공통된 심사이다. 물에서 다른 사람이 고기 잡는 것을 부러워 말고(臨河而羨魚), 집에 와서 그물을 짜는 것이 더 좋은 것이다(不如歸家結網). 또 괭이를 메고 비를 기다리느니(荷鋤候雨), 도랑을 치고 물을 끌어들이는 것이 더 나을 것이다(不如決渚).

그러나 그물을 짤 실도 없다면 어찌해야 하는가? 포기할 수 없다면 부탁할 수밖에 없을 것이다. 맹호연은 장구령보다 15, 6세 年下였으니 이런 시를 보내도 괜찮았을 것이다.

맹호연이 장안을 마지막으로 떠나면서 왕유에게 준 시는 매우 침통하다.

········· **參考詩　7** ·············································

### <留別王侍御維> － 孟浩然
<small>유 별 왕 시 어 유</small>

寂寂竟何待, 朝朝空自歸.
<small>적 적 경 하 대　　조 조 공 자 귀</small>

欲尋芳草去, 惜與故人違.
<small>욕 심 방 초 거　　석 여 고 인 위</small>

當路誰相假, 知音世所稀.
<small>당 로 수 상 가　　지 음 세 소 희</small>

只應守寂寞, 還掩故園扉.
<small>지 응 수 적 막　　환 엄 고 원 비</small>

### <시어사인 王維와 헤어지며>

적막 속 끝내 무엇을 기대하리오?

258

날마다 빈손으로 홀로 돌아왔었소.
꽃다운 풀을 찾으러 나섰지만
친우의 곁을 아쉽게 떠난다오.
요직의 누가 나를 밀어 주리오?
세상엔 知己가 드문 것이라오.
오로지 외로움을 이겨 가면서
돌아가 옛집 문을 닫고 살리오!


【詩意】이 시는 맹호연이 개원 17년(729)에 장안에서 낙제하고 장안을 떠나면서 왕유에게 남긴 시이다. 留別은 떠나는 사람이 남은 사람에게 주는 시이다. 산수전원 시인인 맹호연에게 이런 슬픔이 있는 줄 누가 알리오?

　首聯은 너무 침통하다. 요즈음 우리나라 젊은이보다 더 서글펐을 것이다. 왜? 맹호연은 이미 40이 넘었다. 芳草를 찾아 長安까지 왔고, 知人의 도움을 받아 애를 썼지만 이제는 포기하고 돌아가려는 頷聯(함련)에는 왕유에 대한 미안함이 넘쳐난다. 그러면서 頸聯(경련)에는 누구라 할 것은 아니지만 요로에 있는 사람들은 '왜 나를 몰라주는가?'라는 분노와 함께 자기합리화를 추구한다. 본래 세상에는 知音이 많지 않다는 것! 이것이 내 몫이고 운명이려니 하면서 그냥 잊어버리기에는 가슴이 너무 미어진다.

　맹호연의 의지는 尾聯(미련)에 확실해진다. 적막한 고향에 가서 이제 세상에 대한 욕망을 접겠다는 서러움이 뚝뚝 떨어진다. 맹호연은 그렇게 돌아왔다.

## 61. 漢江臨眺
한 강 임 조

楚塞三湘接, 荊門九派通.
초 새 삼 상 접　　형 문 구 파 통

江流天地外, 山色有無中.
강 류 천 지 외　　산 색 유 무 중

郡邑浮前浦, 波瀾動遠空.
군 읍 부 전 포　　파 란 동 원 공

襄陽好風日, 留醉與山翁.
양 양 호 풍 일　　유 취 여 산 옹


<漢江을 조망하다>


楚地의 산천은 三湘의 물에 닿았고

荊門엔 아홉개 지류가 서로 통한다.

天地의 끝으로 강물은 흘러가고

山色은 있다가 없기를 거듭한다.

城邑은 물길을 따라서 모여있고

長江은 하늘을 흔들듯 넘실댄다.

襄陽땅 풍광이 이렇듯 좋은 날에

山翁과 다같이 취해서 놀고 싶다.


【註釋】 ⊙ <漢江臨眺> - '漢江을 조망하다'

　漢江은 漢水라고도 하고 옛날에는 '沔水(면수)라 불렀다. 眺 바라볼
조. <漢江臨泛(한강임범), 한강에서 배를 띄우다>으로 된 판본도 있

다. 시인은 襄陽(양양)에서 한강을 내려다보며 시를 읊었다.

⊙ 楚塞三湘接 - 楚塞(초새)는 楚나라의 변방. 漢水 일대는 전국시대 초의 서북 변방이었다. 三湘은 3개의 湘水(상수). 상수 유역의 총칭. 瀟湘(소상), 浣湘(완상), 蒸湘(증상)을 지칭.

⊙ 荊門九派通 - 荊門(형문)은 산 이름. 형문산. 荊州로 들어가는 요지. 九派通은 여러 지류와 相通한다. 9는 많은 수를 지칭할 뿐 반드시 아홉이라는 숫자는 아니다.

⊙ 江流天地外 - 漢水는 天地 밖으로 흘러간다.

⊙ 山色有無中 - 山의 形色이 있는 듯 없는 듯하다. 구름과 안개가 많아 보이다 안 보이다 한다는 뜻. 中은 위의 外의 對. 강 가운데.

⊙ 郡邑浮前浦 - 郡邑은 여러 고을들. 浮 뜰 부. 널려 있다. 前浦는 강 앞쪽으로.

⊙ 波瀾動遠空 - 波瀾은 강에 이는 파도. 瀾 물결 란. 遠空(원공)은 먼 하늘. 파도가 치는데 작은 배를 타고 있으면 하늘이 흔들리는 것 같다.

⊙ 襄陽好風日 - 襄陽(양양)은 지금의 湖北省 襄樊市(양번시), 군사와 상업의 요지. 왕유가 이곳에서 登高하였음을 알 수 있다. 襄陽은 소설 ≪삼국연의≫에서 반드시 차지해야 할 用武之地였다. 關羽가 魏의 七軍을 水葬한 곳도 이곳이다.

⊙ 留醉與山翁 - 留醉(유취)는 머물면서 술을 마시다. 山翁(산옹)은 竹林七賢의 한 사람인 山濤(산도)의 아들 山簡(산간). 산간은 술을 무척이나 즐겼는데 한때 征南將軍으로 襄陽에 주둔했다. 이곳 양양 대부호의 멋진 園林이 있어 자주 나와 대취하여 돌아가곤 했다.

【詩意】 首聯은 荊楚의 지리적 위치의 대강을 말해 漢江을 설명하였다. 頷聯은 江流와 山色으로 주변 경관을 묘사하였다. 江流, 山色, 郡邑, 波瀾으로 이어지는 묘사가 기운차다. 頸聯은 한강에 따라 형성된 여러 성읍을 언급하였다. 이때는 소설 ≪삼국연의≫가 유행하기 전이지만, 기본 상식이 있기에 옛날 삼국의 역사를 떠올렸으리라. 尾聯은 역시 사람에 대한 이야기로

끝을 맺었다. 옛 죽림칠현과 그 아들 한 사람을 들어 술을 마시면서 옛 회포를 풀어보고 싶다는 시인의 마음을 언급하였다.

唐代의 대표시인 세 사람이 강가에서 읊은 시를 보면 산과 들과 강을 어떻게 표현했는지 그 기세와 느낌이 크게 다르다. 이렇게 다른 느낌을 주는 것이 시인의 개성이다. 누구를 좋아할지는 읽는 사람에 따라 다를 것이다.

山隨平野盡, 江入大荒流. 〈渡荊門送別〉 - 李白
산은 넓을 들을 따라와 없어지고
강은 거친 땅에 들어와 흘러간다.

星垂平野闊, 月湧大江流. 〈旅夜書懷〉 - 杜甫
별이 드리운 들판은 광활하고
달은 흐르는 큰 강서 떠오른다.

江流天地外, 山色有無中. 〈漢江臨眺〉 - 王維
天地의 끝으로 강물은 흘러가고
山色은 있다가 없기를 거듭한다.

참고로 杜甫의 〈旅夜書懷〉를 싣는다.

········ **參考詩　8** ·······································

### 여 야 서 회
### 〈旅夜書懷〉 - 杜甫

세 초 미 풍 안　위 장 독 야 주
**細草微風岸,　危檣獨夜舟.**

성 수 평 야 활　월 용 대 강 류
**星垂平野闊,　月湧大江流.**

名豈文章著,　官因老病休.
명 기 문 장 저　　관 인 노 병 휴

飄飄何所似,　天地一沙鷗.
표 표 하 소 사　　천 지 일 사 구


　　<떠도는 밤에 회포를 쓰다>


작은 풀에 미풍이 부는 강 언덕에

높은 돛대 세워 외로이 머문 밤배.

별이 드리운 들판은 광활하고

달은 흐르는 큰강서 떠오른다.

명성이 어찌 문장이 날려야 하나?

벼슬은 늙고 병들어 그만두었노라.

떠도는 이 몸 무엇과 같으리오?

하늘과 땅 사이 한 마리 물새로다.


【註釋】⊙ 〈旅夜書懷〉 - '떠도는 밤에 회포를 쓰다'

　　이 시는 대략 代宗 永泰 元年(765)에 가족을 거느리고 成都 草堂을

　　떠나 배를 타고 동으로 흘러가며 雲安(지금의 四川省 雲陽縣)에서 지

　　은 것이라고 알려졌다.

⊙ 細草微風岸 - 細草(세초)는 금방 돋아난 풀.

⊙ 危檣獨夜舟 - 危檣(위장)은 높다란 돛대. 檣 돛대 장.

⊙ 星垂平野闊 - 星垂(성수)는 별빛이 쏟아지다, 별이 드리우다. 곧 별

　　이 땅과 닿다. 垂가 臨으로 된 판본도 있다.

⊙ 月湧大江流 - 湧 샘솟을 용. 힘차게 솟아오르다. 大江은 長江.

⊙ 名豈文章著 - 著 분명할 저. 뛰어나다.

⊙ 官因老病休 - 休는 休官. 사직했다.

⊙ 飄飄何所似 - 飄 회오리바람 표. 飄飄(표표)는 바람에 펄럭이는 모양.

정처없이 떠돌다.

⊙ 天地一沙鷗 – 沙鷗(사구)는 물새. 一沙鷗라 표현한 것은 首聯의 '獨'
과 相應한다.

【詩意】首聯은 두보의 배를 중심으로 한 近景을 묘사하였다. 頷聯은 배에
서 바라보는 遠景을 묘사하였다. 頸聯에서 星垂와 月湧이 자신과는 아무런
상관도 없는 것처럼 느껴질 때 시인은 한없이 서글펐을 것이다.

곤궁과 실의에 찬 두보의 한숨에 읽는 사람도 가슴이 미어지는 것 같다. 두
보는 자기의 신세가 강가 외로운 물새와 같다고 했는데 어쩌면 자신이 물새
보다 더 불쌍하다고 느꼈을 것이다. 직업과 재산도 없는 두보에게 하루하루
끼니 때우기는 고통의 연속이었다.

'들판의 참새는 곡식이 없지만 천지는 넓다(野雀無糧天地廣)'라는 속담이 있
다. 또 '섣달에 아무리 눈이 쌓여도 참새는 굶어 죽지 않는다(臘月下雪餓不
死麻雀)'라는 속담처럼 참새나 물새는 적어도 굶지는 않는다. 이 시를 읽으
면서 착하디 착한 시인이 이런 곤궁에 처해야 하는가를 자꾸 생각한다. 시인
과 가난은 형제간인가?

본래 가난이란 선비의 日常이다(貧者士之常)라고 스스로 위안하고 지내는
경우도 많다. 그러나 젊어 가난은 가난이라 할 것도 없지만(少年受貧不算
貧), 노년에 가난해지면 가난이 사람을 죽인다(老年受貧貧死人)라고 하였다.
또 젊은이의 고생은 지나가는 바람이지만(後生苦 風吹過), 늙은이의 고생은
진짜 고생이다(老年苦 眞個苦).

늙은 두보의 가난이기에 가슴이 더 아프다.

## 62. 曉行巴峽

효행파협

際曉投巴峽, 餘春憶帝京.
제효투파협    여춘억제경

晴江一女浣, 朝日衆雞鳴.
청강일녀완    조일중계명

水國舟中市, 山橋樹梢行.
수국주중시    산교수초행

登高萬井出, 眺迥二流明.
등고만정출    조형이류명

人作殊方語, 鶯爲故國聲.
인작수방어    앵위고국성

賴多山水趣, 稍解別離情.
뇌다산수취    초해별리정


<새벽에 巴峽(파협)을 지나가다>

새벽녘에 巴峽으로 가는 길
늦은 봄날에 고향이 그립다.
날이 든 강가에 빨래하는 여인
아침 해 뜨면서 닭이 울어댄다.
강가 마을에 배가 모여 장이 서고
산위 다리는 나무 끝에 걸린 것 같다.
중턱 높은 곳에 큰 마을이 있고
멀리 강물 두개 뚜렷하게 보인다.
여러 사람 사투리가 낯설지만

꾀꼬리 울음은 고향과 같도다.

본래 山水에 익숙한 나그네라

고향이 심히 그립지는 않도다.


【註釋】 ⊙ <曉行巴峽> - '새벽에 巴峽(파협)을 지나가다'

開元 29년(741)에 왕유는 시어사로 남쪽에 출장을 나가며 荊州 襄陽 (양양)에 갔다가 뒤에 서쪽으로 長江을 거슬러 올라갔다. 이 시는 그 때 지은 것으로 알려졌다. 파협은 夔州(기주) 永安縣(지금의 重慶市 奉節縣) 동쪽의 협곡이다. 劉備가 죽은 永安縣 白帝城은 지금 重慶市 東部 長江 북안의 奉節縣으로부터 8km 거리이다. 백제성은 瞿塘峽 (구당협)을 내려다보는 지점이었으나 지금은 산샤댐(三峽大壩, Sā nxiá Dam)의 수위가 높아져 강 가운데 섬이 되었다.

⊙ 際曉投巴峽 - 際曉는 새벽녘. 投는 ~를 향하여 가다, 머무르다, ~지 경에 이르다. 巴峽은 지금의 重慶市 奉節縣 長江의 山峽.

⊙ 餘春憶帝京 - 餘春은 늦은 봄날, 끝나가는 봄, 얼마 남지 않은 봄. 憶 은 회억하다, 회상하다. 帝京은 長安.

⊙ 晴江一女浣 - 晴江은 흐렸던 날이 맑게 갠 날의 강가. 날씨가 갠 것 을 '날이 들었다'라고 한다. 浣은 빨래하다. 강가의 평화로운 풍경을 묘사.

⊙ 朝日衆雞鳴 - 朝日은 아침 해.

⊙ 水國舟中市 - 水國은 강가의 마을. 舟中市는 배들이 모여 형성된 장터.

⊙ 山橋樹梢行 - 山橋는 산에 걸친 다리. 樹梢行은 나뭇가지 끝을 걷는 것 같다.

⊙ 登高萬井出 - 登高는 산 높은 곳, 산중턱. 萬井出은 1만 호의 마을이 나타나다. 井은 市井.

⊙ 眺逈二流明 - 眺逈(조형)은 멀리 바라보다. 逈 멀 형. 二流는 長江에 흘러드는 두 지류, 閬水와 白水라는 주석이 있다. 明은 뚜렷하게 보

이다.

⊙ 人作殊方語 － 殊는 다른. 方語는 사투리.

⊙ 鶯爲故國聲 － 鶯은 黃鶯, 꾀꼬리. 故國은 고향.

⊙ 賴多山水趣 － 賴는 다행히. 힘입을 뢰. 山水趣는 산수를 즐기는 정취.

⊙ 稍解別離情 － 稍는 점점, 작다. 벼 줄기 끝 초.


【詩意】 객지를 여행하다 보면 보고 듣는 것이 고향과 다르기에 호기심을 갖게 된다. 강가에 빨래하는 여인의 모습과, 아침에 들리는 마을의 닭 울음 소리는 평화롭기만 하다. 배들이 모여 형성된 시장이나, 산에 걸친 다리를 지나가는 사람이 마치 나무 끝을 걸어가는 것 같고, 산 중턱에 형성된 큰 마을과 장강에 흘러드는 지류 등 멀고 가까운 경치를 담담하게 그렸는데 어디든 가라앉은 기분은 없다. 지방 사투리와 꾀꼬리 소리는 시인이기에 콕 집어낼 수 있는 차이일 것이다. 그리고 무엇보다도 본디 산수를 좋아했기에 객지를 떠도는 旅愁(여수)가 심하지 않다는 結聯은 왕유의 美意識이 절로 드러난 結語라 할 수 있다.

왕유가 지나간 파협은 長江의 폭이 좁아 兩岸의 경치가 한눈에 들어오는 절경인데다가 유비와 관련된 역사 현장이라서 많은 시인이 여기서 시를 읊었다. 그 중에서 가장 잘 알려진 李白의 〈早發白帝城〉을 참고로 부기한다.


········· **參考詩　9** ·································································


　　조 발 백 제 성
〈早發白帝城〉 － 李白


조 사 백 제 채 운 간　　천 리 강 릉 일 일 환
朝辭白帝彩雲間, 千里江陵一日還.

양 안 원 성 제 부 주　　경 주 이 과 만 중 산
兩岸猿聲啼不住, 輕舟已過萬重山.

## <아침에 백제성을 떠나다>

아침에 붉은 구름 사이로 백제성을 떠나
천리나 되는 강릉 먼길을 하루에 닿았다.
강가 양쪽에 원숭이 울음 그치지 않고
배는 가볍게 만겹의 산을 벌써 지났다.

【詩意】 白帝城은 '夔門天下雄(기문의 천하장관)'을 볼 수 있는 아주 좋은
지점이었다. 때문에 李白, 杜甫, 白居易, 劉禹錫은 물론 宋代의 蘇軾, 黃庭
堅, 范成大, 陸游 등이 모두 白帝城에 올라 천하장관을 보면서 시를 읊었다.
그 중에서도 이백의 〈早發白帝城〉이 인구에 가장 널리 회자된다. 이런 名詩
때문에 白帝城은 '詩城'이라는 미칭을 얻었다.

오늘의 白帝城 入口에는 毛澤東과 周恩來가 직접 손으로 쓴 〈早發白帝城〉
시가 액자로 걸려 있다고 한다. 三國時期에 蜀漢의 劉備가 伐吳에 실패하고
이곳 永安宮에 병으로 누워 있으면서 제갈량에게 어린 아들을 부탁했는데,
지금 白帝廟 內의 托孤堂(탁고당)에 '劉備託孤'의 대형 泥塑(이소, 진흙으로
빚은 조각)상이 있다. 또 白帝廟 內에 武侯祠가 있어 두보의 시 〈詠懷古跡〉
4首 그대로 '武侯祠屋常隣近, 一體君臣祭祀同'하고 있다.

## _ 63. <ruby>觀<rt>관</rt></ruby><ruby>別<rt>별</rt></ruby><ruby>者<rt>자</rt></ruby>

<ruby>青<rt>청</rt></ruby><ruby>青<rt>청</rt></ruby><ruby>楊<rt>양</rt></ruby><ruby>柳<rt>류</rt></ruby><ruby>陌<rt>맥</rt></ruby>, <ruby>陌<rt>맥</rt></ruby><ruby>上<rt>상</rt></ruby><ruby>別<rt>별</rt></ruby><ruby>離<rt>리</rt></ruby><ruby>人<rt>인</rt></ruby>.

<ruby>愛<rt>애</rt></ruby><ruby>子<rt>자</rt></ruby><ruby>遊<rt>유</rt></ruby><ruby>燕<rt>연</rt></ruby><ruby>趙<rt>조</rt></ruby>, <ruby>高<rt>고</rt></ruby><ruby>堂<rt>당</rt></ruby><ruby>有<rt>유</rt></ruby><ruby>老<rt>노</rt></ruby><ruby>親<rt>친</rt></ruby>.

<ruby>不<rt>불</rt></ruby><ruby>行<rt>행</rt></ruby><ruby>無<rt>무</rt></ruby><ruby>可<rt>가</rt></ruby><ruby>養<rt>양</rt></ruby>, <ruby>行<rt>행</rt></ruby><ruby>去<rt>거</rt></ruby><ruby>百<rt>백</rt></ruby><ruby>憂<rt>우</rt></ruby><ruby>新<rt>신</rt></ruby>.

<ruby>切<rt>절</rt></ruby><ruby>切<rt>절</rt></ruby><ruby>委<rt>위</rt></ruby><ruby>兄<rt>형</rt></ruby><ruby>弟<rt>제</rt></ruby>, <ruby>依<rt>의</rt></ruby><ruby>依<rt>의</rt></ruby><ruby>向<rt>향</rt></ruby><ruby>四<rt>사</rt></ruby><ruby>鄰<rt>린</rt></ruby>.

<ruby>都<rt>도</rt></ruby><ruby>門<rt>문</rt></ruby><ruby>帳<rt>장</rt></ruby><ruby>飲<rt>음</rt></ruby><ruby>畢<rt>필</rt></ruby>, <ruby>從<rt>종</rt></ruby><ruby>此<rt>차</rt></ruby><ruby>謝<rt>사</rt></ruby><ruby>親<rt>친</rt></ruby><ruby>賓<rt>빈</rt></ruby>.

<ruby>揮<rt>휘</rt></ruby><ruby>涕<rt>체</rt></ruby><ruby>逐<rt>축</rt></ruby><ruby>前<rt>전</rt></ruby><ruby>侶<rt>려</rt></ruby>, <ruby>含<rt>함</rt></ruby><ruby>悽<rt>처</rt></ruby><ruby>動<rt>동</rt></ruby><ruby>征<rt>정</rt></ruby><ruby>輪<rt>륜</rt></ruby>.

<ruby>車<rt>거</rt></ruby><ruby>徒<rt>도</rt></ruby><ruby>望<rt>망</rt></ruby><ruby>不<rt>불</rt></ruby><ruby>見<rt>견</rt></ruby>, <ruby>時<rt>시</rt></ruby><ruby>見<rt>견</rt></ruby><ruby>起<rt>기</rt></ruby><ruby>行<rt>행</rt></ruby><ruby>塵<rt>진</rt></ruby>.

<ruby>吾<rt>오</rt></ruby><ruby>亦<rt>역</rt></ruby><ruby>辭<rt>사</rt></ruby><ruby>家<rt>가</rt></ruby><ruby>久<rt>구</rt></ruby>, <ruby>看<rt>간</rt></ruby><ruby>之<rt>지</rt></ruby><ruby>淚<rt>누</rt></ruby><ruby>滿<rt>만</rt></ruby><ruby>巾<rt>건</rt></ruby>.


<헤어지는 사람들을 바라보며>

푸르고 푸른 버들이 늘어선 길
거리서 떠나는 사람과 헤어진다.
안쓰런 아들은 河北에 가야 하고
집에는 늙으신 부모만 남게 된다.
떠나지 않으면 모실 수 없으며
가자니 백가지 근심걱정 뿐이다.

절절히 친척과 형제에게 당부하고

구구히 이웃집 사람에게 부탁한다.

성문서 노제도 모두 마쳤으니

여기서 친척과 헤어져야 한다.

눈물을 뿌리며 앞선 일행을 따라

슬픔을 머금고 수레가 움직인다.

수레와 사람들 점점 보이지 않고

뒤에는 가끔씩 흙먼지만 날린다.

이몸도 고향을 떠난 지 오래라서

저들을 보면서 수건에 눈물적신다.


【註釋】⊙ <觀別者> - '헤어지는 사람들을 바라보며'
   觀은 바라보다, 쳐다보다, 생각하다. 이별의 아픔을 묘사한 시로, 석
   별의 정으로 자신의 관직생활의 비애를 표출하였다.
⊙ 靑靑楊柳陌 - 楊柳는 버들, 버드나무. 陌은 길. 두렁 맥.
⊙ 陌上別離人 - 陌上은 좁은 길, 논밭 사이의 길.
⊙ 愛子遊燕趙 - 燕은 춘추 이후 나라이름. 趙는 전국시대 나라이름. 燕
   은 지금의 河北省 북부, 北京市, 天津市, 遼寧省 서남부 일대를 지칭.
   趙는 지금의 河北省 남부, 山西省 중부와 陝西省 동북부 일대를 지
   칭. 長安에서 본다면 山東이다.
⊙ 高堂有老親 - 高堂은 본가.
⊙ 不行無可養 - 不行은 객지로 나가지 않으면.
⊙ 行去百憂新 - 百憂新은 온갖 근심 걱정이 생기다.
⊙ 切切委兄弟 - 切切은 간곡하게. 句句節節히.
⊙ 依依向四鄰 - 依依는 섭섭해 하는 모양, 서운해 하다. 四鄰은 이웃.
⊙ 都門帳飮畢 - 都門은 도성의 성문. 帳은 祖帳, 祖祭를 지내는 곳. 전

별연.

⊙ 從此謝親賓 - 謝親賓은 친척이나 손님과 헤어지다.

⊙ 揮涕逐前侶 - 逐은 따라가다. 前侶는 앞에 간 일행.

⊙ 含悽動征輪 - 含悽는 슬픔을 머금고. 動征輪은 먼 길 가야 할 수레
가 움직이다.

⊙ 車徒望不見 - 車徒는 거마와 일행들.

⊙ 時見起行塵 - 起行塵은 길 가는 먼지가 피어나다.

⊙ 吾亦辭家久 - 이 구절은 왕유 자신의 서술이다.

⊙ 看之淚滿巾 - 滿巾은 수건을 적시다.


【詩意】 이별이 왜 슬픔이며 고통인가? 모든 것이 다 갖추어졌다면 가족
곁을 떠나지 않아도 된다. 먹고 살기 위해 떠나야 한다면? 떠나는 사람이나
남아있는 사람이나 걱정 속에 이별을 서러워한다. 벼슬을 해야 부모를 모실
수 있다면 이곳저곳을 옮겨 다녀야 한다. 가족과 친지와 벗과 헤어져야 한
다. 이별은 가슴 아픈 슬픔이기에 이별의 시는 많고, 또 애절하다.

떠나갈 먼 길의 안전을 위해 여행길을 주재하는 祖神에게 路祭를 지내고 餞
別(전별)한다. 祖道, 祖行, 祖送은 '전별하다'는 뜻이고 祖宴, 祖帳은 송별연
이다. 떠나는 사람에게 버들가지를 꺾어 주며 이별하였다. 버들이 다시 피기
전에 돌아오라고! 또는 버들은 아무 곳에서나 뿌리를 내리고 잘 자라기에 버
들처럼 살아 잘 지내다가 돌아오라고 버들가지를 꺾어 주었다고 한다. 그래
서 이별의 시에는 버들이 자주 등장한다.

왕유도 많은 이별을 경험했다. 이별의 정은 가슴 아픈 이별을 겪은 사람이
실감나게 그 심경을 토로할 수 있을 것이다. 눈물이 많은 사람, 적은 사람이
있고, 아니면 多情多感이란 말에서 이별의 감정 역시 개성이란 것을 알 수
있다. 시인은 아픈 이별이 많았기에 이리 멋진 이별의 시를 지을 수 있었으
리라.

## 64. 送別 (五古)
<small>송 별</small>

下馬飮君酒, 問君何所之.
<small>하 마 음 군 주　　문 군 하 소 지</small>

君言不得意, 歸臥南山陲.
<small>군 언 부 득 의　　귀 와 남 산 수</small>

但去莫復問, 白雲無盡時.
<small>단 거 막 부 문　　백 운 무 진 시</small>


&lt;헤어짐&gt;

말에서 내려 한잔을 권하면서

묻기를 당신 어디로 가시나요?

당신은 뜻을 얻지 못했다면서

종남산 기슭 아래 은거한다네.

그러면 가오, 다시 묻지 않나니

흰구름 없을 날이 없을 터이니!


【註釋】 ⊙ &lt;送別&gt; - '헤어짐'

이 시는 남을 송별한 시가 아니고 自問自答하는 형식으로 자신의 은
퇴하려는 심정을 적은 시로 해석하면 뜻이 잘 통한다. 즉 묻는 자도
王維이고, 대답하는 사람도 왕유이다.

⊙ 下馬飮君酒 - 飮 마실 음. 여기서는 동사로 쓰였다. 君에게 酒를 마
시게 하다. 이는 아주 평범한 시작이다. 그냥 꾸밈없는 무대의 막이
올랐다.

⊙ 問君何所之 – 何所는 어디로. 之는 往.

⊙ 君言不得意 – 不得意(부득의)는 得意하지 못해, 마음대로 되지 않다. 不得已(부득이)가 아니다. 不得已는 할 수 없이, 마지못해서. 이는 歸山의 이유를 말한 구절이다. 물론 여기에는 왕유 본인의 깊은 뜻도 들어있다. 우인의 말은 '～南山陲'까지이다.

⊙ 歸臥南山陲 – 南山은 終南山. 그곳의 輞川(망천)에 왕유의 별장이 있었다. 陲 변방 수. 가장자리.

⊙ 但去莫復問 – 莫 없을 막. 하지 말라(勿). 問이 聞으로 된 책도 있다. 聞인 경우에는 '더 들을 말이 없다'는 뜻.

⊙ 白雲無盡時 – 無盡時는 다할 때가 없다, 언제나 있다. 세상 名利를 초월한 白雲은 언제나 있을 것이니 그를 벗 삼아 지내겠다는 뜻을 알 수 있다.

【詩意】 이 시는 王維가 自問自答하는 형식으로 紅塵(홍진)의 벼슬살이에서 벗어나 白雲처럼 悠然自適(유연자적)하려는 심정을 읊은 것이다.

明의 唐汝詢(당여순)은 ≪唐詩解≫에서 '이 시는 현명한 선비가 돌아가 은퇴한다는 내용의 시다. 그러나 스스로 묻고 대답하는 형식을 빌려 자기의 심정도 그와 같음을 말한 것이다. 또한 더 묻지 말라! 언제까지나 흰 구름 같을 것이라는 구절로 충분히 스스로 즐겁다는 뜻을 나타냈다'고 하였다.

淸의 吳喬(오교)는 ≪圍爐詩話(위로시화)≫에서 '王維의 오언고시는 더없이 좋고 아름답다. 〈送別〉 같은 시는 ≪詩經≫에 들어갈 만하다(王右丞五古 盡善盡美矣 觀送別篇可入三百)'고 하였다.

그리고 詩歌 이론으로 格調說을 주장한 淸나라의 沈德潛(심덕잠, 1673-1769, 호 歸愚)은 ≪唐詩別裁(당시별재)≫에서 '언제나 흰 구름처럼 유연하고 족히 스스로 즐겁다면, 뜻을 못 얻었다고 말할 수 없을 것이다(白雲無盡 足以自樂 勿言不得意也)'라고 평했다.

## _ 65. 自大散以往, ~
자 대 산 이 왕

危徑幾萬轉, 數里將三休.
위 경 기 만 전　수 리 장 삼 휴

回環見徒侶, 隱暎隔林丘.
회 환 견 도 려　은 영 격 림 구

颯颯松上雨, 潺潺石中流.
삽 삽 송 상 우　잔 잔 석 중 류

靜言深谿裏, 長嘯高山頭.
정 언 심 계 리　장 소 고 산 두

望見南山陽, 白露靄悠悠.
망 견 남 산 양　백 로 애 유 유

靑皐麗已淨, 綠樹鬱如浮.
청 고 려 이 정　녹 수 울 여 부

曾是厭蒙密, 曠然銷人憂.
증 시 염 몽 밀　광 연 소 인 우


<대산관에서 출발하여 ~>

가파른 비탈길 몇 만 번을 돌고 돌아
몇 리를 오면서 세 번을 쉬어야 했다.
모퉁이를 돌면 길손이 보이더니
숨었다가 보였다 수풀에 가렸다.
쏴~쏴 솔밭 위로 비가 지나가고
졸~졸 돌틈 사이 물이 흘러간다.
목소리 낮춰 깊은 골을 지나가서
산높이 꼭대기서 숨을 크게 쉰다.

終南山 남쪽이 멀리에 보이고
白日은 안개 구름속에 묻혔다.
靑山은 곱고도 아주 정갈하며
綠林은 빽빽이 하늘로 솟았다.
우거진 숲을 싫도록 즐겼더니
탁트인 경치 근심을 날려준다.


【註釋】⊙ <自大散以往, ~> - 원제는 <自大散以往, 深林密竹,磴道,盤
曲,四五十里, 至黃牛嶺見黃花川>이다. '大散關에서 출발하여 深林과
빽빽한 대나무 숲, 비탈길, 굽은 길 4, 50리를 걸어와 黃牛嶺에 올라
서 黃花川을 바라보다'
大散은 大散關, 보통 散關(지금의 陝西省 寶鷄市 서남)이라 통칭한다.
唐 수도 長安城(지금의 陝西省 省都인 西安市)은 關中 땅의 중앙부에
자리 잡고 있다. 關中은 秦의 四塞(사새)인 동쪽의 函谷關(함곡관),
북쪽의 蕭關(소관), 서쪽의 大散關, 남쪽의 武關에 둘러싸인 沃野 千
里의 땅을 말한다. 磴 돌 비탈길 등. 盤曲은 구부러진 길. 黃牛嶺은
大散關 남쪽 黃花川에 이르는 길목의 고개.
⊙ 危徑幾萬轉 - 危徑은 험준한 샛길. 徑 지름길 경. 길, 지름.
⊙ 數里將三休 - 몇 리를 가면서 세 번이나 쉬어야 했다는 뜻. 將은 동
작의 지속이나 개시를 뜻하는 조동사로 쓰였다. ~해야 한다.
⊙ 回環見徒侶 - 徒侶(도려)는 길 가는 사람.
⊙ 隱暎隔林丘 - 隱暎(은영)은 안 보였다가 나타났다 하는 모양. 暎 비
출 영. 映의 속자.
⊙ 颯颯松上雨 - 颯颯(삽삽)은 바람 부는 소리, 또는 비 오는 소리, 쏴
쏴. 颯 바람소리 삽.
⊙ 潺潺石中流 - 潺潺(잔잔)은 물 흐르는 소리, 졸졸. 비 오는 소리, 주

룩주룩. 潺 물 흐르는 소리 잔.

⊙ 靜言深谿裏 – 靜言은 낮은 소리로 말하다.

⊙ 長嘯高山頭 – 長嘯는 큰 소리를 지르다, 길게 휘파람을 불다. 嘯 휘
파람 불 소.

⊙ 望見南山陽 – 南山陽은 終南山의 남쪽 기슭.

⊙ 白露靄悠悠 – 靄 아지랑이 애. 雲靄, 안개구름. 悠 멀 유. 悠悠는 오
래다, 많다. 허공에 떠 있는 모양.

⊙ 靑皐麗已淨 – 皐 언덕 고. 麗已淨은 곱고도 정갈하다. 麗 고울 려. 빛
나다.

⊙ 綠樹鬱如浮 – 鬱 빽빽할 울.

⊙ 曾是厭蒙密 – 厭은 물리다. 여기서는 마음껏 즐기다, 실컷 보았다. 蒙
密(몽밀)은 수목이 울창하고 枝葉이 빽빽하다.

⊙ 曠然銷人憂 – 曠然(광연)은 들판이 탁 트인 모양. 曠 밝을 광. 넓다.
銷 녹일 소.


【詩意】 이 시는 大散關에서 黃花川에 이르는 여정에서 보고 느낀 것을 술
회하였다. 제목에서 여행의 대략을 설명하였다. 장안 서쪽 대산관은 서역으
로 나가는 관문이며 요로였다. 거기서 동쪽으로 황화천까지 오면서 울창한
숲과 빽빽한 대나무 숲도 지났고, 험하고 좁은 길을 돌고 돌며 4, 50리를
걷고, 황우령이라는 고개에서 탁 트인 전망과 함께 황화천을 내려다보는 상
쾌함을 매우 사실적으로 묘사하였다.

## _ 66. 隴頭吟

長城少年遊俠客,　夜上戍樓看太白.

隴頭明月迴臨關,　隴上行人夜吹笛.

關西老將不勝愁,　駐馬聽之雙淚流.

身經大小百餘戰,　麾下偏裨萬戶侯.

蘇武才爲典屬國,　節旄落盡海西頭.


<隴山에서 읊다>

長城의 소년은 협객으로 자랐는데
한밤에 수루에 올라 천문을 본다.
隴山에 높이 뜬 달이 변방을 비추는데
행인이 부는 한 밤의 피리소리 들린다.
關西의 노장은 수심을 떨칠 수 없어
멈춰선 말에서 들으며 눈물 흘린다.
늙도록 大小 전투 백 여 차례 겪으며
部將도 출세해 만호의 제후가 되었다.
충절의 蘇武도 귀국해 典屬國이었는데
갖고간 持節은 북해 서쪽서 닳아버렸다.

【註釋】⊙ <隴頭吟> - '隴山에서 읊다'

歷戰의 老將이 공을 세웠지만 封賞을 받지 못한 悲憤을 묘사하였다. <隴頭吟>은 본래 樂府題로 漢의 橫吹曲辭이다. <隴頭水> 또는 <邊情>이라고도 한다.

⊙ 長城少年遊俠客 - 遊俠(유협, 游俠)은 널리 교우하면서 타인의 환난을 구제하는 용기를 가진 사나이다. 漢은 무예와 용기를 가진 하층민이 세운 나라이고, 그런 사람들이 왕후장상으로 영화를 누렸다. 따라서 漢代에는 유협의 기풍이 마치 시대풍조처럼 유행하였다. 《史記》와 《漢書》에 모두 <遊俠傳>이 있다.

⊙ 夜上戍樓看太白 - 戍樓(수루)는 변방의 초소. 太白은 太白星(金星, 啓明星). 전쟁을 주관한다. 천문에 관한 상식은 장수의 기본 자질에 속했다.

⊙ 隴頭明月迥臨關 - 隴은 隴山, 陝西省 隴縣에서 甘肅省에 이어진 크고 험한 산맥. 迥 멀 형. 천공에 높이 뜬 모양.

⊙ 隴上行人夜吹笛 - 吹笛(취적)은 胡笛을 불다.

⊙ 關西老將不勝愁 - 關西는 函谷關 서쪽. 지금의 山西省이나 甘肅省 지역. 변방이라서 尙武정신이 강해 '關西出將, 關東出相'이란 말도 있다.

⊙ 駐馬聽之雙淚流 - 雙淚流는 두 줄기 눈물을 흘리다.

⊙ 身經大小百餘戰 - 經은 거치다, 경험하다.

⊙ 麾下偏裨萬戶侯 - 偏裨는 副將. 萬戶侯는 1만 호 식읍을 받는 제후.

⊙ 蘇武才爲典屬國 - 蘇建의 아들 蘇武(소무, ?-기원전 60)는 무제 때 中郞將으로 흉노에 사신으로 갔다가 억류(기원전 100년)되어 바이칼 호반에서 양을 기르며 곤경을 겪었으나 지조를 지켜 투항하지 않았다. 무제 다음 昭帝 始元 6년(기원전 81) 봄에 장안으로 돌아왔다(《漢書, 54권, 李廣蘇建傳》에 立傳). 才는 겨우(纔). 典屬國은 漢代의 관직명. 漢代에 변방의 군에 설치된 투항한 이민족의 집단 거주지를 속국이라 하였다. 변방의 속국을 관리하고 이민족에 대한 외교 업무를 처리하는 직책이 전속국이다.

⊙ 節旄落盡海西頭 - 節旄(절모)는 사신으로 나가면서 가지고 가는 황
　제의 符節. 사신의 깃발에 매단 깃대의 쇠꼬리(牛尾) 모양 장식이 旄
　(깃대 장식 모)이다. 海西는 바이칼 호(貝加爾湖)의 서쪽. 중국인들은
　내륙의 큰 호수를 海라고 한다(예, 北京 中南海).

【詩意】 이 시에서 壯志를 품은 소년이 老將이 될 때까지 겪은 온갖 풍상과
역경은 결국 처량한 胡笛의 가락에 실려 있다. 본래 세상사란 것이 이처럼
不公平한 것인가? 왕유는 才學을 가지고서도 불우한 자신의 심경을 토로하
고 있다.
　前漢 蘇武(소무)의 충절은 중국인이 애국사상을 고취할 때 흔히 예로 든다.
19년을 흉노에 억류되었다가 귀국한 뒤에 겨우 典屬國이 되었다. 그렇지만
전속국은 卿의 반열에 속한 관직이었고, 昭帝 다음에 즉위한 宣帝도 소무를
매우 존중하였다.

## 67

送別 <sup>송 별</sup> (五絶)

山中相送罷, 日暮掩柴扉.
<sub>산 중 상 송 파</sub>   <sub>일 모 엄 시 비</sub>

春草明年綠, 王孫歸不歸.
<sub>춘 초 명 년 록</sub>   <sub>왕 손 귀 불 귀</sub>

&lt;송별&gt;

산에 살다가 서로를 보내고
날이 저물어 사립을 닫는다.
봄풀 내년에 다시 또 푸르면
벗은 오겠나? 아니 오겠나?

【註釋】⊙ &lt;送別&gt; - '송별'
　같은 제목의 五言古詩가 있어 이를 &lt;山中送別&gt;, 또는 &lt;送友&gt;라고
제목을 단 책도 있다.
⊙ 山中相送罷 - 罷 그만둘 파. 쉬다, 끝내다, 後에.
⊙ 日暮掩柴扉 - 日暮(일모)는 해가 지다. 掩 가릴 엄. 닫다. 柴 땔나무
시. 섶. 扉 문짝 비. 柴扉는 사립문. 사립문을 닫는다는 것은 찾아올
사람이 없다는 의미이다. 그렇다면 여기서 시인의 고독을 느낄 수 있
다고 해석한다면 그는 아마 왕유를 모르는 사람일 것이다. 은거하는
사람은 고독을 즐길 수 있으니 은거하는 것이다.
⊙ 春草明年綠 - '春草年年綠'으로 된 책도 있다.
⊙ 王孫歸不歸 - 王孫은 귀인, 友人, 왕유가 전송한 사람. 歸不歸는 올
것인지? 아니 올 것인지? 의문이지만 돌아오지 않을 것이라는 확신

이 있기에 이렇게 표현했을까? 한번은 생각해 보아야 할 것이다.

【詩意】이 시는 기승전결이 확실하다. 1구에서는 이별의 장소, 2구는 전송한 뒤 돌아왔고, 3구는 내년 봄을 말하고서, 4구에서 다시 오기를 기다리는 眞情을 말했지만 확신은 없는 것 같다.

이별의 아쉬움은 이미 지난 것이고, 내년 봄에 상봉의 기쁨을 기대하며 별리의 정을 담담히 받아들이는 시인의 마음을 그렸다. 그야말로 '의중에 또 다른 뜻이 있고(意中有意)', '맛보면 또 다른 맛이 나는(味外有味)'詩라 할 수 있다.

王維의 送別詩는 몇 가지 유형으로 나누어 생각할 수 있다.

友人이 임무를 받은 관리로서 任地를 향할 때 격려하며 국가를 위해 충성을 다 해달라는 뜻을 전달하는 이별의 시가 있다. 또 〈送綦毋潛落第還鄉〉과 같이 山水에 은거하려는 벗이나 가까운 지인의 이별을 진정으로 위로하며 아쉬운 정감을 가득 담아 표현한 전별의 시가 있다. 그리고 관리들이 보내온 시에 화답하는 이별의 시도 있는데, 그러한 시에는 敍景에 중점을 두고 別離의 정을 표현하였다.

# 송 최 구 제 욕 왕 남 산
## _ 68. 送崔九弟欲往南山

성 우 일 분 수　　기 일 환 상 견
**城隅一分手, 幾日還相見.**

산 중 유 계 화　　막 대 화 여 산
**山中有桂花, 莫待花如霰.**


<終南山에 가는 최씨 아홉째 아우를 전송하다>

성 모퉁이서 헤어지는데
며칠 지나야 다시 오겠는가?
산중에 계수나무 꽃이 필 것이니
꽃이 질 때까지 기다리지 말게나.


【註釋】⊙ <送崔九弟欲往南山> - '終南山에 가는 최씨 아홉째 아우를
　전송하다'
　　제목이 <送崔九弟欲往南山馬上口號與別>로 된 책도 있다.
⊙ 城隅一分手 - 城隅는 성 밖의 어느 곳.
⊙ 幾日還相見 - 幾日은 며칠.
⊙ 山中有桂花 - 桂花는 계수나무 꽃이 필 것이다.
⊙ 莫待花如霰 - 꽃이 지기 전에 돌아오라는 당부. 霰 싸라기눈 산. 흩
　어지다, 꽃이 지다.


【詩意】崔九弟는 왕유의 처남인 崔興宗이다. 종남산에 들어가더라도 오래
있지 말라는 당부이다. 왕유의 <送崔九興宗遊蜀>(五律), <送崔興宗>(五律)도
있다.

<송 최 구>
**〈送崔九〉** - 裴迪


귀 산 심 천 거　　　수 진 구 학 미
**歸山深淺去,　須盡丘壑美.**
막 학 무 릉 인　　　잠 유 도 원 리
**莫學武陵人,　暫游桃源裏.**


〈최씨 아홉째를 보내며〉


산에 살려 멀리나 가까이 가든
오직 좋은 산천을 찾아야 하오.
본받지 말지어니, 武陵 사람은
桃源서 잠깐 놀다 돌아왔다오.


【詩意】崔九는 王維의 처남인 崔興宗이며 배적의 벗이다. 왕유와 함께 산
수에 은거하며 즐겼던 사람인데, 최흥종의 입산을 송별하면서 陶淵明의〈桃
花源詩〉序文에 나오는 武陵의 어부처럼 잠깐 머물다 돌아오지 말라는 뜻을
피력했다. 武陵 漁夫를 본받지 말라는 뜻에는 굳이 도화원과 같은 곳을 찾지
말라는 당부로 해석할 수도 있다. 왜냐하면 그런 곳은 실제로 없기 때문일
것이다. 이는 진실한 벗으로서 眞情의 충고일 것이다.

## _ 69. 送韋評事

욕 축 장 군 취 우 현　　사 장 주 마 향 거 연
## 欲逐將軍取右賢, 沙場走馬向居延.

요 지 한 사 소 관 외　　수 견 고 성 낙 일 변
## 遙知漢使蕭關外, 愁見孤城落日邊.


### <韋評事를 전송하다>

장군 따라서 우현왕을 포로로 잡으려고
전쟁터 사막, 말을 달려 居延으로 향한다.
멀리서도 알리라, 조정 관리는 蕭關을 나가
걱정속에 변새의 孤城 落日을 바라볼 것을.


【註釋】 ⊙ <送韋評事> - '韋評事를 전송하다'
　　韋는 성씨. 손질한 가죽 위. 재판 담당 관청인 大理寺(대리시)에 형량
　　을 평정하는 8品의 評事가 있었다.
⊙ 欲逐將軍取右賢 - 取右賢은 우현왕을 사로잡다. 取는 포로로 잡다.
　　우현왕은 흉노의 관직명. 흉노의 황제라 할 수 있는 單于(선우) 아래
　　左, 右賢王을 두었는데 관할 지역을 달리하였다. 漢의 車騎將軍 衛靑
　　(위청)은 우현왕을 포위 공격하였으나 포로로 잡지는 못했다. ≪漢書
　　衛靑霍去病傳≫ 참고.
⊙ 沙場走馬向居延 - 沙場은 사막의 戰場. 居延은 漢代의 張掖郡의 縣
　　名. 지금의 內蒙古 서남부에 해당. 그곳 호수를 漢代에 '居延澤,' 唐代
　　이후로는 '居延海'로 불렸으나 사라졌다.
⊙ 遙知漢使蕭關外 - 漢使는 韋評事. 蕭關은 관중에서 서역으로 나가는

관문. 지금의 寧夏回族自治區 固原市.

⊙ 愁見孤城落日邊 – 邊境의 孤城에 지는 해를 근심 속에 바라볼 것이
다.

【詩意】 서역 邊塞에 종군하러 나가는 우인을 전송한 시이다. 1, 2구는 우
인이 큰 공을 세우기를 축원하는 뜻에서 고사를 인용하였는데 진취적 기상이
농후하다. 그러나 3, 4구는 분위기를 바꿔 변방에서 고생할 우인의 모습을
상상하였다. 그러나 어찌 보면 이는 친우를 보내는 사람의 진정이다. 변새에
나가 일정기간 근무하면, 돌아와 승진할 수 있기에 그 먼 변새에 출장 내지
파견을 갔을 것이다. 그러니 격려해야 한다. 또 그 변새의 위험을 걱정 안할
수도 없으니 위로하는 것이다. 짧은 절구에 시인의 진정과 비장한 정감이 가
득하다.

## _ 70. 送元二使安西
<small>송 원 이 사 안 서</small>

渭城朝雨浥輕塵, 客舍靑靑柳色新.
<small>위 성 조 우 읍 경 진　객 사 청 청 류 색 신</small>

勸君更盡一杯酒, 西出陽關無故人.
<small>권 군 갱 진 일 배 주　서 출 양 관 무 고 인</small>


<安西에 출장 가는 元二를 전송하다>

渭城의 아침 비는 흙먼지를 적셨고
객사의 푸른 버들 새 잎이 싱그럽다.
그대께 권하니 다시 한잔 더 비우시길
서쪽 陽關으로 가면 아는 이 없으리오.


【註釋】⊙ <送元二使安西> - '安西에 출장 가는 元二를 전송하다'
길 떠나는 사람을 전송하며 부르는 樂府題이다. 渭城은 지금의 陝西
省 咸陽市 관할 渭城區. 秦의 도성 咸陽(함양)을 '渭水에 있는 城'이
라는 뜻으로 渭城으로 바꿔 불렀다. 西域(서역)으로 떠나가는 사람을
이곳에서 전송했다. 제목을 <渭城曲>, <陽關曲>, <陽關三疊(양관삼
첩)>이라 한 책도 있다. 이 시는 天寶 초년의 작품이라고 알려졌다.
⊙ 渭城朝雨浥輕塵 - 浥 젖을 읍. 적시다. 輕塵은 흙먼지.
⊙ 客舍靑靑柳色新 - 客舍는 客館. 어디든 객사 주변에는 버들을 심었
다. 계절적으로는 이른 봄이다. 이상 두 구절은 위성과 객사의 정경
에 대한 묘사이다.
⊙ 勸君更盡一杯酒 - 更盡(갱진)은 또 다 마시다. 떠나는 사람에게 잘
다녀오라며 권하는 한잔 술, 그래도 한 잔을 또 권하고 싶을 것이다.

아주 평범한 일상에 대한 단순한 서술이지만 거기에 眞情이 있으니 모두가 공감하는 것이다.

⊙ 西出陽關無故人 – 陽關은 敦煌市 西南 70여 리 지점. 漢 武帝 時期에 건립. 玉門關의 남쪽이기에 陽關이라 부르고 玉門關과 함께 '二關'이라 하였다. 交通의 요지이며 西域 南路를 지키는 군사기지였다. 이 구절은 陽關을 나가서 서쪽으로 더 간다는 뜻이 아니라 일차 목적지 陽關을 향해 장안에서 서쪽으로 간다는 뜻. 長安에서 양관도 너무 먼 거리이니 장안과 양관 사이에도 '無故人'할 것이다.

【詩意】送別詩 중에서 가장 잘 알려진 걸작이다. 唐人의 전별시는 셀 수 없을 정도로 많지만 이 시가 제일이며, 또 만고의 절창으로 이후의 어떤 이별 시도 왕유의 이 시보다 낫지 않다는 평가를 받고 있다. 이 시는 가장 평이한 구어로 쓰였고 심각한 말은 하나도 없지만 이별의 정서 모두를 대변하며, 떠나는 사람에게 이보다 더 좋은 위로는 없다고 하였다. 唐宋代에는 송별의 술자리에서, 혹은 주루에서 애창되었다.

머리 두 句에서는 이별의 계절과 경치, 장소와 시간을 밝혔고, 3, 4句에서는 술을 한 잔 더 권하는 이별의 정을 토로하였다. 특히 결구인 '西出陽關無故人'은 이별의 모든 뜻을 다 포함하고 있다. 먼 길을 가다 보면 나 같은 지인을 만나기 어려울 것이다. 그러니 여기서 술 한 잔 더 마시라는 위로는 매우 현실적이다. 여기에는 떠나는 사람과 보내는 사람의 마음이 모두 하나가 되었다.

이는 初唐 시인 王勃(왕발)의 〈送杜少府之任蜀州〉'海內存知己, 天涯若比鄰 (천하에 지기만 있다면, 하늘 끝이라도 이웃과 같으리)'과 盛唐 시인 高適 (고적)의 〈別董大〉'莫愁前路無知己, 天下誰人不識君(가는 길에 아는 사람 없다고 걱정하지 마오, 천하에 그 누가 당신을 몰라주겠소)'이라는 구절보다 더 절실한 위로의 말이라고 생각된다.

사실 왕발의 위로는 그 뜻이 너무 크다는 느낌이 온다. 온 천하의 모두가 다 이웃인데 아는 사람 없다고 걱정하지 말라는 뜻은 평범한 사람에게 금방 와 닿지 않는다. 또 고적의 '천하 사람들 그 누가 벗을 몰라주겠느냐? 당신의 인품이 훌륭하니 누구나 알아줄 것이다'라는 위로도 진정이긴 하나 보통

사람인 나에게 좀 과분한 것 같다는 생각도 들 것이다. 하여튼 왕유의 이 시는 누구나 그 정을 공감할 수 있기에 절창이 되었다.

이 시는 詩語가 질박하고 뜻이 돈후하며 映像이 생동하여 술자리에서 부르기에 딱 좋은 노래이다. 이 노래를 酒樓에서 어떻게 불렀을까? 그 창법에 대하여 蘇東坡가 설명한 글이 있는데 다음과 같다.

"전부터 전해오는 陽關三疊(양관삼첩)이 있는데 지금은 노래하는 사람이 각 구절을 두 번씩 두 번을 부르는데 이는 四疊이 되니 옳지 않다. 또 각 구를 세 번씩 불렀다고 삼첩이라고 말하기도 한다. 내가 密州에서 듣기로는 … 또 白居易가 읊은 '相逢且莫推辭醉 聽唱陽關第四聲'이라는 구절이 있는데 '第四聲'은 '勸君更盡一杯酒' 句이다. 그러니 부르는 방법은 首句는 두 번 부르지 않고 나머지는 두 번씩 겹쳐 부르는 것이다."라고 하였다. 소동파의 설명대로 부르는 방식을 정리하면 아래와 같다.

渭城朝雨浥輕塵
客舍靑靑柳色新
客舍靑靑柳色新. （1疊1첩）
勸君更盡一杯酒 （白居易가 말한 第四聲）
勸君更盡一杯酒 （2疊）
西出陽關無故人
西出陽關無故人. （3疊）

이 밖에 부르는 방식에 대하여 두세 가지 방식이 더 있는데 마지막 結句를 모두가 세 번 합창하는 방식도 있다고 하였다.

## _ 71. 伊州歌 (이주가)

淸風明月苦相思, 蕩子從戎十載餘.
(청풍명월고상사) (탕자종융십재여)

征人去日殷勤囑, 歸雁來時數附書.
(정인거일은근촉) (귀안래시삭부서)


### <이주가>

淸風에 달밝은 밤에도 임 생각 괴로우니

蕩子가 종군한 지 벌써 십년이 넘었다오.

떠나간 사람이 가던 날 은근히 부탁했지요.

기러기 돌아올 때마다 자주 소식 전하라고!


【註釋】⊙ <伊州歌> - '이주가'

伊州는 曲調名으로, 서역의 지명이다. 변방의 지명으로 곡조 이름을 지었다. 당 태종 때 西域에 伊州를 설치했는데 지금의 新疆維吾爾自治區 동부 哈密地區의 哈密市이다.

⊙ 淸風明月苦相思 - 淸風明月은 서늘한 바람이 부는 달 밝은 밤. 苦相思하는 배경이 된다.

⊙ 蕩子從戎十載餘 - 蕩子는 고향 떠나 방랑하는 사람. 주색에 빠진 사람. 집 떠난 남편을 말함. 從戎은 군대에 가다. 공을 세워 출세하려고 자원했을 것이다. 十載餘는 10년이 넘다. 載는 年.

⊙ 征人去日殷勤囑 - 征人은 出征한 사람. 殷勤(은근)은 慇懃(은근). 囑 부탁할 촉. 10년 전의 회상이면서 10년간의 간절한 기다림이 담겨져 있다.

⊙ 歸雁來時數附書 - 數 자주 할 삭. 附書는 소식을 보내다.

【詩意】 이는 규방 여인이 출정한 夫君을 기다리는 노래인데 梨園에서도 오랫동안 전해 온 인기가요였다. 淸風明月이기에 더욱 임 생각이 간절했을 것이다. 방랑 기질이 있는 남자라서 집 떠난 지가 벌써 10년이 넘었으니 그 閨怨(규원)을 짐작할 수 있다.

낭군이 떠나는 날 기러기 올 때마다 자주 소식 전해 달라고 부탁했지만 집 떠난 이후 소식이 없음을 짐작할 수 있다. 통속적 언어에 간결 소박하나 그 의미가 깊고 진정한 감정이 많은 사람들이 즐겨 불렀을 것이다.

## _ 72. 送趙都督赴代州得靑字
송 조 도 독 부 대 주 득 청 자

天官動將星, 漢上柳條靑.
천 관 동 장 성　　한 상 류 조 청

萬里鳴刁斗, 三軍出井陘.
만 리 명 조 두　　삼 군 출 정 형

忘身辭鳳闕, 報國取龍庭.
망 신 사 봉 궐　　보 국 취 용 정

豈學書生輩, 窗間老一經.
기 학 서 생 배　　창 간 노 일 경


< 趙都督이 代州에 부임하는데 ~ >

천상의 성좌 將軍星이 움직이니

漢땅의 봄날 버들가지 푸르도다.

만리길 변방에 刁斗(조두)치는 소리

삼군은 벌써 井陘(정형)을 출발했다.

일신을 생각 않고 황궁을 떠나왔으니

胡地의 적을 치고 보국충성 하시오.

어찌 하여 서생 무리를 본받아서

창문 아래 경전 한권에 몰두하리오?


【註釋】⊙ <送趙都督赴代州得靑字> – '趙都督이 代州에 부임하는데
靑字 韻으로 지어 전송하다'

趙都督은 實名 미상. 都督은 州의 군사 지휘관. 代州(雁門郡으로 개
명)는 지금의 山西省 북쪽의 朔州市 代縣에 해당. 송별연에서 시를
짓는데 왕유는 靑字 운을 뽑았고 그에 맞춰 지은 五言律詩이다

⊙ 天官動將星 — 天官은 하늘의 星座. 고대에는 성좌를 가지고 황제나 장상을 상정했고, 그 운행에 따라 인간사가 달라진다고 믿었다. 將星은 전쟁과 정벌을 주관하는 별. 太白星. 動將星은 군사 지휘관으로 나가는 일이 天時에도 부응한다는 뜻.

⊙ 漢上柳條靑 — 柳條靑은 계절로 봄이다. 柳條는 漢代 周亞夫의 細柳營을 의미.

⊙ 萬里鳴刁斗 — 刁斗(조두)는 銅製로 낮에는 취사용 솥으로 사용하고, 밤에는 이를 두드리며 순찰을 돈다. 前漢의 장군 程不識(정불식)은 밤마다 조두를 치며 순찰을 돌게 하며 부대를 엄격하게 지휘했다는 기록이 ≪漢書 李廣蘇建傳≫에 있다. 이를 본다면 왕유는 ≪漢書≫를 외우다시피 읽었다는 것을 짐작할 수 있다.

⊙ 三軍出井陘 — 三軍은 군사의 일반적 총칭. 井陘(정형)은 지금의 河北省 石家庄市 관할의 井陘市. 여기서 韓信이 趙의 군사를 대파하고 河北을 차지한다. 한신과 같은 뛰어난 능력으로 공을 세우라는 뜻. 군사가 정형에서 출전한다는 뜻은 아니다.

⊙ 忘身辭鳳闕 — 辭는 보직을 받아 신고하고 출발하다. 鳳闕은 漢代의 궁궐명. 여기서는 당의 조정.

⊙ 報國取龍庭 — 龍庭(龍城)은 흉노의 單于(선우)가 온 부족을 이끌고 祭天하는 장소. 용정을 수시로 옮겼다고 한다. 지금의 내몽고지역.

⊙ 豈學書生輩 — 이 구절은 投筆從軍하여 立身하는 것도 좋다는 뜻.

⊙ 窗間老一經 — 窗間은 창문 아래. 老는 늙어가다. 一經은 五經의 하나. 당대의 과거는 오경 중 一經만 택해 응시하였다.


【詩意】 출정하는 우인을 격려하는 따뜻한 情이 넘친다. 수련에서는 출정이 천시에 부합하고 봄철이라고 격려하였다. 二聯에서는 엄격한 부대 통솔과, 한신과 같은 공을 세우라는 격려 겸 당부의 뜻이 있고, 三聯에서는 먼 곳 代州에서 큰 공을 세울 수 있으리라는 기대를 말했다. 이어 결련에서는 사나이가 어찌 경전 한 권을 읽으며 늙을 수 있겠는가? 班超(반초)와 같이 投筆從軍(투필종군)도 훌륭하다는 왕유 자신의 기개를 표출하였다.

송 장 오 귀 산
# _ 73. 送張五歸山

송 군 진 추 창　　부 송 하 인 귀
送君盡惆悵, 復送何人歸.

기 일 동 휴 수　　일 조 선 불 의
幾日同攜手, 一朝先拂衣.

동 산 유 모 옥　　행 위 소 형 비
東山有茅屋, 幸爲掃荊扉.

당 역 사 관 거　　기 령 심 사 위
當亦謝官去, 豈令心事違.


## <산에 돌아가는 張五를 보내며>

산에 가는 벗 보내며 슬퍼했거늘

다시 전송하니 가는 이 누구인가?

겨우 며칠을 같이 지냈지만

어느 아침에 먼저 털고 나섰네.

東山에 있는 村家에서

사립을 쓸고 기다려 주오.

응당 관직 버리고 들어갈거늘

어찌 마음 괴롭게 살아야겠나?


【註釋】⊙ <送張五歸山> - '산에 돌아가는 張五를 보내며'
　　張五는 왕유의 가까운 친우인 張諲(장인, 공경할 인).
⊙ 送君盡惆悵 - 惆悵은 실망하여 탄식하다. 惆 실망할 추. 悵 슬퍼할

창.

⊙ 復送何人歸 – 復送은 또 전송하다. 이전에 다른 사람을 전송했다는 뜻.

⊙ 幾日同攜手 – 幾日은 며칠, 몇 날. 攜 끌 휴. 攜手는 손을 잡다.

⊙ 一朝先拂衣 – 拂衣는 옷에 묻은 紅塵(홍진)을 털어내다. 은거하다. 拂 떨어낼 불.

⊙ 東山有茅屋 – 東山은 왕유와 장오가 은거했던 嵩山(숭산, 낙양 부근). 숭산은 五嶽 중 中嶽에 해당. 무술로 유명한 少林寺가 있다. 茅屋(모옥)은 草家.

⊙ 幸爲掃荊扉 – 荊扉(형비)는 사립문. 나무나 싸리로 만든 대문.

⊙ 當亦謝官去 – 謝官은 관직을 사임하다.

⊙ 豈令心事違 – 違는 어긋나다. 본심과 다르게 행동하다.


**【詩意】** 왕유는 이 시를 통해 은거하려는 우인을 위로하며 자신도 곧 은거하겠다는 회포를 서술하였다. 張諲(장인)은 서화, 특히 산수화에 뛰어났으며 한때 왕유와 같이 嵩山에 은거한 적도 있었다. 뒤에 출사하여 刑部의 원외랑을 지내면서 왕유와 서로 酬唱한 시가 많다고 한다. 당시 楊國忠(양귀비의 사촌)이 정권을 쥐며 자신에게 추종하지 않는 자를 배척했기에, 장오는 먼저 은거에 들어갔고, 왕유도 은거의 뜻을 굳히고 있었다.

 장오가 은거하려는 嵩山은 중국 오악 중 中嶽으로 지금의 河南省 중부 登封市의 서북쪽에 있는데, 최고봉인 連天峰은 해발 1,512m이지만 五嶽之尊이라 알려졌다.

## 제 5 장

## 輞川 閑居  741-755

深林人不知,
<sub>심 림 인 부 지</sub>

明月來相照.  &lt;竹里館&gt;
<sub>명 월 내 상 조</sub>

깊은 숲에 남들은 모르고
밝은 달이 나만을 비춘다.

## 74. ≪輞川集≫ (二十首)

망 천 집

　≪輞川集(망천집)≫은 왕유의 망천별장 주변의 경치 좋은 곳 20곳에서
지은 시를 모은 시집이다. 여기에는 왕유의 오언절구 20수와 함께 같은
제목으로 裵迪(배적)의 오언절구 20수를 나란히 수록하였다. ≪망천집≫
서문은 아래와 같다.
　"나의 別業은 輞川의 山谷에 있다. 그곳에 놀만한 곳으로 孟城坳(맹성
요), 華子岡(화자강), 文杏館(문행관), 斤竹嶺(근죽령), 鹿柴(녹채), 木蘭柴
(목란채), 茱萸沜(수유반), 宮槐陌(궁괴맥), 臨湖亭(임호정), 南垞(남택, 언
덕 택), 欹湖(의호), 柳浪(유랑), 欒家瀨(난가뢰), 金屑泉(금설천), 白石灘
(백석탄), 北垞(북택), 竹里館(죽리관), 辛夷塢(신이오), 漆園(칠원), 椒園
(초원) 등이다. 배적과 함께 한가하여 각자 절구를 읊었다."

　왕유가 새로 별장으로 마련한 망천산 입구의 별장은 옛날 宋之問(송지
문, 656?-712)의 藍田別墅(남전별서, 지금의 陝西省 西安市 藍田縣의 輞
川鎭)였다. 송지문은 高宗 때 진사과에 급제하고 여러 관직을 전전했는
데 측천무후의 총애를 받던 張易之(장역지)의 便器를 받들며 시중들었다
하여 '天下醜其行(天下가 그의 행동을 추하게 생각하다)'했다고 알려진
사람이다. 그러나 한때는 정말 잘 나가던 사람이었다.
　705년 측천무후가 퇴위하자 장역지, 장창종 형제도 살해당했고 장역지
에 아부했던 송지문도 폄직된다. 中宗 2차 재위 중에는(705-710) 다시
太平公主에 아부하면서 知貢擧(지공거)에 올랐으나 뇌물을 받아먹은 것
이 탄로되어 越州(지금의 廣東省 지역)長史로 폄직되었다.
　睿宗(예종)이 再 즉위하면서(710) 欽州(흠주, 지금의 廣西壯族自治區 남
부 해안의 欽州市)로 유배되었다가 현종이 즉위하는 先天 元年(712)에
사약을 받고 죽었다. 송지문이 五言律詩에 능했다고 하지만 부침 속에서

도 재기하려고 발버둥 쳤던, 그러나 여하튼 좀 지저분한 인격의 소유자
였다. 그의 五絶 <途中寒食, 길에서 보내는 한식>이 널리 알려졌다.


## <孟城坳> 맹성요


新家孟城口, 古木餘衰柳.

來者復爲誰, 空悲昔人有.


### <맹성요>

孟城 들목에 새 집을 마련했는데
古木이라곤 늙은 버들만 남았다.
내 뒤를 이어 살 사람은 누구일까?
내 앞에 살던 사람이 괜히 슬퍼진다.


【註釋】⊙ <孟城坳> - '맹성요'
　　孟城은 옛 성 이름. 坳 땅이 파일 요. 산과 산 사이의 우묵한 곳. 계
　　곡의 일부. 이는 ≪망천집≫의 첫 수이다. 왕유와 배적은 서로 배를
　　타고 왕래하며 彈琴하며 賦詩하였다니 이 ≪망천집≫의 시는 일시에
　　지어진 것은 아니다. 망천 주변의 경치를 감상하며 왕유는 세상사에
　　초연하며 자연의 위대한 변화와 정취 속에 은자의 여유를 즐겼을 것
　　이다.
⊙ 新家孟城口 - 新家는 새로 살 집. 집을 완전 새로 지었는지, 아니면

새로 이사한 집인지는 알 수 없다. 아마 전부터 있던 집을 수리하여 입주했을 것이다.

⊙ 古木餘衰柳 - 衰柳는 늙어 거의 죽어가는 버드나무. 衰는 盛의 반대이다. 衰는 盛을 경험하였다. 수목의 榮枯(영고)와 인간의 盛衰(성쇠)는 무엇이 다른가?

⊙ 來者復爲誰 - 來者는 뒷날 여기에 와서 살 사람. 내가 往하면 또 누군가가 來할 것이다. 誰 누구 수.

⊙ 空悲昔人有 - 昔人은 옛사람.


【詩意】 도연명은 〈歸田園居〉의 4首에서 '徘徊丘壟間하여 依依昔人居'를 찾았는데 '井竈有遺處하고 桑竹殘朽株'한 것을 보고 나무꾼에게 물었더니 모두 죽고 남은 사람이 없다고 하였다. 도연명은 여기서 '人生似幻化하니 終當歸空無'라는 이치를 읊었다.

왕유도 〈맹성요〉에서 내 다음에 여기 살 사람은 누구인가? 여기 살던 사람을 생각하니 인생이 서글프다고 하였다. 왕유는 이 시를 통해 ≪망천집≫의 大義를 밝힌 것 같다.

왕유가 宋之問을 직접 만나지는 못했을 것이다. 그러나 어떻게든 그런 사람이 있었다는 이야기는 들었을 것이다. 송지문은 昔人으로 往했고, 왕유는 今人으로 來하였다. 그러나 왕유 다음의 來者에게 왕유 또한 昔人일 뿐이다. 이것도 일종의 윤회이다. 왕유는 나중에 망천별서를 어머니를 위한 願刹(원찰)로 만들었다.


## 〈華子岡〉
화 자 강

비 조 거 불 궁　　　연 산 부 추 색
飛鳥去不窮, 連山復秋色.

상 하 화 자 강　　　수 창 정 하 극
上下華子岡, 愁悵情何極.

<화자강>

새들은 끝까지 날아가고
산들은 예처럼 秋色이다.
화자강 언덕을 오르내리면
서글픈 마음은 왜 이리 많은가?

【註釋】⊙ <華子岡> - ‘화자강’
  ≪輞川集≫의 제2首로 망천의 황혼녘 가을을 그렸다. 맹성요에서 약
  간 떨어진 곳의 작은 산. 華子期라는 仙人의 이름에서 유래되었다는
  주석이 있다.
⊙ 飛鳥去不窮 - 不窮은 끝이 없다.
⊙ 連山復秋色 - 連山은 이어진 산. 復는 다시, 또, 작년에 이어.
⊙ 上下華子岡 - 上下는 오르내리다. 위, 아래가 아니다.
⊙ 愁悵情何極 - 愁悵은 슬픔, 걱정. 失心한 모양. 極은 끝.

【詩意】새들은 마음껏 멀리, 어디든 날아간다! 작은 산을 오르내리면서 가
을이라는 계절적 슬픔이 아니라도 인간의 존재가 미약하다는 것을 느껴 마음
이 슬펐을 것이다. 본래 그런 철학적 의미 말고도 글 읽는 사람의 가을은 언
제나 서글프다. 가을이면 한 해의 결실을 거두어야 하는데 글 읽는 선비는
가을에 무엇을 거둘 수 있겠는가? 올 한 해 정말 열심히 읽고 쓰며 짓고 생
각했는가? 학문이 나아졌는가? 생각하면 정말 서글픈 계절이다.
  ≪輞川集≫에 실린 배적의 같은 제목 시는 다음과 같다.

　　　　　화　자　강
　　〈華子岡〉　- 裴迪

낙　일　송　풍　기　　　환　가　초　로　희
落日松風起, 還家草露晞.

운　광　침　이　적　　　산　취　불　인　의
雲光侵履迹, 山翠拂人衣.


해가 지자 솔바람이 불어오고
집에 오니 풀이슬도 말랐다.
구름 틈새 빛은 발자국에 남았고
산의 푸른 기운 옷자락에 감긴다.

【詩意】해질녘에 이슬이 내리니 계절은 초가을일 것이다. 해질 무렵에 시
인이 산길을 걸어 집에 돌아왔다. 소나무 사이로 바람이 불었고, 좁은 길가
풀에 해질녘 이슬이 내렸는데 집에 들어오니 그 이슬은 말랐다. 해질녘 구름
사이를 뚫고 비친 석양이 발자국에 비쳤고, 산의 푸른 기운이 옷자락에 감기
었다는 산수경관을 읊은 시이다. 이 시는 王維의 시와 느낌이 거의 같다.

·································································

　　　문　행　관
　　〈文杏館〉

문　행　재　위　량　　　향　모　결　위　우
文杏裁爲梁, 香茅結爲宇.

부　지　동　리　운　　　거　작　인　간　우
不知棟裏雲, 去作人間雨.

## <문행관>

文杏木 잘라 대들보 만들고
香茅를 엮어 지붕을 덮었다.
모르겠나니, 들보서 나온 구름이
인간세상에 흘러가 비를 내리나?


【註釋】⊙ <文杏館> - '문행관'
　　문행관은 나뭇결이 있는 살구나무로 지은 집. 文은 紋(무늬 문). 杏
　　살구나무 행.
⊙ 文杏裁爲梁 - 裁는 치수를 재어 재단하다. 梁은 대들보.
⊙ 香茅結爲宇 - 香茅(향모)는 향기 나는 띠 풀. 宇는 지붕. 집 우.
⊙ 不知棟裏雲 - 棟裏雲은 대들보에서 생겨나는 구름. 신선의 집 대들
　　보에서 구름이 피어난다는 전설도 있다(雲生梁棟間 風出窓戶裏). 구
　　름이 심산에서 피어오르는 것으로 현인의 산림에 은거하는 것을 상
　　징.
⊙ 去作人間雨 - 人間雨는 인간 세상에 내리는 비.


【詩意】1구와 2구의 文杏과 香茅는 실제 사실이 아니나 주인의 품격이 고
결함을 상징한다. 棟裏雲을 인격화하여 신선이 사는 집에서 구름이 생겨나고
그 구름이 인간 세상에 와서 비를 내린다고 하였다. 여기에서 왕유의 현실참
여 의지를 엿볼 수 있다는 해석도 있는데 과연 그러한가는 여러 독자의 생각
에 달렸을 것이다.
　왕유의 시에는 白雲이 많이 나오는데 모두 脫俗의 의미나 은일의 뜻으로 사
용되었다. 〈早入滎陽界〉의 '前路白雲外', 〈送別〉의 '白雲無盡時', 〈終南山〉의
'白雲迴望合', 〈酬虞部蘇員外〉의 '唯有白雲外', 〈早秋山中作〉의 '空林獨與白雲
期' 등이 바로 그런 예이다.

## 〈斤竹嶺〉
(근죽령)

檀欒映空曲, 靑翠漾漣漪.
(단란영공곡) (청취양련의)

暗入商山路, 樵人不可知.
(암입상산로) (초인불가지)


## 〈근죽령〉

대밭 그림자는 빈 골짝에 드리웠고
푸른 대나무는 넘실대며 흔들린다.
가늘게 뻗어가 商山에 이어지는데
지나는 나무꾼도 알지 못하리라.


【註釋】⊙ 〈斤竹嶺〉 - '근죽령'
　文杏館 뒤쪽의 야산. 근죽은 껍질이 흰 대나무.
⊙ 檀欒映空曲 - 檀欒(단란)은 대나무가 쭉쭉 뻗어 아름다운 모양. 檀
　박달나무 단. 대나무의 형상. 欒 모감주나무 란. 모이다.
⊙ 靑翠漾漣漪 - 漾 물 출렁거릴 양. 漣漪(연의)는 잔물결이 이는 모양.
　漣 잔물결 일 련(연). 漪 잔물결 의.
⊙ 暗入商山路 - 商山은 前漢 초기 商山四皓(상산사호)가 은거했던 산.
⊙ 樵人不可知 - 樵人은 나무꾼.


【詩意】 근죽령은 물가에 있는 대나무밭으로 그려졌다. 물론 산속으로 이어
진 길인데 그 길을 商山으로 이어진다고 생각했다. 상산에 은거했던 四皓(사
호, 4인의 백발노인)는 漢 高祖의 초빙에도 끄덕하지 않았지만 張良의 계책
에 따라 간곡히 부탁하자 태자를 따라 모시겠다고 하산하였다. 이는 은거자
의 자존심을 상징하는 사실로 왕유 자신의 뜻을 표현하였다고 볼 수 있다.

〈鹿柴〉
（녹 채）

空山不見人, 但聞人語響.
（공 산 불 견 인） （단 문 인 어 향）

返景入深林, 復照靑苔上.
（반 영 입 심 림） （부 조 청 태 상）


<녹채>

산에 사람은 보이지 않고
다만 말소리만 울려온다.
지는 햇살 숲 깊이 들어와
다시 푸른 이끼를 비춘다.


【註釋】⊙ <鹿柴> - '녹채'

　　柴 울타리 채. 寨와 同. 섶 시. 땔나무. 姓 시. 여기서는 '녹채'로 지
　　명. 왕유가 은거하는 망천의 別墅(별서)에서 경치가 좋은 곳으로 알
　　려진 곳. 여기서 사슴을 가두고 길렀다는 뜻은 아니다. 이 시는 40세
　　이후, 곧 왕유의 후기 산수시의 대표작품으로 알려졌다.

⊙ 空山不見人 - 空山은 적막한 숲.

⊙ 但聞人語響 - 響 울림 향.

⊙ 返景入深林 - 景은 影과 같음. 返景(반영)은 석양 무렵 다른 쪽에서
　　반사되어 들어오는 햇빛. 산속에 거울이 있는 것도 아니니 과학적으
　　로는 설명이 좀 어렵지만 해질녘에 산속에 들어가면 분명히 이런 느
　　낌이 온다.

⊙ 復照靑苔上 - 復 다시 부. 돌아올 복. 苔 이끼 태.

**【詩意】** 空山이란 어떠한 산인가? 새가 날고 나무와 풀이 우거졌는데 왜 공산이라 했는가? 단지 인적이 보이지 않는다는 뜻일 것이다. 그러나 보이지만 않을 뿐 사람은 산속에 있다. 그러니 무슨 말인지 알아들을 수는 없지만 말소리의 울림(響)은 들려온다.

한낮에는 숲이 깊어도 위에서 햇빛이 내리 비춘다는 느낌이 온다. 그러나 해질 무렵이면 석양이 나무나 산의 이곳저곳을 비추고 그 중 한 줄기 빛이 바위 위에 내려와 이끼를 비출 때 이를 返景(반영, 返照)이라 하였다. 어둠이 내리려는 산속에 따스한 기운을 주는 빛이라고 해석한 사람도 있다. 하지만 전체적으로 조용한 공간에 움직임을 느낄 수 있는 빛일 것이다.

〈녹채〉의 실경은 자연 속의 경치이며 마음으로 생각해 낸 경치가 아니다. 그 자연의 실경 속에서 왕유의 '意中의 뜻'을 읽을 수 있다. 그곳은 인간 세상의 티끌에 아직은 더럽혀지지 않았다. 그곳에 왕유의 뜻이 투영되었다. 말소리가 들리지만 그것은 산속이 비어 있다는 空을 알려주는 뜻이지 인간 세상이라는 뜻으로 전달되지 않는다. '但聞人語響'이 그려낸 공간은 참으로 심오하다.

심원한 의미가 있으며 閑靜의 느낌을 전해 주고 淡白한 雅趣를 느낄 수 있어 이 시가 좋은 것이다. 글자의 뜻을 새긴 다음에 마음속으로 그런 정경을 그려보면 느낌이 올 것이라고 생각한다. 글자 20자의 絶句를 설명하는 글이 수백 자라면 시의 맛이 가실 것이다. 좋은 음악을 들어 느낀다면, 시도 읽어 느끼면 되는 것이지 사전적 설명이 많아야 감상에 도움이 되지는 않을 것이다.

王維의 산수를 읊은 詩 작품은 그의 詩歌藝術의 진정한 대표작이라 할 수 있다. 5언 위주로 은거생활과 전원을 묘사하며 청정하고 한적한 정신세계를 그림 그리듯 그려내었다.

왕유의 작품에 불도와 은거사상이 농후한 것은 어렸을 적 가정의 영향도 있는데다가 정치적 좌절을 겪었고, 아내와의 사별을 통해 불교적 사색에 더욱 가까워졌으리라 생각할 수 있다.

목 란 채
〈木蘭柴〉

추 산 렴 여 조　　비 조 축 전 려
秋山斂餘照, 飛鳥逐前侶.

채 취 시 분 명　　석 람 무 처 소
彩翠時分明, 夕嵐無處所.


〈목란채〉

가을 산은 석양을 거둬들이고
나는 새는 앞서간 짝을 따른다.
울긋 불긋 가을 색 분명하기에
어스름 빛 어디든 머물데 없도다.


【註釋】⊙ 〈木蘭柴〉 - '목란채'
　　≪망천집≫의 제6首. 木蘭은 木蓮, 辛夷(신이), 迎春化, 木筆 등으로
　　불린다. 柴는 울. 울타리의 뜻.
⊙ 秋山斂餘照 - 斂 거둘 렴. 수렴하다. 餘照는 餘暉(여휘). 석양.
⊙ 飛鳥逐前侶 - 逐은 따라가다.
⊙ 彩翠時分明 - 彩翠(채취)는 여러 색으로 물든 초목.
⊙ 夕嵐無處所 - 夕嵐(석람)은 저녁 어스름에 생겨나는 기운. 저녁때의
　　아지랑이. 嵐 남기 람. 이내.


【詩意】시간은 가을저녁 무렵이다. 단풍이 들었겠지만 푸른색도 많다. 석
양이 비추고 모든 경물은 자기 색을 갖고 있다. 모두 고요하고 자연스럽다.
왕유는 '殘雨斜日照, 夕嵐飛鳥還'이라고 읊었고(〈崔濮陽兄季重前山興〉), 여기
서는 '秋山斂餘照'에서 '斂' 一字로 낙엽 떨어지는 가을 색을 우리에게 느끼게

해주었다.

 저녁 때 새들이 날아간다. 왕유는 '飛鳥逐前侶'의 逐으로 움직이는 동영상을 만들어내었다. 逐은 변화이다. 위치의 이동, 경물의 변화, 山色의 변이는 곧 만물의 流轉이 아니겠는가? 봄에 화려한 꽃을 피웠던 목련은 지금 천천히 내년을 준비하고 있다. 지금은 봉오리로 매달린 목련은 내년 봄에 화려한 꽃을 피울 것이다. 피부가 고운 미인의 아름다운 자태를 자랑하는 목련이다. 시인의 마음속에 그려진 미인일 것이다. 지금 눈앞에 어른거리는 夕嵐(석람)은 금방 눈에서 사라질 것이다. 목련에 대한 환영도 함께 사라질 것이다. 시인은 겨우 20자를 가지고 이 많은 것을 다 설명하였다.


〈茱萸沜〉


結實紅且綠, 復如花更開.

山中倘留客, 置此茱萸杯.


〈수유반〉

수유 열매 붉고도 푸르니
꽃이 다시 또 핀 듯하구나.
만약 산중에 손님이 온다면
이 수유로 담근 술을 내리라!


【註釋】 ⊙ 〈茱萸沜〉 - '수유반'
 茱萸는 나무이름. 우리나라에서 보통 산수유라 하며 마을 주변에 많

306

다. 낙엽교목으로 열매도 수유라 한다. 열매로 기름을 짜서 머릿기름으로 쓴다. 沜 물가(水涯) 반. 泮의 古字.

⊙ 結實紅且綠 - 수유 열매는 가을에 붉게 익는다. 파란색은 아직 덜 익은 것.

⊙ 復如花更開 - 更開는 다시 開花하다.

⊙ 山中儻留客 - 山中은 輞川別墅. 儻 혹시 당. 만약 ~이라면, 뜻밖에.

⊙ 置此茱萸杯 - 杯는 술. 수유로 담근 술. 여기서는 술잔이 아니다. ≪全唐詩≫에는 茱萸를 芙蓉(부용)이라 했다. 그러면 연꽃 모양 술잔에 수유 열매를 넣어주겠다고 해석할 수 있다. 술꾼만이 과일주를 담그지는 않는다. 藥酒로 담그는 과일주도 많다. 역자는 ≪王右丞集箋注≫에 의거 茱萸杯로 옮겼다.

【詩意】 우리나라에서 산수유는 이른 봄에 꽃이 핀다. 그리고 파란 열매를 맺는데 늦가을에 빨갛게 익는다. 이를 보고 시인은 꽃이 다시 핀 것 같다고 하였다. 시인은 자연에 대한 통찰력을 지니고 있다.

산수유 열매를 따다 술을 담근다. 일종의 과일주라 할 수 있는데 그 색이 아름답다. 그래서 이 산중에 만약 손님이 온다면 이 술을 대접하겠다고 하였다. 손님이 온다고 하지 않고 '儻留客(혹시 머물게 되면)'이라 하였다. 손님이 늘 있는 것도 아니고, 내방을 약속한 손님도 아니라는 뜻이다. '儻'이라는 글자로 주인이 은자임을 알 수 있다.


### 〈宮槐陌〉

仄徑陰宮槐, 幽陰多綠苔.

應門但迎掃, 畏有山僧來.

<궁괴맥>

오르막 좁은 길에 우거진 홰나무
어둑한 그늘에 푸른 이끼가 많다.
下人은 그냥 손님맞이 소제를 하나
山僧이 혹시 찾아올까 걱정이 된다.


【註釋】⊙ <宮槐陌> - '궁괴맥'
　궁궐에 심는 홰나무가 있는 길. 槐는 우리말로 홰나무, 또는 회화나
　무이다. 昌德宮 같은 궁궐에 가면 쉽게 볼 수 있는 낙엽교목이다. 홰
　나무는 정승을 상징한다고 한다. 陌 두렁 맥. 논과 밭 사이의 길.
⊙ 仄徑陰宮槐 - 仄徑은 비탈진 좁은 길. 陰은 그늘을 만들다, 우거지다.
⊙ 幽陰多綠苔 - 綠苔는 푸른 이끼. 고목이라야 이끼가 붙는다.
⊙ 應門但迎掃 - 應門은 문에서 응대하다. 하인, 문지기. 但은 무릇, 다
　만 ~한다면. 迎掃는 손님맞이 소제, 청소.
⊙ 畏有山僧來 - 畏는 걱정된다. 山僧은 和尙.


【詩意】모든 것이 유심하다. 아마 집에서 좀 멀리 떨어진 산 비탈길에 서
있는 홰나무일 것이다. 그늘진 고목 홰나무에 이끼가 낀다.
　산책을 마치고 돌아와 하인에게 소제하라고 시켰을 것이다. 하인이야 늘 하
던 대로 청소할 것이다. 그러나 혹 山僧이라도 찾아온다면? 왕유의 걱정조
차 자연스럽다. 은자는 몸도 마음도 정결해야 한다. 집과 육신이 정결하지
않다면 은자가 아니라 게으름뱅이다.

임 호 정
〈臨湖亭〉

경 가 영 상 객　유 유 호 상 래
輕舸迎上客, 悠悠湖上來.

당 헌 대 준 주　사 면 부 용 개
當軒對樽酒, 四面芙蓉開.


<호수가의 정자>

작은 배로 귀한 손님을 맞이하여
여유 있게 호수를 건너 모시었다.
정자에 올라 술잔을 마주하니
연꽃은 사방 곳곳에 다 피었다.


【註釋】⊙ 〈臨湖亭〉 – '호수가의 정자'

⊙ 輕舸迎上客 – 輕舸는 작은 배. 舸 큰 배 가. 작은 배에도 쓸 수 있다.

⊙ 悠悠湖上來 – 悠悠는 천천히.

⊙ 當軒對樽酒 – 當軒은 정자에 오르다. 軒 추녀 헌. 여기서는 창문. 樽
　술통 준.

⊙ 四面芙蓉開 – 芙蓉은 연꽃.


【詩意】輕舟를 보통 '가벼운 배'라고 번역한다. 배를 보았다면 큰 배, 작은
배를 나름대로 구분한다. 들어보거나 무게를 알아보고서 가볍다 무겁다고 판
단하지 않는다. 아무리 배가 작더라도 들어본 다음에 '가볍다'고 말하지 않는
다. 漢字에서야 輕舟라고 쓰지만 우리말은 '작은 배'이다. 물론 배의 톤수가
밝혀졌다면 무겁다 가볍다고 말할 수 있을 것이다. 사소한 시비가 아니라,
가능하다면 정확하게 표현해야 하고 사물의 이치에 맞아야 한다.

<南<ruby>垞<rt>택</rt></ruby>>

輕舟南垞去, 北垞淼難卽.

隔浦望人家, 遙遙不相識.


<남쪽 언덕>

작은 배로 남쪽 언덕에 올랐으니
큰물 건너 북택은 가기 쉽지않다.
포구 건너로 인가가 보이지만
멀고 멀어 서로 구별하기 어렵다.


【註釋】⊙ <南垞> – '남쪽 언덕'

　　垞 작은 언덕 택. 원음은 chá. '탁'이란 음독은 오류. 南垞(남타, 비탈
　　질 타)가 아님.

⊙ 輕舟南垞去 – 南垞은 물가에 있는 작은 언덕.

⊙ 北垞淼難卽 – 淼 물 아득할 묘. 물이 넓은 모양. 難卽은 가기 어렵다.

⊙ 隔浦望人家 – 隔浦는 포구 건너.

⊙ 遙遙不相識 – 遙遙는 먼 모양.


【詩意】왕유는 山을 좋아한 만큼 물도 좋아했을 것이다. 왕유의 詩에 山을
묘사한 시가 많지만 왕유는 行旅에 큰 강을 건너거나 배를 타면 반드시 시를
지었다는 생각이 든다. 망천 20景 중 배를 타고 가서 올라야 하는 작은 언
덕도 왕유에게는 소중했을 것이다. 그렇다면 망천별서 주변에 물이 많았고,
欹湖(의호)도 있고 臨湖亭도 있었다. 물 건너 마을에 인가가 보이지만 구별

하기 어렵다는 구절에서 왕유는 속세와 단절한 은자의 모습으로 그려진다.


## 〈欹湖〉
### 의 호

吹簫凌極浦, 日暮送夫君.
### 취 소 능 극 포    일 모 송 부 군

湖上一回首, 青山卷白雲.
### 호 상 일 회 수    청 산 권 백 운


### 〈아름다운 호수〉

통소 소리 포구 멀리 퍼지고
해질녘에 배로 美人을 보낸다.
물 위에서 고개 한번 돌려보니
흰 구름은 푸른 산에 감기었네.


【註釋】⊙ 〈欹湖〉 - '아름다운 호수'

　　欹 아름답다고 할 의. 기울 기. 歎美辭. 猗(아름다울 의)와 通. 호수 주변 지형이 비스듬히 기울었기에 '기호'라고 해석한다면 좀 무리이다. 대부분의 호수 주변은 경사졌다. 호수 바닥이 기울었기에 '기호'라고 해설한 책도 있는데 왕유가 잠수부인가? 호수 바닥까지 들여다보았는가? 의호 주변의 美景은 裴迪도 크게 감탄하였다.

⊙ 吹簫凌極浦 - 吹簫는 통소를 불다. 凌은 넘다. 極浦는 아주 먼 포구.

⊙ 日暮送夫君 - 夫君은 美人. 상상 속의 미인, 신화 속의 미인이지 실제 구체적인 어떤 인물은 아니다. 〈九歌〉의 〈湘君〉에 '思夫君兮未來'라는 구절이 있다. 夫君을 친우로 해석할 수도 있지만 택하지 않

는다.

⊙ 湖上一回首 – 回首는 고개를 돌려보다.

⊙ 靑山卷白雲 – 卷은 둘러싸이다, 에워싸이다.

【詩意】 이 시는 호수의 아름다운 경치를 직접 묘사하기보다는 楚歌의 〈湘君〉이나 〈河伯〉의 구절을 활용하여 神話的 境界에서 묘사하였다. '吹簫', '凌極浦', '送夫君(미인)'이 바로 그런 예라 할 수 있다. 그리고 '湖上一回首, 靑山卷白雲'은 錢起(전기, 722 - 780, 大曆十才子의 한 사람)의 〈省詩湘靈鼓瑟(성시상령고슬)〉에 나오는 '曲終人不見, 江上數靑峰'의 의경과 매우 비슷하다.(전기는 왕유보다 후대 사람이기에 왕유가 전기의 작품을 모방할 수가 없다) 하여튼 왕유의 이 시는 신운이 감도는 시라 할 수 있다.


〈柳浪〉
유 랑

分行接綺樹, 倒影入淸漪.
분 항 접 기 수　도 영 입 청 의

不學御溝上, 春風傷別離.
불 학 어 구 상　춘 풍 상 별 리


<늘어선 버들>

양쪽에 줄로 이어진 아름다운 버들이
그림자를 거꾸로 잔 물결에 드리웠다.
본뜨지 말지어니, 장안 냇가의 버들처럼
봄바람에 꺾이며 이별을 아파하지 말라.


【註釋】 ⊙ 〈柳浪〉 – '늘어선 버들'

浪을 버드나무 가지가 흔들리는 물결로 해석한다면 무리이다. 바람이
안 불면?

⊙ 分行接綺樹 – 分行은 줄지어 늘어선. 行 줄 항. 接綺樹는 아름다운
버들이 이어져 있다.

⊙ 倒影入清漪 – 倒影은 물에 거꾸로 선 그림자. 漪 물가 의. 잔물결.

⊙ 不學御溝上 – 不學은 본뜨지 말라. 御溝는 장안성 주변의 개천.

⊙ 春風傷別離 – 傷別離는 이별에 아파하다. 이별하는 사람은 늘 버들
가지를 꺾어주는데, 버들은 아팠을 것이다.


【詩意】망천에 버드나무가 얼마나 많은지는 알 수 없지만 물가에는 어디든
버들이 자랐다. 장안 도성 밖 물가의 버들이 장안에 살아서 좋을 것인가?
오히려 사람 손이 닿지 않는 망천의 버드나무가 더 행복하다는 뜻인가?
  아마도, 사람은 태어나면서 타고난 운명의 줄이 있을 것이다. 부자나 고관
이 되는 줄에 선 사람은 부자나 고관으로 살아간다. 깊은 산속에 뿌리내려
자연 속에 크는 나무와, 길가에서 사람한테 시달리며 자라는 나무 역시 그
처지가 다른 것이다.


난 가 뢰
**〈欒家瀬〉**

삽 삽 추 우 중     천 천 석 류 사
**颯颯秋雨中, 淺淺石溜瀉.**

도 파 자 상 천     백 로 경 부 하
**跳波自相濺, 白鷺驚復下.**


**〈난가뢰〉**

쏴아쏴아 내리는 가을비 속에
찰찰대며 돌위로 물이 흐른다.

돌에 튕겨 이리저리 흩뿌리니
놀란 백로가 날았다 다시 앉는다.

【註釋】⊙ <欒家瀨> - '난가뢰'
　欒 나무이름 난. 瀨 여울 뢰(뇌).
⊙ 颯颯秋雨中 - 颯颯(삽삽)은 바람소리. 여기서는 바람 불며 비 오는
　소리.
⊙ 淺淺石溜瀉 - 淺淺(천천)은 물이 빨리 흐르는 모양. 石溜瀉는 돌 위
　에 물이 떨어져 흐르다. 溜 방울져 떨어질 류. 瀉 흐를 사.
⊙ 跳波自相濺 - 跳波(도파)는 튀는 물방울. 濺 물 뿌릴 천.
⊙ 白鷺驚復下 - 復下는 날아올랐다가 다시 내려앉았다.

【詩意】 이 시에는 사람이 보이지 않는다. 그러나 활기차고 경쾌하다. 바람에 따라 후두둑거리며 내리는 비. 결코 여름 소나기와 같지는 않아도 개울물은 쉽게 불어난다. 돌에 튀며 흐르는 물! 하얀 백로가 놀라 날아올랐다가 다시 내려앉으며 보이는 움직임은 정지한다. 가까이에서 세밀하게 보다가 멀리서 관조한다. 튀는 물방울은 보이지 않는다. 왕유는 靜中動의 세계를 묘사했다. 시인의 심미안이 놀랍다.


### 〈金屑泉〉
금 설 천

일 음 금 설 천　　소 당 천 여 세
日飮金屑泉, 少當千餘歲.

취 봉 상 문 리　　우 절 조 옥 제
翠鳳翔文螭, 羽節朝玉帝.

## <금설천>

날마다 금설천의 샘물을 마시면
젊음을 천년이나 가질 수 있으리.
푸른 봉황 수레를 용이 끌게 하여
羽節 짚고 옥황상제를 배알하리라.


【註釋】⊙ <金屑泉> - '금설천'
　　샘물 이름.
⊙ 日飮金屑泉 - 金屑泉은 황금 가루를 뿌린 것 같은 샘물. 금가루는
　　약재이다. 屑 가루 설. 부스러기.
⊙ 少當千餘歲 - 少는 젊음. 왕유인들 무병장수를 바라지 않았겠는가?
　　이는 전설처럼 내려오는 이야기일 것이다.
⊙ 翠鳳翔文螭 - 翠鳳(취봉)은 푸른 깃털로 봉황처럼 장식한 수레. 신선
　　이 타는 수레. 翔은 飛翔하다, 날아가다. 文螭(문리)는 仙人의 수레를
　　끄는 뿔 없는 용.
⊙ 羽節朝玉帝 - 羽節은 선인이 들고 다니는 깃털을 장식한 지팡이. 朝
　　는 알현하다. 玉帝는 옥황상제, 天帝.


【詩意】신선이 되어 무병장수할 수 있다면? 왕유도 그런 이야기가 전설이
며 현실적으로 불가능하다는 것을 알고 있었다. 그러나 망천에 물맛 좋은 샘
물이 있어 金屑泉이라 이름 지어 주고, 날마다 그 물을 마시니 자신도 신선
이 될 것이고, 그러면 용이 끄는 수레를 타고 하늘에 오를 것이다. 왕유의
재미있는 유머가 아니겠는가?

<sup>백 석 탄</sup>
〈白石灘〉

<sup>청 천 백 석 탄</sup>　<sup>녹 포 향 감 파</sup>
淸淺白石灘,　綠蒲向堪把.

<sup>가 주 수 동 서</sup>　<sup>완 사 명 월 하</sup>
家住水東西,　浣紗明月下.


〈흰 돌이 깔린 여울〉

맑고 얕은 물이 흐르는 백석탄

푸른 부들 베어 손으로 묶는다.

집의 양쪽 모두 물이 있어서

밝은 달빛 아래 빨래를 한다.


【註釋】⊙ 〈白石灘〉 - '흰 돌이 깔린 여울'

　　灘 여울 탄.

⊙ 淸淺白石灘 - 淺 얕을 천.

⊙ 綠蒲向堪把 - 蒲 부들 포. 자라면 베어 깔개나 자리를 만들 수 있다.
　　向은 접근하다, ~한 상태에 이르다. 堪은 可以. ~할 수 있다. 把는
　　묶음, 묶다.

⊙ 家住水東西 - 住는 살다.

⊙ 浣紗明月下 - 浣紗(완사)는 비단을 빨다. 浣 빨래할 완.


【詩意】이 시는 月色의 야경을 서술했다. 왕유가 본 일하는 여자는 주로
빨래를 하였다. 달빛 아래 빨래하는 여인 - 참 멋진 구도이다. 造景이 아닌
造境과 寫境(사경) 모두에 능한 시인이 왕유이다. 왕유는 〈山居秋暝〉에서
'竹喧歸浣女, 蓮動下漁舟'라고 읊었다.

이 시의 詩眼은 명월이다. 명월이라서 빨래를 할 수 있다. 명월과 백석은 서로를 돋보이게 한다. 〈山居秋暝〉의 '明月松間照, 淸泉石上流'의 경지이다.


## 〈北垞〉
북 택

北垞湖水北, 雜樹暎朱闌.
북 택 호 수 북  잡 수 영 주 란

逶迤南川水, 明滅靑林端.
위 이 남 천 수  명 멸 청 림 단


### <북쪽 언덕>

북쪽 언덕은 의호 북쪽에 있는데
잡목 사이로 붉은 난간이 보인다.
구불구불 흘러 오는 남천의 물이
푸른 수풀 끝에 보였다가 안 보인다.


【註釋】⊙ <北垞> - '북쪽 언덕'
　　垞 작은 언덕 택.
⊙ 北垞湖水北 - 北垞은 欹湖(의호)의 북쪽.
⊙ 雜樹暎朱闌 - 暎 비칠 영. 朱闌(주란)은 朱欄. 붉은 칠을 한 난간.
⊙ 逶迤南川水 - 逶迤(위이)는 구불구불 이어진 모양. 逶 구불구불할 위.
　　迤 비스듬할 이.
⊙ 明滅靑林端 - 明滅은 보였다가 안 보였다 하다.


【詩意】남택과 북택, 남산과 欹湖(의호)의 위치 관계는 ≪망천집≫에 실린

배적의 시와 함께 종합하면 그 관계가 명확해진다. 의호는 남산의 남녘에 있는데 남산에서 흘러내린 물이 모여 의호를 이룬다. 시인 왕유는 혼자 북쪽 언덕을 찾아갔는데 수풀 사이로 민가의 붉은 난간과 남천수가 보이다 안 보이다 한다고 묘사했다.

　무심코 늘 걷던 길도 어느 날 다시 보면 생각지도 못하던 것이 보인다. 처음 가는 길에서 산모퉁이를 돌면 마을이 있으리라 기대했는데 마을이 없고 논밭만 나타나면 왠지 서운하다는 생각이 들 때가 있다. 그러면 아! 내가 초행길에 조금 걸었더니 벌써 사람이 그리운 것인가? 이런 생각이 든다. 그래서 여행이, 특히 혼자 걷는 길이 재미있다.


### 〈竹里館〉 (죽리관)


獨坐幽篁裏, 彈琴復長嘯. (독좌유황리, 탄금부장소)

深林人不知, 明月來相照. (심림인부지, 명월내상조)


### <죽리관>

조용한 대숲에 홀로 앉아
탄금에 긴파람 불어본다.
깊은 숲에 남들은 모르고
밝은 달이 나만을 비춘다.


【註釋】⊙ <竹里館> − '죽리관'
　망천별서 부근의 한 곳. 대밭 속에 지은 작은 오두막. 또는 작은 집.

이 시는 敍景詩이다.

⊙ 獨坐幽篁裏 - 篁 대나무 숲 황. 幽篁(유황)은 조용한 대나무 숲.

⊙ 彈琴復長嘯 - 復는 다시(又). 嘯 휘파람 불 소. 입을 모아 소리를 내
   는 동작인데 오늘날의 휘파람과는 다르다고 하였다. 魏晉시대 이후
   道士들만의 취향이고 풍조였으며 표시였는데, 지금은 失傳되었다고
   한다.

⊙ 深林人不知 - 深林이라서 남은 不知하고. 혼자 있다는 뜻.

⊙ 明月來相照 - 明月이 자신의 아취를 알아주는 것 같다. 1句에는 '獨
   坐'했는데 여기서는 '相照'하니 시인과 明月의 交感을 느낄 수 있다.

【詩意】 이 시는 ≪망천집≫ 중에서도 많은 찬탄을 받는 시이다. 이런 시에
는 그의 진심과 정감이 들어있고 사물을 보는 시인의 따뜻한 정서와 興趣(흥
취)를 느낄 수 있다. 실제로 왕유처럼 산수를 좋아하는 사람의 마음을 보통
사람은 잘 알지 못한다. 왕유 자신도 나의 이러한 뜻을 사람들은 모르지만
明月은 나를 아는 냥 비춘다고 읊었다.

 사실 이 시에서 특별히 좋은 표현이나 감동을 주는 언어, 인간을 깨우치는
警句, 또는 이 글자가 바로 '詩眼'이라고 비평가들이 좋아할 만한 글자도 없
다. 경치를 서술한 '幽篁', '深林', '明月'이 있고, 시인의 동작을 묘사한 '獨
坐', '彈琴', '長嘯'가 있어 그냥 평범한 뜻을 갖고 있다. 그런데 누구나 다 바
라보고, 알고 있는 명월이 시인과 '相照'하니 이 앞의 6개 단어들이 모두 살
아나고 움직이는 것이다.

 字句는 특별하지 않지만 풍경은 그윽하고, 주변은 고요하며, 시인의 마음은
한없이 평화로우니 詩가 전체적으로 무척이나 아름답다. 하여튼 시인 왕유의
능력은 정말 특별하다.

 그러니 후세인들이 '唐詩를 三分하여, 李白(仙), 杜甫(聖), 王維(佛)가 하나
씩 나눠 가졌다'고 말했을 것이다. 그리고 이들이 거의 동시대에 살았다는
것도 정말 특이한 일이다.

<신이오>
〈辛夷塢〉

목 말 부 용 화　산 중 발 홍 악
木末芙蓉花, 山中發紅蕚.

간 호 적 무 인　분 분 개 차 락
澗戶寂無人, 紛紛開且落.


〈목련이 핀 냇가 둑〉

가지끝 피어난 목련 꽃
산속에 붉은 꽃잎 피웠다.
한적한 냇가 인적 없는 곳
분분히 피었다가 떨어진다.


【註釋】 ⊙ 〈辛夷塢〉 - '목련이 핀 냇가 둑'
　辛夷는 목련. 일명 木筆. 목련의 꽃망울은 붓과 비슷하다. 塢는 둑,
　마을.
⊙ 木末芙蓉花 - 木末은 가지 끝. 芙蓉花는 연꽃. 나무 끝에 피었으니
　목련이다.
⊙ 山中發紅蕚 - 發은 피다. 紅蕚(홍악)은 붉은 꽃잎. 蕚 꽃받침 악.
⊙ 澗戶寂無人 - 澗戶는 냇물을 가운데 두고 양쪽 산언덕이 마주보는
　곳. 언덕이 마주보는 대문과 같다는 뜻이지 민가가 있다는 뜻이 아니
　다. 寂無人은 사람이 다니지 않아 적막하다. 戶를 민가의 뜻으로, 寂
　無人을 일을 하러 들에 나갔을 것이라고 해석할 수도 있으나 취하지
　않았다.
⊙ 紛紛開且落 - 紛紛은 어지러이. 開且落은 피었다가 지다. 且는 又(또
　우).


320

【詩意】참 평범하고, 쉽게도 지었고 어려운 글자도 없다. 그냥 객관적으로 묘사하였다. 봄날, 적적한 산속의 시냇가이다. 목련은 혼자 피었다가 진다. '無人空山에 水流花開라!' 그리고서는 아무 말도 필요 없을 것이다. 목련이 피고 지는 모습을 통해 왕유는 得意와 默言(묵언)을 생각했을 것이다.


### 〈漆園〉 칠원

古人非傲吏, 自闕經世務.
고인비오리  자궐경세무

偶寄一微官, 婆娑數株樹.
우기일미관  파사수주수


　　〈칠원〉

옛날 莊周는 도도한 관리가 아니었고
본래 세상을 이끌어갈 능력이 없었다.
어쩌다 하급 관직에 몸담았지만
한가히 작은 숲에서 소요하리라.


【註釋】⊙ 〈漆園〉 - '칠원'

　　망천별서의 한 곳. 옛 莊子(莊周)가 한때 漆園吏였는데, 楚의 칠원이
　　라는 지명에 대하여는 정론이 없다. 지금의 山東省 菏澤市(Hézé 하
　　택시, ≪水滸傳≫의 무대 梁山泊양산박이 있던 곳), 河南省, 安徽省이
　　접경하는 그 어디라고 추정한다.

⊙ 古人非傲吏 - 古人은 莊子. 傲吏(오리)는 도도한 관리. 楚 威王이 장
　　자의 명성을 듣고 관리를 시켜 후한 예물과 함께 장자를 卿相으로

초빙하려 했지만 장자는 확실하게 거부하였다. 때문에 장자는 도도하다는 평을 받았다. 郭璞(곽박)도 그의 <游仙詩>에서 '漆園有傲吏, 萊氏有逸妻'라고 하였다. 왕유는 자신을 장주에 비유한 셈이다.

⊙ 自顧經世務 – 自顧은 스스로 그런 능력이 없었다. 經世務는 세상을 경륜하다.

⊙ 偶寄一微官 – 偶은 우연히. 一微官은 莊周가 역임한 漆園吏. 왕유는 자신의 하급 관직을 莊周의 漆園吏에 비유하였다.

⊙ 婆娑數株樹 – 婆娑는 옷이 너풀거리는 모양. 여기서는 여유만만, 편안히 逍遙(소요)하는 모양. 數株樹는 몇 그루의 나무, 작은 숲.

【詩意】 남들이 높은 관직을 뿌리친 장주를 오만하다고 말하지만 왕유는 장주가 본래 세상을 이끌고 다스릴 능력이나 뜻이 없었기에 거절했다고 생각했다. 그런 장주가 칠원리라는 하급 자리에 잠시 머물렀듯, 왕유 자신도 경제 생활을 영위해야 하기에 잠시 미관말직에 머물지만, 출세보다는 한가히 소요하며 悠悠自適(유유자적)한 생활이 더 좋다는 뜻을 노래했다.



## 〈椒園〉
（초 원）

桂樽迎帝子, 杜若贈佳人.
（계 준 영 제 자    두 약 증 가 인）

椒漿奠瑤席, 欲下雲中君.
（초 장 전 요 석    욕 하 운 중 군）


### <초원>

계수나무 술잔으로 신령을 맞이하고
杜若(두약)을 미인에게 기증하고 싶다.

椒漿(초장)을 올리고 좋은 자리를 준비해
雲中君(운중군)께서 강림하기를 바란다.


【註釋】⊙ <椒園> - '초원'

산초나무 밭. 椒는 山椒(산초), 우리말로는 '분디'라고 한다. 椒는 胡椒(호초, 후추), 고추의 뜻도 있다. 우리나라 사람들이 후추를 즐겨 먹지만 후추는 우리나라 토산물이 아니다.

⊙ 桂樽迎帝子 - 桂樽은 계수나무로 만든 술잔. 帝子는 堯의 두 딸 娥皇과 女英.

⊙ 杜若贈佳人 - 杜若(두약)은 香草. 佳人은 神人.

⊙ 椒漿奠瑤席 - 椒漿(초장)은 좋은 음식. 奠은 바치다. 제사지낼 전. 瑤席은 구슬 장식을 한 좋은 자리.

⊙ 欲下雲中君 - 雲中君은 雲神.


【詩意】≪망천집≫의 맨 마지막 20수이다. 왕유는 은자의 생활에서 신선을 동경하게 된다. 사실 무병장수의 신선을 갈구하는 것이 아니라 속세를 초월한 인격체로서의 신선이 되기를 기대했을 것이다. 신선의 실체를 본 사람은 없다. 그러나 신선에 관한 기록은 굉장히 많다. 신선과 관련한 여러 이야기나 전설을 특별히 仙話라고 한다.

왕유는 ≪楚辭≫에도 정통했을 것이다. 여기 나오는 桂樽, 帝子, 杜若, 椒漿, 雲中君 등의 용어가 모두 ≪楚辭≫에 나온다. 舜의 아내였던 堯의 두 딸은 舜의 죽음을 듣고 달려와 결국 소상강에서 투신하여 湘君과 湘夫人이 된다. 왕유는 이런 신령을 받들면서 그들의 도움을 받고 싶었을 것이다.

# _ 75. 渭<sub>위</sub>川<sub>천</sub>田<sub>전</sub>家<sub>가</sub>

辭<sub>사</sub>陽<sub>양</sub>照<sub>조</sub>墟<sub>허</sub>落<sub>락</sub>, 窮<sub>궁</sub>巷<sub>항</sub>牛<sub>우</sub>羊<sub>양</sub>歸<sub>귀</sub>.

野<sub>야</sub>老<sub>노</sub>念<sub>염</sub>牧<sub>목</sub>童<sub>동</sub>, 倚<sub>의</sub>杖<sub>장</sub>候<sub>후</sub>荊<sub>형</sub>扉<sub>비</sub>.

雉<sub>치</sub>雊<sub>구</sub>麥<sub>맥</sub>苗<sub>묘</sub>秀<sub>수</sub>, 蠶<sub>잠</sub>眠<sub>면</sub>桑<sub>상</sub>葉<sub>엽</sub>稀<sub>희</sub>.

田<sub>전</sub>夫<sub>부</sub>荷<sub>하</sub>鋤<sub>서</sub>立<sub>립</sub>, 相<sub>상</sub>見<sub>견</sub>語<sub>어</sub>依<sub>의</sub>依<sub>의</sub>.

卽<sub>즉</sub>此<sub>차</sub>羨<sub>선</sub>閒<sub>한</sub>逸<sub>일</sub>, 悵<sub>창</sub>然<sub>연</sub>吟<sub>음</sub>式<sub>식</sub>薇<sub>미</sub>.


<위천의 농가>

기운 석양이 마을 길을 비출 때
좁은 안길로 소와 양이 돌아온다.
시골 노인네 목동을 염려하여
지팡이 짚고 사립에 기다린다.
장끼가 울며 보리가 패어나고
잠자는 누에 뽕잎도 거의 없다.
농부는 괭이를 메고 서서
맞보고 말하며 멈칫댄다.
이런 田園의 여유가 부러워서
슬피 詩經의 한편을 읊어본다.

【註釋】⊙ <渭川田家> - '위천의 농가'

제목을 <渭水田家>라 한 판본도 있다. 渭 강 이름 위. 渭川은 唐의 수도 長安(지금의 西安) 북쪽을 흘러 黃河에 합류하는 황하의 가장 큰 지류. 渭水 또는 渭河라 통칭한다. 甘肅省의 渭源縣 鳥鼠山(오서산)에서 발원하여 天水, 寶鷄, 西安을 경유하여 陝西省 潼關(동관)에서 黃河 본류와 합쳐지는데 800여km에 이르는 큰 지류이다. 이 渭河의 지류로 葫蘆河, 淸江河, 麥李河, 石頭河, 涇河(경하), 洛河(낙하) 등이 있다.

⊙ 斜陽照墟落 - 斜 비낄 사. 비스듬하다. 斜陽은 기우는 저녁 해, 夕陽. 斜光으로 쓴 판본도 있다. 墟 언덕 허. 집터, 장터. 墟落은 한적한 농촌 마을. 황토 고원지대의 마을을 연상하며 이 시를 감상해야 한다.

⊙ 窮巷牛羊歸 - 窮巷은 막다른 골목. 巷 거리 항.

⊙ 野老念牧童 - 念은 기다리다. 牧童은 牛羊을 데리러 나간 어린아이.

⊙ 倚杖候荊扉 - 荊扉(형비)는 柴扉(시비) 곧 사립문.

⊙ 雉雛麥苗秀 - 雉 꿩 치. 雛 장끼가 울 구. 麥 보리 맥. 곡물 이름을 우리말로 옮기기가 쉽지 않다. 麥이 보리(大麥)나 밀(小麥), 아니면 호밀(胡麥)인지 알 수가 없다. 關中에 논(水田) 농사가 없으니 벼(禾, 米)가 아닌 것은 확실하다. 秀는 이삭이 패다(나오다), 꽃이 피다.

⊙ 蠶眠桑葉稀 - 蠶 누에 잠. 稀 드물 희. 누에가 알에서 깨어나면 2mm도 안 되는 애벌레이다. 뽕잎을 먹고 자라는데 잠을 한 번 잘 때마다 크기가 달라진다. 한 번 잠을 자고 나면 누에는 2살이 되는데 4번 잠을 자면 7-8cm 크기가 된다. 누에가 4잠을 자고 나면 뽕잎을 무서운 속도로 먹어치운다. 누에가 작을 때는 뽕잎을 아주 가늘게 썰어 조금씩 준다. 3잠이나 4잠을 자고 나면 어른 손바닥만큼 큰 뽕잎을 썰지도 않고 쏟아 부어준다. 4번 잠을 자고 나서 뽕잎을 엄청나게 먹은 다음에 고치를 짓는다. 이때 뽕잎이 부족하면 누에가 고치를 짓지 않거나 고치를 지어도 완전하지 못하게 된다. 따라서 이때 뽕나무에는 뽕잎을 거의 볼 수가 없다. 물론 뽕잎은 이후에 다시 나온다. 우리나라에서는 보리나 밀 이삭이 팰 때면 누에가 4잠을 자고 나서 고치를

짓는다.

⊙ 田夫荷鋤立 - 荷는 멜 하. 연꽃 하. 鋤 호미 서. 괭이, 풀을 매는 농기구. 우리나라는 자루가 짧아 손에 쥐고 앉아서 김을 매는 연장을 호미라 하고, 자루가 긴 연장을 괭이라 하는데 중국의 鋤는 우리의 괭이에 해당된다.

⊙ 相見語依依 - 依依는 아쉬워하는 모양, 사모하는 모양, 약하게 흔들리는 모양. 여기서는 할 이야기가 더 남아 있어 멈칫멈칫하면서 그만두지 못하는 모양. 여기까지 한 구절 한 구절이 이어질 때마다 농촌의 여유와 즐거움을 심도 있게 묘사되었다.

⊙ 卽此羨閒逸 - 卽 곧 즉. 卽此, 이와 같으니(就此). 羨 부러워할 선. 閒逸은 한가하고 안락함. 이 구절이 이 시에 나타난 시인의 뜻이다.

⊙ 悵然吟式微 - 悵 슬퍼할 창. 悵然은 슬퍼하고 탄식하다. 式微는 ≪詩經 邶風(패풍)≫의 詩 이름. '왕실이 쇠하고 법도가 문란해졌으니, 왜 돌아가지 않으랴?(式微式微 胡不歸, 微君之故 胡爲乎中露. 式微式微 胡不歸, 微君之躬 胡爲乎泥中)' 여기서는 '왜 농촌으로 돌아가지 않으랴'의 뜻으로 쓰여 陶淵明의 '歸去來兮'의 감개를 서술하였다.


【詩意】 번잡하고 힘든 벼슬살이, 구속 많은 官界를 떠나 한가하게 농촌에 돌아와 소박한 농부들과 함께 살고 싶다는 詩이다. 5구와 6구가 對句다. 이 시에는 전원시인 陶淵明의 풍취가 마냥 풍긴다. 도연명의 〈歸園田居〉에 다음과 같은 구절이 있다.

榆柳蔭後簷, 桃李羅堂前.
曖曖遠人村, 依依墟里煙. (一首)

種豆南山下, 草盛豆苗稀.
晨興理荒穢, 帶月荷鋤歸. (三首)

왕유는 '墟落(허락), 窮巷(궁항), 荊扉(형비)'라는 말을 시에서 썼다. 그러나 뜻은 도연명과 조금은 다르다. 왕유가 그린 농촌은 궁핍한 농촌이 아니고 자연과 더불어 자급자족하는 평화스러운 마을이었다.

## _ 76. 靑谿 <sup>청계</sup>

言入黃花川, 每逐靑谿水.
<small>언입황화천　매축청계수</small>

隨山將萬轉, 趣途無百里.
<small>수산장만전　취도무백리</small>

聲喧亂石中, 色靜深松裏.
<small>성훤난석중　색정심송리</small>

漾漾汎菱荇, 澄澄映葭葦.
<small>양양범능행　징징영가위</small>

我心素已閒, 淸川澹如此.
<small>아심소이한　청천담여차</small>

請留盤石上, 垂釣將已矣.
<small>청류반석상　수조장이의</small>


### <푸른 시내>

黃花川에 찾아가려 한다면
언제나 淸溪 물을 따라 간다.
산모퉁이 따라 수없이 돌면서
걸어도 백리가 안 되는 물길이라.
흩어진 돌 사이 물소리 요란하나
우거진 솔 숲엔 만물이 고요하다.
넘실대는 물에는 마름이 떠있고
맑디맑은 곳에는 갈대가 비친다.
나의 마음 언제나 한가로우니

맑은 물도 이처럼 고요하도다.

이런 크고 널찍한 바위에서

낚시 드려 조용히 지내리라.


【註釋】⊙ <靑谿> - '푸른 시내'

'淸溪'라 쓰기도 한다. <過靑谿水作>이라는 제목도 있다. ≪唐詩三百首≫에 실렸기에 널리 알려진 秀作이다.

⊙ 言入黃花川 - 言은 發語辭로 實義가 없다. 굳이 바꾸자면 云과 같다. 黃花川은 唐代에는 鳳州 黃花縣(지금의 陝西省 寶鷄市 관할 鳳縣 동북쪽)에 있는 하천.

⊙ 每逐靑谿水 - 逐 쫓을 축. 쫓아내다, 따라가다. 이 시의 靑溪에 대한 설명 자료를 종합한다면 청계는 沮水의 여러 지류 중 하나로 '청계에 九曲이 있고, 수십 리를 이어졌다'고 하였으며 '청계의 물은 현의 서쪽 靑山에서 나오며, 산에 藍泉(남천)이 있는데 그곳이 청계의 근원이다. 깊이가 무척 깊고, 샘이 신비하도록 맑다'고 하였지만 시의 감상에는 별 도움이 되지 않는다.

⊙ 隨山將萬轉 - 萬轉(만전)은 수없이 많이 산을 끼고 돌아가다.

⊙ 趣途無百里 - 趣 달릴 취. 다다르다. 趨(달릴 추)와 같다. 途 길 도. 도로. 趣途는 길을 따라 가다.

⊙ 聲喧亂石中 - 喧 떠들썩할 훤. 亂石은 냇물 가운데 아무데나 흩어져 있는 바위.

⊙ 色靜深松裏 - 色은 形相. 色卽是空 形卽是色의 色. 深松은 깊이 우거진 송림.

⊙ 漾漾汎菱荇 - 漾 출렁거릴 양. 菱 마름 릉. 水草名. 荇 마름 행.

⊙ 澄澄映葭葦 - 澄 물 맑을 징. 葭 갈대 가. 葦 갈대 위.

⊙ 我心素已閒 - 素 흴 소. 평소, 평상시. 閒은 閑暇無事하다. 閑(막을 한)과 同.

⊙ 淸川澹如此 - 澹 담박할 담. 恬靜(염정)하다.
⊙ 請留盤石上 - 請은 ~할 것이다. 盤 소반 반. 盤石은 크고 평평한 바위.
⊙ 垂釣將已矣 - 垂 드리울 수. 釣 낚시 조. 將은 ~하다, 곧, 장차, ~을. 將已矣는 句末語助辭. ~하리라.


【詩意】 12구의 五言古詩로 속세를 멀리하고 맑고 조용한 靑溪에서 여생을 보냈으면 좋겠다는 심정을 읊은 시이다. 마지막 두 구절 '請留盤石上, 垂釣將已矣'가 이 시의 결론이라 할 수 있다. 표현 수법으로는 賦(부)에 가깝고 전체적으로 완벽한 對句가 돋보인다.

곧 '言入黃花川, 每逐靑谿水'에서는 黃花와 靑谿의 색채가 짝을 이룬다. '隨山將萬轉, 趣途無百里'에서는 隨山과 趣途와 將萬轉과 無百里가 각각 對를 이루고 있다. '聲喧亂石中, 色靜深松裏'에서는 聲喧과 色靜은 물소리의 시끄러움과 만물의 고요함, 곧 動과 靜의 對偶가 눈앞에 그려진다. 또 亂石과 深松 역시 물에서의 움직임과 땅에서의 정적으로 절묘하게 짝을 이루고 있다. 그리고 소리를 내며 흐르는 물을 묘사한 뒤 고여 있는 물에 대해서는 漾漾(출렁출렁)과 澄澄(맑디맑은)으로 글자를 겹쳐 강조하면서도 떠 있는 菱荇(마름)과 뿌리 내린 葭葦(갈대)를 읊으니 모든 구절 전체가 아름답게 對偶를 이루고 있다.

사실 이러한 풍경 묘사는 단순히 자연에 대한 절묘한 묘사로만 생각할 수 없다. 이러한 묘사는 결국 시인의 마음을 서술한 것이 아니겠는가? 벼슬을 탐하고 재물을 얻고자 하는 마음뿐이라면 그가 비록 문자를 안다 해서 이런 경치의 서술은 불가능할 것이다. 시인의 경치 묘사는 시인의 심경의 표출이라고 볼 수 있다.

시인은 이미 자연 속에 몰입되었으니 곧 景物을 보고 느끼며, 거의 無我之境에 이르렀을 것이다.

## _ 77. <ruby>山中<rt>산 중</rt></ruby>

荊溪白石出, 天寒紅葉稀.
(형계백석출) (천한홍엽희)

山路元無雨, 空翠濕人衣.
(산로원무우) (공취습인의)


&lt;산속&gt;

형계 흰 돌이 들어나 보이고

추운 날 붉은 단풍도 드물다.

산길에 본디 비가 아니 내렸는데

떠도는 푸른 기운 옷에 스며드네.


【註釋】⊙ &lt;山中&gt; - '산속'

≪全唐詩≫에는 &lt;闕題&gt;로 실렸다.

⊙ 荊溪白石出 - 荊溪(형계)는 지금의 陝西省 藍田縣의 서북을 흐르는 하천. 白石出은 水落石出의 뜻.

⊙ 天寒紅葉稀 - 天寒은 추운 날.

⊙ 山路元無雨 - 元無雨는 본래 비가 내리지 않았다. 元은 本來.

⊙ 空翠濕人衣 - 空翠는 동중에 떠도는 푸른 기운. 겨울에도 여전히 푸른 산.


【詩意】蘇東坡는 이 시에 대해 '詩中畵'라고 했다. 시에는 흰색과 붉은색이 선명하다. 그리고 산속의 푸른 기운이 내 옷에 스며들 것 같다고 하였으니 실체가 없는 공중의 푸르름을 옷에 물들여 視覺으로 느끼게 했고, 또 만져질

것 같은 觸覺으로 전환시켰다. 이는 일종의 通感이라고 할 수 있다.

초겨울의 산행에서 본 경치를 묘사하였다. 날이 추워지면서 냇물이 줄어 돌이 드러나고 곳곳에 백석이 깔려 있는 하천은 여름 냇물과 다른 새 모습이다. 시인은 1, 2구에 냇물과 가끔 보이는 붉은 잎을 그렸다. 3, 4구는 시인의 상상이다. 날이 춥지만 여전히 짙푸른 산색은 비가 내리지 않아도 옷을 물들일 것 같다고 생각하였다. 이 시는 초겨울 산속의 공기마냥 청신하고도 명쾌하여 왕유의 뛰어난 심미의식을 맛보게 된다.

_ **78. 田園樂** <sup>전 원 락</sup> （七首）

一.

出入千門萬戶, 經過北里南鄰. <sup>출 입 천 문 만 호</sup> <sup>경 과 북 리 남 린</sup>

蹀躞鳴珂有底, 崆峒散髮何人. <sup>접 섭 명 가 유 저</sup> <sup>공 동 산 발 하 인</sup>

＜전원생활의 즐거움＞

一.

황궁의 수 천만 문을 출입하고

아래위 큰 이웃 집을 왕래한다.

빠른 말방울 소리는 어디서 나는가?

崆峒山에서 산발한 신선은 누구인가?

【註釋】⊙ ＜田園樂＞ - '전원생활의 즐거움'

이 시는 망천에 은거하며 지은 六言絶句의 連章體 시이다. 전원에 은
거하는 은자의 속진을 털어버린 즐거움을 형상화하였다. 제목이 ＜輞
川六言＞으로 된 책도 있다. 절구는 보통 五言과 七言이라서 6言絶句
는 없다고 생각하는 사람도 있다.

⊙ 出入千門萬戶 - 千門萬戶는 황궁의 수많은 출입문.

⊙ 經過北里南鄰 - 北里南鄰은 王侯나 귀족의 거주지. 여기서는 귀인의
일상생활을 뜻함.

⊙ 蹀躞鳴珂有底 - 蹀躞은 말이 걷는 모양. 蹀 밟을 접. 말이 빨리 걷는 모양. 躞 걸을 섭. 鳴珂는 말방울 소리. 珂 흰 옥돌 가. 말굴레의 옥 장식. 有底는 어디서 나는가? 底는 何, 什麼.

⊙ 崆峒散髮何人 - 崆峒은 空洞山. 廣成子라는 仙人이 여기서 살았다고 한다.


二.

재견봉후만호　입담사벽일쌍
**再見封侯萬戶, 立談賜璧一雙.**

거승우경남무　하여고와동창
**詎勝耦耕南畝, 何如高臥東窓.**


두번 상면에 일만호 제후가 되었고
짧은 유세로 옥벽 한 쌍을 받았다.
南田에서 함께 일하기 보다 어찌 나으며
東窓아래 편히 누운들 무슨 일이 있으랴?


【註釋】 ⊙ 再見封侯萬戶 - 두 번째 만나 유세하자 1만 호의 제후에 봉해지다. ≪史記 平原君虞卿列傳≫에서 虞卿(우경)이 趙 효성왕에게 遊說(유세)한 행적을 말한 것임.

⊙ 立談賜璧一雙 - 立談은 짧은 시간에 설득하다. 璧 둥근 옥 벽. 우경이 효성왕을 만나 잠깐 이야기를 나누었는데 玉璧 1쌍을 하사받았다. 짧은 기간에 높이 출세했다는 뜻.

⊙ 詎勝耦耕南畝 - 詎 어찌 거. 적어도. 反語의 뜻을 나타냄. 豈와 同. 耦耕(우경)은 함께 밭일을 하다. 耦耕南畝는 長沮(장저)와 桀溺(걸익)

이 함께 일을 하다. 孔子는 子路를 시켜 이들에게 나루터 가는 길을 묻게 했다(問津). ≪論語 微子≫

⊙ 何如高臥東窓 — 은자의 한적한 생활. 陶淵明 <與子儼等疏>의 '常言 五六月中, 北窓下臥, 遇涼風暫至, 自謂是羲皇上人'과 비슷한 뜻.


## 三.

<sup>채 릉 도 두 풍 급</sup>
**采菱渡頭風急,** <sup>책 장 임 서 일 사</sup>**策杖林西日斜.**

<sup>행 수 단 변 어 부</sup>
**杏樹壇邊漁父,** <sup>도 화 원 리 인 가</sup>**桃花源裏人家.**


마름 따는 나루터엔 바람이 세지만
지팡이 짚고 간 숲에는 해가 기운다.
언덕의 살구나무 아래 일없는 어부
도화원 같은 마을에는 인가가 있네.


【註釋】⊙ 采菱渡頭風急 — 采菱은 採菱. 菱(마름 릉, 薐)은 수초의 일
종. 열매가 마름모꼴로, 뿌리를 식용한다.

⊙ 策杖林西日斜 — 策杖은 지팡이를 짚다.

⊙ 杏樹壇邊漁父 — 杏樹는 살구나무. 壇은 흙을 쌓아 조금 높은 곳.

⊙ 桃花源裏人家 — 桃花源은 도연명의 이상향.

四.

<sup>처 처 춘 초 추 록</sup>　<sup>낙 락 장 송 하 한</sup>
萋萋春草秋綠,　落落長松夏寒.

<sup>우 양 자 귀 촌 항</sup>　<sup>동 치 불 식 의 관</sup>
牛羊自歸村巷,　童稚不識衣冠.


무성했던 봄풀은 가을에도 푸르고
가지많은 큰 솔은 여름에도 시원하다.
牛羊들은 마을길을 알아서 찾아오고
어린애는 벼슬 높은 사람을 몰라본다.


【註釋】⊙ 萋萋春草秋綠 - 萋萋는 초목이 무성한 모양. 萋 풀이 우거
　　질 처. 春草秋綠을 芳草春綠(좋은 풀은 봄에 푸르고)이라고 한 판본
　　도 있다.
⊙ 落落長松夏寒 - 落落은 가지가 길게 늘어진 모양. 뜻이 높고 커서
　　世俗에 맞지 않는 모양. 寒은 寒氣가 돈다.
⊙ 牛羊自歸村巷 - 村巷은 마을 안길. 巷은 골목.
⊙ 童稚不識衣冠 - 童稚는 어린아이. 衣冠은 의관을 갖춘 귀인.


五.

<sup>산 하 고 연 원 촌</sup>　<sup>천 변 독 수 고 원</sup>
山下孤煙遠村,　天邊獨樹高原.

<sup>일 표 안 회 누 항</sup>　<sup>오 류 선 생 대 문</sup>
一瓢顔回陋巷,　五柳先生對門.

산 아래 먼 마을에 한 줄기 연기가
하늘 끝 높은 산에 우뚝 선 큰 나무.
마을 골목에는 청빈한 顔回가 살고
五柳先生은 대문 맞은 편에 산다네.


【註釋】⊙ 山下孤煙遠村 - 山下의 遠村에는 孤煙이 피어오르고.
⊙ 天邊獨樹高原 - 天邊의 高原에는 獨樹가 서있다.
⊙ 一瓢顔回陋巷 - 一瓢는 單瓢, 簞瓢, 簞食瓢飮(단사표음). 대나무 광주
리에 담은 밥을 먹고 바가지로 물을 떠먹는 사람. 청빈한 생활을 하
는 사람. 顔回는 공자의 수제자였으나 너무 가난하여 영양실조로 머
리가 하얗게 세었고, 부친과 스승보다도 먼저 죽었다. 陋巷은 누추한
골목.
⊙ 五柳先生對門 - 對門은 대문을 마주하다. 건너편에 살다.


## 六.

桃花復含宿雨, 柳綠更帶朝煙.
도 화 부 함 숙 우　　　유 록 갱 대 조 연

花落家童未掃, 鳥啼山客猶眠.
화 락 가 동 미 소　　　조 제 산 객 유 면


도화는 어젯밤 비에 흠뻑 젖었고
버들은 아침 안개에 더 푸르렀다.
꽃이 져도 어린 하인은 쓸지 않고
새가 울어도 산골 객인은 아직도 잔다.

【註釋】⊙ 이 한 首는 皇甫曾(황보증)의 詩라는 주석도 있다.

⊙ 桃花復含宿雨 - 宿雨는 어젯밤 비.

⊙ 柳綠更帶朝煙 - 朝煙은 아침 안개.

⊙ 花落家童未掃 - 家童은 家僮, 어린 하인.

⊙ 鳥啼山客猶眠 - 山客은 산골 나그네. 은자를 지칭한다고 볼 수도 있다.


七.

酌酒會臨泉水, 抱琴好倚長松.

南園露葵朝折, 東谷黃粱夜舂.


물가에 앉아 함께 술을 마시고

비파를 안고 큰 소나무에 기댄다.

남쪽 밭에서 이슬 젖은 아욱을 따고

동쪽 마을선 누런 조를 밤에 찧는다.


【註釋】⊙ 한가로운 농촌의 밤과 낮을 그렸다.

⊙ 酌酒會臨泉水 - 酌酒는 술을 마시다. 酌 술 따를 작.

⊙ 抱琴好倚長松 - 好는 여기서 좋아하다는 뜻이 아니라 어떤 동작이 잘 이루어진다, ~하기가 좋다는 뜻으로 쓰였다. 倚 기댈 의.

⊙ 南園露葵朝折 - 露葵는 이슬에 젖은 아욱(채소 이름). 국을 끓이면 시금치국과 비슷하다.

⊙ 東谷黃粱夜舂 - 黃粱은 누런 조. 수수(高粱). 밭곡식의 하나. 黃粱夢 (황량몽)의 고사가 떠오른다. 舂 방아 찧을 용. 절구질하다.

【詩意】 1, 2首는 부귀영화를 버리고 은거를 택한 자신의 의지를 형상화하였다. 3首에서 7首까지는 은거에서 맛보는 여러 情趣를 그려내었다. 3首는 莊子와 도연명의 전고를 이용하였다. 4首는 전원의 순박한 풍경을, 5首는 은거하며 賢人高士와 이웃에 함께 사는 즐거움을, 6수는 心身이 매우 안락한 은자의 생활을, 7수는 은거의 청아함을 노래했다.

六言이지만 王維 시의 그림 같은 특색은 다른 시와 똑같다. 때로는 진하게, 또 어디는 엷은 먹물로 그린 무채색 산수화 같지만 전원을 즐기는 시인의 마음은 정말 다채롭기만 하다. 그리고 모든 것이 자연스러울 뿐이다.

소나 양은 제 집을 알아서 찾아온다. 시골의 천진한 어린아이가 벼슬하는 貴人을 몰라주는 것도 자연이다. 시골의 가난도 자연이고, 안회와 도연명 같은 사람이 궁벽한 마을에 사는 것도 인간 세상에 볼 수 있는 자연의 일부이다. 왕유의 자부심이 느껴진다.

## _ 79. 戱題輞川別業
<small>희제망천별업</small>

柳條拂地不須折, 松樹披雲從更長.
<small>유조불지불수절　송수피운종갱장</small>

藤花欲暗藏猱子, 柏葉初齊養麝香.
<small>등화욕암장노자　백엽초제양사향</small>


&lt;輞川別業에서 장난삼아 짓다&gt;

버들이 땅에 닿아도 꺾을 필요가 없고
소나무 자라 구름을 만져도 더 커야 한다.
등나무 꽃에 원숭이 새끼가 숨으려 하고
측백 잎이 새로 피면 사향노루를 키운다.


【註釋】⊙ <戱題輞川別業> - '輞川別業에서 장난삼아 짓다'
戱는 장난하다, 희롱하다.
⊙ 柳條拂地不須折 - 拂地는 땅을 쓸다, 땅에 닿다. 不須折은 꺾을 필요
가 없다.
⊙ 松樹披雲從更長 - 披雲은 구름에 닿다. 披 나눌 피. 찢다, 쪼개다.
⊙ 藤花欲暗藏猱子 - 藤 등나무 등. 猱子는 작은 원숭이. 猱 원숭이 노.
⊙ 柏葉初齊養麝香 - 柏葉은 측백나무 잎. 初齊는 가지런히 피다. 養麝
香은 사향노루를 기르다.


【詩意】이 시는 왕유가 망천별업에 정착한 이후, 右拾遺로 출사하기 전에
지었다. 왕유는 망천을 경영하면서 자연의 아름다움을 보전하려 많은 애를
썼다. 버들이나 소나무 등은 저절로 자라고, 그 안에서 원숭이나 노루들이

살 수 있어야 한다고 생각했다.

시는 장난으로 지었다고(戲題) 했지만, 만물이 본성에 따라 살아야 한다는 신념을 표출하고 있다. 시는 생기가 있고 활발하여 망천의 분위기를 그대로 살려 지은 것 같다.

## _ 80. 山居秋暝

공 산 신 우 후　　천 기 만 래 추
空山新雨後, 天氣晚來秋.

명 월 송 간 조　　청 천 석 상 류
明月松間照, 清泉石上流.

죽 훤 귀 완 녀　　연 동 하 어 주
竹喧歸浣女, 蓮動下漁舟.

수 의 춘 방 헐　　왕 손 자 가 류
隨意春芳歇, 王孫自可留.


<산속 거처에 가을 해가 지다>

空山에 가을비가 막 그치면
天氣는 늦가을로 접어든다.
明月이 松林을 비추면
清溪는 돌위를 흐른다.
대밭이 시끄럽게 빨래한 여인 돌아오고
연잎이 흔들리니 고깃배가 지나간다.
어느새 봄꽃이 졌다고 하지만
귀인은 스스로 여기에 머물리라.


【註釋】⊙ <山居秋暝> - '산속 거처에 가을 해가 지다'
　　暝 어두울 명. 황혼 무렵.
⊙ 空山新雨後 - 空山은 다른 사람이 없다는 의미. 新雨後는 비가 금방

그친 뒤.

⊙ 天氣晚來秋 - 晚來秋는 만추가 되다. 晚秋來의 뜻인데 운을 맞추려고 어순을 바꿨다.

⊙ 明月松間照 - 照 비출 조.

⊙ 淸泉石上流 - 淸泉은 맑은 시냇물.

⊙ 竹喧歸浣女 - 喧 의젓할 훤. 시끄러울 훤. 아이가 울음을 그치지 않다. 竹은 대나무 밭. 浣女는 빨래한 여인들.

⊙ 蓮動下漁舟 - 下는 지나가다. 漁舟는 고기잡이 배.

⊙ 隨意春芳歇 - 隨意(수의)는 다른 사람의 뜻에 맡기다(任他也). 제멋대로, 내 의지와는 상관없이, 어느덧. 春芳(춘방)은 봄꽃. 歇 쉴 헐. 비다, 다하다, 枯死(고사)하다. 왕유의 인생에서 봄과 같은 시절은 가고 없다는 의미.

⊙ 王孫自可留 - 王孫(왕손)은 貴人. 여기서는 왕유 자신을 지칭한다고 볼 수 있다. 自可留(자가류)는 마음대로 머물 수 있으리라!

【詩意】 이 시는 왕유가 망천에 은거하는 초기 무렵의 작품으로 알려졌다. 王維의 은거지에 가을을 재촉하는 비가 내리다가 금방 그쳤다. 가을비가 오는 그대로 날은 날마다 추워지니 지금은 晚秋이다. 이 首聯에서는 遠景을 스케치하였는데, 이는 제목에 들어있는 '秋'에 대한 착실한 묘사이다.

가까이 보니 송림 사이로 명월이 비추고 맑은 냇물은 돌 위를 흐른다. 頷聯(함련)은 왕유 신변의 묘사이다. 아직은 사람이 보이지 않는다. 왕유는 靜謐(정밀)한 공간을 먼저 그렸다.

늦가을의 초저녁, 바로 제목의 暝에 해당하는 이 시간, 빨래를 마친 여인들이 무리지어 떠들면서 대밭을 지나간다. 그런가 하면 소리 없이 지나는 고깃배에 연잎이 흔들린다. 動과 靜의 대비를 통해 경치의 묘사에서 분위기를 바꾼다. 생동하는 자연이 느껴진다. 이것이 바로 頸聯, 곧 起承轉結의 轉에 해당한다.

그러면서 尾聯에서는 왕유 자신의 심경을 말한다. 내 뜻과 상관없이 계절은 순환한다. 봄꽃이 없는 계절이지만 귀인은 어디에 가겠는가? 내가 머무는 이곳도 매우 좋다는 뜻이다. 隱居에 대한 자부심과 함께, 그렇다고 산에서 내려간다 하여도 무엇을 하겠는가? 왕유의 심경은 매우 복잡했을 것이다.

왕유는 空을 森羅萬象의 본질로 인식했다. 아무것도 없다는 뜻의 空이 아닐 것이다. 또 왕유에게 空은 집착이 없는 無我의 경지이다. 빨래를 마치고 떠들며 돌아오는 여인들의 말소리가 시인에게 무엇이겠는가? 배가 지나가면서 연꽃이 흔들리는 것은 또 무엇인가? 모두 다 본래의 空으로 돌아갈 것이니, 그렇다면 나는 어떠한가? 왕유의 思念도 정지했을 것이다.

'대나무 밭이 시끄럽고(竹喧)' '연꽃이 흔들리는(蓮動)'은 하나의 暗示이다. 빨래한 여인이 누구인지, 연꽃을 흔들며 지나간 배에 누가 있는지 시인도 모른다. 그냥 그 자체가 자연으로 잠깐 나타났을 뿐이다. 시인은 이러한 소박한 암시를 통해 空의 실상을 설명하려 했을 것이다. 시인의 無心을 그림으로 그려 보여주었을 뿐이다.

하여튼 왕유가 별로 힘들이지 않고 손 가는 대로 그려내었지만, 읽는 사람에게는 구구절절이 왕유의 미의식이 나타나 있다. 그래서 왕유의 시를 '詩中에 有畫하고, 畫中에 有詩'라고 말했을 것이다. 이 시는 ≪唐詩三百首≫에도 수록되어 널리 알려졌다.

## _ 81. 終南別業
종 남 별 업

中歲頗好道, 晩家南山陲.
중 세 파 호 도　만 가 남 산 수

興來每獨往, 勝事空自知.
흥 래 매 독 왕　승 사 공 자 지

行到水窮處, 坐看雲起時.
행 도 수 궁 처　좌 간 운 기 시

偶然值林叟, 談笑無還期.
우 연 치 림 수　담 소 무 환 기

<終南山의 별장>

중년에 불도를 좋아 하여
만년에 남산 기슭에 산다.
신나면 곧잘 혼자 다니고
기꺼운 일은 절로 다 안다.
걷다가 물이 끝나는 곳에서
앉아서 구름 피는 걸 본다.
우연히 산속 노인을 만나면
담소하며 돌아갈 줄 모른다.

【註釋】⊙ <終南別業> - '終南山의 별장'
　　제목이 <初至> 또는 <入山寄城中故人>으로 된 책도 있다. 이 시는
開元 21년(733)에 지은 시로 알려졌다. 앞의 <終南山>이 종남산의 산
세를 읊었다면, 이 시는 종남산에 은거하는 자신의 생활을 노래했다.

⊙ 中歲頗好道 – 中歲는 中年. 頗 자못 파. 제법. 好道는 佛道를 좋아하다. 首句는 은거 이유를 설명한 셈이다. 왕유가 불도를 좋아한 것은 그 모친의 영향이며 형제들이 모두 불도에 심취했었다.

⊙ 晚家南山陲 – 晚은 만년에. 家는 집을 짓다. 동사로 쓰였다. 陲 근처 수. 부근.

⊙ 興來每獨往 – 獨往은 홀로 다니다.

⊙ 勝事空自知 – 勝事는 기쁜 일(快意), 자연을 즐기는 일.

⊙ 行到水窮處 – 水窮處는 물이 다한 곳. 발원지. 산속 깊은 곳.

⊙ 坐看雲起時 – 雲은 雲霧. 時는 가끔. 운을 맞추기 위해 자리를 바꾸었다. 여기까지는 은거의 日常을 그렸다.

⊙ 偶然值林叟 – 值는 만나다. 林叟(임수)는 산골 노인. 叟 늙은이 수.

⊙ 談笑無還期 – 無還期는 돌아갈 기약이 없다, 돌아갈 때를 잊는다.


【詩意】 왕유는 개원 16년부터 道光禪師를 따라 佛學에 심취하여 淸靜하고 空寂한 생활을 추구하면서 자연에 순응하였다. 무엇인가를 얻거나 가지려는 순응이 아니었다. 그의 일상의 순환, 자연의 생성과 소멸에는 어떤 인위적인 장애가 없었다.

왕유는 好佛의 신념이 확실했다. 그리고 信佛하여 가장 즐거운 일은 스스로 空을 깨달은 것이라 하였다(勝事空自知). 이렇게 開悟(개오)한 왕유는 산간의 샛길이나 계곡을 逍遙(소요)했다. 그러니 산속 노인을 만나도 같이 담소하며 즐길 수 있었다.

終南山에서의 한가한 생활을 노래했는데 首聯에서는 은거의 이유를 말했다. 이후 6구는 모두 왕유가 사는 모습이다.

'行到水窮處, 坐看雲起時' – 이것이 왕유와 자연의 혼연일체이며 千古의 절창이다. 앞산에서 피는 구름을 바라보며 空을 깨우쳤으니 아마 이 경지가 최고의 '勝事'일 것이다.

그러면서 그의 생활은 '偶然值林叟, 談笑無還期'였으니 어디에 꾸밈과 人爲가 있겠는가? 그의 생활이 자연 그대로 표리가 다름없었으니 그의 시가 곧 그림이고, 자연이 그대로 詩였다. 그는 시를 지으려 애써 고심하지 않았을 것이다.

## 82. 春中田園作
춘 중 전 원 작

屋上春鳩鳴, 村邊杏花白.
옥 상 춘 구 명　촌 변 행 화 백

持斧伐遠揚, 荷鋤覘泉脈.
지 부 벌 원 양　하 서 첨 천 맥

歸燕識故巢, 舊人看新曆.
귀 연 식 고 소　구 인 간 신 력

臨觴忽不御, 惆悵遠行客.
임 상 홀 불 어　추 창 원 행 객


&lt;봄날 전원에서 짓다&gt;

봄날 지붕에 뻐꾸기가 날며 울고

마을 저편에 살구꽃이 희게 폈다.

작은 도끼로 뽕나무 가지를 치고

논엔 괭이로 물길을 새로 뚫는다.

돌아온 제비는 옛 집을 찾아 들었고

나이든 농부는 새 책력을 꺼내 본다.

술잔을 앞에 두고서 다시 들지 않으며

고향을 멀리 두고온 나그네라 서글프다.


【註釋】⊙ &lt;春中田園作&gt; - '봄날 전원에서 짓다'
　왕유가 봄날 농촌의 풍경을 읊었는데 결련에서 고향을 떠난 자신의
　처량한 심경을 말했다.

⊙ 屋上春鳩鳴 - 春鳩는 뻐꾸기(布穀鳥).

⊙ 村邊杏花白 - 삼월에 살구꽃이 피면 농사일을 시작해야 한다.

⊙ 持斧伐遠揚 - 遠揚은 높다랗게 길게 뻗은 뽕나무 가지. 뽕나무를 손 질한다는 뜻. 이 句는 ≪詩經 豳風 七月≫의 '蠶月條桑 取彼斧斨 以 伐遠揚'의 구절에 전고를 두었다.

⊙ 荷鋤覘泉脈 - 鋤는 보통 호미로 번역하지만 우리나라의 호미는 자루 가 짧아 앉아서 작업을 해야 한다. 대신 괭이는 자루가 길어 서서 작 업할 수 있다. 물도랑을 손질한다는 뜻이니 괭이라고 번역했다. 覘 엿볼 첨(점). 탐색하다. 泉脈은 물길, 물도랑.

⊙ 歸燕識故巢 - 故巢는 지난해에 둥지를 지었던 농가. 제비가 돌아오 면 으레 새로 집을 짓는다. 그래서 우리나라에서는 가을에 제비가 떠 나가면 묵은 제비집을 부수었다.

⊙ 舊人看新曆 - 舊人은 옛 주인. 新曆은 새해의 冊曆.

⊙ 臨觴忽不御 - 臨觴은 술잔을 마주하다. 御는 술을 마시다.

⊙ 惆悵遠行客 - 惆悵(추창)은 슬퍼하다. 遠行客은 먼 곳에 와 있는 나 그네. 왕유 자신. '思遠客'으로 된 판본도 있다.


【詩意】 봄날 농촌의 원근 경치를 그렸다. 비둘기가 구구거리고, 살구꽃이 핀 춘삼월의 動靜을 먼저 그리고, 농사일을 서술했다. 이어 옛집을 찾아오는 제비와 새 冊曆을 보는 것으로 세월이 무상함을 말하면서, 바로 고향을 그리 는 정으로 마무리했다. 봄의 정경은 결국 고향에 대한 그리움이다.

## 83. 山居卽事

寂寞掩柴扉, 蒼茫對落暉.
적 막 엄 시 비　　창 망 대 낙 휘

鶴巢松樹遍, 人訪蓽門稀.
학 소 송 수 편　　인 방 필 문 희

嫩竹含新粉, 紅蓮落故衣.
눈 죽 함 신 분　　홍 련 낙 고 의

渡頭燈火起, 處處采菱歸.
도 두 등 화 기　　처 처 채 릉 귀


&lt;산에 기거하며 짓다&gt;

적막속에 사립문을 닫는데
까마득히 넓은 벌에 해가 진다.
솔밭 여러 둥지에 백학이 잠자고
찾는 이 없어 사립도 열 일 없다.
자라는 죽순은 마디가 굵어지고
피었던 홍련은 꽃잎이 떨어진다.
나루터 끝에 여러 등이 켜지면서
곳곳서 마름 따고 함께 돌아온다.


【註釋】⊙ &lt;山居卽事&gt; - '산에 기거하며 짓다'

⊙ 寂寞掩柴扉 - 掩 가릴 엄. 柴扉(시비)는 사립문.

⊙ 蒼茫對落暉 - 蒼茫(창망)은 넓고 까마득한 벌판. 落暉(낙휘)는 해가

지다.

⊙ 鶴巢松樹遍 - 鶴巢는 학의 둥지. 巢 깃들 소. 여기서는 동사로 棲宿(서숙)의 뜻. 명사인 窩(와, 둥지, 움집)의 뜻이 아님. 遍은 널려 있다.

⊙ 人訪蓽門稀 - 蓽門(필문)은 사립문. 대나무쪽을 엮어 만든 문. 찾아오는 사람이 거의 없다 보니 사립문을 열고 닫을 일도 별로 없다는 뜻. 蓽 사립짝 필. 篳과 同.

⊙ 嫩竹含新粉 - 嫩竹(눈죽)은 새로 나오는 죽순. 嫩 어릴 눈. 죽순은 땅에서 솟으면서 얇은 겉껍질이 있는데 죽순이 자라 이 껍질이 떨어지는 마디에 하얀 가루가 있다고 한다. 여기서는 빠르게 자라는 대나무로 세월이 흐름을 설명하였다.

⊙ 紅蓮落故衣 - 紅蓮은 붉은 꽃이 피는 蓮. 故衣는 시든 연꽃 잎. 연꽃이 져야 연밥이 자라 검고 굵은 열매가 나온다.

⊙ 渡頭燈火起 - 渡頭는 나루터.

⊙ 處處采菱歸 - 菱 마름 릉. 일년생 수생식물로, 열매는 식용한다.

【詩意】 왕유의 산수전원시는 경치의 묘사가 담백하며 자연스럽지만, 그런 속에서도 강한 의지로 노력하는 사람들의 모습을 생동감 있게 묘사하였다. 이 시는 初秋의 晩景을 그렸는데, 송학을 벗으로 삼고 지내는 시인의 심경에 이어 대나무 죽순이 자라고, 연꽃이 자라 열매를 맺고, 나루터에 등불을 켜고, 마름을 따고 돌아오는 보통사람들의 강한 생명력을 잘 서술하였다.

## 84. 春園卽事
<sub>춘 원 즉 사</sub>

宿雨乘輕屐, 春寒著弊袍.
<sub>숙 우 승 경 극</sub> <sub>춘 한 착 폐 포</sub>

開畦分白水, 間柳發紅桃.
<sub>개 휴 분 백 수</sub> <sub>간 류 발 홍 도</sub>

草際成棋局, 林端擧桔槹.
<sub>초 제 성 기 국</sub> <sub>임 단 거 길 고</sub>

還持鹿皮几, 日暮隱蓬蒿.
<sub>환 지 녹 피 궤</sub> <sub>일 모 은 봉 호</sub>


&lt;봄날 뜰에서 짓다&gt;

엊저녁 비에 가벼운 나막신 신었고
봄날이 추워 솜을 둔 웃옷을 입었다.
논두렁 따라 나뉜 논 물빛이 하얗고
버들 사이로 복숭아 꽃이 붉어졌다.
풀밭 가운데 바둑판처럼 금을 그었고
수풀 끝에는 두레박틀이 올려져 있다.
사슴 가죽 두른 안궤를 갖고 들어와
해질 녘에 초가 안에서 기대어 쉰다.


【註釋】⊙ &lt;春園卽事&gt; - '봄날 뜰에서 짓다'
　봄날 전원의 원경과 근경을 두루 서술하고 이어 은자의 고결한 생활
　을 언급하여 마치 高士傳을 읽는 것 같다.

⊙ 宿雨乘輕屐 - 宿雨는 어젯밤에 내린 비. 乘은 입다. 여기서는 신다. 輕屐(경극)은 가벼운 나막신. 屐 나막신 극.

⊙ 春寒著弊袍 - 著 입을 착. 弊袍(폐포)는 헌 솜옷. 袍 웃옷 포. 솜옷.

⊙ 開畦分白水 - 畦 밭두둑 효. 논두렁.

⊙ 間柳發紅桃 - 發紅桃는 붉은 복숭아꽃이 피다.

⊙ 草際成棋局 - 草際는 풀밭. 成棋局은 바둑판처럼 나뉘었다.

⊙ 林端擧桔橰 - 擧는 들어 올리다. 桔橰(길고)는 물을 퍼 올리는 두레박. 桔 두레박 틀 길. 橰 두레박 고.

⊙ 還持鹿皮几 - 鹿皮几는 녹피(사슴가죽)를 댄 几席(궤석), 기대어 앉는 것.

⊙ 日暮隱蓬蒿 - 蓬蒿(봉호)는 쑥. 은자의 초가.


【詩意】 시나 소설을 번역하면서 특히나 어려운 부분은 옷이나 각종 장식, 음식이나 가구, 동식물의 이름, 가옥 구조 등 생활과 관련되는 것으로 우리의 환경과 다르기에 많은 설명이 필요하고, 또 설명하더라도 이해가 쉽지는 않다.

옛날 우리나라 농촌의 우물은 그렇게 깊지 않았다. 따라서 두레박으로 물을 길었으나 도로래를 사용하는 경우는 많지 않았다. 왕유가 묘사한 풀밭의 바둑판과 같은 경계는 아마 소나 말을 풀어놓거나 매어놓는 울타리 같은 것으로 짐작된다. 또 桔橰(길고)는 지렛대의 원리를 이용한 물을 퍼 올리는 장치인데, 한쪽 끝에는 두레박을 매달았고 다른 쪽은 어지간한 돌을 묶어 놓았다는 설명이 있다. 대략 어떨 것이라고 짐작은 하지만 멀리서 그것이 보일 정도면 단순한 식수를 얻기 위한 장치는 아닐 것이다. '두레박 틀'이라고 옮기고서도 한참을 더 생각해야만 했다.

## 85. 新晴野望
<sub>신 청 야 망</sub>

新晴原野曠, 極目無氛垢.
<sub>신 청 원 야 광</sub> <sub>극 목 무 분 구</sub>

郭門臨渡頭, 村樹連溪口.
<sub>곽 문 임 도 두</sub> <sub>촌 수 연 계 구</sub>

白水明田外, 碧峰出山後.
<sub>백 수 명 전 외</sub> <sub>벽 봉 출 산 후</sub>

農月無閒人, 傾家事南畝.
<sub>농 월 무 한 인</sub> <sub>경 가 사 남 무</sub>


<비가 갠 날 들에서 바라보다>

비 그친 들녘은 끝없이 넓은데
눈 닿는 데까지 티끌 하나 없다.
성문은 나루터 앞에 열려있고
나무는 계곡에 이어 늘어섰다.
논에 든 물이 사방에 반짝이고
푸른 봉우리 산 너머로 보인다.
농사 분주할 때 노는 이 없으니
식구 모두가 남녘 밭에서 일한다.


【註釋】⊙ <新晴野望> - '비가 갠 날 들에서 바라보다'
　　'溪口' 등으로 보아 왕유가 망천에 은거할 때의 작품으로 알려졌다.
　　<新晴晚望>으로 된 제목도 있다.

⊙ 新晴原野曠 – 曠 밝을 광. 들이 탁 트이다.
⊙ 極目無氛垢 – 極目은 눈 닿는 곳까지. 氛垢는 하늘에 뜬 안개나 흙
먼지. 黃砂. 氛 기운 분. 垢 때 구. 티끌.
⊙ 郭門臨渡頭 – 郭門은 성곽 출입문. 渡頭는 나루터.
⊙ 村樹連溪口 – 村樹는 마을의 나무들.
⊙ 白水明田外 – 明田은 물이 찬 논이 허옇게 보이는 것.
⊙ 碧峰出山後 – 出山後는 山後出, 산 너머로 보이다.
⊙ 農月無閒人 – 農月은 농사철.
⊙ 傾家事南畝 – 傾家는 온 식구.

【詩意】봄비가 그친 뒤 들판의 淸新한 풍경을 눈길 가는 대로 그려내었다.
白水와 碧峰의 배경으로 '明田外' '出山後'를 쓴 것은 그림보다도 더 뚜렷하
다.
그리고 '農月無閒人, 傾家事南畝'의 결구는 풍경화의 畵龍點睛(화룡점정)이
라 아니 할 수 없다. 분명히 고요와 평화와 청신한 靜寂(정적)한 풍경을 그
렸는데, 이 한 구절로 마무리하면서 그림 전체를 살아있는 동영상으로 만들
었다. 시인 왕유의 전원생활은 은자의 비생산적 생활이 아닌, 농민과 같이
일하며 땀 흘리는 은거였다. 시인의 이런 명구는 다른 사람에게 깊은 감동을
준다.

## 86. 秋夜獨坐
<small>추 야 독 좌</small>

獨坐悲雙鬢, 空堂欲二更.
<small>독 좌 비 쌍 빈　　공 당 욕 이 경</small>

雨中山果落, 燈下草蟲鳴.
<small>우 중 산 과 락　　등 하 초 충 명</small>

白髮終難變, 黃金不可成.
<small>백 발 종 난 변　　황 금 불 가 성</small>

欲知除老病, 唯有學無生.
<small>욕 지 제 노 병　　유 유 학 무 생</small>


&lt;秋夜에 홀로 앉아&gt;

혼자 앉아서 늙었다 슬퍼하는데
적막한 방안 벌써 이경이 가깝다.
빗속에 산속 열매가 떨어지고
등불에 풀섶 벌레가 슬피운다.
백발은 끝내 다시 검지 않으며
황금을 만들 수는 없으리라.
늙어서 앓는 병을 고치려면
오로지 생사를 알아야 한다.


【註釋】⊙ &lt;秋夜獨坐&gt; - '秋夜에 홀로 앉아'
　　&lt;冬夜書懷&gt;로 된 판본도 있다. 이 시는 李林甫가 정권을 장악하고
　　있던 무렵의 작품이라 알려졌다.

⊙ 獨坐悲雙鬢 – 雙鬢(쌍빈)은 양쪽 구레나룻. 허연 구레나룻은 늙음을 상징.

⊙ 空堂欲二更 – 空堂은 적막한 집. 아내와 사별한 뒤 혼자 살아온 시인의 쓸쓸한 집이고 때는 가을밤. 二更은 밤 9 - 11시(乙夜).

⊙ 雨中山果落 – 山果는 나무 열매.

⊙ 燈下草蟲鳴 – 草蟲은 풀벌레.

⊙ 白髮終難變 – 白髮은 다시 검어질 수 없다.

⊙ 黃金不可成 – 黃金不可成은 연금술. 前漢 시절 方士는 雜鐵을 황금으로 만들 수 있고(鍊金), 여러 약물로 불사약을 만들 수 있으며(煉丹), 仙境에 가서 신선을 불러올 수 있으며 심지어는 적병을 물리칠 수도 있다고 큰소리쳤다. 이런 황당한 주장을 가장 열심히 믿었던 사람이 秦始皇帝이며, 漢 武帝였다. 두 사람은 닮은 점이 매우 많았다.

⊙ 欲知除老病 – 늙어서 앓는 병을 고치려 하다. 노화 예방법을 알고 싶다면.

⊙ 唯有學無生 – 오로지 生死를 알아야 한다. 無는 死. 생사가 없다면 老와 病이 있을 수 있겠는가? 철리가 깊은 구절이다.


【詩意】 왕유는 굴곡진 세상살이의 이런저런 맛을 보았다. 만년에 거울을 앞에 두고 인생무상을 느끼면서 이 시를 지었는지도 모르겠다.

二更이 되도록 잠을 못 이루는 밤. 깊어가는 가을 밤, 가을비가 내리면서 나무 열매가 떨어지고 창밖에 벌레가 울고 —— 이런 작은 움직임과 소리가 마음에 들리는 靜謐(정밀), 늙어가는 쇠약이 몸으로 느껴지는 나이에, 시인은 만물이 본래 無生無滅이라고 깨닫는다. 번뇌를 씻어내는 참선의 경지는 아마 이럴 것이다.

이 시에는 生을 성찰하는 모습과, 시화와 음악에 뛰어난 시인의 예술적 감각이 느껴진다.

## 87. 輞川閑居贈裴秀才迪
망천한거증배수재적

寒山轉蒼翠, 秋水日潺湲.
한산전창취 추수일잔원

倚杖柴門外, 臨風聽暮蟬.
의장시문외 임풍청모선

渡頭餘落日, 墟里上孤煙.
도두여락일 허리상고연

復值接輿醉, 狂歌五柳前.
부치접여취 광가오류전

&lt;망천에서 한가히 지내면서 秀才 裴迪에게 주다&gt;

가을 산은 더더욱 어둡게 바뀌고.

가을 물은 날마다 소리내 흐른다.

지팡이를 짚고 사립문을 나서니

바람맞아 저녁 매미소리 듣는다.

나루터엔 지는 석양볕이 남았고

마을엔 한가닥 저녁연기 피어난다.

接輿를 또다시 만나 술에 취한다면

五柳선생 앞에서 크게 노래하리라.

【註釋】⊙ &lt;輞川閑居贈裴秀才迪&gt; - '망천에서 한가히 지내면서 秀才
裴迪에게 주다'
　輞 바퀴 테 망. 輞川(망천)은 지금의 陝西省 西安市 藍田縣. 남전현은

玉의 산지로 유명하다. 秀才는 당나라 초기에는 科擧의 한 영역이었으나 곧 폐지되었다. 士人에 대한 일반적 칭호로 널리 사용되었다. 裴迪(배적, 716-?. 迪 나아갈 적)은 王維의 우인으로 소개되지만 나이 차가 많았다 하니 詩友라는 표현이 더 좋을 것 같다. 杜甫와도 친교가 있었다고 한다. 배적은 과거에 여러 번 응시하였으나 번번이 실패하였다. 終南山에 은거하면서 왕유와 날마다 시를 주고받았다. 天寶 연간 이후에 출사하여 蜀州자사를 역임하며 杜甫, 李頎(이기) 등과도 친했다. 尙書郎을 역임했다. 시풍은 왕유와 닮았고 지금 그의 詩 29수가 전한다.

⊙ 寒山轉蒼翠 - 寒山은 한랭한 산. 여기서는 낙엽이 진 가을 산. 轉은 바뀌다. 蒼翠(창취)는 푸른 듯 검다. 蒼에는 '회백색'이라는 뜻도 있다. 하여튼 낙엽이 진 산의 충충한 색이지 봄이나 여름철과 같은 푸른색은 아니다.

⊙ 秋水日潺湲 - 潺 물 흐르는 소리 잔. 湲 물 흐를 원. 이상 수련은 자연의 경치를 묘사.

⊙ 倚杖柴門外 - 倚杖(의장)은 지팡이를 짚다.

⊙ 臨風聽暮蟬 - 暮蟬(모선)은 해 저물 무렵에 우는 매미.

⊙ 渡頭餘落日 - 渡頭(도두)는 나루터. 餘落日은 落日의 별이 남아 있다, 아직 환하다. 餘와 다음 句의 上은 동사 역할을 한다.

⊙ 墟里上孤煙 - 墟里는 마을. 墟 언덕 허. 上孤煙(상고연)은 한 줄의 연기가 피어오르다.

⊙ 復値接輿醉 - 値 값 치. 만나다. 置로 쓴 판본도 있다. 接輿(접여)는 人名. 楚의 狂人. ≪論語 微子(미자)≫에 현실 참여의지를 가진 孔子를 비웃는 인물로 등장한다. '楚狂接輿歌而過孔子曰, 鳳兮鳳兮, 何德之衰. 往者不可諫, 來者猶可追. 已而已而. 今之從政者殆而.' 孔子下, 欲與之言. 趨而辟之, 不得與之言'.

⊙ 狂歌五柳前 - 狂歌는 미친 듯 노래하다. 큰 소리로 노래하리라. 五柳는 도연명. 五柳先生. 도연명처럼 은거하리라.

【詩意】首聯과 頸聯(경련, 5, 6구)은 자연 景觀을 묘사하고 頷聯(함련, 3, 4구)과 結聯(결련)은 왕유와 배적을 서술하였다. 경관과 사람을 교체하며 보이는 대로 묘사하였다.

寒山, 秋水, 落日, 孤煙 등 가을을 느끼는 경관으로 계절과 세월을 묘사하면서 臨風하며 매미 울음을 듣는 인물, 接輿와 五柳선생으로 배적과 자신을 견주었다. 왕유의 망천 별장에는 대나무 숲이 있고, 계절에 따라 꽃이 피었는데, 詩友 裵迪(배적)이 거문고를 안고 와서 같이 즐겼다고 한다.

적극적인 현실 참여 의지를 가지고 여러 나라를 14년이나 轍環(철환)하였던 孔子를 '위험한 짓을 하는 사람'이라 비웃었던 楚人 接輿(접여)가 있었고, 집 앞에 五柳를 심고 自號하며 농사를 지었던 도연명이었다. 접여나 오류선생 모두 현세에서 뜻을 펴지 못했다.

특히 도연명은 유가적 가풍에 학문을 했고, 웅지를 품었지만 현실에서는 불우했다. 이는 배적과 왕유도 마찬가지였다. 狂歌를 부르지 않고서는 못 견딜, 그런 회포가 가슴에 남아 있었다.

## 88. 酬張少府

晩年唯好靜, 萬事不關心.

自顧無長策, 空知返舊林.

松風吹解帶, 山月照彈琴.

君問窮通理, 漁歌入浦深.


<장소부에게 답하다>

늘그막에 오직 청정을 좋아하여
세상만사 관심 없이도 살았지요.
내가 봐도 좋은 방책이 없었으니
그냥 예전 살던 여기를 찾았다오.
솔바람이 불면 옷띠 풀어버리고
산에 뜬 달이 밝아 탄금하지요.
세상을 사는 이치 그대가 물었지만
어부의 노래 소리 포구서 들리네요.


**【註釋】** ⊙ <酬張少府> - '장소부에게 답하다'

酬(갚을 수)는 보내온 것에 대한 답장이나 답례, 주고받다.(예, 酬酌
수작-술잔을 주고받다) 少府는 縣尉. 최하급 행정단위인 현의 군사 담당. 張少府는 인명 미상. 아마 出仕를 권유하는 편지나 시를 보내온 것으로 추정된다.

⊙ 晩年唯好靜 - 靜 고요할 정. 淸靜, 靜居, 靜閑.

⊙ 萬事不關心 - 萬事는 世上事.

⊙ 自顧無長策 - 自顧(자고)는 자신의 생각으로는. 長策은 좋은 方策.

⊙ 空知返舊林 - 返 돌아올 반. 舊林은 전에 살던 산속. 輞川(망천).

⊙ 松風吹解帶 - 解帶(해대)는 옷의 띠를 풀고. 예의 격식을 잠시 버리다. 여기서는 逍遙適意하는 왕유의 모습이 연상된다.

⊙ 山月照彈琴 - 照는 照耀(조요), 환하게 비추다.

⊙ 君問窮通理 - 君問은 당신의 물음. 窮通理(궁통리)는 困窮(곤궁)과 亨通(형통)의 이치. 은거하거나 出仕하려는 뜻.

⊙ 漁歌入浦深 - 漁歌는 어부의 노래. 浦는 水邊, 물가. 굳이 '浦口'라 번역하지 않는다. 入浦深은 深入浦. 강가에서 산 쪽으로 먼 곳. '可以濯吾纓하고 可以濯吾足하면서 遂去不復與言'했던 屈原의 <漁父辭>에 나오는 漁父 모습이 연상된다.


【詩意】 이 시는 왕유의 나이가 지긋해졌을 때의 작품으로 생각된다. 벗이 시를 보내와 이런저런 사유로 적극적인 관직생활을 권유했을 것이다. 그러나 왕유는 '나는 잘하는 것이 없다'면서 산속의 생활에 대한 이야기를 하면서 정면에서의 확답을 회피하다가 마지막에 '漁歌入浦深'이라고 禪意로 대답하였다.

사실 왕유도 젊었을 적에는 濟世救民하고 立身揚名할 포부도 있었다. 그러나 이제 李林甫 같은 사람이 현종의 신임을 받으며 楊國忠 一家와 함께 국정을 專斷하는 현실에서는 일찍 뜻을 접을 수밖에 없었다.

漁歌入浦深의 結句를 '어부는 노래하며 물길 깊숙이 들어간다' 또는 '어부의 노래가 강가의 안쪽까지 들려온다. 그래서 이곳의 내가 들을 수 있다', 그리고 '어부 노래가 강가 안쪽으로 사라진다' 등 여러 가지로 생각할 수 있는데, 禪問答(선문답) 같은 시구이니 그 정경은 시를 감상하는 마음에 따라 달라질 것이다.

屈原의 漁父는 빙그레 웃으며 노를 저어가며 노래를 부르면서 사라졌다.

'滄浪之水淸兮, 可以濯吾纓. 滄浪之水濁兮, 可以濯吾足.'── 이는 세상과 추이를 같이하라는 뜻이다. 왕유는 양자택일이 아니라 中觀의 지혜로 처신하겠다는 뜻이다. 半官半隱의 생활, 현실 속에서도 고결한 지조를 지켜나가겠다는 독립선언과도 같다. 하여튼 왕유는 적극적으로 벼슬길에서 경쟁하고 싶은 생각이 없다는 것을 확실히 밝혔다.

## 89. 待儲光羲不至
<sub>대 저 광 희 부 지</sub>

<sub>중 문 조 이 계</sub>　　<sub>기 좌 청 거 성</sub>
重門朝已啓, 起坐聽車聲.

<sub>요 욕 문 청 패</sub>　　<sub>방 장 출 호 영</sub>
要欲聞淸佩, 方將出戶迎.

<sub>만 종 명 상 원</sub>　　<sub>소 우 과 춘 성</sub>
晚鐘鳴上苑, 疎雨過春城.

<sub>요 자 불 상 고</sub>　　<sub>임 당 공 복 정</sub>
了自不相顧, 臨堂空復情.


&lt;儲光羲를 기다렸으나 오지 않았다&gt;

성문은 모두 새벽에 벌써 열렸고

일어나 앉아 수레가 오길 기다린다.

패옥의 맑은 소리가 들리면

곧바로 밖에 나가 맞이하련다.

새벽에 궁궐 종소리 들었는데

도성의 봄날 가랑비 지나간다.

끝끝내 서로 만날 수 없으니

마루서 홀로 그리움만 새롭다.


【註釋】⊙ &lt;待儲光羲不至&gt; - '儲光羲를 기다렸으나 오지 않았다'
　　천보 6載경에 지었다고 알려진 이 시에서는 저광희의 내방을 기다리
　　는 왕유의 심경이 매우 간절하다.

⊙ 重門朝已啓 - 重門은 성내의 여러 출입문.

⊙ 起坐聽車聲 - 聽車聲은 수레 타고 오는 소리를 듣다.

⊙ 要欲聞淸佩 - 淸佩는 패옥의 맑은 소리.

⊙ 方將出戶迎 - 方將은 곧바로 ~하려 하다.

⊙ 晚鐘鳴上苑 - 上苑은 漢代의 上林苑. 여기서는 황제의 궁궐.

⊙ 疎雨過春城 - 春城은 京城.

⊙ 了自不相顧 - 了自는 끝내. 이미 그렇게 되다(已然).

⊙ 臨堂空復情 - 마루에 서있어도 그리움만 새롭다.


【詩意】왕유가 이처럼 기다렸던 儲光羲(저광희, 706? - 762?)는 누구인가?

저광희는 현종 개원 14년(726)에 진사에 급제한 뒤, 小官을 지내다가 종남산에 은거했다. 天寶 6載(747)경에 출사하여 감찰어사에 이르렀다. 나중에 안록산의 난 중에 안록산의 강요에 의해 관직을 맡았다가 난이 평정된 뒤에 嶺南에 유배되었고 그곳에서 죽었다. 저광희는 왕유나 맹호연과 같은 산수전원시를 많이 썼는데 그 시풍은 質樸(질박)하고 전원생활의 閒適(한적)을 즐겨 묘사하였다.

友人을 기다리며 수레 소리가 들리면 나가서 맞이할 생각을 한다. 그래도 오지 않는다. 혹 못 들었을지 모른다. 허리에 차고 다니는 패옥이 찰랑거리는 소리를 들으면 나가려고 생각했다. 궁궐에서 치는 종소리를 들은 지 오래인데! 가랑비가 내린다. 그러니 더 기다려진다. 끝내 오지 않았다. 그래도 원망보다는 보고 싶은 마음만 더 새롭다.

한 구절 한 구절 지나면서 감정의 깊이를 더해간다. 정말 좋은 시라는 느낌이 온다. 왕유가 이토록 간절히 기다렸으니 그 인품을 상상할 수 있다. 이에 저광희의 절구 2首를 참고로 소개한다.

　　<강남곡>
　　**＜江南曲＞**(四首之一) － 儲光羲

녹 강 심 견 저 　　고 랑 직 번 공
**綠江深見底, 高浪直飜空.**

관 시 호 변 주 　　주 경 불 외 풍
**慣是湖邊住, 舟輕不畏風.**

푸른 강물 깊어도 바닥이 보이고
높은 파도 치솟아 하늘을 때린다.
오래 물가에 살아서 익숙하기에
작은 배지만 바람을 겁내지 않네.

　　명 비 사
　　**＜明妃詞＞**(四首之一) － 儲光羲

일 모 경 사 난 비 설 　　방 인 상 권 역 라 의
**日暮驚沙亂飛雪, 傍人相勸易羅衣.**

강 래 전 전 간 가 무 　　공 대 선 우 야 렵 귀
**强來前殿看歌舞, 共待單于夜獵歸.**

날이 저물자 모래 날리고 눈은 마구 내리는데
곁의 여인은 비단 옷으로 바꿔 입으라고 한다.
억지로 前殿에서 歌舞를 보아야 하고
單于가 밤사냥서 돌아오기 함께 기다린다.

【詩意】〈江南曲〉은 악부가사이다. 여러 사람이 함께 부를 수 있는 노래이다. 〈明妃詞〉의 明妃는 成帝 때 漢에서 흉노 선우에게 시집보낸 王昭君(왕소군)이다. 이 시는 흉노 땅에서의 왕소군의 생활을 묘사하였다.

## 90. 冬夜書懷

冬宵寒且永, 夜漏宮中發.

草白靄繁霜, 木衰澄淸月.

麗服暎頹顔, 朱燈照華髮.

漢家方尚少, 顧影慚朝謁.


<겨울밤의 소회를 적어보다>

차갑고 긴긴 겨울 밤중에
궁궐서 치는 누각 종소리.
시들은 풀에 무서리가 내리고
낙엽진 나무에 달빛만 차갑다.
화려한 관복에 얼굴은 늙었고
불그런 등불은 백발을 비춘다.
황제도 여전히 젊은이 등용하니
조정에 나가기 부끄런 모습이다.


【註釋】⊙ <冬夜書懷> - '겨울밤의 소회를 적어보다'
    이 작품은 대략, 天寶 元年(742) 이후의 작품이라 알려졌다.
⊙ 冬宵寒且永 - 宵 밤 소.

⊙ 夜漏宮中發 - 夜漏는 밤에 물시계에 의해 시각을 알고 치는 북소리.

⊙ 草白靄繁霜 - 草白은 시든 풀. 靄는 밤안개가 짙은 모양. 繁霜은 된서리.

⊙ 木衰澄淸月 - 澄淸은 맑고 깨끗함.

⊙ 麗服暎頹顔 - 暎 비칠 영. 頹顔(퇴안)은 늙고 쇠약한 모습.

⊙ 朱燈照華髮 - 華髮은 흰 머리. 老年.

⊙ 漢家方尙少 - 漢家는 漢 武帝. 곧 당의 현종. 이 구절은 漢代의 일을 典故로 왕유의 정치적 불우를 묘사하였다. ≪漢武故事≫에 의하면, 漢代에 顔駟(안사)란 사람이 무제에게 말했다. "文帝께서는 文士를 좋아하였으나 저는 무사였고, 景帝께서는 노인을 우대했으나 그 때 저는 젊었습니다. 지금 폐하께서는 젊은이를 좋아하시지만 저는 늙었습니다. 그래서 저는 三代를 거치면서 아직도 郎官입니다."

⊙ 顧影慙朝謁 - 慙 부끄러울 참. 朝謁(조알)은 조회하며 알현하다, 조정에 근무하다.


**【詩意】** 현종 때, 李林甫는 권력을 장악하고서 왕유를 장구령의 黨人이라 생각하며 보이지 않는 종종의 압력을 가했다. 40세가 넘은 왕유가 볼 때, 어리고 無行不學의 젊은이들이 이임보를 추종하여 날로 승진하고, 자신은 그 아래에 머물러야 하는 현실을 겪으면서 이런저런 생각이 많았을 것이다. 그렇다고 권력 앞에 굽히기는 생각도 못할 일이고, … 왕유는 자신의 불우한 관운을 漢代의 고사를 들어 술회하며, … 하여튼 긴긴 겨울밤 소회가 많았을 것이다.

李林甫는 현종 天寶 11載(752)에 죽었다. 이임보는 황제 측근에게도 아첨을 잘했고, 황제의 뜻에 잘 영합하여 총애를 독차지하면서 언로를 막아 황제의 귀와 눈을 가렸다. 현명하고 유능한 사람을 질투했고, 자신보다 나은 사람을 배척하거나 억제하였고, 성질이 음험하여 사람들은 '입으로 말은 달콤하게 하지만 뱃속에는 칼이 있다(口蜜腹劍)'고 하였다.

매일 밤 서재에 홀로 앉아 깊은 생각을 하면 그 다음날 틀림없이 사람들을 죽였고, 여러 번 큰 옥사를 일으켰기에 태자는 물론 모두가 이임보를 두려워하였다. 재상 자리에 19년 있으면서 천하대란의 싹을 키우고 있었으나 현종은 깨닫지 못했다.

안록산도 이임보의 술수가 두려워 이임보가 죽을 때까지 감히 대들지를 못했다고 한다.

## _ 91. 早朝<sup>조조</sup>

柳暗百花明, 春深五鳳城.

城烏睥睨曉, 宮井轆轤聲.

方朔金門侍, 班姬玉輦迎.

仍聞遣方士, 東海訪蓬瀛.


<이른 아침>

버들 짙푸르고 꽃도 다 피어
장안 五鳳城에 봄이 한창이다.
새벽 성벽에서 까마귀가 울고
궁안 우물에는 도르래가 돈다.
東方朔은 금마문에서 대기하고
班婕妤를 옥련에 태워 맞이한다.
듣기로는 方士를 동해에 보내
봉래산 영주산을 찾게 한다네.


【註釋】⊙ <早朝> - '이른 아침'
　　현종의 양귀비에 대한 총애와 무력하고 고식적인 정치에 대한 통렬
　　한 정치풍자시이다.

⊙ 柳暗百花明 - 봄의 정경을 서술.

⊙ 春深五鳳城 - 五鳳城은 장안성. 장안(지금의 西安市)은 漢代 이후 수도로 번영했다.

⊙ 城烏睥睨曉 - 城烏(성오)는 城 위의 까마귀. 城隅(성오, 女牆)로 해석할 수도 있다. 睥睨(비예)는 흘겨보다. 성벽의 女牆(여장, 성가퀴). 睥 흘겨볼 비. 성가퀴 비. 睨 곁눈질할 예. 曉 새벽 효.

⊙ 宮井轆轤聲 - 轆轤(녹로)는 물 긷는 도르래(滑車).

⊙ 方朔金門侍 - 方朔은 東方朔(동방삭, 기원전 154 - 93). 東方은 복성. 前漢의 고급관리, 辭賦 作家. ≪史記 滑稽列傳≫에 수록. ≪漢書 東方朔傳≫에는 동방삭의 名文을 수록하고 입전하였다. 文才가 뛰어난 동방삭은 위트와 기지로 武帝를 섬겼지만 결코 아부하지는 않았다. 여기서는 李林甫를 빗대었지만 문재나 인격면에서 이임보는 동방삭의 발 밑 근처에도 못 갔다. 金門은 金馬門. 漢代 未央宮의 북문으로, 황제에게 상서하거나 황제의 부름을 받은 사람은 이곳에서 대기하였다.

⊙ 班姬玉輦迎 - 班姬는 班婕妤(반첩여, 기원전 48-서기 2년), 名 不詳, 班況(반황)의 딸, 班彪(반표)의 고모, 班固·班超·班昭 형제자매의 祖姑(대고모, 왕고모). 成帝의 총희. 학식이 많고 정숙한 후궁으로 成帝의 총애를 받기도 했으나 출산한 아들은 죽었고 趙飛燕 자매가 성제의 총애를 받자 조비연의 질투를 피해 태후의 시중을 들겠다며 물러났다. 총애를 잃고 그리워하는 宮怨을 말할 때 자주 등장하지만 참으로 훌륭한 인격의 소유자였다. 여기서는 양귀비를 빗대었지만 양귀비 같은 여인을 반첩여에 비교할 수 없다. 본서의 <班婕妤>(三首) 참고. ≪漢書 外戚傳≫에 立傳.

⊙ 仍聞遣方士 - 仍聞(잉문)은 다음 結句까지 연결. 方士는 方術之士의 약칭. 道士. 求仙, 煉丹(연단)으로 무병장수를 실현할 수 있다고 믿는 사람들. 현종이 方士를 보내 신선을 구한다는 자체가 진시황과 漢武의 覆轍(복철)을 밟는 것이다.

⊙ 東海訪蓬瀛 - 蓬瀛(봉영)은 蓬萊山과 瀛洲山(영주산)의 합칭.

【詩意】 天寶 4載(745), 현종은 楊太眞을 貴妃로 책봉했다. 천보 7재 (748), 楊國忠이 度支副使(탁지부사)라는 직함을 받았다. 이어 양국충은 재상의 반열에 오르고 楊氏 一家의 영화는 끝이 없었다. 그리하여 세상에 '不重生男重生女'의 풍조가 불었다. 양귀비 - 양국충 - 安祿山 - 李林甫의 연결고리는 확실하고 단단했다.

'開元之治'라는 오랜 태평과 안락은 현종으로 하여금 양귀비에 빠지고, 이임보 같은 간신을 등용하며, 안록산에게 눈이 멀었고, 方士를 찾아 신선을 초빙할 수 있다는 생각을 갖게 했다. 대신들은 조정에서 滑稽(골계)와 아부로 총애나 얻으려 하는 漢 武帝 때의 東方朔의 아류에 불과했다. 젊은 날의 聰明(총명)을 잃은 현종은 秦始皇과 漢武의 覆轍(복철)을 그대로 답습했다.

이런 상황에서 지어진 이 시는 풍유의 수준을 넘어 날카로운 비판이었다. 왕유의 다른 시와는 느낌이 전혀 다른 시이다.


현종과 양귀비의 사랑은 많은 사람들의 인구에 회자되었는데, 특히 白居易 (백거이, 772~846. 字 樂天, 香山居士)의 〈長恨歌(장한가)〉에 의해 더욱 유명해졌다.

玄宗이 총애하던 武惠妃가 開元 25년(737)에 죽었다. 後宮에 아무리 美人이 많다지만 玄宗의 뜻에 맞는 여인이 없었다. 이에 18子인 壽王의 왕비 楊氏가 미인이라는 말을 듣고 며느리를 불러 보니 과연 미인이었다.

양씨는 楊玄炎(양현염)의 딸로 蜀에서 태어났지만 10세에 부친을 여의고 숙부의 손에 양육되다가 16세인 735년에 壽王(수왕) 李瑁(이모)의 妃가 되었고 이미 두 아들을 출산했다. 현종은 양씨를 만나본 뒤, 모친인 두태후의 명복을 빌게 한다는 이유로 양씨를 女道士로 만들어 道觀(道敎의 사원)에 밀어 넣고 道號를 太眞(大眞)이라 했다. 아들 수왕을 재혼시키고, 그 한 달 뒤에 太眞은 還俗하여 貴妃로 책봉되는데(745) 이때 貴妃는 26세, 현종은 61세의 노인이었다. 귀비는 756년까지 12년간 현종의 총애를 독점했다. 현종은 712년 28세에 즉위하여 756년까지 45년을 재위하고, 762년 78세에 죽는다.

사실 양귀비와 玄宗의 결합과 애정은 비도덕적이고 비정상적이었다. 기운이 왕성하고 풍류를 아는 황제라는 점을 감안하더라도, 자신의 며느리를 강제로 이혼케 하여 아내로 맞이했다는 자체가 비도덕적이었다. 결국 '安史의 난'으로 양귀비는 마외파의 절에서 목을 매야 했고, 현종은 슬픔과 실의 속에서 帝位를 아들(肅宗)에게 넘겨주어야 했다. 말하자면 '安史의 난'과 唐의 國運이 기우는 계기가 된 것은 현종과 귀비의 애정이었다.

그 이전 현종의 할아버지인 高宗은 아버지 太宗의 후궁인 武才人(武后)을 절에서 데려와 황후로 삼았는데, 물론 애틋한 사랑이 있었다고는 하지만 그 결과는 당 왕조의 중간 단절이란 엄청난 파장을 불러왔다.

이러한 비정상적인 애정은 太宗도 예외가 아니었다. 태종은 '玄武門의 변'을 통해 동생인 齊王을 죽이고 그 아내 곧 弟嫂(제수)를 데려다가 사랑하고 거기서 所生도 얻었다.

'貞觀의 治'라는 선정을 행한 太宗의 후궁인 武氏를 궁으로 불러들인 고종의 행위는 곧 則天武后의 등장과 왕조의 단절을 초래했고, '開元의 治'를 이룩한 玄宗이 楊貴妃를 사랑한 결과는 安史의 난과 당나라의 쇠퇴를 불러오는 단초가 되었다.

그래서 帝王이건 凡人이건, 모두 행실이 도덕적이어야 한다는 교훈이 통하는 것이다. 아무런 실효가 없는 것 같은 인륜도덕이 인간의 삶에서 가장 중요하다는 것을 알아야 한다.

현종과 양귀비의 사랑이 참된 애정이었는가?

사실 이것은 어리석은 질문이다. 현종은 60세가 넘은 노인이었고 양귀비는 20대 후반의 풍만한 육체와 고운 피부를 가진 여인이었다. 노인이 탐하는 것은 욕정이고, 귀비는 그 상대가 황제라서 사랑하지 않을 수 없었으니 참사랑은 아닐 것이라는 합리적(?) 주장이 반드시 맞지는 않을 것이다. 왜냐하면 애정이라는 감정은 합리적 이성으로 설명될 수 없기 때문이다.

분명 20대와 60대의 사고와 감정이 다르고, 육체적 능력이 차이가 있는 것은 사실이지만 애정이라는 감정이 20대에는 순수하고 60대는 그렇지 못하다고 단언할 수 있겠는가?

젊었을 적에 누구보다도 풍류를 알고 풍류를 즐긴 현종이었으며, 정치에 마음을 쓰다 보니, 그리고 재위기간이 오래다 보니 해이해질 때가 된 것은 분명하다. 그렇다고 하여 그 사랑이 참사랑이 아니라고 할 수 있겠는가? 하여튼 알 수 없고 세속적인 잣대로 잴 수 없으며 헤아릴 수 없는 것이 남녀의 애정이다.

## 92. 輞川別業
망 천 별 업

부 도 동 산 향 일 년　귀 래 재 급 종 춘 전
不到東山向一年, 歸來才及種春田.

우 중 초 색 녹 감 염　수 상 도 화 홍 욕 연
雨中草色綠堪染, 水上桃花紅欲然.

우 루 비 구 경 론 학　구 루 장 인 향 리 현
優婁比丘經論學, 傴僂丈人鄕里賢.

피 의 도 사 차 상 견　상 환 어 소 형 문 전
披衣倒屣且相見, 相歡語笑衡門前.


&lt;輞川의 별장&gt;

東山에 다녀간 지 일년이 되는데
輞川에 와보니 봄 농사철이로다.
봄비에 젖은 풀색 옷을 물들이고
물가의 복숭아 꽃 불타듯 붉도다.
迦葉(가섭)같은 비구에게 경론을 배우고
마을 노인은 등이 굽었어도 지혜롭다.
서둘러 옷과 신발 걸치고 함께 만나
서로 좋아 대문 앞에서 웃고 떠든다.


【註釋】 ⊙ &lt;輞川別業&gt; - '輞川의 별장'
　輞川은 지금의 陝西省 西安市 藍田縣의 지명. 당시 수도 장안에서 그
리 먼 곳은 아니었다. 別業은 別莊, 別墅(별서). 이 시는 &lt;早秋山中

作>과 동시에 지어졌다고 알려졌다.

⊙ 不到東山向一年 - 東山은 망천에 있는 산 이름. 向一年은 1년이 다 되어간다.

⊙ 歸來才及種春田 - 種은 씨 뿌리다. 春田은 경지.

⊙ 雨中草色綠堪染 - 綠堪染은 녹색이 옷을 물들일 것 같다.

⊙ 水上桃花紅欲然 - 然은 燃.

⊙ 優婁比丘經論學 - 優婁(우루)는 釋迦牟尼의 수제자 迦葉(가섭). 가섭처럼 똑똑한 比丘. 比丘는 수계를 받은 남자. 화상. 比丘는 乞者란 뜻으로, 부처에게서 불법을 구하고 시주에게 먹을 것을 얻어야 할 사람이라는 뜻이다. 經은 부처님의 말씀을 적은 것. 論은 부처님 말씀을 설명한 글.

⊙ 傴僂丈人鄕里賢 - 傴僂는 등이 굽은. 곱사등이. 傴 구부릴 구. 僂 구부릴 루. 丈人은 노인.

⊙ 披衣倒屣且相見 - 披衣는 옷을 걸치다, 옷을 서둘러 입다. 倒屣(도사)는 짚신을 거꾸로 신다. 서둘러 대충 입고 신고 나오다.

⊙ 相歡語笑衡門前 - 衡門은 사립문을 대신하는 가로 막대.


【詩意】 이 시는 망천에서의 전원생활을 읊은 七言律詩이다. 시인이 망천에 돌아왔을 때는 봄철 농사가 시작될 무렵이었다.

二聯에서 '染' 一字로 봄비에 푸르러지는 풀을, 그리고 然(燃) 一字로 물가 桃李의 붉은색을 그려내어 화려한 춘색과 발랄한 생기를 옮겨왔다. 三聯에서는 가까이 지내는 比丘와 鄕老의 교제를 언급하고, 結聯에서 그들과 상면의 기쁨과 환담으로 망천 생활의 즐거움을 표현하였다.

## 93. 積雨輞川莊作
적 우 망 천 장 작

積雨空林烟火遲, 蒸藜炊黍餉東菑.
적 우 공 림 연 화 지　증 려 취 서 향 동 치

漠漠水田飛白鷺, 陰陰夏木囀黃鸝.
막 막 수 전 비 백 로　음 음 하 목 전 황 리

山中習靜觀朝槿, 松下淸齋折露葵.
산 중 습 정 관 조 근　송 하 청 재 절 로 규

野老與人爭席罷, 海鷗何事更相疑.
야 로 여 인 쟁 석 파　해 구 하 사 갱 상 의


< 장마에 輞川별장에서 짓다 >

장마끝 인적 드문 숲, 느릿느릿 피는 연기
명아주 찌고 기장밥을 동쪽 밭에 내보낸다.
끝없이 넓디 넓은 무논에 백로가 날고
울창한 여름 숲속 꾀꼬리가 지저귄다.
조용한 산중 늘 하던 그대로 아침 무궁화 보고
소나무 아래 이슬에 젖은 아욱 꺾어 素食한다.
시골 노인이라 남과 자리다툼도 않는데
강변 물새인들 무슨 일로 날 의심하리?


【註釋】⊙ <積雨輞川莊作> – '장마에 輞川별장에서 짓다'
　　제목이 <秋歸輞川莊作> 또는 <積雨輞川莊上作>으로 된 것도 있다.
　　輞川(망천)은 지금의 陝西省 西安市 藍田縣 輞川鎭. 종남산 기슭. 輞

바퀴 테 망.

⊙ 積雨空林烟火遲 - 積雨는 장마, 久雨未晴. 烟火遲(연화지)는 연기도 천천히 피어오르다.

⊙ 蒸藜炊黍餉東菑 - 蒸 찔 증. 藜 명아주 려(여). 잎은 식용할 수 있다. 黍 기장 서. 餉 건량 향. 도시락, 들밥. 菑 묵정밭 치. 산을 개간해서 만든 밭.

⊙ 漠漠水田飛白鷺 - 漠 사막 막. 넓을 막. 鷺 해오라기 로(노).

⊙ 陰陰夏木囀黃鸝 - 陰陰은 잎이 우거져 침침하다. 囀 지저귈 전. 黃鸝(황리)는 꾀꼬리.

⊙ 山中習靜觀朝槿 - 習靜(습정)은 靜養에 익숙하다. 朝槿(조근)은 아침에 피는 무궁화. 아침에 피었다가 저녁에 오므라드는 무궁화에 대해 중국에서는 인식이 별로 좋지는 않다. 아침저녁으로 변하는 소인의 마음을 槿花心이라 한다. 무궁화는 본래 아욱과에 속하는 낙엽관목이다. 무궁화와 비슷한 모양의 꽃이 피는 풀이 있는데 그것은 식용할 수 있다. 여기서는 草本 무궁화를 지칭하는 것 같다. 우리나라 國花인 무궁화는 木槿(목근)으로 표기해야 정확하다.

⊙ 松下清齋折露葵 - 清齋(청제)는 素食, 비린 음식이나 자극적 조미료가 들어가지 않은 菜食. 葵 해바라기 규. 아욱. 줄기에 난 잎을 먹는 채소. 시금치하고는 다르다. 露葵는 이슬이 남아 있는 아욱.

⊙ 野老與人爭席罷 - 野老는 시골 늙은이. 왕유 자신. 爭席은 자리를 다투다, 名利를 다투다. '爭席' 이야기는 ≪莊子 寓言≫에 나오는 이야기로 '서로 친밀하고 격의가 없을 정도로 세속적이 되었다'는 뜻이다. 여기서 '爭席을 그만두었다'는 뜻은 세상과 거리를 두었다는 뜻이니 곧 世俗事에 대한 관심이 없음을 강조하였다.

⊙ 海鷗何事更相疑 - 鷗 갈매기 구. 海鷗는 갈매기. 물새란 뜻. 更相疑(갱상의)는 다시 나를 의심하겠는가? 나는 機心(기심)이 없다. 내가 갈매기를 잡으려 하는 마음이 없는데 갈매기가 나를 왜 의심하겠는가? 자신은 세상 물욕이 하나도 없음을 선언한 말이다. 海鷗는 ≪列子 黃帝篇≫에 나오는 이야기이다. 機心의 사전적 풀이는 '간교하게

속이려는 마음', '간교한 심보'이다. ≪列子≫에는 海鷗지만 長安(西安市)은 내륙이라 바다 갈매기를 모른다. 그냥 물새로 번역했다.

【詩意】 왕유 시에 七言律詩는 그 작품 수가 많지 않다. 그러나 왕유의 〈積雨輞川莊作〉은 '唐代 칠언율시의 典範'이라는 평가를 받는 작품이다. 이 시는 자연 속에 생활하는 은자의 모습을 담담하게 묘사해낸 성공적인 작품으로, 객관적 景物과 주관적 心境이 잘 어울린 시이다.

수련은 積雨로 시작해서 불 때고 밥을 지어 들밥을 내가는 과정을 묘사하였는데 모두가 천천히 움직인다. 頷聯은 白鷺와 黃鸝(황리)로 여름 풍경을 그렸으니 白과 黃, 크고 작은 새가 서로 어울렸다. 이 함련은 화가의 안목으로 볼 때도 뛰어난 묘사이다. 광활한 무논과 우거진 나무, 백로와 노랑 꾀꼬리가 對를 이루고 나는 동작과 지저귀는 소리가 어울리는 그림이다. 그리고 漠漠과 陰陰의 첩어를 쓰는 것도 쉬운 일이 아닌데 여기서는 積雨의 상황에 딱 맞는 첩어라 아니할 수 없다.

頸聯에서는 素食하는 자신의 식생활을 말했다. 사실 식생활은 의복이나 주거 못지않게 사람마다 개성 있는 생활방편이다. 여기에서는 식용 가능한 朝槿과 露葵(노규, 아욱) 이름을 거명하였다.

그리고 結聯은 이미 세상 名利와 다툼, 곧 세속사와는 상당한 거리를 두었기에 갈매기에게 들킬 만한 機心(기심)도 없다. 그러니 물새인들 나를 의심하겠느냐며 반문하고 있다.

## _ 94. 酌酒與裴迪
<small>작 주 여 배 적</small>

酌酒與君君自寬, 人情翻覆似波瀾.
<small>작 주 여 군 군 자 관　　인 정 번 복 사 파 란</small>

白首相知猶按劍, 朱門先達笑彈冠.
<small>백 수 상 지 유 안 검　　주 문 선 달 소 탄 관</small>

草色全經細雨濕, 花枝欲動春風寒.
<small>초 색 전 경 세 우 습　　화 지 욕 동 춘 풍 한</small>

世事浮雲何足問, 不如高臥且加餐.
<small>세 사 부 운 하 족 문　　불 여 고 와 차 가 찬</small>


&lt;裴迪과 술을 마시다&gt;

그대 위한 술이니 마음 편히 가지시고
뒤바뀌는 인정은 파도처럼 무상하도다.
서로 늙도록 사귀어도 상대를 견제하며
먼저 출세했다면서 덕 볼 자를 비웃는다.
들풀은 봄비를 맞아 한껏 푸르지만
꽃망울 피려해도 봄추위에 움츠린다.
뜬구름 같은 세상사 물어 무엇 하리
차라리 편히 지내며 보신만 하리라!


【註釋】⊙ &lt;酌酒與裴迪&gt; - '裴迪과 술을 마시다'

⊙ 酌酒與君君自寬 - 酌酒는 술을 마시다. 酌는 술 따를 작.

⊙ 人情翻覆似波瀾 - 翻覆(번복)은 이리저리 뒤집히다. 波瀾은 물결이

치다. 瀾 물결 란.

⊙ 白首相知猶按劍 - 白首는 노인. 猶按劍은 칼을 잡으려는 것과 같다. 방어 자세를 취하다.

⊙ 朱門先達笑彈冠 - 朱門은 대문을 붉게 칠한 귀인의 집. 先達은 먼저 출세한 사람. 먼저 높은 자리에 올랐다면 유능한 知人을 천거하는 것이 우정일 것이다. 笑彈冠은 천거할 것이라고 기다리는 사람을 비웃다. 彈冠은 冠의 먼지를 털다. 곧 出仕하려 하다. ≪漢書 王貢兩龔鮑傳≫에 立傳된 王吉(?-기원전 48)은 瑯琊王氏(낭야 왕씨)의 先祖로 청렴하고 유능하였다. 貢禹(공우, 字 少翁, 기원전 124 - 44)도 같이 입전되었는데, 세상 사람들은 '王陽在位, 貢公彈冠(王子陽[王吉]이 在位하니 貢公[貢禹]도 벼슬하려 하네)'라고 말할 정도로 두 사람은 취향이 같았다. <王貢兩龔鮑傳>은 ≪漢書≫의 高士傳이라고도 하는데 거기에 왕길과 아들, 손자까지 입전되었고 이어 공우도 입전되었다.

⊙ 草色全經細雨濕 - 細雨濕은 봄비를 맞으며 싱싱하게 자라다.

⊙ 花枝欲動春風寒 - 春風寒은 차가운 봄추위.

⊙ 世事浮雲何足問 - 何足問은 일고의 가치도 없다는 뜻.

⊙ 不如高臥且加餐 - 加餐(가찬)은 加養. 몸을 잘 保養하다.

【詩意】'朱門先達笑彈冠'의 彈冠은 ≪漢書 王吉傳≫에 나오는 고사이다. 곧 ≪한서≫를 읽지 않았다면 이런 典故를 정확하게 쓸 수 없을 것이다. 시에 쓰이는 典故를 모르면 시를 이해할 수가 없다.

'白首~' 聯은 왕유도 등용되어 뜻을 펴고 싶었지만 앞선 사람들이 밀어내니 어쩔 수 없다는 현실적 불평이 녹아 있다. 내 처지나 생각이 상대방과 같을 때 마음이 통하고 위로가 되는 것이다. 그리고 '草色~' 聯은 초목이나 꽃가지도 봄에 피어나나 春寒을 당하면 움츠리는 것과 마찬가지로 당신과 나는 때를 못 만났다는 위로이다. 그러면서 미련에서는 '浮雲과 같은 세상사를 어찌 다 묻고 알아야 하겠는가?'라며 은거의 뜻을 확실히 하였다. 이 3, 4연은 ≪詩經≫ 六義(風, 雅, 頌과 賦, 比, 興)의 比나 興이 아니겠는가?

이 시는 술 한잔을 나누면서 裵迪을 위로한 시이나, 이런 위로 속에는 왕유의 불평도 녹아 있다. 이런저런 뜻으로 술을 마시기는 예나 지금이나 똑같다. 본래 '酒逢知己千杯少(술이 知己를 만나면 천 잔도 많지 않다)'고 하였지만, 왕유는 '今夕有酒今夕醉(오늘 저녁 술이 있으면 오늘 취하고)' '明日愁來明日愁(내일 걱정거리가 생기면 내일 걱정한다)'는 술꾼은 아니었다.

## _ 95. 春日與裴迪過新昌里訪呂逸人不遇
춘 일 여 배 적 과 신 창 리 방 여 일 인 불 우

桃源一向絕風塵, 柳市南頭訪隱淪.
도 원 일 향 절 풍 진    유 시 남 두 방 은 륜

到門不敢題凡鳥, 看竹何須問主人.
도 문 불 감 제 범 조    간 죽 하 수 문 주 인

城外青山如屋裏, 東家流水入西鄰.
성 외 청 산 여 옥 리    동 가 유 수 입 서 린

閉戶著書多歲月, 種松皆老作龍鱗.
폐 호 저 서 다 세 월    종 송 개 노 작 룡 린


<봄날, 裴迪과 함께 新昌里에 ～>

세속 티끌 멀리한 도화원 같은 마을
柳市 남쪽 끝으로 隱者를 찾아 갔었다.
대문에 이르러 '凡鳥'라 써놓지 못했고
대나무 구경 했으니 주인을 만나보랴?
성밖 청산이 집안에서 다 보이고
동쪽 시내는 서쪽 마을로 흘러든다.
오랜 세월 폐문하고 저술에만 힘쓰니
손수 심은 솔은 늙어 용비늘이 되었다.


【註釋】⊙ <春日與裴迪過新昌里訪呂逸人不遇> - '봄날, 裴迪과 함께
   新昌里에 들러 呂逸人을 찾았으나 만나지 못하다.'
   新昌里는 長安 朱雀街의 新昌坊. 呂는 성씨. 隱逸의 성명 미상. 遇 만

날 우.

⊙ 桃源一向絶風塵 – 桃源은 武陵桃源. 呂逸人의 거처. 絶風塵은 장안
성 내에서도 좀 외진 곳이었다.

⊙ 柳市南頭訪隱淪 – 柳市는 장안의 東市. 柳市는 朱雀街의 4坊에 있고
新昌坊은 8坊에 있어 柳市의 남쪽 끝이라는 주석이 있다. 隱淪은 隱
逸. 淪 빠질 륜(윤). 숨어들다.

⊙ 到門不敢題凡鳥 – 題凡鳥는 凡鳥(범조)라고 쓰다. 凡鳥는 鳳의 破字.
≪世說新語 簡傲≫에서 인용한 典故. 呂安이란 사람은 嵇康(혜강, 竹
林七賢의 한 사람, 중국 역사상 4大 美男의 한 사람)의 친구였는데
어느 날 혜강의 집으로 찾아갔으나 혜강은 집에 없었다. 마침 혜강의
형인 嵇喜(혜희)가 나와 맞이하며 안으로 들라고 하였다. 그러나 여
안은 대문에 '鳳' 한 字를 써놓고 돌아갔다. 그 깊은 뜻을 이해 못한
혜희는 그저 좋은 뜻으로 생각했다. 이를 破字하면 '凡鳥(범조, 보통
의 새)'로 이는 혜강의 형을 조롱한 것이었다. 여기서는 그냥 만나지
못했다는 뜻으로 쓰였다. 왕유는 누구를 놀려 줄 정도로 오만하지 않
았다.

⊙ 看竹何須問主人 – 看竹 역시 ≪世說新語 簡傲≫에서 인용한 典故.
王子猷(王微之왕미지, 王羲之왕희지의 다섯째 아들)가 吳中을 지나다
가 어느 사대부 집에서 썩 좋은 대나무가 자라는 것을 보았다. 주인
은 유명한 왕자유가 틀림없이 내방할 것이라 예상하고 집안을 깨끗
이 청소하고 기다렸다. 어느 날 예상대로 왕자유가 대문 안으로 들어
왔다. 왕자유는 곧장 대나무 있는 곳에 가서 시를 읊고 휘파람을 불
며 대나무를 감상하였다. 주인은 왕자유가 구경을 마치면 들어올 것
이라 생각하였다. 그러나 왕자유가 그냥 돌아가려 하자 하인을 시켜
대문을 닫아버렸다. 왕자유는 주인의 고집에 감탄하며 할 수 없이 주
인을 만나 담소를 나누었다고 한다.

⊙ 城外靑山如屋裏 – 如屋裏는 집안에 있는 것 같다.

⊙ 東家流水入西鄰 – 西鄰은 서쪽의 이웃.

⊙ 閉戶著書多歲月 – 閉戶는 外人과 교제하지 않다.

⊙ 種松皆老作龍鱗 - 作龍鱗은 소나무 껍질이 용의 비늘과 같다. 老松일수록 그 껍질이 크고 두껍다.

**【詩意】** 二聯의 '凡鳥'와 '看竹'은 옛 隱逸의 奇行을 빌려다가 呂逸人의 고상한 인품을 설명하였으니 이를 통해서 왕유가 얼마나 많은 독서를 했는지 알수 있다. 평범한 뜻이라도 시인의 표현을 거치면 특별한 의미를 지닌다. 그래서 시인을 언어의 마술사라고 한다지만 많은 독서와 깊이 있는 사색이 아니면 결코 언어의 마술사가 될 수 없다.

三聯은 隱逸의 주거가 幽深함을 그리고, 尾聯은 隱者가 불출하며 적막 속에서 저술에 몰두한다는 서술로 만나지 못한 逸人에 대한 존경심을 표출하였다. 시는 전체적으로 솔직 담백하며 전고에 능통하여 깊은 뜻을 담고 있으며, 그림 같은 배경을 깔고, 그 안에서 저술에 전념하는 모습을 아주 자연스레 그려내었다.

여기서 이 시의 내용과 비슷한 嵇康(혜강)에 관련된 일화 하나를 소개한다. 鍾會(종회)란 사람은 당시의 명사들과 친하고 싶어 혜강을 처음으로 찾아갔다. 그때 혜강은 큰 나무 아래에서 쇠를 鍛鍊(단련)하고 向秀(상수, 向은 姓상)는 옆에서 풀무질을 하고 있었다. 혜강이 망치질에 열중하고 있어 종회는 말 한마디 건넬 수도 없었다. 종회가 돌아가려고 하자 혜강이 말했다.

"무슨 말을 듣고 왔다가, 무엇을 보고 가는가?(何所聞而來 何所見而去)"

그러자 종회가 대답했다.

"들을 것을 듣고 왔다가, 볼 것을 보고 갑니다!(聞所聞而來 見所見而去)"

(≪世說新語≫ 簡傲)

## 96. 酬郭給事
<small>수 곽 급 사</small>

洞門高閣靄餘輝, 桃李陰陰柳絮飛.
<small>통 문 고 각 애 여 휘    도 리 음 음 류 서 비</small>

禁裏疎鐘官舍晚, 省中啼鳥吏人稀.
<small>금 리 소 종 관 사 만    성 중 제 조 이 인 희</small>

晨搖玉佩趨金殿, 夕奉天書拜瑣闈.
<small>신 요 옥 패 추 금 전    석 봉 천 서 배 쇄 위</small>

强欲從君無那老, 將因臥病解朝衣.
<small>강 욕 종 군 무 나 로    장 인 와 병 해 조 의</small>


<郭給事中에게 답하다>

重門 高閣 궁궐에 석양이 비추고
우거진 桃李에 버들가지 날린다.
궁궐의 드문 종소리에 관청도 저물고
문하성 새소리 관리들 인적도 끊긴다.
새벽엔 패옥소리 내며 정전 앞을 빨리 걷고
저녁엔 조서를 짓고서 궁문 나와 퇴청한다.
애써 당신을 따르려 해도 늙어 어쩔 수 없고
나는 병치레 때문에 관복 그만 벗어야 하오.


【註釋】⊙ <酬郭給事> - '郭給事中에게 답하다'
　　제목이 <贈郭給事>로 책도 있다. 酬는 보내다. 받은 것에 대한 보답.
　　酬答, 酬對, 酬唱. 給事는 '給事中'의 약칭으로 政令이나 법령의 잘잘

못을 따져 바로잡거나 황제의 고문에 응대하는 門下省의 要職이다. 郭給事는 郭愼徹(곽신철), 또는 郭承嘏(곽승하). 곽신철은 인품이 너절한 사람으로 李林甫의 寵愛를 받으며 이임보를 위해 일했다. 왕유가 門下省 원외랑일 때 곽급사는 왕유보다 어렸으나 높은 직위였다.

⊙ 洞門高閣靄餘輝 - 洞門은 궁궐 내의 문, 前後相通相對의 뜻. 靄 아지랑이 애. 쫙 깔린 모양. 餘輝는 석양 빛, 반사되는 빛. 황제의 聖恩이 모든 관리들에게 넘쳐난다는 숨은 뜻이 들어있다.

⊙ 桃李陰陰柳絮飛 - 陰陰은 우거진 모양. 柳絮(유서)는 버들가지. 버드나무 꽃. 그 후손들도 관리로 출세하여 가문이 번성할 것이라도 축원의 뜻을 포함하는 구절이다.

⊙ 禁裏疎鐘官舍晩 - 禁裏는 禁中, 궁궐. 疎鐘은 가끔 치는 종소리.

⊙ 省中啼鳥吏人稀 - 省中은 三省(尙書省·中書省·門下省). 여기서는 문하성.

⊙ 晨搖玉佩趨金殿 - 晨 새벽 신. 搖는 흔들리다. 玉佩는 패옥. 趨 달릴 추. 빨리 걷다, 잰걸음으로 빨리 걷다. 공경의 표시. 金殿은 장엄하고도 화려한 전각, 궁전.

⊙ 夕奉天書拜瑣闈 - 天書는 천자의 조서. 拜는 절하고 물러나다, 퇴근하다. 瑣闈(쇄위)는 여러 무늬가 새겨진 작은 문. 여기서는 문하성 내의 건물. 闈 대궐의 작은 문 위.

⊙ 强欲從君無那老 - 無那(무나)는 無奈(무내). 어찌하지 못하다, 할 수 없다.

⊙ 將因臥病解朝衣 - 將은 ~하려 하다. 臥病은 養病하다, 병을 치료하다. 朝衣는 관복.


【詩意】首聯은 궁궐의 저녁 풍경이나, 황제의 은택을 입은 곽급사의 출세를 찬양하는 뜻과 桃李가 번성하듯 가문의 번영을 축하하였다. 함련은 바쁜 일과가 끝나는 관아의 저녁 풍경이고, 경련도 곽급사가 부지런히 근무하는 내용이다. 미련에서는 당신을 부러워하지만 그만한 능력이 없다는 謙辭(겸사)로, 이미 늙었고 병 때문에 은퇴할 것 같다는 자신의 의지를 서술하였다.

이런 표현은 완곡하지만 '道不同 不相爲謀'의 뜻을 분명히 밝히고 있다.

 이런 시를 지금 우리가 읽으면 정말 재미가 없다. 우선 관직 명칭에 대해 낯설고 그 아래위를 이해하기도 쉽지 않다. 그리고 '晨搖玉珮趨金殿' 같은 구절의 광경이 눈에 얼른 떠오르질 않는다. 또 궁중의 문을 지칭한 '瑣闈(쇄위)'의 뜻을 알려면 지금은 완벽한 사전이나 참고 자료가 있지만, 아마 중국 젊은이들도 머리 좀 싸매야 했을 것이다.

 사실 唐 관리들의 정통 코스는 그 어려운 進士科를 거치는 것인데, 進士는 시를 잘 짓는 시인이다. 그런 시인들은 관리가 되어야만 먹고살고, 이름도 날린다. 杜甫가 관직을 얻으려 그렇게 애를 썼던 것을 이해해야 한다.

 이런 시는 관리들의 일상이었고 상식이었다. 이런 시를 어릴 때부터 읽고 배우면서 관직을 동경하게 하였으니, 말하자면 동기부여의 좋은 소재가 된다. 때문에 《唐詩三百首》에는 이런 시가 많이 들어 있다.

## 97. 酬諸公見過
수 제 공 견 과

차 여 미 상　애 차 고 생
嗟予未喪, 哀此孤生.

병 거 남 전　박 지 궁 경
屏居藍田, 薄地躬耕.

세 안 수 세　이 봉 자 성
歲晏輸稅, 以奉粢盛.

신 왕 동 고　초 로 미 희
晨往東皐, 草露未晞.

모 간 연 화　부 담 래 귀
暮看煙火, 負擔來歸.

아 문 유 객　족 소 형 비
我聞有客, 足掃荊扉.

단 사 이 하　부 과 조 조
簞食伊何, 副瓜抓棗.

앙 측 군 현　파 연 일 로
仰厠群賢, 皤然一老.

괴 무 완 점　반 형 석 고
愧無莞簟, 班荊席藁.

범 범 등 피　절 피 하 화
泛泛登陂, 折彼荷花.

정 관 소 유　부 영 백 사
淨觀素鮪, 俯映白沙.

산 조 군 비　일 은 경 하
山鳥群飛, 日隱輕霞.

등 거 상 마　숙 홀 우 산
登車上馬, 倏忽雨散.

雀<sub>작</sub>噪<sub>조</sub>荒<sub>황</sub>村<sub>촌</sub>, 雞<sub>계</sub>鳴<sub>명</sub>空<sub>공</sub>館<sub>관</sub>.

還<sub>환</sub>復<sub>부</sub>幽<sub>유</sub>獨<sub>독</sub>, 重<sub>중</sub>欷<sub>희</sub>累<sub>루</sub>歎<sub>탄</sub>.


### \<여러 사람의 내방에 답하다\>

아! 나는 아직 죽지 못하고
서럽고 외롭게 살고 있도다.
藍田山 아래에 은거하면서
척박한 땅에서 농사짓는다.
섣달에 나라에 田租 바치고
제수를 갖춰 제사를 지낸다.
새벽에 동쪽 밭에 나가니
풀잎엔 이슬이 가득 맺혔다.
저녁 밥 짓는 연기를 보면서
괭이 메고서 집으로 돌아온다.
귀한 손님이 온다는 말을 듣고
사립 안팎을 깨끗이 청소했다.
쟁반에 무슨 과일을 올리나?
참외를 깎고 대추를 따왔다.
훌륭한 손님 곁에 끼어 앉은
머리가 허연 주인 늙은이다.
돗자리도 없어 부끄러웠지만
싸리나무 자리 펴고 모시었다.
배 띄워 연못을 거슬러 올라가

그 붉은 연꽃을 따며 놀았도다.
물속 흰 피라미 구경하다 보니
하얀 모래밭에 그림자가 길다.
산새들이 떼 지어 돌아오고
저녁노을 속으로 해가 진다.
손님 모두 수레나 말을 타고
금방 빗방울 튀듯 흩어졌다.
적막한 마을에 참새 지저귀고
텅 빈 집에선 닭이 혼자 운다.
다시 적막한 고독이 밀려오고
길고 긴 탄식만 이어진다.


【註釋】⊙ <酬諸公見過> - '여러 사람의 내방에 답하다'
　　酬는 酬答, 詩文으로 應待하다. 諸公은 여러 사람. 見過는 방문을 받
　　다, 다른 사람이 찾아오다. 이는 四言詩라서 ≪全唐詩≫ 125권 왕유
　　의 詩에서 맨 앞에 실렸다.
⊙ 嗟予未喪 - 嗟 탄식할 차. 감탄사, 발어사. 予 나 여. 未喪은 죽지 않
　　았다, 아직 살아서. 왕유는 아내가 먼저 죽었고, 이후 모친상을 당한
　　것으로 알려졌다.
⊙ 哀此孤生 - 無父曰孤라 하고, 無母曰哀라 하나 때로는 혼동한다.
⊙ 屛居藍田 - 屛居(병거)는 숨어살다, 은거. 屛 가릴 병. 물리칠 병. 藍
　　田은 縣名. 여기서는 산 이름.
⊙ 薄地躬耕 - 薄地는 척박한 땅. 躬耕은 직접 경작하다.
⊙ 歲晏輸稅 - 歲晏은 연말. 晏 늦을 안. 편안하다. 輸稅(수세)는 조세를
　　납부하다.

⊙ 以奉粢盛 - 粢盛(자성)은 제기에 곡물을 담다. 제사에 쓰는 곡식. 여기서는 부모의 제사를 지내다. 粢 기장 자. 제물로 바친 곡물. 盛 담을 성.

⊙ 晨往東皐 - 晨 새벽 신. 皐 언덕 고. 밭.

⊙ 草露未晞 - 草露는 풀잎에 맺힌 이슬. 未晞는 아직 마르지 않았다. 晞 마를 희.

⊙ 暮看煙火 - 煙火는 밥 짓는 연기.

⊙ 負擔來歸 - 負擔은 등에 메다.

⊙ 我聞有客 - 有客은 손님이 오다.

⊙ 足掃荊扉 - 荊扉(형비)는 사립문.

⊙ 簞食伊何 - 簞食(단사)는 대나무 광주리(그릇)에 담은 밥. 소박한 식사. 伊何는 무엇. 伊는 발어사, 어조사.

⊙ 副瓜抓棗 - 副瓜는 오이를 자르다. 副는 剖(쪼갤 부). 瓜는 오이, 참외. 抓棗(조조)는 대추를 따다.

⊙ 仰厠群賢 - 仰厠은 謙辭. 仰은 우러러보다. 厠은 厠身, 끼어 앉다, 곁, 가장자리.

⊙ 皤然一老 - 皤然은 머리가 희다. 皤 머리가 센 모양 파.

⊙ 愧無莞簟 - 愧 부끄러워할 괴. 莞簟은 왕골자리. 왕골로 만든 자리 중 아주 가늘게 쪼갠, 또 물들인 왕골로 만든 자리가 화문석이다. 莞 왕골 완. 簟 삿자리 점.

⊙ 班荊席藁 - 班荊은 싸리나무를 쪼개어 만든 자리. 席藁는 짚으로 엮은 자리, 명석. 藁 볏짚 고. 稿와 同.

⊙ 泛泛登陂 - 泛泛(범범)은 띄우다. 표류하는 모양. 登陂는 물을 따라 올라가다, 상류로 가다. 陂 저수지, 비탈 피. 저수지 둑.

⊙ 折彼荷花 - 荷花는 연꽃.

⊙ 淨觀素鮪 - 淨觀은 잡념 없이 바라보다. 素鮪는 흰색의 다랑어. 다랑어는 고등엇과의 바닷물고기라서 민물고기로 흰색인 피라미로 번역.

⊙ 俯映白沙 - 白沙에 긴 그림자가 드리웠다.

⊙ 山鳥群飛 - 群飛는 떼 지어 날다.

⊙ 日隱輕霞 - 日隱은 해가 지다. 輕霞는 옅은 노을.

⊙ 登車上馬 - 登車는 수레에 오르다.

⊙ 倏忽雨散 - 倏忽(숙홀)은 갑자기, 순식간에. 雨散은 빗방울 뒤듯 흩어지다.

⊙ 雀噪荒村 - 噪 떠들썩할 조.

⊙ 雞鳴空館 - 空館은 빈 집.

⊙ 還復幽獨 - 幽獨은 幽深한 고독.

⊙ 重欷累歎 - 重은 겹치다, 이어지다. 欷 흐느낄 희. 탄식. 累는 중복하다. 歎은 탄식.


【詩意】 이 시는 四言詩인데 ≪詩經≫의 대부분은 四言詩이나 漢魏 이래로 사언시 창작은 크게 줄어들었다. 사언시는 질박하나 단조롭다는 단점이 있지만 왕유의 이 시는 성공적인 작품으로 평가받고 있으며, 전체적으로 竹林七賢의 嵆康(혜강), 東晉 陶淵明 작품의 영향을 받은 것이라고 알려졌다. 이 시는 '哀此孤生' 구절로 보아 왕유가 모친상을 당한(天寶 9載, 750) 이후에 輞川莊에서 지은 것으로 대략 추정한다.

이 시의 시작은 왕유의 고독한 은거생활로 직접 농사일을 하는 것을 묘사하고 있다.

'晨往東皋 草露未晞. 暮看煙火 負擔來歸' 구절은 도연명의 '晨興理荒穢, 帶月荷鋤歸 - 〈歸田園居(三)〉'와 느낌이 거의 같다.

이어 朋友들과 모여 즐기며 감상하는 모습은 경쾌하나, 친구들이 떠난 다음 혼자 남은 적막까지 순차적으로 묘사하여 은거하는 현자의 하루 생활을 직접 체험케 한다.

## _ 98. 送秘書晁監還日本國

積水不可極, 安知滄海東.
<small>적 수 불 가 극　　안 지 창 해 동</small>

九州何處遠, 萬里若乘空.
<small>구 주 하 처 원　　만 리 약 승 공</small>

向國唯看日, 歸帆但信風.
<small>향 국 유 간 일　　귀 범 단 신 풍</small>

鰲身映天黑, 魚眼射波紅.
<small>오 신 영 천 흑　　어 안 사 파 홍</small>

鄉樹扶桑外, 主人孤島中.
<small>향 수 부 상 외　　주 인 고 도 중</small>

別離方異域, 音信若爲通.
<small>별 리 방 이 역　　음 신 약 위 통</small>

<일본국으로 돌아가는 晁(조)秘書監을 전송하다>

큰 바다는 끝까지 갈 수 없다니

푸른 바다 동쪽을 어찌 알겠나?

바다 건너 일본은 얼마나 머나먼가?

일만 리를 가려면 순풍을 타야한다.

일본 가려면 오직 해를 보아야 하고

배로 가는 길, 다만 바람에 맡겨야지.

바다 거북 몸뚱이는 하늘처럼 검고

고래 눈빛은 파도를 붉게 물들인다.

고향 나무는 동쪽 끝에 서있겠고

일본 국왕은 외딴 섬에 산다지요.

지금 헤어지면 사는 곳이 다르니

어찌하면 소식 전할 수 있겠는가?


【註釋】⊙ <送秘書晁監還日本國> - '일본국으로 돌아가는 晁(조)秘書
監을 전송하다'

궁중 도서를 관리하는 秘書省의 책임자를 秘書監이라 한다. 비서감인
晁衡(조형, 晁는 朝의 古字)은 본래 일본인(日本名은 朝臣仲滿, 또는
阿倍仲麻呂)으로 703년에 일본에서 보내는 遣唐使(견당사, 일본에서
는 신라에도 遣新羅使를 보내어 신라 문물을 수입하였다)를 따라 나
이 16세에 入唐했다. 조형은 돌아가지 않고 학문을 계속했고, 改名한
뒤에 당에서 관직생활을 시작하여 玄宗 때 秘書監이 되었다. 조형은
왕유, 이백과 시를 주고받기도 했다. 조형은 천보 12載(753)에 당에
들어온 견당사를 따라 귀국하려고 했다. 이때 조형은 揚州 延光寺에
가서 鑑眞和尙을 데리고 일본으로 환국할 예정이었다. 이 시는 왕유
가 장안을 떠나는 조형에게 송별시로 보냈다. 본 시에는 왕유의 서문
(序文, 並序)이 있다. 조형은 일본으로 귀국 도중 풍랑을 만나 표류했
으나 살아서 安南에 도착하여 다시 唐으로 돌아왔다가 70세에 당에
서 죽었다.

⊙ 積水不可極 - 積水는 바다. 不可極은 끝까지 갈 수 없다.

⊙ 安知滄海東 - 滄海東은 바다 동쪽, 곧 일본.

⊙ 九州何處遠 - 九州는 일본. 옛 중국인의 세계관에 의하면 중국은 赤
縣神州이고, 중국 주변은 바다로 둘러싸였으며, 바다 밖에는 9개의
큰 땅(九州)이 있는데 일본은 그 중의 하나이다. 여기의 九州는 일본
을 지칭.

⊙ 萬里若乘空 - 若乘空은 하늘을 날아가는 것과 같다.

⊙ 向國唯看日 - 向國은 일본으로 가다. 唯看日은 해를 보고 가야만 한

다.

⊙ 歸帆但信風 - 歸帆은 귀국하는 배. 但은 다만. 信風은 任風. 바람에 맡기다.

⊙ 鰲身映天黑 - 鰲는 바다에 사는 엄청나게 큰 거북.

⊙ 魚眼射波紅 - 魚眼은 大鯨(큰 고래)의 눈. 射波紅은 물결을 붉게 비추다.

⊙ 鄕樹扶桑外 - 鄕樹는 고향의 나무. 扶桑은 동쪽 끝, 해가 뜨는 곳의 나무. 扶桑木.

⊙ 主人孤島中 - 主人은 일본 국왕. 위의 鄕樹의 對이다. 孤島는 일본.

⊙ 別離方異域 - 異域은 거처가 다르다. 다른 나라에 살게 된다.

⊙ 音信若爲通 - 音信은 소식, 안부. 若爲는 어떻게(怎樣zěnyàng, 怎麼樣즘마양). 성질, 상황, 방식을 묻는 말.


【詩意】앞의 4聯은 일본에 관한 왕유와 당시 중국 사람들의 일반적인 상식이며 전설이다. 큰 바다를 경험하지 못한 사람들이 갖고 있는 바다에 대한 두려움은 사실상 미신이다. 실제로 그 당시의 항해술로 일본과 중국을 왕래하는 것은 목숨을 건 모험이었다. 그러니 그 동안 친교를 나눈 우인의 송별은 각별했을 것이다. 마지막 2聯에 왕유의 걱정과 아쉬움, 그리고 슬픔이 眞情으로 남았다.

## _ 99. 春夜竹亭贈錢少府歸藍田

야 정 군 동 식　　시 문 격 림 견
## 夜靜群動息, 時聞隔林犬.

각 억 산 중 시　　인 가 간 서 원
## 卻憶山中時, 人家澗西遠.

선 군 명 발 거　　채 궐 경 헌 면
## 羨君明發去, 采蕨輕軒冕.


<봄날 밤, 竹亭에서 藍田에 돌아가는 錢少府에게 주다>

고요한 밤 모두 쉬고 있는데
가끔씩 숲 건너 개가 짖는다.
예전의 山 생활 더듬어 보니
마을은 내 서쪽 멀리 있었다.
날 새면 떠나갈 그대가 부럽나니
고사리 꺾어도 부귀를 경시하게나.


【註釋】⊙ <春夜竹亭贈錢少府歸藍田> - '봄날 밤, 竹亭에서 藍田에 돌
아가는 錢少府에게 주다'
錢少府인 錢起(전기, 710?-780?)는 天寶 9載(750)에 진사과에 합격,
秘書省校書郎, 藍田 縣尉(縣의 군사업무 담당관), 考功郎中 등을 역임
했다. 大曆十才子의 한 사람으로 작품에 ≪錢考功集≫이 있다. 少府
는 縣尉의 별칭.
⊙ 夜靜群動息 - 群은 움직이는 모든 것. 動息은 움직임을 멈추다.

⊙ 時聞隔林犬 - 時는 때때로. 隔林은 수풀 너머에서.

⊙ 卻憶山中時 - 卻은 도리어. 우리말로는 그러다 보니.

⊙ 人家澗西遠 - 人家는 마을. 澗은 하천, 냇물.

⊙ 羨君明發去 - 羨 부러울 선. 明은 명일. 發은 밝다.

⊙ 采蕨輕軒冕 - 采蕨은 采薇, 고사리를 꺾어 먹고 살다. 극빈한 은자의
생활. 蕨 고사리 궐. 輕은 경시하다. 軒冕(헌면)은 작위나 관직이 높
은 사람.

【詩意】 이 시는 贈別詩로 왕유가 藍田으로 돌아가는 錢起에게 준 시로 봄
날 밤에 죽정에서 지었다는 뜻이다. 전기는 이 시를 받고 〈酬王維春夜竹亭贈
別〉을 지어 화답했다. 贈別과 혼동하기 쉬운 것이 留別詩인데 이는 떠나가는
사람이 남아있는 사람에게 주는 시이다.

이 시는 왕유가 죽정에서 마을의 개 짖는 소리를 들으며 산중에 은거할 때
를 생각하였다. 그러면서 떠나는 전기에게 '采蕨輕軒冕(고사리를 꺾어 먹고
살더라도 權貴를 경시하라)'의 結句는 王維다우면서도 참신하다.

## _ 100. 贈從弟司庫員外絿
증 종 제 사 고 원 외 구

少年識事淺, 强學干名利.
소 년 식 사 천　강 학 간 명 리

徒聞躍馬年, 苦無出人智.
도 문 약 마 년　고 무 출 인 지

卽事豈徒言, 累官非不試.
즉 사 기 도 언　누 관 비 불 시

旣寡遂性歡, 恐招負時累.
기 과 수 성 환　공 초 부 시 루

淸冬見遠山, 積雪凝蒼翠.
청 동 견 원 산　적 설 응 창 취

皓然出東林, 發我遺世意.
호 연 출 동 림　발 아 유 세 의

惠連素淸賞, 夙語塵外事.
혜 련 소 청 상　숙 어 진 외 사

欲緩攜手期, 流年一何駛.
욕 완 휴 수 기　유 년 일 하 사

<司庫員外인 사촌동생 絿(구)에게 주다>

젊었던 시절 세상을 만만하게 보았고
열심히 배워 공명을 이루고자 했었다.
부귀를 누릴 그날이 있으리라 믿으며
남보다 나은 재주가 없다고 걱정했다.
세상사 직접 겪으니 모두가 헛말이고
몇년간 여러 관직에 임용도 되었었다.

그러나 이미 천성에 맞지도 않았기에
남에게 혹시 폐해를 끼칠까 걱정했다.
해맑은 어느 겨울날 먼산을 바라보니
푸르던 숲은 적설에 파묻혀 있었다.
성문밖 동쪽 눈덮힌 수풀은 정갈하여
속세를 떠날 생각이 마음에 떠올랐다.
총명한 아우 고결한 지조를 갖고있어
전에도 속세 떠나갈 그날을 말했었지.
손잡고 함께 천천히 떠날 날 있겠지만
흐르는 세월 어찌나 이리도 빠르던가?

【註釋】 ⊙ <贈從弟司庫員外絿> - '司庫員外인 사촌동생 絿(구)에게 주
다'
　　從弟는 同祖의 사촌동생. 司庫員外는 兵部의 창고를 관리하는 정원
이외의 員外郞. 원외는 簡稱. 絿 구할 구(逑也). 급박할 구.
⊙ 少年識事淺 - 少年은 왕유의 젊었을 적. 識事淺은 사물을 피상적으
로만 보았다는 뜻.
⊙ 強學干名利 - 強學은 면학. 干名利는 名利를 추구하다. 干 방패 간.
求하다. '子張學干祿. - ≪論語 爲政≫'
⊙ 徒聞躍馬年 - 徒聞은 헛들었다, 잘못 생각했다. 躍馬年(약마년)은 功
名을 이루어 부귀를 누리는 기간. 躍馬는 말이 빨리 달리다. 年은 年
華, 나이.
⊙ 苦無出人智 - 苦는 괴로워하다, 걱정하다. 出人智는 남보다 뛰어난
지혜.
⊙ 卽事豈徒言 - 卽事는 눈앞에 벌어진 일. 徒言은 실없는 말.
⊙ 累官非不試 - 非不試는 임용되지 않은 것은 아니었다. 試는 任用.
⊙ 旣寡遂性歡 - 旣는 이미. 寡는 부족하다, 모자라다. 性歡은 천성적으

로 좋아하다.

⊙ 恐招負時累 - 恐은 두렵다, 걱정되다. 招는 초래하다, 야기하다. 負時
  는 시대 조류에 어긋나다. 累는 牽累, 얽매이다, 누를 끼치다.

⊙ 淸冬見遠山 - 淸冬은 겨울의 맑은 날.

⊙ 積雪凝蒼翠 - 凝 엉길 응. 蒼翠(창취)는 검푸르다, 청록색, 푸름, 푸른
  솔.

⊙ 皓然出東林 - 皓 흴 호. 빛나다, 밝다, 깨끗한.

⊙ 發我遺世意 - 發은 觸發(촉발)하다. 遺世는 세속을 잊어버리다, 俗事
  를 돌보지 않다.

⊙ 惠連素淸賞 - 惠連은 南朝의 宋(劉宋)의 시인. 謝靈運의 族弟. 어릴
  적부터 재주가 뛰어나 사령운이 특히 중시했다. 여기서는 왕유의 족
  제 王紘. 賞은 玩賞하다. 淸賞은 담백한 정취.

⊙ 夙語塵外事 - 夙 일찍 숙. 일찍이, 전에도. 塵은 塵世(진세), 불교에서
  말하는 俗世.

⊙ 欲緩攜手期 - 緩은 느리다, 느슨하다. 攜手(휴수)는 손을 잡다. 함께
  歸隱하다.

⊙ 流年一何駛 - 流年은 흐르는 세월. 駛 달릴 사. 빨리 가다.


【詩意】현종 開元 24년(736), 장구령은 參知政事에서 파직되었고, 다음
해 荊州長史로 폄직되었고, 조정 대권은 李林甫가 장악한다. 太宗의 貞觀之
治 이후 개명한 정치는 이로써 끝난다. 왕유는 조정에서 축출되지는 않았지
만 장구령의 舊人으로 분류되어 보이지 않는 종종의 압제를 받아야만 했다.
사실 왕유는 開元 9년(721) 出仕 이후 李林甫가 전권을 장악하기 전까지
17년간 약간의 승진도 있었지만 右拾遺나 左補闕 등 말직에 머물러 자신의
뜻이나 이상을 실현할 수도 없었다.
  이런 상황에서 이 시는 자신의 불우와 마음고생, 그리고 뜻을 펼 수도 없는
현실에서 벗어나 은거하고픈 심정을 잘 서술하였다. 그리고 겨울의 풍광에서
촉발된 심경에서 더욱 번잡한 세상을 떠나려는 뜻이 강해, 사촌에게도 은거
를 은근히 권유하는 뜻이 담겨 있다. 왕유의 원대한 뜻을 곡진하게 묘사한
시라고 할 수 있다.

# 101. 奉寄韋太守陟

荒城自蕭索, 萬里山河空.

天高秋日迴, 嘹唳聞歸鴻.

寒塘映衰草, 高館落疎桐.

臨此歲方晏, 顧景詠悲翁.

故人不可見, 寂寞平林東.


<태수 韋陟(위척)에게 보내다>

황량한 성안은 본디 쓸쓸하고
일만리 산하에 가을 깊어졌다.
드높은 하늘에 해는 높다랗고
돌아온 기러기 울음 애달프다.
차가운 연못에 시든 풀 그림자
덩그런 객관에 오동 잎 뒹군다.
올해도 막 저물려는 이 무렵에
외로운 그림자 <사비옹>을 읊다.
벗님을 만나리라 생각도 못하나
平林의 동쪽 거기도 적막한가요?

【註釋】⊙ <奉寄韋太守陟> - '태수 韋陟(위척)에게 보내다'

위척은 왕유의 우인으로 두 사람이 唱和한 시가 많다. 현종 天寶 2년 (743)에 李林甫에게 배척된 위척은 吏部侍郎에서 襄陽太守로 폄직되었다. 이때 왕유가 보낸 시이다. 奉은 敬詞. 태수는 郡의 행정관.

⊙ 荒城自蕭索 - 蕭索(소삭)은 쓸쓸한 모양. 蕭條.

⊙ 萬里山河空 - 山河空은 가을철임을 알 수 있다.

⊙ 天高秋日迥 - 迥 멀 형. 逈은 俗字. 아득하다.

⊙ 嘹唳聞歸鴻 - 嘹唳(요려)는 새가 우는 소리, 울다. 嘹 새소리 료. 唳 울 려.

⊙ 寒塘映衰草 - 寒塘은 차가운 가을 연못. 푸른 물이 寒氣를 느끼게 하다. 塘 못 당. 저수지.

⊙ 高館落疏桐 - 高館은 客舍. 疏桐은 잎이 떨어진 오동나무.

⊙ 臨此歲方晏 - 方晏은 막 저물려 하다. 다 지나가려 하다. 晏 늦을 안.

⊙ 顧景詠悲翁 - 顧景(고영)은 자신의 고독한 그림자를 보다. 景(볕 경. 그림자 영)은 影. 詠은 시를 읊다. 悲翁은 古樂府 <思悲翁>. 韋陟을 사모하는 왕유 자신을 뜻함.

⊙ 故人不可見 - 故人은 알고 지내는 사람. 죽은 사람이란 뜻이 아니다.

⊙ 寂寞平林東 - 平林은 지명. 위척의 임지. 지금의 湖北省 襄陽市 서쪽. 襄陽(양양)은 長江의 최대 지류인 漢水江의 중류에 위치한다. 襄陽은 ≪삼국지연의≫에 나오는 劉表의 근거지.


【詩意】쇠락하는 가을의 적막함, 기러기 울음소리, 잎사귀 떨어진 오동나무, 차가운 연못에 비치는 시든 풀의 그림자 등의 배경을 통해 폄직되어 지방에 내려간 위척을 위로하면서 시인의 쌓인 울분을 표출하고 있다. 정면에 대한 묘사가 아닌 측면 묘사로 友人에 대한 관심과 추모의 뜻을 곡진하게 그려내었다.

## 102. 送陸員外

낭 서 유 이 인    거 연 고 인 풍
郎署有伊人, 居然古人風.

천 자 고 하 북    조 서 제 정 동
天子顧河北, 詔書除征東.

배 수 사 상 관    완 보 출 남 궁
拜手辭上官, 緩步出南宮.

구 하 평 원 외    칠 국 계 문 중
九河平原外, 七國薊門中.

음 풍 비 고 상    고 새 다 비 봉
陰風悲枯桑, 古塞多飛蓬.

만 리 불 견 로    소 조 호 지 공
萬里不見虜, 蕭條胡地空.

무 위 비 중 국    갱 욕 요 기 공
無爲費中國, 更欲邀奇功.

지 지 전 상 송    악 수 차 이 동
遲遲前相送, 握手嗟異同.

행 당 대 후 귀    긍 방 남 산 옹
行當對侯歸, 肯訪南山翁.


&lt;陸員外를 전송하다&gt;

부서의 낭관에 현인이 있었으니
확실히 옛사람 풍모를 지녔도다.
天子는 河北의 군사를 염려하여
詔書로 征東將軍 막부로 보냈네.
上官에 再拜하며 인사를 마치고

조용히 尙書省을 걸어서 떠났다.
黃河의 아홉 지류 평원을 흐르고
일곱개 郡國 모두 薊門關에 있네.
찬바람 마른 나무 가지에 불며는
오래된 관문 밖에 쑥검불 날린다.
일 만리 황야에 인적마저 없는데
텅 비인 胡地는 황량하기 그지없다.
더 이상 국력 민력까지 낭비하며
정벌로 큰 공 세우려 말지어다.
아쉬움 속에 앞에 나가 전송하며
손잡고 서로 다른 운명을 탄식했다.
어차피 나간 김에 공을 세워 돌아와
南山에 사는 늙은 나를 찾아주게나!


【註釋】⊙ <送陸員外> - '陸員外를 전송하다'
　　왕유의 동료인 陸氏 성을 가진 員外郎이 天寶 9載(750, 載는 年의 뜻.
　천보 3년부터 年을 載로 표기했다)에 명을 받아 幽州 燕州 일대를
　장악하고 있는 安祿山 군영으로 전근 갈 때 왕유는 이 시를 지어 전
　송했다.
⊙ 郞署有伊人 - 郞署는 尙書省 원외랑의 부서. 伊人은 此人, 이 사람,
　이런 賢人. 陸員外를 가리킴.
⊙ 居然古人風 - 居然은 뚜렷한 모양, 확실히. 居然可知라면 확실히 알
　수 있다. 의외로(竟然)의 뜻도 있음. 古人風은 고인의 풍모. 행동거지
　가 의젓함.
⊙ 天子顧河北 - 天子는 玄宗. 河北은 河北道. 黃河의 북쪽. 지금의 河北

省, 山東省의 黃河 이북. 北京, 天津市 일원. 곧 안록산의 세력 범위.

⊙ 詔書除征東 – 詔書는 황제의 행정 명령. 除는 除授하다, 임명하다. 征東은 征東將軍, 安祿山의 옛 職名. 天寶 9載에 안록산은 東北郡王 겸 河北道采訪處置使가 되어 河北 일대의 군권과 행정권을 완전 장악했다.

⊙ 拜手辭上官 – 拜手는 손을 올려 인사하다. 辭는 사직하다, 辭別하다. 上官은 중서성의 上官.

⊙ 緩步出南宮 – 緩步(완보)는 천천히 걷다. 南宮은 尚書省의 통칭.

⊙ 九河平原外 – 九河는 황하. 황하의 본류 및 지류에 대한 총칭. 平原外는 황하의 하류 지역에 대한 총칭. 兗州(연주) 일원.

⊙ 七國薊門中 – 여기서 七國은 전국시대의 7국이 아니라 唐代에 幽州 관할하의 7개 郡國. 薊門(계문)은 關門名. 幽州 북쪽에 위치. 안록산의 세력범위를 지칭.

⊙ 陰風悲枯桑 – 陰風은 찬바람, 겨울바람. 悲는 바람소리. 枯桑은 말라 죽은 뽕나무.

⊙ 古塞多飛蓬 – 古塞는 옛 요새. 飛蓬은 뭉쳐서 바람에 쓸려 다니는 말라 죽은 쑥(蓬)의 검불.

⊙ 萬里不見虜 – 萬里는 그 넓은 지역. 不見虜는 이민족이 보이지 않다. 안록산의 토벌에 의거 奚族(해족)과 契丹(거란)族의 모습을 볼 수 없다. 이민족에 대한 무자비한 살육을 규탄하는 뜻이 있다.

⊙ 蕭條胡地空 – 蕭條는 적막하다, 스산하다. 胡地는 이민족의 거주 지역.

⊙ 無爲費中國 – 無爲는 하지 말라. 費는 소비하다, 낭비하다. 中國은 國中. 나라와 백성의 경제력, 國力과 民力.

⊙ 更欲邀奇功 – 邀 맞을 요. 오는 것을 기다리다, 얻으려 하다. 奇功은 특별한 공로. 이민족을 격퇴했다는 공적.

⊙ 遲遲前相送 – 遲遲는 천천히 가는 모양. 느긋하다, 유연하다.

⊙ 握手嗟異同 – 握手(악수)는 손을 잡다. 嗟는 한탄하다. 異同은 不同. 운명이 다르다, 같이 근무를 하지 못하다.

⊙ 行當對侯歸 – 行은 出行. 當은 응당. 對侯歸는 제후가 될 만한 공을 세우고 돌아오다.

⊙ 肯訪南山翁 – 肯訪은 방문하겠는가? 肯은 기꺼이 ~하려 하다, 곧잘 ~하다. 南山翁은 왕유 자신을 지칭. 南山翁을 商山翁이라 한 판본도 있다. 商山翁은 商山에 은거했던 4명의 은자(四皓). 이들은 漢 高祖의 초빙을 거절했으나 張良의 계책에 의거, 장안에 와서 태자(惠帝)를 섬겼다.

【詩意】天寶 연간에 안록산은 平盧, 范陽, 河東절도사를 겸직하면서 奚族, 契丹族(거란족)을 토벌하는 공을 계속 세우면서 현종의 신임을 받아 승승장구하여 나중에는 東平郡王이 되었다. 本 詩에서는 征東장군이라는 옛 관직을 써서 안록산을 폄하하였다. 그들 지역이 삭막해졌고 인적이 끊겼는데도 안록산은 계속 군비를 강화하며 세력을 키웠다. 왕유는 이를 걱정하여 '국력 민력을 낭비하며 더 큰 공을 세우려 하지 말라' 하였으니 이를 통해 왕유의 정치적 식견이 뛰어났음을 알 수 있다. 왕유가 이러한 정치적 의견을 토로한 시를 지었다는 것은 매우 특이한 경우라 할 수 있다. 뒷날 안록산은 반역했고, 안록산의 난을 기점으로 唐은 쇠퇴의 길을 걷다가 黃巢(황소)의 난(874 -884)을 겪고 곧 이어 멸망하게 된다.

# _ 103. 崔濮陽兄季重前山興

秋色有佳興, 況君池上閑.

悠悠西林下, 自識門前山.

千里橫黛色, 數峰出雲間.

嵯峨對秦國, 合沓藏荊關.

殘雨斜日照, 夕嵐飛鳥還.

故人今尙爾, 歎息此頹顔.


&lt;濮陽(복양)太守 崔季重 兄의 앞산의 興趣&gt;

가을의 풍경에 흥이 절로 나는데,
벗님은 정원의 연못서 한가롭군요.
서쪽 수풀 아래 온 종일 한가하고
대문 앞의 靑山 한 눈에 익었다오.
천리에 뻗쳐 이어진 산의 푸른 빛
몇 개의 준봉 구름속 높이 솟았다.
험준한 산세 關中을 감싸 안았고
중첩한 형세 사립문 에워 싸았다.
가랑비 그쳐 저무는 햇살 비추고

새들은 해질 바람에 날아 앉는다.
벗님이 지금 이리도 한가하다만
수척한 얼굴 한숨만 가득하네요.


【註釋】⊙ <崔濮陽兄季重前山興> - ‘濮陽(복양)太守 崔季重 兄의 앞산
의 興趣’
濮陽은 군명, 치소는 지금의 河南省 동북의 濮陽市. 황하 이북. 최계
중은 天寶 12載(753)에 복양태수직을 사임했다. 그 이후 왕유의 藍田
근처에 은거했다. 이 시는 최계중이 은거한 곳의 가을 경치를 묘사했
는데 이는 곧 藍田의 秋景이라 할 수 있다.
⊙ 秋色有佳興 - 秋色은 秋景. 佳興은 멋진 興趣.
⊙ 況君池上閑 - 況은 그러하기에, 그런데도. 池上閑은 謝靈運이 즐긴
연못이 있는 정원에서의 한적한 생활.
⊙ 悠悠西林下 - 悠悠(유유)는 매우 한가하고 여유 있는 모습. 西林은
藍田山의 서쪽 숲.
⊙ 自識門前山 - 내문 앞산의 경치가 눈에 익었다는 뜻.
⊙ 千里橫黛色 - 黛色은 산의 검푸른색. 黛 눈썹먹 대. 驪山의 山色이
검은 말(驪)과 같다고 하였다.
⊙ 數峰出雲間 - 出雲間은 구름 위로 높이 솟다.
⊙ 嵯峨對秦國 - 嵯峨(차아)는 산이 높고 험한 모양. 嵯 우뚝 솟을 차.
峨 높을 아. 秦國은 關中 땅. 秦의 본거지. 秦 멸망 후, 항우는 秦의
降將 3인에게 關中을 3국으로 분봉하여 漢王 劉邦을 막게 했는데 이
후 關中은 三秦이라 불렀다.
⊙ 合沓藏荊關 - 合沓은 산이 높고 큰 모양, 산이 중첩한 모양. 沓 겹칠
답. 荊關은 사립문. 荊扉(형비)와 같음. 荊은 關中 서남쪽의 荊州(형
주)를 지칭한다. 따라서 荊關은 ‘사립문’의 뜻도 있으면서 앞의 秦國
과 對가 된다. 이는 일종의 假對(가대)라 할 수 있다.

⊙ 殘雨斜日照 - 殘雨는 곧 그칠 비. 斜日은 夕陽.

⊙ 夕嵐飛鳥還 - 夕嵐은 저녁 때 부는 산바람. 嵐 남기 람. 해질 무렵의 멀리 푸르스름하고 흐릿한 기운. 이를 우리말로 '이내'라고 한다. 산바람.

⊙ 故人今尙爾 - 故人은 우인. 최계중. 今尙爾는 지금 여전히 그러하다. 한가한 생활이 변함없다는 뜻. 爾 너 이. 지시대명사로 이(是, 此), 그(其, 彼), 이와 같이, 이 같은.

⊙ 歎息此頹顏 - 頹顏(퇴안)은 수척한 얼굴. 頹 무너질 퇴. 쇠퇴하다.

**【詩意】** 이 시의 '悠悠西林下, 自識門前山'은 陶淵明의 '採菊東籬下, 悠然見南山'(〈飮酒〉 其五)의 정취와 매우 흡사하다. '千里橫黛色, 數峰出雲間'은 큰 산줄기의 중첩한 봉우리 형상을 단순하면서도 정교하게 묘사했다는 생각이 든다. 그리고 '殘雨斜日照, 夕嵐飛鳥還'은 석양 경치의 아름다움을, 특히 비가 막 그치려 할 무렵 夕陽에 물들고, 새들이 돌아오는 멋진 풍경을 그렸다. 이는 도연명의 '山氣日夕佳, 飛鳥相與還'(〈飮酒〉 其五)의 새로운 묘사라 할 수 있다.

마지막 결구 '故人今尙爾, 歎息此頹顏'은 경치에 대한 서술이 없고 아름다운 경치와 대비되는 隱士의 수척한 모습으로 인생의 적막을 그렸다.

# 제6장

## 詩佛의 만년 755-761

일 생 기 허 상 심 사
一生幾許傷心事,

불 향 공 문 하 처 소
不向空門何處銷. &lt;歎白髮&gt;

평생에 마음 아픈 일 얼마나 많았던가!
佛門이 아니었다면 어디서 삭였겠는가?

# _ 104. 別輞川別業
<sup>별 망 천 별 업</sup>

<sup>의 지 동 거 마</sup> <sup>추 창 출 송 라</sup>
依遲動車馬, 惆悵出松蘿.

<sup>인 별 청 산 거</sup> <sup>기 여 녹 수 하</sup>
忍別靑山去, 其與綠水何.


&lt;망천별장을 떠나다&gt;

머뭇머뭇 거리며 수레가 움직이니
슬퍼하며 소나무 숲을 떠나간다.
마지못해 청산과 작별하나니
저 푸른 냇물은 어찌해야 하나?


【註釋】⊙ &lt;別輞川別業&gt; - '망천별장을 떠나다'
⊙ 依遲動車馬 - 依遲(의지)는 아쉬워 머뭇거리는 모양(依依). 遲 늦을
지.
⊙ 惆悵出松蘿 - 惆悵(추창)은 마음이 서글픈 모양. 松蘿는 소나무겨우
살이. 소나무에 기생하는 늘어지는 덩굴. 女蘿. 여기서는 솔밭, 은거
지. 蘿 담쟁이덩굴 라.
⊙ 忍別靑山去 - 忍別은 마지못해 떠나가다.
⊙ 其與綠水何 - 其는 어기사, 의문의 뜻을 나타냄. 조동사로 쓰이면 장
차 ~할 것이다.


【詩意】 왕유의 망천별장은 모친이 돌아가신 뒤에 표문을 올려 현종의 허락
을 받아 사찰로 만들었다고 하였다. 이 시는 언제 지었는지 알 수가 없다.


410

그러나 내용으로 보면 일시적으로 떠나는 것이 아니라 아주 떠나가는 슬픔이
그려져 있다.

왕유는 안록산의 난 이후 망천의 산수시를 읊지 못했다. 안록산의 난 이후
곤경에 처했었지만 숙종의 신임을 받으며 관직도 높아졌다. 하여튼 안록산의
난 이전처럼 한가로이 半官半隱의 생활을 즐길 여유가 없었다.

≪王右丞集箋注≫에는 같은 제목으로 동생 王縉(왕진)의 시가 연이어 실려
있는데 참고로 여기에 수록한다.


## 〈同詠〉 - 王縉

<sup>산 월 효 잉 재</sup> <sup>임 풍 량 부 절</sup>
山月曉仍在, 林風凉不絶.

<sup>은 근 여 유 정</sup> <sup>추 창 령 인 별</sup>
慇懃如有情, 惆悵令人別.


새벽녘 산위에 달이 걸려 있는데
숲에선 시원한 바람 그치지 않네.
은근한 정취가 그냥 남아 있는 곳
슬픈듯 서럽게 나를 떠나 보낸다.

## _ 105. 歎白髮<sup>탄 백 발</sup>

宿昔朱顔歲暮齒, 須臾白髮變垂髫.
<sup>숙 석 주 안 세 모 치</sup> <sup>수 유 백 발 변 수 초</sup>

一生幾許傷心事, 不向空門何處銷.
<sup>일 생 기 허 상 심 사</sup> <sup>불 향 공 문 하 처 소</sup>


&lt;백발을 한탄하다&gt;

예전의 젊은 얼굴 세월따라 늙으면서

어느새 검던 머리 흰머리로 바뀌었다.

평생에 마음 아픈 일 얼마나 많았던가!

佛門이 아니었다면 어디서 삭였겠는가?


【註釋】⊙ &lt;歎白髮&gt; - '백발을 한탄하다'

⊙ 宿昔朱顔歲暮齒 - 宿昔은 예전, 이전, 평소. 朱顔은 紅顔, 젊은 얼굴.
  歲는 세월 따라. 暮齒는 暮年, 늙은 나이. 齒 나이 치. 연령(年齒).

⊙ 須臾白髮變垂髫 - 須臾(수유)는 잠간 사이, 어느새. 須 모름지기 수.
  臾 잠깐 유. 垂髫(수초)는 어린아이의 늘어뜨린 머리. 髫 늘어뜨린 머
  리 초. 須臾에 垂髫가 白髮로 변했다.

⊙ 一生幾許傷心事 - 幾許(기허)는 얼마. 幾 거의 기.

⊙ 不向空門何處銷 - 空門은 佛門. 銷 녹일 소.


【詩意】이 시는 안록산의 난 이후의 작품으로 알려졌다. 노인의 독백으로
이루어진 이 절구는 살아온 생을 되돌아보면서 안식을 얻으려는 노인의 자화
상 같다. 한 세상 살며 마음 상한 일이 얼마나 많던가? 이 한마디에 왕유의
일생이 그려지고, 불문에 귀의한 왕유의 평온을 느낄 수 있다.

## 106. 菩提寺禁, 裴迪來相看, 說逆賊等 ～

<small>보 리 사 금　　배 적 내 상 간　　설 역 적 등</small>

萬戶傷心生野煙, 百僚何日再朝天.
<small>만 호 상 심 생 야 연　　백 료 하 일 갱 조 천</small>

秋槐葉落空宮裏, 凝碧池頭奏管弦.
<small>추 괴 엽 락 공 궁 리　　응 벽 지 두 주 관 현</small>


## <凝碧詩(응벽시)>

천하가 상심하고 들 불 연기 피는데

백관은 언제 쯤 천자를 다시 뵈려나?

가을 홰나무 꽃이 빈 대궐에 지는데

궁궐 응벽지에서는 풍악을 연주한다.


【註釋】⊙ <菩提寺禁, 裴迪來相看, 說逆賊等～> – 간략히 <凝碧詩(응벽시)>라고 한다.

원제목은 <菩提寺禁, 裴迪來相看, 說逆賊等, 凝碧池上作音樂, 供奉七人等擧聲便一時淚下, 私成口號, 誦示裴迪>이다. 이 뜻은 '菩提寺(보리사)에 연금되어 있을 때, 裴迪(배적)이 찾아와 만났는데, 逆賊(역적, 안록산) 무리가 凝碧池(응벽지)에서 풍악을 연주하게 하였는데 供奉(궁중 악인) 7인이 연주를 마치고 한때 눈물을 흘렸다는 말을 하여, 나는 몰래 시를 읊어(私成口號) 이를 배적에게 보여주었다'이다.

菩提寺는 長安의 平康坊 남문 동쪽에 있었다. 장안에 남았던 왕유는 장안이 함락되면서 보리사에 연금되었다가 낙양 普施寺로 끌려가 거기서 안록산이 수여한 僞職에 있어야만 했다. 凝碧池는 장안 서쪽 內苑에 있는 연못. 供奉은 직명. 황제를 모시며 일을 하는 사람. 여기서는 궁정 樂工. 口號는 南朝 宋에서 시작된 詩體로 악인들이 지어 올리는 황제의 성덕을 칭송하는 시. 앞부분에 있는 騈儷文(변려문)으로 칭송하는 내용을 읽을 때는 모든 신하가 일어섰다가, 다 읽으면 재배하고 이어 연주를 한다고 하였다. 여기서는 슬로건이나 구령이라는 뜻이 아니다.

⊙ 萬戶傷心生野煙 – 萬戶는 장안성. 천하. 野煙은 폐허 속에 피는 연기.

⊙ 百僚何日更朝天 – 百僚는 백관. 朝天은 천자를 조회에서 알현하다.

⊙ 秋槐葉落空宮裏 – 秋槐는 가을의 홰나무.

⊙ 凝碧池頭奏管弦 – 管弦은 管絃. 악기의 총칭.


【詩意】 천보 14載(755)에 안녹산이 난을 일으키고 이듬해 장안에 들어오자, 현종은 蜀(촉)을 향해 피난했고, 가는 도중 양귀비는 馬嵬坡(마외파)에서 죽었다. 그때 피난 가지 못한 왕유는 안록산의 압력으로 원하지도 않은 관직(僞官, 위관)을 맡았고 이 때문에 난이 평정된 뒤에 형벌을 받아야만 했다.

장안에 들어온 안록산이 凝碧池(응벽지)에서 주연을 베풀고 梨園(이원)의 악공들을 강제로 동원하자, 악공들은 슬피 통곡했다. 왕유는 그 사건을 전해 들은 뒤 악공들에게 감동하여 〈凝碧詩〉를 지었다.

안록산의 난 와중에 현종의 선양을 받아 靈武(영무)에서 등극한 肅宗은 왕유를 부역을 한 죄로 몰았다. 다행히 동생 王縉(왕진)이 자신의 관직을 강등시키면서 형의 무죄를 변호하였고, 뒤에 왕유의 이 〈凝碧詩〉가 알려지면서 죄에서 벗어날 수 있었다.

偶<sup>우</sup>然<sup>연</sup>作<sup>작</sup> （第六首）


老<sup>노</sup>來<sup>래</sup>懶<sup>나</sup>賦<sup>부</sup>詩<sup>시</sup>,　惟<sup>유</sup>有<sup>유</sup>老<sup>노</sup>相<sup>상</sup>隨<sup>수</sup>.

宿<sup>숙</sup>世<sup>세</sup>謬<sup>류</sup>詞<sup>사</sup>客<sup>객</sup>,　前<sup>전</sup>身<sup>신</sup>應<sup>응</sup>畫<sup>화</sup>師<sup>사</sup>.

不<sup>불</sup>能<sup>능</sup>捨<sup>사</sup>餘<sup>여</sup>習<sup>습</sup>,　偶<sup>우</sup>被<sup>피</sup>世<sup>세</sup>人<sup>인</sup>知<sup>지</sup>.

名<sup>명</sup>字<sup>자</sup>本<sup>본</sup>皆<sup>개</sup>是<sup>시</sup>,　此<sup>차</sup>心<sup>심</sup>還<sup>환</sup>不<sup>부</sup>知<sup>지</sup>.


&lt;우연히 짓다&gt;

늙어서 이제 시를 짓기도 게으르고
오로지 늙은 사람끼리 함께 모인다.
전생에 이몸은 실패한 시인이었거나
현생의 전에는 분명히 화가였으리라.
예전 해오던 버릇을 버리지 못해서
어찌 하다 보니 세상에 알려졌도다.
이름 자는 본래 전부 옳았지만
본디 마음 여태 모르고 살았다.


【註釋】⊙ &lt;偶然作&gt; ― '우연히 짓다'
　왕유 자신의 심경을 서술한 연작시의 한 수이다. 이는 노년의 슬픔을
　탄식한 시이다. '宿世謬詞客, 前身應畫師'란 구절은 자부심이 아니라
　탄식일 것이다.

⊙ 老來懶賦詩 - 懶 게으를 라. 賦詩는 시를 짓다.

⊙ 惟有老相隨 - 노인네는 노인끼리 모여 논다.

⊙ 宿世謬詞客 - 宿世는 前生. 謬詞客은 실패한 詞人, 詩人.

⊙ 前身應畵師 - 前身은 윤회설에 의거 現生 이전의 生體. 畵師는 畵家.

⊙ 不能捨餘習 - 捨는 버리다. 餘習은 익숙해진 버릇.

⊙ 偶被世人知 - 偶는 우연히.

⊙ 名字本皆是 - 名字는 왕유의 이름 維와 字인 摩詰. 維摩詰은 '淨名'이
란 뜻. 속세를 벗어나 어떤 作爲가 없음.

⊙ 此心還不知 - 자신이 字를 지을 적의 마음을 아직도 깨닫지 못하고
있다는 탄식.


【詩意】≪全唐詩≫에서는 이 시가 〈偶然作〉(六首)의 맨 마지막 수이다. 그
리고 ≪唐人萬首絶句≫에서는 前 4句를 〈題輞川圖〉라 하여 하나의 絶句로
독립시켰다. 왕유가 이 시를 언제 지었는지 분명하지 않다. 그러나 왕유의
역경을 살펴보면 이 시는 안록산의 난 이후에 지은 것이라고 볼 수 있다.

  왕유는 화가였기에 자신의 〈輞川圖〉를 그리고서 거기에 前 四句를 써넣었는
데, 거기에 '前身應畵師'라는 구절은 왕유 자부심의 표출이라고 해석하였다.
그러나 다른 의미로 해석할 수도 있다.

  안록산에게 장안이 함락되자 피난가지 못한 왕유는 안록산에게 僞職을 강요
당한다. 나중에 장안과 낙양이 수복된 뒤에 안록산 치하에서 위직을 받았던
사람들을 조사하여 6등급으로 나누어 판별하였다. 그때 鄭虔(정건), 張通(장
통)과 같은 화가들도 죄에 연루되어 왕유와 함께 장안의 楊國忠의 옛 저택에
갇히게 된다. 그때 부역자의 죄를 평정하는 최고 실권자인 재상 崔圓(최원)
은 왕유와 화가들을 동원하여 자기 집에 벽화를 그리게 했다.

  죄에서 풀려나길 바라는 畵師들이 얼마나 열심히 그 재능을 다했겠는가?
그것은 화가의 자부심이 아니라 목숨을 구걸하는 굴욕이었다.

  그렇다면 이 시는, 시인이며 또 화가로 세상에 알려진 왕유 자신의 지나온
삶에 대한 후회를 그대로 묘사하였으며, 維摩詰(유마힐)의 뜻 그대로 '淨名'
을 지키지 못했다는 자괴감의 표출이었다. 시인으로서, 또 화가로 알려진 자
신에 대한 自嘲(자조)와 自嘆(자탄)이었다.

## 108. 冬晚對雪憶胡居士家
<small>동 만 대 설 억 호 거 사 가</small>

寒更傳曉箭, 清鏡覽衰顏.
<small>한 경 전 효 전　　청 경 람 쇠 안</small>

隔牖風驚竹, 開門雪滿山.
<small>격 유 풍 경 죽　　개 문 설 만 산</small>

灑空深巷靜, 積素廣庭閑.
<small>쇄 공 심 항 정　　적 소 광 정 한</small>

借問袁安舍, 條然尙閉關.
<small>차 문 원 안 사　　소 연 상 폐 관</small>


&lt;늦겨울, 눈을 보며 胡居士의 집을 생각하다&gt;

북소리 벌써 새벽인 추운 날에

거울을 당겨 주름진 얼굴을 본다.

창문밖 바람 대밭을 흔드는데

대문을 여니 온산에 눈이 왔다.

씻긴 하늘에 적막한 마을 안길

쌓인 눈속에 한적한 뜰이 넓다.

묻나니, 마음이 깨끗한 居士여

버려둔 세상, 여전히 문을 닫았소?


【註釋】⊙ &lt;冬晚對雪憶胡居士家&gt; ‒ '늦겨울, 눈을 보며 胡居士의 집을 생각하다'

　胡居士의 실명 미상. 불교를 신봉하나 출가하지 않은 사람을 居士라고 불렀다. 호거사는 왕유의 친우로, 왕유는 호거사의 어려움을 도왔고 <胡居士臥病遣米因贈(호거사 와병 중에 쌀을 보내면서 시를 주다)>이라는 시를 지어 보내기도 했다. 이 시는 天寶 연간에 지어진 시라고 알려졌다.

⊙ 寒更傳曉箭 - 更은 시간. 箭은 물시계의 화살표. 물이 떨어지며 漏壺(누호)의 화살표가 가르치는 대로 북을 쳐서 시각을 알렸다.

⊙ 淸鏡覽衰顔 - 覽衰顔은 주름진 얼굴을 비춰보다.

⊙ 隔牖風驚竹 - 隔은 사이에 두다. 牖 창문 유. 출입하는 문이 아니다. 風驚竹은 대나무가 흔들리며 나는 소리.

⊙ 開門雪滿山 - 開門은 방문을 열다.

⊙ 灑空深巷靜 - 灑空은 눈이 내리다. 灑 씻을 쇄. 深巷은 마을 안길.

⊙ 積素廣庭閑 - 積素는 積雪.

⊙ 借問袁安舍 - 袁安舍는 袁安(원안)이 사는 집. 袁安은 後漢 사람. 어느 해 겨울에 낙양에 눈이 한 길이나 내리자, 가난한 사람들은 눈을 치우고 밥을 얻어먹으러 다녔다. 그러나 원안의 집은 눈을 치우지 않았다. 洛陽令은 원안이 동사한 줄 알고 사람을 시켜 눈을 치우고 들어갔더니 방안에 누워 자고 있었다. 원안은 '이런 날에 모두가 굶주리는데, 나까지 다른 사람에게 폐를 끼칠 수 없었다'라고 말했다고 한다. 이 구절은 胡居士를 원안과 같이 청렴한 사람에 견주었다.

⊙ 翛然尚閉關 - 翛然(소연)은 사물에 얽매이지 않고 자유자재한 모양. 翛 날개 치는 소리 소. 빠른 모양 유. 尚閉關은 아직도 대문을 닫고 있나?

【詩意】 늦겨울 새벽에 내린 눈을 보며 왕유는 가난한 胡居士를 생각하며 우인에 대한 공경과 관심을 표현하였다. 수련은 눈 내린 추운 겨울 새벽, 기상하고 하루를 시작하는 은자의 여유를 담담히 묘사하였다. 이어 함련에서는 대밭에서 들리는 겨울 바람소리와 방문을 열고 바라본 앞산의 설경으로 시인의 관심은 외부로 향한다. 그리고 경련에서 눈 내린 마을의 고요와, 積雪로 한층 더 한가해 보이는 이웃을 묘사하였다. 미련에서는 호거사의 안부를 걱정하며 지조를 지켜 세속을 초월하는 고아한 인품을 칭송했다.

## 109. 送梓州李使君
<sub>송 재 주 이 사 군</sub>

<sub>만 학 수 참 천</sub>　<sub>천 산 향 두 견</sub>
萬壑樹參天, 千山響杜鵑.

<sub>산 중 일 야 우</sub>　<sub>수 초 백 중 천</sub>
山中一夜雨, 樹杪百重泉.

<sub>한 녀 수 동 포</sub>　<sub>파 인 송 우 전</sub>
漢女輸橦布, 巴人訟芋田.

<sub>문 옹 번 교 수</sub>　<sub>불 감 의 선 현</sub>
文翁翻敎授, 不敢倚先賢.


&lt;梓州의 李使君을 전송하다&gt;

수만 골짜기 나무는 하늘에 닿고

모든 산에서 두견이 울겠지요.

산중에 밤새 비가 내리면

나무에 줄줄 물이 흐르지요.

漢水의 여인들 무명을 바치고

巴에선 토란밭 송사도 있겠지요.

文翁이 교화로 습속을 바꿨다니

先賢의 치적을 어찌 아니 따르리오!


【註釋】⊙ &lt;送梓州李使君&gt; - '梓州의 李使君을 전송하다'
　　梓 가래나무 재. 목판인쇄용 판목. 梓州(재주)는 지금의 四川省 綿陽
　　市 관할의 三台縣. 李使君은 李淑明(이숙명). 使君은 지방관, 太守.

⊙ 萬壑樹參天 - 參天(참천)은 하늘에 닿다, 하늘을 바라보다. 梓州 곧 蜀에는 높은 산이 많고 나무가 울창하다. 首聯은 李使君이 부임할 梓州의 대략을 묘사하였다.

⊙ 千山響杜鵑 - 響 울림 향. 울리다, 울다. 杜鵑은 두견새. 우리말로는 소쩍새. 부엉이보다 몸집이 작고 밤에 운다. 不如歸, 子規(자규)라고도 한다. 四川 땅에는 두견새가 많다고 한다. 鵑 두견이 견.

⊙ 山中一夜雨 - 산중에 밤새 내린 비.

⊙ 樹杪百重泉 - 杪 끝 초. 나뭇가지. 百重泉(백중천)은 모든 갈래로 물이 흐르다.

⊙ 漢女輸橦布 - 漢女는 漢水가 흐르는 梓州의 부녀자들. 四川 지방은 劉邦이 漢王으로 봉해진 곳. 輸 나를 수. 바치다, 헌납하다. 橦 나무 이름 동. 목화. 橦布(동포)는 綿布, 면직물.

⊙ 巴人訟芋田 - 巴人(파인)은 巴國 사람들. 巴는 戰國시대 나라이름. 秦에 의해 망한 뒤 巴郡이 되었다. 四川 분지의 동부, 장강 서쪽. 陝西省 일부지역을 포함하는 지역 명칭. 芋 토란 우. 토란은 救荒(구황) 食物의 한 가지로 국을 끓이면 맛이 담백하다.

⊙ 文翁翻教授 - 文翁(문옹, 名 黨, 字는 仲翁)은 인명. 漢 景帝 때 蜀郡 태수를 역임했다. 백성이 우매한 것을 보고 영민한 사람을 골라 長安에 유학하게 한 뒤 돌아와 學宮을 열어 백성을 가르치게 했다. ≪漢書 循吏傳≫에 立傳. 翻 뒤집을 번. 풍습을 바꾸다.

⊙ 不敢倚先賢 - 倚 의지할 의. 선현의 치적을 본받아 선정을 베풀어 달라는 우정의 당부일 것이다.


【詩意】1句부터 6句까지가 모두 梓州에 대한 묘사이며 설명인데, 그 속에는 아름다운 산천이 있고 순박한 백성들의 생활모습을 그리고 있다.

전체적으로 우인을 전송하는 別意보다는 우인에 대한 칭송과 당부의 뜻이 많다. 그곳 梓州 땅의 백성이 순박하여 세금도 잘 내겠지만, 토란밭 송사가 많은 곳이라니 민생을 잘 보듬어 달라는 부탁에는 우정이 넘쳐흐른다. 그러면서 백성들의 교화가 중요하다며 옛 선현의 예를 따라 부지런히 선정을 부탁하고 있다.

 물론 尾聯의 '文翁翻教授, 不敢倚先賢'의 풀이는 여러 가지가 있을 수 있으나, 우인에게 당부하는 뜻으로 해석하면 무난할 것이다. 陶淵明의 '好讀書나 不求甚解'가 이런 때 적용되는 말이 아니겠는가? 詩로 이 정도의 부탁을 하는 우정은 얼마나 아름다운가?

## _ 110. 송양장사부과주
送楊長史赴果州

포사불용헌　지자거하지
襃斜不容幰, 之子去何之.

조도일천리　원성십이시
鳥道一千里, 猿聲十二時.

관교제주객　산목여랑사
官橋祭酒客, 山木女郎祠.

별후동명월　군응청자규
別後同明月, 君應聽子規.


<果州에 부임하는 楊長史를 전송하다>

수레도 다니지 못하는 襃斜道(포사도)

그대는 어디로 가시는가?

새들만 넘는 천리 먼 길에

원숭이 울음 종일 들려온다.

官橋에는 손님 모실 巫女가

숲에는 여신 사당이 있는 곳.

이별 뒤에 역시 명월을 보면서

그대 거기 으레 두견이 울겠지.


【註釋】⊙ <送楊長史赴果州> - '果州에 부임하는 楊長史를 전송하다'
楊長史는 楊濟(양제). 長史는 州 刺史의 속관으로 從5품. 果州는 지금
의 四川省 동부의 南充市.

⊙ 褒斜不容幰 – 褒斜(포사)는 도로명. 石片道, 北棧(북잔), 또는 連雲棧(연운잔)이라고도 불리는 험도. 關中에서 蜀에 들어가는 要路나 길이 험하여 수레가 다닐 수 없다. 褒 기릴 포. 斜 비탈 사. 幰 수레포장 헌. 수레.

⊙ 之子去何之 – 之子는 是子, 이 사람, 그대. 之子는 新婦라는 뜻도 있다.

⊙ 鳥道一千里 – 鳥道는 새만 날아갈 수 있는 길. 험한 길. 蜀道의 험하고 먼 길.

⊙ 猿聲十二時 – 하루 종일 원숭이 울음소리를 들을 수 있다는 뜻. 一千里, 十二時 모두 뛰어난 蜀의 험도와 경물을 너무 자연스럽게 표현한 구절이다.

⊙ 官橋祭酒客 – 祭酒는 길 가는 행인을 환대하는 무녀.

⊙ 山木女郎祠 – 山木에 둘러싸인 女郎祠(여랑사) 사당.

⊙ 別後同明月 – 別後는 이별 후. 同明月은 명월을 같이 바라본다. 명월로 연결되는 우정.

⊙ 君應聽子規 – 子規는 杜鵑(두견). 부엉이보다 몸집이 작고 밤에 운다. 思歸鳥. 子歸와 음이 비슷하여 중국인들은 '돌아가야지(不如歸)'의 뜻으로 들린다고 하였다. 四川 땅에는 두견새가 많다고 한다. 우리나라에서는 소쩍새. '솥이 적다(솥쩍)'고 운다 하여 풍년이 들 것이라는 막연한 희망을 갖게 했다.

【詩意】 왕유가 上元 2년(761)에 지었다고 알려졌으니 만년의 작품이다. 시의 심미의식과 예술성이 성숙할 대로 성숙한 작품이다. 송별시이기에 떠나는 사람에 대한 두터운 정과 보살피는 마음이 시구에 넘쳐나고, 蜀의 풍물과 함께 탈세속적 畵意와 시정이 가득한 수작이라 할 수 있다.

# 111. 奉和聖製從蓬萊向興慶閣道中 ～

渭水自縈秦塞曲, 黃山舊繞漢宮斜.
<small>위 수 자 영 진 새 곡　　황 산 구 요 한 궁 사</small>

鑾輿迥出千門柳, 閣道回看上苑花.
<small>난 여 형 출 천 문 류　　각 도 회 간 상 원 화</small>

雲裡帝城雙鳳闕, 雨中春樹萬人家.
<small>운 리 제 성 쌍 봉 궐　　우 중 춘 수 만 인 가</small>

爲乘陽氣行時令, 不是宸遊翫物華.
<small>위 승 양 기 행 시 령　　불 시 신 유 완 물 화</small>


<황제가 蓬萊宮서 興慶宮으로 가는 ～>

渭水는 秦땅을 휘감아 구부러져 흐르고
黃山은 漢宮을 여전히 비스듬히 감쌌다.
御駕는 궐문의 버들을 뒤로하며 나가서
閣道에 올라서 어화원 화초를 돌아본다.
구름에 파묻힌 도성엔 쌍봉황 궁궐들이
雨中에 보이는 봄날의 나무와 백성의 집.
봄철에 때맞춰 권농령 반포하여 시행하니
황제의 행차는 경치를 보는 유람이 아니네.


【註釋】 ⊙ <奉和聖製從蓬萊向興慶閣道中～> - 본 제목은 '奉和聖製從
蓬萊向興慶閣道中留春雨中春望之作應制(황제가 蓬萊宮에서 興慶宮으
로 가는 閣道 도중에 지으신 <留春雨中春望>에 대한 應制의 화답을

424

올리다)'

말하자면 황제의 시에 대한 화답시이다. 奉和는 받들어 올리는 和答. 聖製는 황제가 짓다. 閣道(각도)는 건물과 건물을 연결하는 복도. 應制(응제)는 황제의 명(制)에 대한 응답. 天子의 조서나 명령에 따라 글을 지어 올림. 王公의 명에 의한 글은 應敎라 한다.

⊙ 渭水自縈秦塞曲 – 渭水는 장안 북쪽을 흐르는 황하의 가장 큰 지류. 縈 얽힐 영. 두르다. 秦塞는 秦의 본거지, 關中 땅. 關中은 사방이 요새지로 둘러싸여 있다. 曲은 구부러지다.

⊙ 黃山舊繞漢宮斜 – 黃山은 산 이름. 漢의 궁궐이 그때까지 존속했다는 뜻이 아니다. 繞 두를 요. 둘러싸다. 漢宮은 당의 궁궐. 斜 비낄 사. 비스듬히, 완만하게, 경사가 심하지 않다. 여기 황산은 安徽省의 黃山이 아니다. 안휘성의 황산은 明나라의 旅行家 겸 地理學者인 徐霞客(서하객)이 '五岳歸來不看山, 黃山歸來不看岳'이라고 격찬한 바 있다.

⊙ 鑾輿迥出千門柳 – 鑾輿(난여)는 황제가 타는 수레. 鑾 방울 란. 迥 멀 형. 千門柳는 많은 궁궐 문 옆의 버들.

⊙ 閣道回看上苑花 – 上苑은 上林苑. 상림원은 漢 武帝 때 확장한 사냥 놀이터 겸 별궁.

⊙ 雲裡帝城雙鳳闕 – 帝城은 都城. 雙鳳闕은 지붕에 금봉황을 장식한 궁궐.

⊙ 雨中春樹萬人家 – 雨中에 春樹와 萬人의 家가 보인다.

⊙ 爲乘陽氣行時令 – 陽氣는 봄날, 봄철. 行時令은 시절에 맞는 政令(勸農令)을 내리다.

⊙ 不是宸遊翫物華 – 不是는 ~이 아니다. 宸 대궐 신. 宸遊(신유)는 천자의 놀이. 翫 가지고 놀 완. 物華(물화)는 경치.

【詩意】 이 시는 應制(응제)의 和韻詩로 館閣體(관각체)라고도 한다. 應制란 황제가 지은 시에 신하들이 그 제목으로 시를 지어 화답하는 것이다. 그러다 보니 황제의 공적을 노래하거나 頌德이 주제가 되는데, 初唐과 盛唐 시

절에 자못 유행했다.

 본 시의 首聯에서는 도성의 형세를 묘사하고, 함련과 경련에서는 玄宗이 閣道에서 보고 시에 묘사한 내용에 관한 또 다른 묘사이며, 尾聯은 황제에 대한 칭송, 歌頌이라 할 수 있다. 시는 전체적으로 고아하면서도 화려하고 기세가 당당하다.

# _ 112. 和賈舍人早朝大明宮之作

강 책 계 인 송 효 주　　상 의 방 진 취 운 구
## 絳幘雞人送曉籌, 尙衣方進翠雲裘.

구 천 창 합 개 궁 전　　만 국 의 관 배 면 류
## 九天閶闔開宮殿, 萬國衣冠拜冕旒.

일 색 재 림 선 장 동　　향 연 욕 방 곤 룡 부
## 日色纔臨仙掌動, 香煙欲傍袞龍浮.

조 파 수 재 오 색 조　　패 성 귀 향 봉 지 두
## 朝罷須裁五色詔, 珮聲歸向鳳池頭.


## <賈舍人의 早朝大明宮 시에 和答하다>

붉은 두건의 鷄人이 시간을 알리면

尙衣는 바로 翠雲의 갖옷을 올린다.

九天 하늘과 궁궐의 대문이 열리고

萬國 사절은 황제께 배례를 올린다.

햇빛 비치면 仙人의 손바닥이 돌고

향연 퍼지며 곤룡포 주변에 떠돈다.

조회 끝나면 오색의 조서를 작성하고

패옥 소리가 鳳凰池 쪽으로 돌아간다.


【註釋】⊙ <和賈舍人早朝大明宮之作> - '賈舍人의 早朝大明宮 시에
　　和答하다'

　　和는 다른 사람의 시나 체제를 따라 화답하다. 賈舍人은 賈至(가지),

舍人은 中書省의 속관으로, 詔令의 전달, 작성, 상주하는 글을 작성하는 업무를 담당했다. 大明宮은 당 태종 때 준공한 永安宮을 개칭한 것. 당 고종 이후 황제는 대명궁에 거처하였다.

⊙ 絳幘雞人送曉籌 - 絳 진홍 강. 幘 건 책. 머리에 쓰는 두건. 雞人(계인)은 시간을 알려주는 사람. 曉籌(효주)는 更籌(경주). 시간을 표시하는 대나무 쪽. 시간. 曉 새벽 효. 籌 산가지 주.

⊙ 尙衣方進翠雲裘 - 尙衣는 殿內省 소속의 官名. 황제의 복장을 준비하는 사람. 翠雲裘(취운구)는 푸른 구름무늬가 있는 갖옷. 진귀한 겉옷. 裘 갖옷 구.

⊙ 九天閶闔開宮殿 - 九天閶闔은 하늘의 정문. 閶 천문 창. 闔 문짝 합.

⊙ 萬國衣冠拜冕旒 - 萬國衣冠은 여러 나라에서 온 사신. 冕旒(면류)는 황제의 관. 여기서는 황제. 冕 면류관 면. 旒 깃발 류. 관에 줄 지어 늘인 구슬을 旒라 한다.

⊙ 日色纔臨仙掌動 - 纔 겨우 재(才). 仙掌(선장)은 宮中에 이슬(감로)을 받는다는 承露盤을 들고 있는 신선의 손바닥 조형물.

⊙ 香煙欲傍袞龍浮 - 香煙欲傍은 香煙이 퍼져 나가다. 袞龍浮는 곤룡포 곁을 떠돌다. 袞 곤룡포 곤.

⊙ 朝罷須裁五色詔 - 朝罷(조파)는 罷朝. 須裁(수재)는 꼭 지어야 한다. 五色詔(오색조)는 오색 종이에 쓰는 조서. 여러 가지 조서.

⊙ 珮聲歸向鳳池頭 - 珮 찰 패. 鳳池는 鳳凰池. 中書省을 뜻함. 西晋시대 곤룡지 곁에 중서성 건물이 있었다고 한다. 賈至는 중서성의 속관이었다.

【詩意】肅宗 建元 元年(758)에 賈至는 중서사인, 杜甫는 문하성의 左拾遺, 岑參은 右補闕, 王維는 안록산의 난 때 맡았던 僞職의 혐의를 벗고 太子中允에 임명되었다가 集賢殿 學士가 되었다. 이 4인이 동시에 중서성과 문하성에 근무했다. 賈至가 지은 시 〈早朝大明宮贈兩省僚友〉에 3인(王維, 岑參, 杜甫)이 화답하였다.
1, 2구는 새벽의 풍경이고, 3, 4구는 조회의 모습을 웅장하게 묘사했다.

5, 6구는 해가 뜰 무렵의 궁정 풍경이고, 7, 8구는 중서사인 賈至의 업무를 묘사하였다.

 사실 이러한 唱和시에는 시인의 진실을 담아내기가 어렵다. 상대방이 격식을 차려 점잖게 인사했다면 나도 그와 같이 답례하여야 하는 이치와 똑같다. 다시 말하면 예의상의 왕래일 것이다. 그렇다 하여 富華한 말로 화답할 수만은 없는 것이다. 그런 점에서 王維의 시는 句義가 엄정하면서도 氣格이 심오하다. 그래서 이 시가 우수하고 좋다는 뜻일 것이다. 詩品이 곧 人品이라고 하였다. 시를 읽으면 그 품격과 생각의 淺深(천심)을 알 수 있을 것이다.

## 113. 送邢桂州
<small>송 형 계 주</small>

<small>요 취 훤 경 구　　풍 파 하 동 정</small>
鐃吹喧京口, 風波下洞庭.

<small>자 기 장 적 안　　격 태 부 양 령</small>
赭圻將赤岸, 擊汰復揚舲.

<small>일 락 강 호 백　　조 래 천 지 청</small>
日落江湖白, 潮來天地靑.

<small>명 주 귀 합 포　　응 축 사 신 성</small>
明珠歸合浦, 應逐使臣星.


&lt;邢(형)桂州를 전송하다&gt;

징치고 나팔 불며 京口가 소란타가
풍파에 돛을 올려 洞庭湖로 향한다.
赭圻縣(자기현)과 赤岸山을 지나서
물결을 거슬러 다시 작은 배를 띄운다.
해가 지자 강과 호수가 하얗게 보이고
수면이 높아지니 하늘과 땅이 푸르다.
옛날에 진주가 合浦郡에 돌아왔다니
당연히 使臣星 따르듯 선정을 펴소서.


【註釋】⊙ &lt;送邢桂州&gt; - '邢(형)桂州를 전송하다'
　　桂州의 桂管經略使가 되어 임지로 떠나는 우인을 전송한 시이다. 邢
　　은 성씨, 名은 濟. 桂州(계주)는 지금의 廣西壯族自治區의 동북부에 위치한 桂林市, 湖南省 남부와 접경. '桂林山水甲天下'의 미칭을 누리는 곳.

⊙ 鐃吹喧京口 - 鐃吹는 징 치고 나팔 불고. 鐃 징 뇨. 吹는 피리 등 관악기를 불다. 喧 시끄러울 훤. 京口는 지명. 지금의 江蘇省 鎭江市의 古稱, 군사요지. 北固山이라는 절경이 있다.

⊙ 風波下洞庭 - 下는 강물을 따라가다. 洞庭은 동정호. 경구에서 장강을 따라 상류로 가야 한다. 洞庭湖는 湖南省 소재. 여기가 1차적인 목적지라는 뜻.

⊙ 赭圻將赤岸 - 赭圻(자기)는 지명. 지금의 安徽省 동남부 蕪湖市 관할의 南陵縣, 서쪽에 長江이 흐르다. 赭 붉은 흙 자. 圻 京畿 기. 땅이름 기. 將은 및, ~와(與). 赤岸은 山名. 지금의 江蘇省 南京市 관할의 六合縣. 京口(鎭江市)에서 赤安山(六合縣)을 거쳐 赭圻(南陵縣)를 지나서 온 거리의 2, 3배를 더 상류로 가야 동정호에 이른다. 지도에 있는 순서대로 기록하지는 않았다.

⊙ 擊汰復揚舲 - 擊은 맞서 올라가다. 汰는 水波. 舲 작은 배 령. 창이 있는 작은 배.

⊙ 日落江湖白 - 江湖는 長江과 洞庭湖. 白은 어둠 속에서 허옇게 보인다는 뜻.

⊙ 潮來天地靑 - 潮는 바다의 潮水가 아님. 상류의 장마 등으로 하류에서 수위가 올라가는 것이 潮이다. 潮는 흘러들어가다, 젖다, 축축해지다.

⊙ 明珠歸合浦 - 明珠는 眞珠. 合浦는 지금의 廣西壯族自治區 北海市 관할의 合浦縣. 廣東省과 경계. 大陸의 남단. 漢代부터 죄인이나 그 가족은 지금의 廣東, 廣西省 등 남쪽 지역에 강제로 이사시켰으니 유배지였다. 바다에서 명품 진주가 많이 산출되었다. 합포에 부임하는 지방관이 진주를 강제로 징발하자, 진주가 합포에서 산출되지 않고 남쪽 교지군 등지로 옮겨갔다고 한다. 後漢의 孟嘗(맹상)이 태수로 부임하여 선정을 베풀자 백성과 진주가 다시 돌아왔다고 한다. 합포가 邢桂州의 임지는 아니지만 선정을 베풀라는 뜻이다. 참고로 합포

에서 동남쪽으로 가서 바다를 건너면 海南島(海南省, 면적이 우리나라의 1/3 정도. 人口 700만)이다. 해남도는 前漢 때부터 군현이 설치되었다.

⊙ 應逐使臣星 - 《後漢書 方術傳》의 기록에 의하면 後漢 和帝(재위 88 - 105)는 즉위하면서 지방에 암행 감찰관을 파견하였는데, 그 중 두 사람이 益州에 와서 李郃(이합)이란 사람의 집에 투숙하였다. 이합은 지금 황제가 지방에 사신을 내보냈는데 당신들은 이를 아느냐고 물었다. 두 사람이 아니라면서 어떻게 알았느냐고 묻자, 하늘의 별자리를 보며 지금 使臣星이 益州 分界에 들어왔다고 설명해 주었다. 이 구절은 앞 구에 이어 민정을 잘 살피며 선정을 베풀라는 당부의 뜻이다.

【詩意】 이 시는 唐 肅宗(재위 756 - 762) 때 작품이며, 왕유의 최후 詩作이라고 알려졌다.

우인에게 선정을 당부하는 것은 곧 勸善이다. 地名과 〈楚辭〉 구절이 인용되었지만 '日落江湖白, 潮來天地靑'의 名句로 널리 알려진 작품이다.

# 부 록

# 부 록 1.　唐　政治 年表 (王維 卒年 이전)

| 廟號 | 在位 / 年號 | 정치 일반 | 시인 生死 |
|---|---|---|---|
| 高祖<br>李淵 | 618 - 626<br>武德　618 | 고조 즉위<br>지방 봉기군 평정(621) | |
| 太宗<br>李世民 | 626 - 649<br>貞觀　626 | 玄武門의 變(626), 태종 즉위<br>고구려 원정 실패(645) | |
| 高宗 | 649 - 683<br>永徽 650<br>弘道 683까지<br>총 14개 연호 | 측천무후 황후(655)<br>고구려 멸망(668) | |
| 中宗<br>李顯 | 683 - 684<br>嗣聖　684 | | |
| 睿宗<br>李旦 | 684 - 690<br>文明 684~<br>載初 689까지<br>5개 | 685년부터 측천무후가<br>臨朝 稱制 | |
| 武則天 | 690 - 705<br>天授 690부터<br>神龍 705까지<br>14개 연호 | 측천무후 섭정. 국호 周(690)<br>측천무후 퇴위(705) | 694 邱爲 生<br>698 王昌齡 生<br>699 王維 生?<br>　　 祖詠 生<br>701 李白 生<br>　　 王維 生?<br>704 崔顥 生 |
| 中宗 | 705 - 710<br>景龍 707<br>唐隆 710 | 韋后가 중종을 독살(710) | |
| 睿宗 | 710 - 712<br>景雲,太極,延和 | | 712 杜甫 生 |

| 廟號 | 在位 / 年號 | 정치 일반 | 시인 生死 |
|---|---|---|---|
| 玄宗<br>李隆基 | 712 - 756<br>先天 712<br>開元 713<br>天寶 742 | 張九齡 中書令 임명(734)<br>李林甫 專權(736)<br>安祿山 平盧節度使(742)<br>楊貴妃 책봉(745)<br>安祿山의 난(755) | 740 張九齡 死<br>740 孟浩然 死 |
| 肅宗<br>李亨 | 756 - 762<br>至德 756<br>乾元 758<br>上元 760<br>寶應 762 | 安祿山 長安 점령(756)<br>肅宗 즉위(756)<br>長安 수복(757) | 755 綦毋潛 死<br>756 王昌齡 死<br>761 王維 死<br>762 李白 死 |
| 代宗 | 762 - 779<br>廣德 763<br>永泰 765<br>大曆 766 | 安史의 난 종료(763) | 770 杜甫 死 |

## 부록 2. 王維 生平 및 作品 繫年

| 연호 | 서기 | 왕유 행적 | 作品 繫年 |
|---|---|---|---|
| 長壽 元 | 692년 | 왕유 출생? | |
| 聖曆 2 | 699년 | 왕유 출생? | |
| 長安 元 | 701년 | 왕유 출생? | |
| 玄宗 712 - 756 재위 | | | |
| 先天 元 | 712 | | |
| 開元 1 | 713 | 長安 移居 (15세) | |
| 〃 2 | 714 | | <題友人雲母障子>(15세) |
| 〃 3 | 715 | | <洛陽女兒行> |
| 〃 4 | 716 | | <九月九日憶山東兄弟> |
| 〃 5 | 717 | | <桃源行> |
| 〃 6 | 718 | | <李陵詠> |
| 〃 7 | 719 | 京兆府試 解頭(壯元) | <息夫人> |
| 〃 8 | 720 | | <西施詠>?  <少年行>? |
| 〃 9 | 721 | 進士 급제, 太樂丞 임명, 濟州司倉參軍으로 貶職(폄직) | <早春行>? |
| | | | <被出濟州> <宿鄭州> |
| | | | <早入滎陽界> |
| | | | <濟上四賢詠> |
| 〃 10 | 722 | | <魚山神女祠歌> |
| 〃 11 | 723 | | <喜祖三至留宿> |
| 〃 12 | 724 | | <濟州送祖三> |
| | | | <寒食氾上作> |
| 〃 13 | 725 | | <送綦母潛落第還鄕> |

| | | | |
|---|---|---|---|
| 〃 14 | 726 | 辭官, 長安 귀가 | <送別>? <寓言>? |
| 〃 15 | 727 | 淇上 任官, 곧 棄官 | <淇上田園卽事> |
| 〃 16 | 728 | | |
| 〃 17 | 729 | 長安 洛陽 왕래 | <田家> <書事> <華嶽> |
| 〃 18 | 730 | 수시 隱居 | <雜詩> <歸嵩山作> |
| 〃 19 | 731 | (상세한 行蹟 未詳) | <贈裴十迪> <千塔主人> |
| 〃 20 | 732 | | <終南山>? <終南別業>? |
| 〃 21 | 733 | | <送沈子福歸江東> <br> <早秋山中作> |
| 〃 22 | 734 | 張九齡 中書令. <br> 王維, 장구령에게 獻 <br> 詩. 右拾遺에 임용 | <上張令公> |
| 〃 23 | 735 | 張九齡 封 始興伯 | <獻始興公> |
| 〃 24 | 736 | 張九齡 罷 中書令 | |
| 〃 25 | 737 | 河西節度使 幕府의 <br> 監察御使兼節度判官. <br> 張九齡 荊州長史. | <寄荊州張丞相> <br> <使至塞上> <出塞作> |
| 〃 26 | 738 | | <涼州賽神> |
| 〃 27 | 739 | 在長安, 監察御使 職. | <涼州郊外遊望> <隴西行> <br> <從軍行>? <隴頭吟>? |
| 〃 28 | 740 | 殿中侍御使兼知南選 <br> 에 임용. <br> 張九齡, 孟浩然 死. | <送元二使安西> <br> <哭孟浩然> <漢江臨眺> <br> <曉行巴峽> |
| 〃 29 | 741 | | |
| 天寶 1 | 742 | 左補闕에 임용. <br> 庫部郎中으로 轉任. | <奉寄韋太守陟> <br> <贈從弟司庫員外絿> |
| 〃 2 | 743 | 輞川別墅 구입? | <輞川集> <山中> <br> <淸溪> <山居秋暝> |
| 〃 3 | 744 | | <渭川田家> <春中田園作> |
| 〃 4 | 745 | 侍御使로 轉任 | <春園卽事> <br> <新晴望野> <秋夜獨坐> |
| 〃 5 | 746 | 庫部員外郎에 임용? | <積雨輞川莊作> |

| | | | |
|---|---|---|---|
| 〃 6 | 747 | | |
| 〃 7 | 748 | 庫部郎中으로 승진? | |
| 〃 8 | 749 | | <田園樂> <輞川別業> |
| 〃 9 | 750 | 왕유의 모친상? | <酬諸公見過> |
| 〃 10 | 751 | | <送秘書晁監還日本國> |
| 〃 11 | 752 | 服闋(복결, 탈상)<br>文部郎中 임용 | <輞川閑居贈裴秀才迪><br><春夜竹亭> |
| 〃 12 | 753 | | <早朝> <送陸員外> |
| 〃 13 | 754 | 給事中 임용 | <崔濮陽兄季重前山興> 外 |
| 〃 14 | 755 | 安祿山의 亂(11月) | |
| 肅宗 756 - 762 | | 玄宗 蜀에 피난, 肅宗 즉위(756) | |
| 至德 1 | 756 | 長安 억류 | |
| 〃 2 | 757 | 僞職 혐의 | <歎白髮>? |
| 乾元 1 | 758 | 태자중윤 - 중서사<br>인 - 급사중에 임용 | <冬晚對雪憶胡居士家><br><和賈舍人早朝大明宮之作> |
| 〃 2 | 759 | 尙書右丞 임용 | <凝碧詩> |
| 上元 1 | 760 | | <送楊長史赴果州><br><送梓州李使君> |
| 〃 2 | 761 | 弟 縉 右散騎常侍.<br>왕유 卒(7월)<br>61세?, 63세? | <送邢桂州> |

卷 190(下). 列傳 140, 文苑傳(下). 後晋 劉昫(유후) 撰

【原文】王維, 字摩詰, 太原祁人. 父處廉, 終汾州司馬, 徙家於浦, 遂爲
河東人. 維開元九年進士擢第. 事母崔氏以孝聞. 與弟縉俱有俊才, 博學
多藝亦齊名. 閨門友悌, 多士推之. 歷右拾遺,監察御使,左補闕,庫部郎中.
居母喪, 柴毀骨立, 殆不勝喪. 服闋, 拜吏部郎中. 天寶末, 爲給事中.

【國譯】王維(왕유)의 字는 摩詰(마힐)이며 太原府의 祁縣(기현) 사람
이었다. 부친 處廉(처렴)은 그 관직이 汾州司馬(분주사마)로 끝났는
데, 집이 浦州(포주)로 이사하여 나중에는 河東人이라 하였다. 왕유
는 開元 9년에 進士科에 급제하였다. 모친 崔氏를 봉양하면서 효행
으로 알려졌다. 동생 縉(진)도 역시 준재로 박학하고 재주가 많아 함
께 소문이 났다. 가내에 형제의 우애가 좋아 많은 士人이 그를 칭
송하였다. (왕유는) 右拾遺(우습유), 監察御使(감찰어사), 左補闕(좌보
궐), 庫部郎中(고부낭중)을 역임하였다. 모친상을 치루면서 몸이 매
우 수척해져서 喪事를 거의 마치지 못할 뻔하였다. 탈상하고서 吏部
郎中에 제수되었다. 天寶 말기에 給事中(급사중)이 되었다.

【原文】祿山陷兩都, 玄宗出幸, 維扈從不及, 爲賊所得. 維服藥取痢, 僞
稱瘖病. 祿山素憐之, 遣人迎置洛陽, 拘於普施寺, 迫以僞署. 祿山宴其
徒於凝碧宮, 其樂工皆梨園弟子, 敎坊工人. 維聞之悲惻, 潛爲詩曰, ‘萬
戶傷心生野煙, 百官何日再朝天. 秋槐花落空宮裏, 凝碧池頭奏管弦.’

賊平, 陷賊官三等定罪. 維以<凝碧詩>聞於行在, 肅宗嘉之. 會緒請削
己刑部侍郎以贖兄罪, 特宥之, 責授太子中允. 建元中, 遷太子中庶子,中
庶舍人,復拜給事中, 轉尙書右丞.

【國譯】安祿山(안록산)이 兩都(長安, 洛陽)를 함락시키자 玄宗은 出
幸했는데 왕유는 호종하지 못해 賊徒(적도)에게 잡혔다. 왕유는 약을
먹고 설사를 하면서 벙어리가 되었다고 거짓말을 하였다. 안록산은
왕유를 평소에 흠모하였기에 사람을 보내 낙양으로 데려다가 普施寺
(보시사)에 가두고 협박하여 관직을 받게 했다. 안록산이 그 무리들
과 凝碧宮(응벽궁)에서 잔치를 벌였는데 그 악공들은 모두 梨園(이
원) 弟子와 敎坊(교방)의 악사들이었다. 왕유는 그 사연을 전해 듣고
슬퍼하면서 몰래 시를 지었다.

> 천하가 상심하고 들 불 연기 피는데
> 백관은 언제 쯤 천자를 다시 뵈려나?
> 가을 홰나무 꽃이 빈 대궐에 지는데
> 궁궐 응벽지에서는 풍악을 연주한다.

반란이 평정되자 (왕유는) 반적의 관직을 받았다고 3등급 죄로 판
정되었다. 왕유의 <凝碧詩>가 (숙종의) 行在所에 알려졌기에 肅宗은
왕유를 가상하다고 생각했다. 마침 동생 王緒(왕진)도 자신의 刑部侍
郎의 직급을 삭감하여 형의 죄를 속죄케 해달라고 주청하여 특별히
사면을 받으면서 직급을 낮춰 太子中允을 제수하였다. (숙종) 建元
연간에 太子中庶子, 中庶舍人(중서사인)으로 승진했다가 다시 給事中
에 임명되었고 尙書右丞으로 전직되었다.

【原文】維以詩名盛於開元天寶間, 昆仲宦游兩都, 凡諸王駙馬豪右貴勢
之門, 無不拂席迎之, 寧王,薛王待之如師友. 維又長五言詩. 書畫特臻其
妙, 筆踪措思, 參於造化, 而創意經圖, 卽有所缺, 如山水平遠, 雲峰石色,

絶迹天機, 非繪者之所及也. 人有得<奏樂圖>, 不知其名, <u>維</u>視之曰, "<霓裳>第三疊一拍也." 好事者集樂工按之, 一無差, 咸服其精思.

【國譯】 왕유는 開元과 天寶 연간에 시로써 이름이 났는데 형제가 모두 兩都에서 관직에 있으면서 여러 王이나 駙馬(부마), 대권세가의 집안에 출입하였는데 자리를 마련해놓고 기다리지 않는 사람이 없었으며 寧王(영왕. 李憲, 예종의 장남, 玄宗 李隆基는 예종의 三男)과 薛王(설왕, 현종의 아우)은 왕유를 마치 師友처럼 대우하였다. 왕유는 五言詩에 뛰어났다. 書畵에서도 신묘한 경지에 이르러 그 필적의 배치가 조화를 이루었으며, 畵意와 構圖가 이전과 달랐는데 결함이 있는 것 같지만 山水가 平遠하며 雲峰과 石色이 조화의 극에 달해 그림을 그리는 다른 사람들이 따라가지 못할 정도였다. 어떤 사람이 <奏樂圖>를 얻었지만 그 題材를 알지 못했는데 왕유가 상세히 보고서는 "<霓裳羽衣曲>의 제 三疊一拍(삼첩일박)을 연주하는 것이다."라고 말했다. 好事者가 樂工들을 불러 맞춰보니 하나도 틀리지 않아 왕유의 정밀한 사려에 모두 탄복하였다.

【原文】<u>維</u>兄弟俱奉佛, 居常蔬食, 不茹葷血, 晩年長齋, 不衣文綵. 得<u>宋之問</u>藍田別墅, 在<u>輞口</u>, <u>輞水</u>周於舍下, 別漲竹洲花塢, 與道友<u>裴迪</u>浮舟往來, 彈琴賦詩, 嘯咏終日. 嘗聚其田園所爲詩, 號≪輞川集≫. 在京師日飯十數名僧, 以玄談爲樂. 齋中無所有, 唯茶鐺,藥臼,經案, 繩床而已. 退朝之後, 焚香獨坐, 以禪誦爲事. 妻亡不再娶, 三十年孤居一室, 屏絶塵累. <u>建元</u>二年七月卒. 臨終之際, 以<u>縉</u>在<u>鳳翔</u>, 忽索筆作別<u>縉</u>書, 又與平生親故作別書數幅, 多敦厲朋友奉佛修心之旨, 捨筆而絶.

【國譯】 왕유의 형제는 모두 불법을 신봉하여 평시에 늘 채식을 하면서 매운 음식이나 육류를 먹지 않았으며 만년에도 長齋(장재, 채

식)하며 무늬 있는 비단옷을 입지 않았다. 輞口(망구, 망천 입구)에 있는 宋之問(송지문)의 藍田(남전)별장을 사들였는데 輞水가 집 주변에 흐르고, 특별히 무성한 대나무 숲과 꽃핀 언덕에서 道友인 裴迪(배적)과 배를 타고 왕래하면서 彈琴(탄금)하거나 詩를 지으며 종일토록 노래하였다. 일찍이 그 전원을 읊은 시를 모아 ≪輞川集≫이라 하였다. 장안에 머물면서 가끔 하루에도 십여 명의 名僧에게 식사를 제공하고 玄談을 하면서 즐겼다. 집안에 특별히 가진 것이 없었으니 차를 끓이는 솥과 약 절구, 책상과 繩床(승상, 노끈을 얽어 만든 의자)뿐이었다. 조정에서 퇴근하면 향을 피우고 혼자 앉아 참선과 독경을 하며 지냈다. 왕유는 일찍 喪妻하였지만 후처를 맞이하지 않고 홀로 30년을 지내며 속세의 티끌을 버리고 살았다. 建元 二年(上元 2년의 착오가 확실함, 761년) 7月에 죽었다. 임종 무렵에 왕진은 鳳翔(봉상, 지금의 陝西省 서부 寶鷄市 부근)에 근무하고 있었는데, 서둘러 붓을 잡고 왕진과 작별하는 글을 지었고, 또 평생을 알고 지낸 친우와 작별하는 글 몇 편을 썼는데 대부분이 벗에게 부처를 받들고 마음을 수양하라는 뜻이었으며, 붓을 놓으면서 절명하였다.

【原文】 代宗時縉爲宰相, 代宗好文, 嘗謂縉曰, "卿之伯氏天寶中詩名冠代, 朕嘗於諸王座聞其樂章, 今有多少文集, 卿可進來." 縉曰, "臣兄開元中詩百千餘篇, 天寶事後, 十不存一. 比於中外親故間相與編綴, 都得四百餘篇." 翌日上之. 帝優詔襃賞. 縉自有傳.

【國譯】 代宗(재위 762 - 779) 때 왕진은 재상이었는데 代宗은 시문을 좋아했기에 한번은 왕진에게 말했다. "卿의 伯氏가 天寶 연간에 詩名이 으뜸이었고, 짐도 여러 왕들로부터 그 시문에 대한 말을 들었으니 지금 얼마라도 문집이 있다면 경이 가져오도록 하라." 이에 왕진이 말했다. "臣의 형은 開元 연간에 수백에서 1천여 편의 시가 있

었으나 天寶 사태(안록산의 난) 이후에 그 10분의 1도 남지 않았습니다. 요즈음에 안팎의 여러 친우간에 물어 찾아 수집하여 모두 4백여 수를 편집하였습니다." (왕진이) 다음날 문집을 바쳤다. 이에 대종은 후한 은택의 조서를 내려 포상하였다. 왕진은 별도로 立傳하였다.

**≪新唐書 王維傳≫**

卷 202, 列傳 第127 〈文藝傳〉(中). 宋 歐陽修, 宋祁 外 撰

【原文】王維, 字摩詰. 九歲知屬辭, 與弟縉齊名, 資孝友. 開元初, 擢進士, 調太樂丞, 坐累爲濟州司倉參軍. 張九齡執政, 擢右拾遺. 歷監察御史. 母喪, 毀幾不生. 服除, 累遷給事中.

【國譯】王維(왕유)의 字는 摩詰(마힐)이다. 9세에 글을 지을 줄 알았는데 동생 縉(진)도 이름이 났으며 천성이 효성스러웠고 우애가 좋았다. 開元 초에 進士科에 급제하여 太樂丞(태악승)에 임명되었으나 죄를 지어 濟州司倉參軍이 되었다. 張九齡(장구령)이 집정하며 (왕유를) 右拾遺(우습유)로 발탁하였다. 監察御史를 역임하였다. 모친상을 당해 애통하여 거의 죽을 지경이었다. 탈상하고 여러 관직을 거쳐 給事中이 되었다.

【原文】安祿山反, 玄宗西狩, 維爲賊得, 以藥下利, 陽喑. 祿山素知其才, 迎置洛陽, 迫爲給事中. 祿山大宴凝碧池, 悉召梨園諸工合樂, 諸工皆泣, 維聞悲甚, 賦詩悼痛. 賊平, 皆下獄. 或以詩聞行在. 時縉位已顯, 請削官贖維罪, 肅宗亦自憐之, 下遷太子中允. 久之, 遷中庶子, 三遷尙書右丞.

【國譯】安祿山(안록산)이 반역하자, 玄宗은 서쪽으로 피난했고 왕유는 반적에게 잡혔는데 (왕유는) 약을 먹고 설사하며(下利는 下痢) 벙어리인 척 하였다. 안록산은 평소에 왕유의 재능을 알고 있어 낙양으로 데려가 給事中을 맡으라고 협박하였다. 안록산이 凝碧池(응벽

지)에서 梨園의 여러 악공을 모두 불러 함께 연주케 하자 여러 악공이 모두 울었는데 왕유는 이를 듣고 심히 비통해 하며 시를 지어 애도하였다. 적도는 평정되고 모두 하옥되었다. 어떤 사람이 (왕유의) 시를 (숙종의) 행재소에 보고하였다. 그때 왕진은 지위가 높았는데 자신의 관직을 삭감하여 왕유의 죄를 속죄하려 주청했고 肅宗도 왕유를 불쌍타 생각하여 太子中允으로 강등시켰다. 얼마 뒤에 (태자) 中庶子로 옮겼다가 세 번 자리를 옮겨 尙書右丞이 되었다.

【原文】 縉爲蜀州刺史未還, 維自表 '己有五短, 縉五長, 臣在省戶, 縉遠方, 願歸所任官, 放田裏, 使縉得還京師.' 議者不之罪. 久乃召縉爲左散騎常侍. 上元初卒, 年六十一. 疾甚, 縉在鳳翔, 作書與別, 又遺親故書數幅, 停筆而化. 贈秘書監.

【國譯】 蜀州刺史(촉주자사)인 왕진이 돌아오기 전에 왕유는 '저에게는 다섯 가지 단점이 있으나 아우 縉(진)에게는 다섯 가지 장점이 있는데 臣은 집을 지키지만 아우는 먼 곳에 있으니 저의 담당 관직을 사임하고 집에 있더라도 왕진을 장안으로 돌아올 수 있게 해 주십시오.'라고 상서하였다. 이를 심의한 사람들은 왕유를 비난하지 않았다. 얼마 뒤에 왕진을 경사로 불러 左散騎常侍에 임명하였다. (왕유는) 上元 초년에 죽었는데 나이 61세였다. (왕유가) 병이 위독했을 때 왕진은 鳳翔(봉상)에 근무하고 있었는데 편지를 남겨 왕진과 작별하였고, 친우들에게 편지 여러 편을 쓴 뒤 붓을 멈추고 세상을 떴다. 秘書監을 추증하였다.

【原文】 維工草隸, 善畫, 名盛於開元·天寶間, 豪英貴人虛左以迎, 寧·薛諸王待若師友. 畫思入神, 至山水準遠, 雲勢石色, 繪工以爲天機所到,

學者不及也. 客有以<按樂圖>示者, 無題識, 維徐曰, '此<霓裳>第三疊
最初拍也.' 客未然, 引工按曲, 乃信.

【國譯】 왕유는 草書와 隸書를 잘 썼으며 그림도 잘 그려 開元과 天
寶 연간에 명성이 나서 권세가나 貴人들이 상석을 비워두고 맞이하
였으며 寧王(영왕, 玄宗의 형)과 薛王(설왕, 현종의 아우) 등 여러 왕
이 왕유를 師友로 대우하였다. (왕유) 그림은 입신의 경지에 들었으
니 그 山水畵는 意境이 원대하였으며 구름과 암석을 그리면 繪工(畵
工)들이 天機에 도달하였다고 생각하였으며 배우려는 자들이 따라가
질 못했다. 문객 중에 <按樂圖>를 갖고 와 보여주었으나 제목을 알
수 없었는데 왕유가 천천히 말했다. "이는 <霓裳(예상)>의 제3첩의
첫 拍(박)이다." 문객이 믿을 수 없어 악공을 불러 곡을 맞춰보고서
야 왕유의 말을 믿었다.


【原文】 兄弟皆篤志奉佛, 食不葷, 衣不文彩. 別墅在輞川, 地奇勝, 有華
子岡,欹湖,竹里館,柳浪,茱萸沜,辛夷塢, 與裴迪遊其中, 賦詩相酬爲樂. 喪
妻不娶, 孤居三十年. 母亡, 表輞川第爲寺, 終葬其西.

【國譯】 (왕유, 왕진) 형제가 모두 독실하게 불법을 받들어 맵지 않
은 음식만 먹고 무늬 있는 채색 옷을 입지 않았다. 輞川(망천)에 별
장이 있었는데 경치가 뛰어난 곳으로 華子岡(화자강), 欹湖(의호), 竹
里館(죽리관), 柳浪(유랑), 茱萸沜(수유반), 辛夷塢(신이오) 등이 있어
(왕유는) 裴迪(배적)과 함께 거기서 놀며 시를 주고받는 것을 재미로
삼았다. (왕유는) 喪妻하였으나 재취하지 않고 홀로 30년을 지냈다.
모친이 죽자 망천의 집을 절로 만들겠다는 상주하였고 나중에 그 서
쪽에 장례하였다.

【原文】寶應中, <u>代宗語縉</u>曰, "朕嘗於諸王座聞<u>維</u>樂章, 今傳幾何?" 遣中人<u>王承華</u>往取, <u>縉</u>哀集數十百篇上之.

【國譯】寶應(보응, 숙종의 마지막 연호, 762년, 代宗이 즉위한 해) 연간에 代宗이 왕진에게 말했다. "짐은 전부터 여러 왕으로부터 왕유의 시문에 대한 말을 들었는데 지금 얼마나 전해오는가?" 그리고 환관 王承華(왕승화)를 보내 시문집을 가져오게 하였고, 왕진은 수백 편을 모아 편집하여 바쳤다.

# 부 록 5. <sup>산 중 여 배 수 재 적 서</sup> <山中與裴秀才迪書>

**【原文】** 近臘月下, 景氣和暢, 故山殊可過. 足下方溫經, 猥不敢相煩. 輒便往山中, 憩感配寺, 與山僧飯訖而去. 比(北)涉玄灞, 淸月映郭. 夜登華子岡, 輞水淪漣, 與月上下. 寒山遠火, 明滅林外. 深巷寒犬, 吠聲如豹. 村墟夜舂, 複與疏鍾相間. 此時獨坐, 僮僕靜默, 多思曩昔, 攜手賦詩, 步仄逕, 臨淸流也.

當待春中, 草木蔓發, 春山可望, 輕鯈出水, 白鷗矯翼, 露濕青皋, 麥隴朝雊. 斯之不遠, 儻能從我遊乎? 非子天機淸妙者, 豈能以此不急之務相邀? 然是中有深趣矣, 無忽! 因馱黃蘗人往, 不一. 山中人王維白.

(≪王右丞集箋注≫에서 轉載)

### <산중에서 수재 배적에게 보내는 글>

요즈음 臘月(납월) 하순이 가깝지만 일기가 화창하여 특히나 산에 갈만하다오. 足下께서는 한창 경서를 복습해야 하기에 함부로 번잡하게 할 수 없을 것 같소. 저번에 혼자 남산에 들어가 感配寺(感化寺)에서 쉬었다가 山僧과 식사를 하고 돌아왔소. 북으로 玄灞川(현패천)을 건너자 명월이 먼 곳까지 밝게 비쳤다오. 밤에 華子岡(화자강)에 올라서자 輞水(망수)에 잔물결이 일고 달과 함께 올랐다가 내려왔지요. 낙엽진 산 멀리서 불빛이 수풀 너머로 명멸하였소. 마을 안쪽에서 개가 가끔 짖는데 그 소리가 마치 승냥이 울음과 같았다오.

농촌 마을이라서 밤에 찧는 방아소리가 가끔 들리는 종소리와 섞여 들려오지요. 이런 밤에 홀로 가만히 앉았으면, 하인 아이도 말이 없어 이런저런 생각 끝에 지난날 같이 손을 잡고 시를 읊으며 산 비탈 길을 걷고 맑은 물가에 앉았던 일을 떠올렸소.

그때는 봄날이라서 草木이 자라고 꽃을 피워 春山이 볼만했고, 날쌘 피라미가 물에서 뛰며, 白鷗가 높이 날고, 甘露가 푸른 언덕을 흠뻑 적셨으며, 보리밭 언덕에 장끼가 날아올랐었지요. 여기가 멀지 않으니 혹시 나와 같이 노닐 수 있겠소? 그대처럼 천성이 맑고 뛰어난 사람이 아니라면 어찌 이처럼 긴한 일도 아닌데 서로 오라며 기다리겠소? 하여튼 이런 것도 좋은 재미가 아니겠소! 잊지 마시길! 黃蘗(황벽)을 나르는 사람이 하산한다기에 글을 보내며 이만 간단히 줄이겠소. 山中人 王維 白.

【註釋】⊙ <山中與裵秀才迪書> - '산중에서 수재 배적에게 보내는 글'
⊙ 臘月(납월) - 섣달. 12월.
⊙ 景氣 - 날씨.
⊙ 足下方溫經 - 足下는 상대방에 대한 경칭. 方溫經은 한참 經書를 溫習(復習)하다. 考試에 대비하다.
⊙ 感配寺 - 종남산에 있는 감화사의 오기. 왕유의 <遊感化寺> 詩가 있다.
⊙ 玄灞(현패) - 藍田縣 동쪽을 흐르는 水名.
⊙ 華子岡(화자강) - 망천별서의 경치 좋은 야트막한 언덕.
⊙ 輞水(망수) - 輞川.
⊙ 淪漣(윤련) - 잔물결이 일다. 漣漪(연의). 淪 잔물결 일 륜(윤). 漣 잔물결 련(연).
⊙ 村墟(촌허) - 시골 마을.
⊙ 夜舂(야용) - 밤에 방아를 찧다.

⊙ 曩昔(낭석) - 예전에, 지난날, 접때.

⊙ 步仄逕(보측경) - 비탈길을 걷다. 仄 기울 측. 逕 좁은 길 경.

⊙ 輕儵(경조) - 날쌘 白魚. 재빠른 銀魚. 儵 피라미 조.

⊙ 白鷗矯翼 - 矯翼(교익)은 날개를 치다. 展翅(전시).

⊙ 麥隴(맥농) - 언덕의 보리밭.

⊙ 朝雊(조구) - 雊(장끼, 雄雉也)가 날아오르다. 朝는 향하다, 모여들다.

⊙ 儻(당) - 혹시(儻), 만일(儻若), 갑자기.

⊙ 天機 - 天資. 천성.

⊙ 無忽 - 무심히 넘겨버리다. 忽視하지 말라.

⊙ 駄黃蘗(태황벽) - 駄 실을 태. 짐 타. 黃蘗(황벽)은 나무 이름. 낙엽교목, 노란 물감의 원료이며 약재로 쓰임. 黃柏이라고도 한다. 駄黃蘗을 '負藥材者'(약을 팔러 다니는 사람)라는 주석도 있다. 蘗 황경나무 벽.

⊙ 不一 - 不一一詳述也의 축약. 서찰의 結尾에 많이 쓰임. 不一一, 不具, 不次도 同一.

# 부 록 6. <與魏居士書>

<small>여 위 거 사 서</small>

【原文】足下太師之後, 世有明德, 宜其四代五公, 克復舊業. 而伯仲諸昆, 頃或早世, 唯有壽光, 復遭播越. 幼生弱侄, 藐然諸孤, 布衣徒步, 降在皁隸. 足下不忍其親, 杖策入關, 降志屈體, 托於所知. 身不衣帛, 而於六親孝慈, 終日一飯, 而以百口爲累. 攻苦食淡, 流汗霢霂, 爲之驅馳. 僕見足下裂裳毁冕, 二十餘年, 山棲谷飮, 高居深視, 造次不違於仁, 擧止必由於道. 高世之德, 欲蓋而彰.


## <魏거사에게 보내는 글>

足下께서는 太師의 후손으로 여러 대에 걸쳐 큰 덕을 쌓았기에 응당 四代五公의 명문가로서 조상의 업적을 이어가야 할 것이나 위아래 여러 형제들은 근간에 일찍 죽었고 오직 壽光(수광)만이 관직에 있으나 여러 번 전근을 다녔습니다. 어린 자식이나 조카와 먼 친족들은 평민이나 병졸 아니면 천민이 되기도 했습니다. 족하께서는 그런 친척을 그냥 두고 볼 수 없어 방책을 가지고 關中 땅에 들어와 뜻과 몸을 낮추고 지인에게 부탁하려 했습니다. 그러나 관직에 나아가지 않고 육친에게 효도하면서 하루를 한 끼로 때웠지만 많은 식구 때문에 어렵기만 합니다. 고생을 참고 간단히 끼니를 때우며 땀을 비 오듯 흘리면서 이리저리 뛰어다녀야 했습니다. 제가 볼 때, 족하께서 관직에 나아가려 하지 않은 것이 벌써 20여년에 산속에서 골짜기 물을 마시며 마음 편히 심사숙고하면서 짧은 시간이라도 仁義를 버리지 않았고, 모든 행실이 도덕에 맞게 살아왔습니다. 세상을 뛰어넘는 큰 덕행을 감추려 하지만 더욱 드러날 뿐입니다.


【註釋】⊙ <與魏居士書> - '魏居士에게 보내는 글'

왕유가 위거사에게 산림에서 나와 조정에 출사할 것을 권유하는 편지글이다. 魏居士는 인명 미상. 거사는 재가 수행하는 불교도. 당의 開國功臣 魏徵(위징, 字 玄成. 580-643)의 후손. 위징은 태종에게 직간을 많이 했고 鄭國公에 봉해졌으며 시호는 文貞이다. 태종은 貞觀 18년(644)에 고구려 원정에 실패한 뒤 '위징이 살아있었더라면 나의 이 원정을 말렸을 것이다'라고 말했다. 위거사의 덕행과 지조가 고결해서 조정에서는 그에게 右史의 관직을 제수하려 했으나 위거사가 사양하였기에 왕유가 이 편지를 보냈다. 이 편지를 왕유가 자원하여 썼는지, 아니면 황제의 명에 의한 것인지는 알려지지 않았다. 중요한 것은 이 편지를 통해 왕유의 인생관이나 처세관, 또 불교관을 미루어 짐작할 수 있는데, 왕유의 평생 지조와 이 편지글의 뜻이 상당히 다르다는 점이다.

⊙ 足下太師之後 - 足下는 상대방에 대한 경칭. 위징은 太子의 太師이며 문하시중을 겸했다.

⊙ 宜其四代五公 - 응당 4世에 걸쳐 5公(재상)을 배출해야 한다. 가문이 번성했어야 했다.

⊙ 克復舊業 - 조상의 위업을 회복해야 한다.

⊙ 伯仲諸昆 - 여러 형제들.

⊙ 頃或早世 - 頃은 근래. 早世는 일찍 죽다.

⊙ 唯有壽光 - 壽光은 인명. 위거사의 형제 중 하나.

⊙ 復遭播越 - 播越은 여러 곳을 떠돌아다니다.

⊙ 弱侄 - 어린 조카(弱姪).

⊙ 藐然諸孤 - 藐然(막연, 邈然)은 멀어서 미치지 못함.

⊙ 布衣徒步 - 평민, 걸어 다니는 사람, 병졸.

⊙ 降在皁隸 - 皁隸(조예)는 賤官, 하인. 皁 하인 조. 皀는 속자.

⊙ 降志屈體 - 목표를 이루기 위하여 자신의 뜻과 몸을 낮추다.

⊙ 身不衣帛 - 비단옷을 입지 않다, 관직에 나아가지 않다.

⊙ 六親孝慈 - 六親은 모든 친족.

⊙ 終日一飯 - 하루를 한 끼로 견디다.

⊙ 攻苦食淡 - 고생을 견디며 맛없는 식사를 하다.

⊙ 流汗霡霂 - 땀을 비 오듯 흘리다. 霡霂(맥목)은 가랑비.

⊙ 爲之驅馳 - 다른 사람을 위해 이리저리 뛰어다니다.

⊙ 僕見足下裂裳毁冕 - 僕은 자신을 낮추는 말, 겸사. 裂裳毁冕은 옷을 찢어버리고 관모를 부수다. 출사할 생각이 없다.

⊙ 山棲谷飮 - 산속에 살며 골짜기 물을 마시다. 은거하다.

⊙ 造次不違於仁 - 造次는 별안간, 짧은 순간.

⊙ 擧止必由於道 - 擧止는 행동거지.

⊙ 欲蓋而彰 - 덮으려 해도 더욱더 드러나다.


【原文】 又屬聖主搜揚仄陋, 束帛加璧, 被於岩穴, 相國急賢, 以副旁求, 朝聞夕拜. 片善一能, 垂章拖組, 況足下崇德茂緖, 淸節冠世, 風高於黔婁善卷, 行獨於石門荷蓧. 朝廷所以超拜右史, 思其入踐赤墀, 執牘珥筆, 羽儀當朝, 爲天子文明. 且又祿及其室養, 昆弟免於負薪, 樵蘇晩爨, 柴門閉於積雪, 藜床穿而未起. 若有稱職, 上有致君之盛, 下有厚俗之化, 亦何顧影跼步, 行歌採薇? 是懷寶迷邦, 愛身賤物也.

豈謂足下利鍾釜之祿, 榮數尺之綬? 雖方丈盈前, 而蔬食菜羹, 雖高門甲第, 而畢竟空寂. 人莫不相愛, 而觀身如聚沫, 人莫不自厚, 而視財若浮雲. 於足下實何有哉?

그리고 요즈음 聖主께서 숨은 인재를 찾아 등용하시려 산속에 있는 은자에게 많은 예물을 베푸시며, 재상도 현인을 널리 서둘러 찾아 아침에 소문을 들으면 저녁에 찾아가고 있습니다. 작은 선행이나 미미한 능력만 있어도 관리가 되는데 하물며 足下께서는 훌륭한 덕행에 淸節이 출중하며, 風敎는 黔婁(검루)나 善卷(선권)보다 뛰어나고, 품행은 石門의 은자나 농부처럼 확고하였습니다. 그러하기에 조정에서는 등급을 넘어 右史를 제수하려 했으니 大殿에 올라 붓을 잡은 諫官이 되어 조정을 보좌하고 천자를 도와 문명세상을 이룩할 수 있을 것입니다. 게다가 녹봉으로 처자를 먹여 살릴 수 있고 형제들은 나무 지게를 지지 않아도 되며 나무를 해다가 저녁을 짓는 곤궁한 생활이나 큰눈이 내려 사립문도 열지 않거나, 명아주 의자가 부서져 일어나지도 못하는 곤궁한 생활을 면할 수 있을 것입니다. 만약 성격에 맞는 직책을 받아 위로는 주군을 도와 盛世를 이룩하고, 아래로는 백성 교화를 돈독히 이룰 수 있을 터인데, 어찌 그림자를 뒤돌아보며 느릿느릿 걸으면서 고사리나 꺾어먹고 살려고 하십니까? 이는 재능이 뛰어난 사람이 등용되지 않는 것이며, 자신만을 아껴 外物을 무시하는 것입니다.

물론 많은 녹봉에 따른 이득이나 높은 관직만이 어찌 족하의 영광이겠습니까? 눈앞에 산해진미가 있는데도 나물밥이나 국을 먹어도, 또 큰 대문에 대저택이라도 끝에는 모두 空寂이 될 것입니다. 자신을 아끼지 않는 사람이 없지만 육신을 보기를 물거품이 모인 것으로 보고, 사람마다 자신의 이득을 챙기지 않는 사람이 없지만 재물이란 뜬구름과 같은 것입니다. 그러니 족하에게 무엇이 남겠습니까?

【註釋】⊙ 又屬聖主搜揚仄陋 - 又 또 우. 屬(이을 촉)은 요즈음. 불러 모으다. 聖主는 肅宗. 搜揚(수양)은 찾아내다. 仄陋(측루)는 지위가 낮

은 사람, 은자.

⊙ 束帛加璧 - 비단에 璧玉을 더하다. 아주 귀중한 예물.

⊙ 被於岩穴 - 岩穴은 山岩과 洞穴. 은사가 거주하는 곳.

⊙ 相國急賢 - 相國은 재상. 急賢은 賢才를 찾으려 서두르다. 急은 서두르다.

⊙ 以副旁求 - 副는 돕다. 旁求는 널리 구하다. 旁 두루 방.

⊙ 片善一能 - 매우 작은 선행이나 겨우 한 가지 능력.

⊙ 垂章拖組 - 관리 노릇을 하다. 垂 드리울 수. 章은 印章, 직인. 拖組 (타조)는 인끈을 늘어뜨리다. 拖 끌 타.

⊙ 崇德茂緒 - 茂緒는 훌륭하다.

⊙ 清節冠世 - 冠世는 出衆한 者. 세상에 으뜸이다.

⊙ 風高於黔婁善卷 - 風은 風教, 가르침. 黔婁(검루)는 齊의 은사. 청빈한 일생을 살았다. 清貧의 상징. 善卷은 堯와 舜 시절의 은사.

⊙ 行獨於石門荷蓧 - 行은 행실. 獨은 獨行. 지조를 지켜 세속에 흔들리지 않음. 石門는 성문을 지키는 문지기. 석문은 본래 魯의 도성 외문. 荷蓧(하조)는 삼태기를 멘 사람. 농기구를 어깨에 멘 사람. 荷 멜 하. 농부, 은자. 蓧 삼태기 조.

⊙ 超拜右史 - 超拜는 관례를 뛰어 右史를 제수하다. 右史는 唐代의 관직명. 황제의 언행을 기록하는 起居舍人. 史官, 從6品官.

⊙ 思其入踐赤墀 - 赤墀(적지)는 어전 계단 위에 붉은 흙을 깐 작은 땅. 墀 계단 위의 공지 지.

⊙ 執牘珥筆 - 書簡을 들고 있는 諫官. 執牘은 執簡. 珥筆은 귀에 붓을 꽂다. 언제든지 글을 쓸 수 있도록 준비한 것. 珥 귀걸이 이.

⊙ 羽儀當朝 - 羽儀(우의)는 돕다, 輔翼.

⊙ 且又祿及其室養 - 室養은 식구를 먹여 살리다.

⊙ 昆弟免於負薪 - 負薪은 나무 지게를 지다.

⊙ 樵蘇晚爨 - 나무나 풀을 베어다가 저녁밥을 짓다. 빈궁한 생활. 樵 나무를 할 초. 蘇 풀 소. 晚 저녁 만. 爨 불 땔 찬. 밥을 짓다.

⊙ 柴門閉於積雪 - 눈이 많이 온 날 사립문도 열지 않다. 다른 사람의

도움을 바라지 않다. 後漢 袁安(원안)의 故事.

⊙ 藜床穿而未起 - 藜床(여상)은 명아주를 엮어 만든 간이의자. 穿은 구멍이 나다. 未起는 일어나지 못하다.

⊙ 若有稱職 -稱職(칭직)은 성격이나 능력에 맞는 직책.

⊙ 致君 - 군주를 보좌하여 그 뜻을 성취하게 하다.

⊙ 顧影踽步 - 顧影은 자신의 그림자를 보다. 앞으로 나아가려 하지 않음. 踽步는 느릿느릿 걷다. 踽 구부릴 국.

⊙ 行歌採薇 - 採薇는 伯夷와 叔齊가 고사리를 꺾어먹다. 은둔생활을 하다. 薇 고사리 미. 고비.

⊙ 懷寶迷邦 - 보배를 안고 나라를 찾아 헤매다. 才德이 있으나 쓰이지 못하다.

⊙ 豈謂足下利鍾釜之祿 - 鍾과 釜(고대의 계량단위)의 국록. 녹봉.

⊙ 榮數尺之綬 - 榮은 영광으로 생각하다. 綬는 印綬(인수).

⊙ 方丈盈前 - 사방 1丈이나 되는 큰 음식상에 산해진미가 가득하다.

⊙ 蔬食菜羹 - 蔬食(소식)은 나물밥. 菜羹(채갱)은 나물국.

⊙ 高門甲第 - 큰 대문의 대저택.

⊙ 畢竟空寂 - 필경엔 모두가 空이 된다. 空은 아무 형체가 없는 것. 寂은 生死나 動靜이 없는 것.

⊙ 觀身如聚沫 - 聚沫은 물거품이 모이고 사라지다.


【原文】聖人知身不足有也. 故曰欲潔其身而亂大倫, 知名無所著也. 故曰欲使如來名聲普聞, 故離身而返屈其身, 知名空而返不避其名也.

古之高者曰, 許由, 挂瓢於樹, 風吹瓢, 惡而去之. 聞堯讓, 臨水而洗其耳. 耳非駐聲之地, 聲無染耳之跡, 惡外者垢內, 病物者自我. 此尙不能至於曠士, 豈入道者之門歟?


聖人(如來)은 육신을 늘 보유할 수 없다는 것을 잘 알고 있었습니다. 그래서 (저는 여래처럼) 육신을 깨끗이 하려 한다면 인륜을 따를 수 없으며, (속세의) 명성이란 것도 믿을 수 없음을 알고 있습니다. 그리고 여래의 명성을 널리 알리고자 하나 육신이 괴로운 것이며, 몸을 아껴 은거하려 하였으나 이제는 관직에 들어섰으며, 명성이란 믿을 수 없다는 것을 알면서도 명성을 피하려 하지 않았습니다.

옛날의 은자 許由(허유)는 나무에 걸어놓은 바가지가 바람에 흔들리자 그 소리가 싫어 바가지마저 버렸습니다. 堯帝가 선양하겠다는 말을 듣고서는 물가에 가서 귀를 씻었습니다. 본래 귀에는 소리가 남아있지 않고 소리가 귀를 오염시키지도 않지만, 외물이 내심을 오염시키는 것을 싫어한 것이며, 外物을 병이라 생각했지만 본래 병은 마음에 있는 것입니다. 이렇게 해서는 외물에 흔들리지 않는 사람이 될 수 없거늘 어찌 불도의 문턱에 들어설 수 있겠습니까?

【註釋】⊙ 聖人知身不足有也 - 일반적으로 孔子를 聖人이라 지칭하지만 이 편지 내용으로 볼 때 佛祖(부처)를 뜻한다. 身不足有는 육신은 믿을 수가 없다.

⊙ 欲潔其身而亂大倫 - 자신의 육신을 깨끗하게 가지려 하나 인륜(君臣之義)을 지키지 못한다.

⊙ 名無所著 - 사람의 명성이 드러나지 않는다.

⊙ 如來名聲普聞 - 如來는 釋迦如來. 석가모니의 10가지 法號 중 하나. 普聞은 널리 알리다. 향적불은 밥을 얻어다 중생에게 나눠 주었는데 이는 부처의 이름을 널리 알리기 위한 고행이었다.

⊙ 故離身而返屈其身 - 愛身하여 은거하려 했으나 현실에서는 出仕했다.

⊙ 知名空而返不避其名也 - 名聲이 空인 줄 알면서도 명성을 얻으려 하다.

⊙ 古之高者 - 高者는 高士.

⊙ 許由, 挂瓢於樹 - 고대의 은사 허유가 늘 손으로 물을 떠먹었는데 어

떤 사람이 바가지를 하나 선물했다. 그 바가지를 나무에 걸어놓았는
데 바람에 흔들리며 소리를 내자 그 소리가 듣기 싫어 바가지를 버
렸다고 한다. 挂 걸 괘. 瓢 박 표. 바가지.

⊙ 聞堯讓 - 堯帝가 천하를 허유에게 선양하겠다고 말했다.

⊙ 臨水而洗其耳 - 허유는 潁水(영수, 지금의 河南省 登封市를 흘러 황
하로 들어가는 강)에서 귀를 씻었다.

⊙ 聲無染耳之跡 - 말소리가 귀를 오염시키는 흔적이 없다.

⊙ 惡外者垢內 - 外物이 내심을 더럽히는 것을 혐오한다. 垢 때 구. 더
럽히다.

⊙ 病物者自我 - 外物을 病患이라 생각하지만 실제는 자신에게 병이 있
는 것이다(自我).

⊙ 此尚不能至於曠士 - 이러하다면(此) 오히려(尚) 曠士(광사)에 이를
수 없다. 曠士는 외물에 얽매이지 않는 도량이 넓은 사람.

⊙ 豈入道者之門歟 - 어찌 佛道의 문턱에 들어설 수 있겠는가? 여기서
도는 불도를 의미. 歟는 의문, 감탄의 語氣辭.


【原文】降及嵇康, 亦云頓纓狂顧, 逾思長林而憶豐草. 頓纓狂顧, 豈與
免受維縶有異乎? 長林豐草, 豈與官署門闌有異乎? 異見起而正性隱,
色事礙而慧用微. 豈等同虛空, 無所不遍, 光明遍照, 知見獨存之旨邪? 此
又足下之所知也.

近有陶潛, 不肯把板屈腰見督郵, 解印綬棄官去. 後貧, <乞食詩>云
'叩門拙言詞', 是屢乞而多慚也. 嘗一見督郵, 安食公田數頃. 一慚之不
忍, 而終身慚乎? 此亦人我攻中, 忘大守小, 不□其後之累也.


그 뒤로 嵇康(혜강)도 '(붙잡힌 짐승은) 고삐를 끊어버리고 도망갈
생각을 하며, 더 큰 숲과 무성한 풀을 그리워한다'고 말했습니다. (모
든 것이 다 공허한 것이기에) 고삐를 끊고 도망가려는 것과, 고개를

숙여 고삐에 매이는 것과 무엇이 다르겠습니까? 더욱 큰 숲과 무성한 풀(長林豐草)은 어찌 관청의 출입문과 다르겠습니까? 마음속에 세속의 이득을 생각하게 되면 바른 심성은 가려지며, 풍요로운 물질에 막히게 되면 지혜로운 思慮(사려)는 미약해집니다. 虛空은 이 세상에 없는 곳이 없으며 두루 다 광명이 비추거늘, 어찌 자기 생각만이 옳다고 하겠습니까? 이 또한 족하께서도 다 아실 것입니다.

가깝게 陶潛(도잠, 淵明)도 명판을 들고 허리를 굽혀 督郵(독우)를 알현할 수 없다 하여 인수를 풀어버리고 관직을 버렸습니다. 그 뒤에 빈궁하였고 <乞食詩>에서는 '문을 두드리고 말을 더듬었도다(叩門拙言詞)'고 하였으니 이처럼 계속되는 걸식도 큰 부끄러움일 것입니다. 처음에 독우를 한 번만 알현했더라면 넓은 公田의 수확을 편히 누렸을 것입니다. 한때의 부끄러움을 참지 못했기에 종신토록 부끄러운 것 아닙니까? 이 또한 다른 사람에 집착하는 내가 내 마음을 공격한 것이니, 작은 것을 지키려고 큰 것을 잊은 것이며, 뒤에 오는 어려움을 생각 못한 것입니다.

**【註釋】** ⊙ 降及嵇康 – 降은 다음, 뒤로. 嵇康(혜강)은 竹林七賢의 한 사람. 혜강은 山濤(산도)에게 <與山巨源絶交書>를 보냈다.

⊙ 頓纓狂顧 – 頓纓(돈영)은 묶은 끈을 끊어버리다. 狂顧는 황급히 돌아보다. 도망가려 애쓰다.

⊙ 逾思長林而憶豐草 – 逾 넘을 유. 더욱더. 長林豐草는 큰 숲과 우거진 풀. 짐승이 잘 길들여지고 좋은 치장을 했어도 언제나 자유로운 숲을 그리워한다는 뜻.

⊙ 免受維縶有異乎? – 免受維縶는 고개를 숙여 고삐에 묶이다.

⊙ 異見起而正性隱 – 세속적인 견해가 다를 경우에 인간의 바른 심성은 가려질 수 있다는 뜻.

⊙ 色事礙而慧用微 - 세속적 물질을 중시하게 되면 靈慧(영혜)로운 심성은 미약해진다는 뜻.

⊙ 知見獨存之旨邪? - 獨存은 자기만이 고귀하다(옳다)는 생각.

⊙ 近有陶潛 - 陶潛은 字 淵明, 或 元亮.

⊙ 不肯把板屈腰見督郵 - 把板屈腰은 직함을 들고 허리를 굽히다. 도잠은 '我不能爲五斗米折腰鄕里小兒'라 하고 印綬를 풀고 去職했다.

⊙ <乞食詩> - 詩題로 과장하였다. '飢來驅我去, 不知竟何之. 行行至斯里, 叩門拙言詞. 主人解余意, 遺贈豈虛來. 談諧終日夕, 觴至輒傾杯. ~'

⊙ 叩門拙言詞 - '문을 두드리고 말을 더듬었도다.'

⊙ 一慚之不忍 - 한때의 부끄러움을 참지 못하다.

⊙ 而終身慚乎? - 종신토록 부끄럽지 않은가?

⊙ 此亦人我攻中 - 人我는 五蘊(오온)의 집합체인 사람의 육신을 변하지 않는 것으로 인식하는 나. 곧 사람으로서 나는 空이 아닌 것이 없는데, 그것을 깨닫지 못하고 마음을 결정한다는 뜻. 타인의 마음에서 보면 자아가 그렇게 불변하는 것이 아닐 것이다.

⊙ 忘大守小 - 도연명의 입장에서 氣節을 지키려다가(守小), 평생의 녹봉을 생각하지 못했다(忘大).

⊙ 不□其後之累也 - 그 후의 어려움을 생각하지 못했다. □는 글자가 빠졌는데 思, 顧, 計자가 모두 뜻이 통한다.

※ 평소에 도연명을 흠모하던 왕유의 시문을 생각할 때 이는 상당히 의외의 글이다. 만년에 현실적 문제 때문에 도연명의 처세에 대한 인식이 바뀌었다고 볼 수도 있다.


【原文】 孔宣父云, '我則異於是, 無可無不可.' 可者適意, 不可者不適意也. 君子以布仁施義, 活國濟人爲適意, 縱其道不行, 亦無意爲不適意也. 苟身心相離, 理事俱如, 則何往而不適? 此近於不易, 願足下思可不可之旨, 以種類俱生, 無行作以爲大依, 無守默以爲絕塵, 以不動爲出世也.

僕年且六十, 足力不强, 上不能原本理體, 裨補國朝, 下不能殖貨聚穀,
博施窮窶. 偸祿苟活, 誠罪人也. 然才不出衆, 德在人下, 存亡去就, 如九
牛一毛耳. 實非欲引尸祝以自助, 求分謗於高賢也. 略陳起予, 惟審圖之.
維白. (≪王右丞集箋注≫에서 轉載)


　공자(孔宣父)께서는 '나는 그들과 다르니 可한 것도 不可한 것도 없
다'고 말했습니다. 可하다는 것은 뜻에 맞는 것이고, 不可는 뜻에 맞
지 않는 것입니다. 君子는 仁義를 베풀고 정사에 참여하며 백성을
濟度하는 것을 適意라 생각하니, 만일 나라에 道가 행해지지 않는다
면 출사에 뜻을 두지도 않고 마음에 맞지도 않을 것입니다. 그러나
사실 心身이 空虛한 것이고 만사도 이와 같다면 어디인들 마음에 맞
지 않겠습니까? 이런 진리는 결코 바뀌지 않는 것이니 족하께서도
可도 不可도 없다는 뜻을 생각하시어 가족을 부양해야 하며 無行無
作의 큰 뜻에 의거하되 침묵과 不動으로 속세와 단절하겠다는 생각
을 버리시고 出仕해야 합니다.
　저도 이제 나이 60이 가까운데 몸에 힘도 부치어 위로는 근본을 지
켜 업무를 처리하며, 나라와 조정을 보필하지도 못하고, 아래로는 재
산을 늘리거나 곡식을 모아 곤궁한 사람에게 베풀지도 못하고 있습
니다. 국가의 녹봉이나 축내며 구차히 살아가니 정말 죄인과도 같습
니다. 그리고 재능도 출중하지 못하고 덕행도 남들 아래에 있으니
나 하나가 죽거나 관직을 떠나더라도 마치 九牛에 一毛가 없는 것과
같을 것입니다. 사실 남의 祭主를 데려다가 나를 돕게 하려는 뜻도
아니며, 비방을 당하는 현인을 구원하려는 뜻도 아닙니다. 저의 뜻을
간략히 말씀드려 생각하지 못한 부분을 일러드리고자 하오니 깊이
생각해 주시기 바랍니다. 王維가 아뢰었습니다.

【註釋】⊙ 孔宣父(공선보) – 孔子. 당 태종 貞觀 연간에 공자에게 '文宣王'이라는 존호를 올렸다. 공자를 尼父(이보)라고도 부른다.

⊙ '我則異於是, 無可無不可.' – 공자가 伯夷, 叔齊 등을 평한 말끝에 '나는 이들과 다르게 可도 없고 不可도 없다'고 하였다. (≪論語 微子≫) 이는 공자가 中庸을 지켜나가겠다는 뜻으로, 또는 현실에서의 완고한 고집이 아니라 융통성을 갖고 대처한다는 뜻으로 해석할 수 있다. 無可無不可는 出仕할 수 있다면 출사하고, 不可仕라면 隱居하겠다는 뜻이다.

⊙ 可者適意 – 可하다는 것은 뜻에 맞는 것이다.

⊙ 縱其道不行 – 만약(縱) 도가 행해지지 않는다면.

⊙ 苟身心相離 – 苟는 진실로. 身心相離는 心身을 空無로 생각하다.

⊙ 理事俱如 – 本質(理)과 萬象(事)이 서로 동등하다.

⊙ 則何往而不適? – 어찌 현실을 떠나 마음에 맞지 않다고 하는가?

⊙ 此近於不易 – 此는 不易(불역)에 가깝다.

⊙ 以種類俱生 – 가족과(種類) 함께 생존해야 한다.

⊙ 無行作以爲大依 – 佛家에서는 無行無作, 無取無舍, 寂靜無事를 不二의 法文에 들어가는 길이라 생각하였다. 大依는 큰 依支處.

⊙ 無守默以爲絶塵, 以不動爲出世也 – 沈默과 不動으로 속세와 단절하려 하지 말고 조정의 임명을 거부하지 말라는 뜻. 위거사의 출사를 적극 권유하고 있다.

※ 공자의 '無可無不可'를 현실적으로 해석하고 적용하여 결국 불도의 身心相離, 理事俱如와 통하는 것으로 공허의 견지에서 보면 可나 不可나 모두 같다며 魏居士에게 이 원칙에 근거하여 처신해야 하지 않겠느냐는 뜻을 말하고 있다.

⊙ 僕年且六十 – 제 나이가 막 60이 되려 한다. 숙종 建元 元年(758)이나 2년(759)에 썼을 것으로 추정.

⊙ 博施窮窘 – 博施는 널리 베풀다. 窮窘은 곤궁한 사람. 窘 막힐 군.

⊙ 偸祿苟活 – 녹봉이나 축내며 구차히 살고 있다.

⊙ 存亡去就 – 生死와 去就.

⊙ 如九牛一毛耳 - 하찮은 일. '假令僕伏法受誅 若九牛亡一毛 如螻蟻何
異 ~'(≪漢書 司馬遷傳≫)

⊙ 實非欲引尸祝以自助 - 嵇康(혜강)의 <與山巨源絶交書>에 나오는 말.
尸祝은 祭主.

⊙ 求分謗於高賢也 - 魏居士 같은 賢人을 비방하다.

⊙ 略陳起予 - 起予는 본래 '나를 일깨워주다'의 뜻이나 뒤에는 상대가
미처 생각하지 못한 것을 일러주다의 뜻으로 쓰인다. '子曰, "起予者
商也! 始可與言詩已矣."'(≪論語 八佾≫)

⊙ 惟審圖之 - 깊이 생각하기 바랍니다.


※ 전체적으로 볼 때 왕유 평생의 처신이나 자연관, 은거의 마음과
동떨어진 느낌이 드는 글이다. 어찌 보면 황제나 상관의 명에 의해
출사를 권유하는 서신을 지었다는 생각이 든다. 그렇다면 여기에는
왕유가 글로 표현하지 못한 뜻이 들어있을 것이다.

# 시제詩題 색인

中國古典漢詩人選 6

## 新譯 王 維

초판 인쇄 – 2016년 5월 25일
초판 발행 – 2016년 5월 30일

譯註者 – 陳 起 煥
발행인 – 金 東 求
발행처 – 명 문 당(창립 1923년 10월 1일)
　　　　서울특별시 종로구 윤보선길 61(안국동)
　　　　우체국 010579-01-000682
　　　　전 화 (02) 733-3039, 734-4798
　　　　FAX (02) 734-9209
　　　　Homepage www.myungmundang.net
　　　　E-mail mmdbook1@hanmail.net
　　　　등록 1977.11.19. 제1-148호

■

ISBN 979-11-85704-68-5  03820